—北大记忆—

北大钝学记

杨虎 著

北京大学出版社
PEKING UNIVERSITY PRESS

图书在版编目（CIP）数据

北大钝学记 / 杨虎著 . —北京：北京大学出版社，2018.5（2018.11重印）
（北大记忆）
ISBN 978-7-301-29369-0

Ⅰ.①北⋯　Ⅱ.①杨⋯　Ⅲ.①散文集—中国—当代 ②随笔—作品集—中国—当代　Ⅳ.① I267

中国版本图书馆 CIP 数据核字（2018）第 037299 号

书　　　名	北大钝学记 BEIDA DUNXUE JI
著作责任者	杨　虎　著
责 任 编 辑	于铁红　周彬
标 准 书 号	ISBN 978-7-301-29369-0
出 版 发 行	北京大学出版社
地　　　址	北京市海淀区成府路 205 号　100871
网　　　址	http://www.pup.cn　新浪微博：@北京大学出版社 @培文图书
电 子 信 箱	pkupw@qq.com
电　　　话	邮购部 62752015　发行部 62750672　编辑部 62750112
印 刷 者	三河市国新印装有限公司
经 销 者	新华书店
	660 毫米×960 毫米　16 开本　23 印张　255 千字 2018 年 5 月第 1 版　2018 年 11 月第 2 次印刷
定　　　价	58.00 元

未经许可，不得以任何方式复制或抄袭本书之部分或全部内容。
版权所有，侵权必究
举报电话：010-62752024　电子信箱：fd@pup.pku.edu.cn
图书如有印装质量问题，请与出版部联系，电话：010-62756370

目 录

努力做一名为北大热情歌唱的"爱校主义者"
　　——《北大钝学记》前言 01

■ 北大精神与先贤风范 001

"外未名而内博雅"的北大气质 003

燕园的灯光，北大的希望 013

北大人的心结——对沦为平庸的忧虑 018

本土情怀、文化自信与创建世界一流大学的梦想 025

从"北大是常为新的"看大学的创新发展 031

激情与责任铸就辉煌
　　——沙滩红楼前的感悟 036

双园春赋 042

精金良玉般的道德楷模 046

"思想自由，兼容并包"之我见 051

先把金针度与人
　　——顾颉刚先生为学生改稿的一点启示 055

未名湖的气象
　　——记侯仁之先生二三事 059

永远景仰王重民先生 063

■ 人生受教与从学散记　071

清明忆往　073

感念王培堂爷爷　081

琐记与我情同父子的恩师魏江先生　091

师门受教录　102

春风桃李有余哀

——深切怀念本师肖东发先生　108

此是良法可书绅

——本师肖东发先生教我如何写文章　116

绛帐春暖惠多士

——本师肖东发先生的教学思想与方法　129

课常讲常新，饭越吃越淡　142

北大从学诸师散记　145

■ 育人抒怀与公务札记　195

一次美丽的重逢　197

别人的懈怠不能成为我们懈怠的理由　201

与己方便，更要与人方便

——由考试占座而想到的　204

能量·信仰·改变·梦想

——在北京大学2014年平民学校结业典礼

上的发言　207

春风起意正年华　汇聚远程谱新篇

——在北京大学现代远程教育2014年春季学期

新生开学典礼上的讲话　212

为自己和国家描画更美丽的图景
　　——在北京大学现代远程教育 2015 年秋季学期
　　　新生开学典礼上的讲话　220
在《北大青年研究》杂志编委会 2011 年全体会议上的发言　227
育人应是研究生导师的首要职责　229
做"亮"工作的五对关系　236
学会"做加法"的忙碌　245

▍读书写作与为学浅悟　251

为学六艺　253
第一件要事还是读书
　　——在北京大学"书香校园"建设座谈会暨"云舒写
　　　好读书"奖学金颁奖仪式上的发言　259
读书札记十则　264
从认真读好一卷书做起　270
书不贵多而贵有灵气　274
经典的选择与阅读之法　276
实务工作中如何提高文章写作能力　309
表彰北大真精神　传递北大正能量
　　——《微说北大》出版序言　342
向本师提交的最后一篇作业
　　——《中国出版史》出版后记　348
此山登罢再出发
　　——《文化的坚守与运营》出版后记　354

努力做一名为北大热情歌唱的"爱校主义者"
——《北大钝学记》前言

我于 1998 年进入北京大学信息管理系编辑学专业学习，2006 年硕士毕业后留校工作，后来又在新闻与传播学院在职读了博士，是一名典型的"三北人"。在北大近 20 年的熏陶和各位师长的教导下，我也从一名懵懂少年成长为一名年轻的"老北大"。回顾在北大的成长经历，我最大的体会是，如果没有了北大和各位师长如大地一般广博、如阳光一般温暖的关爱与教诲，我将一无是处、一事无成。所以我一直对北大充满了无尽的感念之情。北大，已经成为我精神和事实上的第二故乡。

在对我有授业之恩的北大老师中，我的硕士生和博士生导师肖东发先生，是我最重要、最敬爱、最亲近的恩师，也是对我影响最大的"根本之师"。您除了在编辑出版学、图书馆学领域造诣颇深以外，还深受侯仁之先生的影响，一以贯之地热爱北大、研究北大、讲述北大，被人誉为北大的"爱校主义者"。在您的影响、教导和带领下，我在本科阶段就开始学习和研究北大风物与人文精神，参与了您主持的"北大人文与风物丛书""北大文化丛书"等一系列丛书的编撰工作。从读硕士研究生开始，常年参与讲授您主持的全校通选课"北京风物与传统文化"，主要为师弟师妹们讲授北大历史、校园风物和人文精神。

"惟知之深，故爱之切。"对北大的了解和研究越深入，对她的挚爱之情就越发深沉。通过追随本师做以上工作，让我坚定了也要做一名"爱校主义者"的信念。在不断用北大精神教育和充实自己的同时，还要积极为北大"鼓与呼"，通过多种方式传递北大的"正能量"与"好思想"。留校工作以后，我结合自己的所学、所见、所闻和所思，撰写了一些探讨北大传统与精神内涵、总结在北大学习工作经验的文章。这些文章多发表在《北京大学校报》《北京大学教学促进通讯》《北大人》《中华读书报》《中国研究生》等校内外报刊上，有些文章还曾在学校组织的征文比赛中获奖。工作之余，我还经常为到北大学习、参观、访问的各方代表讲授"北大风物与人文精神""北大优良传统与精神魅力"等课程。做这些工作，我既感责任重大，又觉乐在其中。

2018年北京大学将迎来120周年校庆，"秀才人情纸半张"，将我多年来探讨北大精神和风范，回忆师长教泽，总结读书、治学、工作感悟的相关文章结集出版，作为一份特殊的礼物敬献给北大的双甲子诞辰，是我真诚而热烈的愿望。2017年3月，我不揣孤陋，毛遂自荐，向北大培文总裁高秀芹老师汇报了我的想法，得到了她的充分肯定和热情鼓励，并说这些文章恰好可以反映年青一代北大人的成长经历。在她以及北大出版社各位领导和周彬、陈健等老师的大力支持下，此书被列入"北大记忆丛书"，附诸位名师大家之骥尾而行世，真是荣莫大焉！以高秀芹老师为代表的各位贤达不论资历和名头，热情提携后进的做法，让我异常敬佩和感动，这在一定程度上也是北大人"兼容并包"胸怀的重要体现。我何其有幸，又一次受到了北大阳光的普照和滋润！

此外，在本书正式出版前，令人尊敬的"老北大"、张中行先生的女儿张文老师，二姐杨端茹，妻子周婧，同事常靖、马瑞、张丽、吴晓峰、张晓东、熊瑛等在百忙之中，为我审读了书稿，提出了十分宝贵的修改意见；信息管理系大师兄顾晓光，同事岳枫、董彦、王秋林为我提供了部分精美的图片；北大出版社资深编辑于铁红老师作为责任编辑，为本书的出版做了大量辛苦、细致而富有成效的工作。对此，我也深表谢意！

本书收录文章41篇，分为4个部分："北大精神与先贤风范"，是对北大精神的探寻和对北大先贤的追慕；"人生受教与从学散记"，是对本师肖东发先生及部分人生之师"煦煦春阳教泽"的回忆；"育人抒怀与公务札记"，是以北大教师和行政干部的双重身份探讨大学育人和实务工作的总结；"读书写作与为学浅悟"，是结合自己的专业和兴趣探讨阅读、著述和治学之法的粗浅之见。书中内容大体可以反映出我在北大近20年的成长经历和相关的思考所得，也为读者诸君了解新一代北大人提供一个小小的范本。

在这里需要对书名中的"钝学"二字略作解释，大意谓天资愚笨，却能刻苦学习，出自颜之推的《颜氏家训》："学问有利钝，文章有巧拙。钝学累功，不妨精熟；拙文研思，终归蚩鄙。但成学士，自足为人；必乏天才，勿强操笔。"从小到大，我的资质都很愚钝，属于颜氏所说的庸才，尤其是摇笔为文的能力一直很差。记得在昌平园读大一时，多次给昌平园的一份文学刊物投稿，但无一例外地都被拒绝，以致"鸡立鹤群"的体会直到现在都没有改变。但让我感到幸运的是，北大的大环境经常会逼着你不得不往前奔跑，向上攀登。多年来，师长们的悉心教诲与栽培，身边同学和同事对学问、事业追求的不懈努力，经常会感染并督促着我不敢有丝毫的懈怠。今日扪心自问，虽然天赋、能力一般，但还懂得"笨鸟先飞"的道理，也愿意踏踏实实、按部就班地下点"笨功夫"。工作当然不敢马虎，工作之余，未尝一日废书不观，也愿意就一些问题写点东西，发表些不成熟的意见。我明白，只有这样坚持做下去，才能问心无愧，并保证不被别人落得太远。这样的生活状态，是这本小书能够出版的前提条件。

2016年本师辞世后，我更加感受到，继续坚持学习、研究、探寻、践行、宣扬北大的历史传统和人文精神，既是我不能放弃的兴趣，更是我必须担当的责任。薪火相传，作为您的学生，我义不容辞。我在北大的成长之路还很漫长，在以后的日子里，我一方面要接着学、接着讲、接着写北大，满怀热情地为她放声歌唱，努力做好一名新时期的"爱校主义者"！另一方面也要继续努力，钝学累功，做出点北大人的样子来，让自己身上也打上北大永久的印记，这样才能不负师长们的栽培之恩和殷切期望。

谨以此书献给我挚爱的北京大学120岁生日和所有关爱、教导、鼓励支持我的师友和亲人！衷心祝福并坚信我们的北大越来越好！

2017年12月18日于燕园

北大精神与先贤风范

"外未名而内博雅"的北大气质

从京师大学堂到沙滩红楼,从昆明的西南联大到京城西郊的燕园,北京大学从19世纪末期中国的沉沉暗夜中一路走来,既经历过山重水复的迷茫,也收获过柳暗花明的欣喜,虽遭逢过风雨如晦的阴霾天气,更多的则是安享着云霞满天的朗润时光。无论如何,在将近120年的发展历程中,北大前行的脚步始终与国家发展、民族复兴的时代轨迹相伴相随,休戚与共。仅就这一点而言,在世界高等教育史上,也是非常少见的。人们发现,自北大诞生以来,新文化运动的勃兴,中国共产党的成立,"新人口论"和"股份制"的提出,"两弹一星"和汉字激光照排技术的发明,创建世界一流大学战略目标的提出……这一系列深刻影响和改变中国社会、文化、经济、科技、教育发展的伟大事件,无不与这所学校密切相关。悠久厚重的历史传统,儒雅博学的学术大师,独领风骚的学术贡献,云蒸霞蔚的精神风度,让北大成为中国理所当然的最高学府和学术殿堂,被誉为20世纪中国文化界的双子星座之一。

岁月不居,春秋代序。转眼之间,两个甲子的光阴即将成为让人永远追忆的厚重历史。经过前修与来哲的接续努力,北大沉淀下了太多太多值得我们系统梳理、深入总结、大力表彰的历史传统,更酝酿出了一种独特的学术空气和校园氛围，形成了具有鲜明特色的精神气度和文化秉性，熏染滋润着一代又一代北大师生，也感召并吸引着中国乃至全世界无数的青年才俊和文化精英。正如人们常说的那样，"北大的空气也是养人的"，在北大学习、工作、生活的时间越长，就越能深切地体会到，这所学校虽然校园面积不大，有些地方甚至还显得有些简朴破旧，但却有着一种道贯天地、陶冶万物的巨大能量，让每一位真诚接受她教导、熏陶的人，都能打上永恒的北大印记，拥有一种颇具魅力的独特气质！

什么是北大气质呢？我想应该是在每一个独特的优秀北大人身上散发出来的共有品位和风范，这是北大精神的外在体现，也是北大区别于其他高校的重要标志之一。基于并围绕着北大悠久而厚重的历史传统，人们提出了很多种对北大精神的诠释。在"为国求学，努力自爱""以天下国家为己任""敢为天下之先""神州文化系一身""思想自由，兼容并包""为国家和民族负责""刚毅坚卓""牺牲主义"等一系列颇具代表性的阐释以外，爱国、进步、民主、科学的光荣传统和勤奋、严谨、求实、创新的优良学风已然成为普遍被人接受的官方表述。这些从不同角度、不同层面对北大精神的阐发，是我们深入理解和探寻北大气质的重要精神基点和理论来源。

北大气质的基因无疑来自"老北大"，晚清民国时期正是北大历史上的"轴心时代"。每一位学习、研究这所学校历史的人，都不能不对那一时期的北大投去最崇高的敬意。京师大学堂艰难的脚步、沙滩红楼火红的雄姿、西南联大简朴的校舍，就是所有北大人永恒的精神图腾，更是北大气质形成的精神"原乡"。1952年全国高校院系调整后，北大迁到了风景如画的西郊燕园，与未名湖、博雅塔结伴，开启了新的征程。60多年来，在这片被誉为圣地的土地上，北大人用一脉相承、一以贯之的精神气质，不畏艰难险阻，胸怀天下国家，书写了新时期的"光荣与梦想"。对此，谢冕先生的一段诗意表达早已经广为传颂、深入人心："这真是一块圣地。数十年来这里成长着中国几代最优秀的学者。丰博的学识，闪光的才智，庄严无畏的独立思想，这一切又与先于天下的严峻思考、耿介不阿的人格操守以及勇锐的抗争精神相结合。这更是一种精神合成的魅力。"

对于当代北大人而言，先前的北大如父，可敬、可怀、可传，燕园的北大如母，可亲、可爱、可感。就燕园而言，他们学于斯、长于斯、歌哭于斯，更熟悉，更亲近，更有深情。燕园的一草一木，一桥一池，一楼一亭，一人一物，尤其是最为经典的"一塔湖图"，似乎都有一种神奇而持久的魔力，能让所有向往进入这块圣地的人没日没夜地苦苦奋斗，也能让身处其间的人们流连忘返，更能让所有离她而去的人们魂牵梦绕、终生难忘。北大人，无论是分享成功的喜悦，还是排遣内心的忧郁，拟或倾诉彼此的爱慕，抒发指点江山的书生意气，经常首选前往的地方，几乎无一例外，总是未名湖畔、博雅塔下，这里似乎总能给他们以灵性的启迪和自由的翱翔。"居移气，养移体"，多少位翩翩少年，就是在这种如诗如画的环境下实现了学识、品行、精神的脱胎换骨，带着全新的气质投入时代的洪流，最终成为各行各业的领袖和精英。可以毫不夸张地说，燕园是熔铸天之骄子的熔炉、提升精神境界的梯航，她直接塑造了今日北大人的气质！

多年以来，我特别愿意借用燕园最负盛名的两处景观，未名湖与博雅塔，来描述我心中的北大气质，那就是："外未名而内博雅"。未名湖柔波荡漾，波澜不惊，宛如一块温润的碧玉明珠，宁静地镶嵌于校园中央，象征着北大人厚德载物的阴柔之美；博雅塔雄健挺拔，器宇轩昂，恰似一条笔直的钢铁脊梁，刚毅地矗立于云天之间，体现着北大人自强不息的阳刚之气。古语云："一阴一阳之谓道"，我们的湖和塔，一阴一阳，一柔一刚，一横一纵，一凹一凸，一纤秀、一伟岸，一欢快空灵、一沉稳凝重，由此幻化出的湖光塔影，一年四季，风光不同，但都有大美而不言，真是"浓妆淡抹总相宜"！

盛夏时节的湖光塔影

本师肖东发先生对博雅塔和未名湖的象征意义有过精到而绝妙的解释。他说:"塔象征着思想自由,卓尔不群,特立独行,敢于创新,科学求真;湖隐喻了兼容并包,虚怀若谷,整合精深,和而不同,民主多元。二者刚柔相济,珠联璧合,相映生辉,缺一不可,暗含着北大人的精神品格。"在我看来,不注重、不追求外在的修饰、地位和名气,兼容并包,淡泊明志,沉潜治学,谦逊低调,就是"外未名"的风度;而在抱负、学问、品行、精神方面,却胸怀天下,耿介伟岸,特立独行,锐意进取,则为"内博雅"的气量。二者合观,就是"外未名而内博雅"的北大气质。这也是一种"轰轰烈烈的静",外表看似宁静、朴素、低调、文弱,但胸中却有大海般的永远奔涌着思想巨浪的轰轰烈烈,骨子里却有岱岳般永远都独立不迁的堂堂正正。正如校园民谣里所吟唱的那样,未名湖是个海洋。如果未名湖是浩瀚无垠的知识、思想海洋,那么,博雅塔则是巍然挺立的风骨、精神高峰,他们延续了老北大的传统,充盈并散发着今日北大强大的"正能量"!

近20年的北大生活,让我深切地感受到,现今的北大虽然也有不尽如人意之处,但其主流仍如鲁迅先生所言:"那向上的精神还是始终一贯,不见得弛懈。"尤其是"外未名而内博雅"的北大气质,时时处处都能在北大最优秀的师生那里真切地感受到。在我看来,他们的"外未名",集中体现在三个方面:

一是崇尚自由见解,海纳百川之雅量。这直接源于蔡元培先生"思想自由,兼容并包"的办学理念。曾任北大副校长的朱德熙先生曾谈到北大的学风具有很浓厚的民主作风:"北大老中青各代学者各有所长。很少有学术上的压制与干涉。所以有的中年教员才敢说:老先生的文章功力深厚,我写不出;年轻人的文章敏锐新颖,我也写不出;不过,我的文章,他们也写不出。"这种"万物并育而不相害,道并行而不相悖"的自觉意识和宽松环境,直接造就了北大百花齐放、万紫千红的绚烂风光。

二是理想实干并重，严谨求实之学风。 偶尔会有人说北大人"眼高手低"，只善于"坐而论道"，而不擅长"起而行之"，但这毕竟只是极少数的情况。真正优秀的北大人始终坚信"聪明人要下笨功夫"，他们既能仰望星空，站得高，看得远，更能脚踏实地，坐冷板凳，做真学问。要不然，怎么能做出那么多一流的学问和事业呢？比如周祖谟先生就曾教导学生从事学术研究必须做到两点：一方面要把该项学术的最基础的几本书一个字一个字地读懂，最好是学着给那几本书作注。此种打基础的工作一定要在年轻力壮时加紧干，终身受益。另一方面要走在时代的前面，做前人没有做过的工作。所做成果要成为后来人在这方面从学的起点站。

三是谦逊朴素低调，劳谦君子之风度。 这一点在北大的名师、大师那里，体现得尤其明显，他们虽然有名气、有地位、有成就，但却异常谦逊低调，毫不张扬，时时处处都透露着"谦谦君子，卑以自牧"的良好修为。比如朱光潜先生是享誉中外的美学大师，但他从不以大师自居。他经常说的一句话是："我一直在学美学，一直在开始的阶段……"《周易》云："劳谦君子，万民服也。"这样的风度让他们的形象更加高大、伟岸，正如未名湖一般，以其"无名"而更"有名"。

北大人的"内博雅"也集中体现在三个方面：

一是服务国家社稷，经世济民之抱负。 北大诞生于"国将不国"的民族危难之际，从一开始就承担起了沉重而神圣的历史使命，那就是通过造就适应现代社会发展需求的人才，改写这个古老中国近代以来的坎坷命运，好让她重新走向繁荣、富强和文明。所以一直以来，北大人都自觉地"以天下兴亡为己任"，把自己的命运和国家民族紧密地联系在一起，把自己的才华、激情和热血毫无保留地投入到了国家进步和民族复兴的伟大事业中去。可以说，爱国就是北大气质的精神主线和内核，在不同的时期都有感人的体现。早在京师大学堂成立之初，管学大臣张百熙就为其题联："学者当以天下国家为己任；我能拔尔抑塞磊落之奇才"。京师大学堂监督张亨嘉也曾训导学生，要"为国求学，努力自爱"。民国时期，马寅初先生更是把北大精神概括为"牺牲主义"："回忆母校自蔡先生执掌校务以来，力图改革。五四运动，打倒卖国贼，作人民思想之先导。此种虽斧钺加身毫无顾忌之精神，国家可灭亡，而此精神当永久不死。然既有精神，必有主义，所谓北大主义者，即牺牲主义也。服务于国家社会，不顾一己之私利，勇敢直前，以达其至高之鹄的。"晚年的季羡林先生在回顾自己的一生时说："我生平优点不多，但自谓爱国不敢后人，即使把我烧成了灰，每一粒灰也还是爱国的。"这样的心声在北大总是能够引起最广泛、最深入、最持久的共鸣。现在的北大，每年都会有大量的优秀毕业生自愿"到祖国最需要的地方去"，去西部、农村、艰苦地区基层单位就业，他们的感人事迹证明了服务国家、心系苍生的情怀依然在北大青年中处处可见并且代代相承。

二是坚持科学真理，永葆士人之气节。士不可以不弘毅，在中国，读书人的道德文章，向来以气节为本，尤其在关涉国家民族大义、学术真理、人格尊严等问题上，来不得半点马虎，不容有丝毫的苟且与宽假。在这一方面，北大人很好地继承并发扬了传统士人"临大节而不可夺"的精神遗产，优秀的北大人是有操守、有气节的。当然，金无足赤，人无完人，他们或许在细微之处尚有一二瑕疵，但在面临人生的重大抉择时，绝大多数都能够做到大节不失，不愧书生本色。在北大，既有敢为天下先，引领时代潮流的开拓者，更不乏"岁寒然后知松柏之后凋"的坚守者。我们知道，20世纪五六十年代，几乎与大陆批判马寅初先生"新人口论"的同时，在宝岛台湾，北大的老校长蒋梦麟先生也因提出节育人口的主张，遭到台湾地区民意代表及舆论的围剿，当时甚至有"杀蒋梦麟以谢国人"的口号。但蒋先生并不畏惧，在记者招待会上公开表示："我现在要积极地提倡节育运动，我已要求政府不要干涉我。如果一旦因我提倡节育而闯下乱子，我宁愿政府来杀我的头，那样在太多的人口中，至少可以减少我这一个人！"两位北大校长在同一时期，在不同的政治环境下，因为同样的观点，遭受相似的批判，却不约而同地为了维护科学真理和士人气节表现出了同样的凛然风骨，真不愧是读书人的楷模，北大人的脊梁！

　　三是敢为天下之先，锐意创新之干劲。自建校以来，与世界一流大学"平行发展"就是北京大学矢志不渝的追求；所以她总是朝着世界最高水平奋起直追，她对自己的要求也因此非常严格甚至有些苛刻，要么不出手，要出手就得有不凡的表现。这就是为什么在历次思想解放、文化创新、科技突破、社会变革中，往往都能看到北大人独领风骚的原因所在。由此而形成了被鲁迅先生称道的北大"校格"："北大是常为新的，改进的运动的先锋，要使中国向着好的，往上的道路走。"直到今天，这种不甘平庸、精进不止、努力创造、勇做时代引领者的状态与干劲依然随处可见；守正出新、引领未来，已经成为所有

雪后的未名湖与博雅塔

北大人自觉的追求。仅以北大的青年学子而言，他们虽然可能还有些稚气未脱，有些狂狷之气，有些经验不足，但他们往往能在求学阶段就做出让人意想不到的优异成绩，让人眼前一亮，倍感惊喜。一位北大教师在其著作的后记中写道："每当我走向课堂，看到教学楼前如森林般的自行车群，我感到敬畏。昏暗的灯光，拥挤而闷热的教室，我们就在这种条件下创世界一流？但对这帮世界上最优秀的孩子，我们没有理由不充满信心。"

　　总而言之，"外未名而内博雅"，这种北大人特有的气质，是北大精神魅力最好的外在表征，也是北大重要的精气神之一。她一直为当代北大人的健康成长、顺利成才、走向成功提供丰富的精神养料和强大的力量源泉，也一直感染、激励和推动着每一位北大人不得不往前奔跑、向上攀登，但凡稍有懈怠、消沉，就会觉得愧对这片养育自己的"皇天后土"。将近20年来，我自己就有一个异常深切的体会，平日漫步于博雅塔下、未名湖畔，面对着风光旖旎的湖光塔影，再浮躁的心也会宁静下来，再迷茫的思路也会清晰起来，再狭隘的想法也会开朗起来，再沮丧的情绪也会振奋起来。这方天地就是北大人心灵的温暖家园，更是北大人"取之无禁，用之不竭"的精神宝库。所有来到这里朝圣的人，只要善于利用，深入汲取，就一定能养就"外未名而内博雅"的精神气质，不断为自己、为北大、也为整个国家和民族书写出最新最美的华章！

2017 年 7 月 12 日

2006年硕士毕业前夕在未名湖石碑前留影

燕园的灯光，北大的希望＊

记得 1998 年我刚来北大读书时，就听一位老先生对我们自豪地说，只要燕园夜晚的灯光不灭，北大和中国就有希望。以后也曾多次听到过类似的说法。上学期间，虽也有过很多次挑灯夜读甚至熬通宵的经历，但是对燕园夜晚的灯光，并没有十分深刻的印象，对这种说法也是半信半疑。但是留校工作后，一次去北京另外一所"211"高校讲课的经历，让我对这一说法有了重新认识，并开始主动关注燕园的灯光。

2011 年 4 月的一天，我的一位已在该校某学院担任领导的师兄，邀请我给该院研究生做一次关于网络信息检索的讲座，我慨然应允；但因白天要上班，所以要求将课程安排在晚上。师兄在电话中颇觉为难。在我的一再坚持下，师兄最终把讲座安排在周四晚上。

当天下班后，我乘地铁赶往授课地点，出地铁站时天已渐黑。一进校门，却发现校园里除了路灯以外，到处都是漆黑一片，与燕园每晚灯火通明的景象形成了鲜明对比。与师兄见面后，他对我解释说："刚来这里任教时，很不习惯。想当年在北大读书时，什么时候晚上

＊ 发表于《北京大学校报》第 1327 期，第 4 版，2013 年 10 月 8 日。

11 点前睡过觉？还不都是在图书馆、教室或宿舍读书、讨论，做研究？到这里以后，发现每天 5 点下班下课以后，校园里就空荡荡的，学生中能去做家教的，就已经很不错了，更不用说去图书馆或教室自习的了。所以大家就没有晚上上课的习惯。今天上课的教室，还是我很不容易借到的，同学也是临时通知的。"听完师兄这番话，我明白了他不想把讲座安排在晚上的苦衷。讲座结束后，师兄开车送我回校。车驶出校门时，我回望刚才上课的那座教学楼，又沉入了漆黑之中。一路上，我都在想着燕园的灯光。

10 点前回到了燕园，我特意去图书馆、教学楼区转了一圈。让我兴奋的是，几乎每一栋建筑里都是灯火通明。正巧赶上当天最后一节课的下课时间，每条路上都是熙熙攘攘，在路灯的照耀下，异常热闹。看到这样的场景，想想之前的另外一番经历，我心中涌起了一股暖流，感叹道：这就是我们的北大，这里的灯光是这样的明亮和温暖，这样的动人和难得，这样的催人奋发！老先生说的没错，只要燕园的灯光不灭，北大和中国就有希望！

一百多年前，梁启超先生曾满怀激情地高呼：少年智则国智，少年强则国强，少年雄于地球，则国雄于地球。直到今天，人们都认为，青年是国家和民族的希望之所在。作为青年人中的精英，大学生的学习状况和精神状态，直接决定着一所高校人才培养和科学研究的整体水平，进而决定着国家与民族的未来。而大学校园夜晚的灯光是否辉煌，灯下是否有众多的师生在读书、讨论和钻研，是其学风最直接、最生动的体现。正如吴健雄先生所言："什么叫一流大学？只要在周末晚上去看看那里的灯火是否辉煌！"辉煌的灯光一定是一所大学优良学风和校风的最佳表现。

让人欣慰的是，在漆黑的夜晚，当很多地方都沉浸在黑暗或者浮游在喧嚣中时，在燕园的很多地方，我们还能看到众多北大人挑灯夜读或讨论问题的壮美景观。这灯光，不同于尘世的灯红酒绿，她安静、深邃，还有些特立独行，一点也不喧嚣和浮躁，但又是一种"轰轰烈烈的静"，为每一个置身其中的人指明了方向，带来了温暖，感染并充实着我们的精神世界，带领着我们在科学探索和知识创造的道路上，驱除黑暗，迎来光明。就是在这样的灯光下，一代又一代的北大人，日复一日，年复一年，坚毅地塑造着北大的光辉，执着地追求着自己的"中国梦"。

无论一所校园的风景如何优美，硬件如何优越，都比不上师生们争分夺秒自觉学习、自发研讨的热情和毅力，这才是大学最为弥足珍贵的"精气神"。今天我们创建世界一流大学，更离不开这个"传家宝"。我由此想到了西南联合大学。西南联大存在的时间不满九年，学生不过八千，条件异常简陋，生活极端艰苦，却以"坚毅刚卓"的"精气神"，培养出了一大批杰出的人才，创造了中国现代教育史上的奇迹。蒋梦麟先生从教师的角度回忆当时的情景说："虽然设备简陋，学校大致还差强人意，师生精神极佳，图书馆虽然有限，阅读室却座无虚席。"杜运燮先生则从学生的角度深情回忆，当时"物质条件虽然很差，精神方面的享受，质量却无疑是第一流的。在联大的那段日子，我一直感到精神上极为富有。每天都有巨额收入，那时留下的积蓄，似乎是一辈子取之不尽，用之不竭的"。正是在这种精神和氛围的感召与熏染下，西南联大涌现出了一大批优秀的人才。今天我们的物质条件已经大为改善，理应做出更为突出的成就。

具体到每一位个体，这种惜时如金、灯下治学、自觉自为、勤奋上进的精神则是成就伟大事业、做出一流学术的关键因素。在北大的历史上，感人的例子举不胜举。比如黄侃先生。他常说："治学如临战阵，迎敌奋攻，岂有休时！所谓扎硬寨、打死仗，乃其正途。"他读书必正襟危坐，一丝不苟，白天不管如何劳累，晚上照常坚持鸡鸣始就寝，从不因人事、贫困或疾病而改变。有时朋友来访，与之纵谈至深夜，客人走后，他仍要坐在灯下校读，读毕才就寝。1913年，黄先生旅居上海时，异常穷困。除夕之夜，街上爆竹之声通宵达旦，而他却独坐室内，精心研读，不知困倦。直到临终前，仍一面吐血，一面坚持将《唐文粹补遗》圈点批校完。

再比如季羡林先生。季先生数十年如一日，每天清晨四点就起床读书撰文。有人说他是闻鸡起舞，他则戏称："不是我闻鸡起舞，是鸡闻我起舞。如果四点钟我还不起，就好像有鞭子抽我。"再比如侯仁之先生。中华人民共和国成立初期，他白天的课程、会议、社会活动总是排得很满，只能挤时间写作。他经常是在夜深人静时，坐在燕南园61号楼道角落的一张小枣木桌前，笔耕到午夜或凌晨才搁笔。70岁以后，他更以"不待扬鞭自奋蹄"自勉，每天清晨三四点就起床工作，到中午时分，他会说："我已经工作了八小时了。"

再比如我的一位师弟。2010年盛夏时节的某一天，下班后我从学校图书馆南门经过，看见一位刚留校工作不久的师弟抱着一大堆书，满头大汗地从图书馆出来，不禁赞叹："想不到你工作之后，还如此勤奋"。他应声答道："没有办法啊，在北大这样的环境里，不学不行啊。尤其是我们年轻人，更不能让五点之后无事可干。"这话说得多好啊，让人永不能忘。正体现了新一代北大人不让前贤的精神风貌。闲暇之时，我脑海里总会浮现出他挑灯夜读的场景。我相信，这样的景象在北大一定随处可见。前段时间，我们去化学与分子工程学院调研时，来鲁华教授就谈到，本院学生十分刻苦，每周都是工作六天以上，这已是一种自觉的习惯。这足以证明我的推测大致不错。

燕园的灯光，是北大校园里最美丽、最绚烂的风景之一，甚至是北大精神的重要标志之一。这灯光，体现着北大人自觉自为、勤奋上进的学人本色，也折射出不甘平庸、追求卓越的崇高使命，更说明着这所学校赖以永葆青春、日进千里的发展秘诀。当今北大人"使命自觉、创建自信、差距自省、奋斗自强"的创建意识，正是"燕园灯光"景象和精神的最好诠释。冯友兰先生曾言："人类文明好似一笼真火。

古往今来，对于人类文明有所贡献的人，都是呕出心肝，用自己的心血、脑汁作为燃料，才把真火一代一代地传了下去。凡是在任何方面有所成就的人，都需要一种拼命的精神。为什么要拼命？就是'情不自禁，欲罢不能'。"我相信，凭着北大人的这种"拼命"精神，燕园的一盏盏灯光，必能与天空中的群星交相辉映，凝聚成一团熊熊燃烧、永不熄灭的"真火"，激励并指引着我们早日实现创建世界一流大学的"光荣与梦想"！

2012 年 12 月 12 日

北大人的心结——对沦为平庸的忧虑[*]

我的一位师长曾对我讲,真正的北大人,不论在校时学习什么专业,离校后从事什么工作,都会或多或少、或隐或显地有一种永恒的心结:对沦为平庸的忧虑。我在北大学习、工作越久,接触的北大人越多,就对这句话越有认同感,并经常拿来为自己提神鼓劲,提醒自己不要在成长的道路上懈怠下去。

记得我在研究生院工作时,时任院长陈十一教授有一次跟我聊天时提到,在他的研究领域中,但凡做出了突出成就的人,都非常像吸毒后无法戒毒的"瘾君子"。当他们发现一项感兴趣的研究题目时,就会奋不顾身地扑上前去,沉浸其中,过上一种常人很难理解的生活;直到找到自己想要的结果后,他们才会恢复生活的常态。他又说,在学术研究中,要干出来点成绩,就必须得有点"瘾君子"的精神。而在北大,处处可见这种如"瘾君子"一般做学问的老师和学生,所以他对北大充满信心。陈十一教授的这个譬喻十分恰切,解释也非常深刻,的确是抓住了问题的本质。后来,我有机会和一些优秀的师弟师妹们交流时,询问其中一位刚拿到麻省理工学院全额奖学金攻读博士学位

---

[*] 发表于《北京大学教学促进通讯》第 31 期,2016 年 1 月。

的大四学生:你在北大学习期间最大的体会是什么?这位师弟稍作思考后,十分平静地告诉我:当我在化学学院实验室做实验时,经常的感觉是,不知不觉间几顿饭的时间就过去了。听完这句话,我马上想到了"废寝忘食"四个字。这位长久沉浸在科学实验之中,不以为苦,反以为乐的少年,不就是带着一种北大人的心结在做实验么?不就是一位学术界的青年"瘾君子"么?我敢断言,凭着这样的精神状态,他一定会实现自己的学术梦想。

近来,我有机会阅读了一些关于刘浦江、李小凡两位老师的事迹报道,很受感动。借用温儒敏老师的说法,他们是北大"只出学术,不出新闻"的教授。他们并没有特别显赫的名声和地位,只是数十年如一日,默默耕耘,教书育人,支撑起北大日常教学科研的运转;即便是在身患重病之时,念兹在兹的大事,还是教学科研,还是自己心爱的学生和著述。刘浦江老师临终前曾给学生发邮件说:"这一周来,晚上睡觉不能平躺,否则通宵咳个不停,完全不能入睡。我坐着睡,下半夜还能睡一小会。白天也没法睡觉,只要躺下就一直咳,只能坐着,所以只要不发烧,脑子清楚,就可以坚持看看东西,也不觉得困,反而觉得不怎么咳了,今天已经在做《辽史》统稿工作……告诉你们我为什么不畏惧死亡。上次住院时听一位病人家属讲,邻床一位中年男人整天哀怨,我要死了我挣下的钱都是别人的了,我老婆也是别人的了,我的儿子也要跟别人姓了。这就是因为没有精神寄托,而我和他不同。一个人文学者,有一流的作品可以传世,能够培育出一流学者来继承他的事业,还有什么可畏惧的呢?顶多有一点遗憾而已。"当我第一次读到这样的文字时,就深深地意识到,这难道不是一段最震撼人心的学术誓词和人生宣言么?当病骨支离、生命垂危之际,对自己的生命遭际异常淡定坦然,却对教师职业和学术事业异常沉迷眷恋,这是什么样的力量在支撑着这位病榻之上的坚强学者呢?想来想去,恐怕还是北大人的心结在起作用吧!

回想自己在撰写博士论文时的经历，就更能感受到这种心结的感染力量。2008年9月，我开始在职攻读新闻与传播学院的博士学位。读书期间，我在学校的行政岗位的工作变化了三次，每次调整后，工作任务都会增加不少，繁重的日常工作占去了我生活中的大部分时间，只能挤时间读书学习。在论文写作的关键阶段，我每天的常态是，白天在单位忙工作，五点下班后，在办公室的沙发上小憩片刻，便投身于论文的世界中去。常常是在不知不觉中，就已是夜半时分。当我带着一身倦意，离开办公室，穿行校园回家时，看到实验室、宿舍如星光般的满园灯光时，我就知道，我还不是这个校园里最勤奋、最努力的学生。在这样的环境中，我又有什么理由不坚持下去呢？每每这个时候，那种"应付一番就行"，"再拖一段时间"的念头就会被不断打消。有时清晨查看邮件，看到本师肖东发教授半夜发来的为我"传道授业解惑"的邮件时，这种体会就更加真切。作为一名北大人，面对

2014年7月博士毕业照

自己的选择，不做则已，要做就一定要精益求精，出类拔萃，决不能自甘平庸——这样的想法，支撑着我顺利走过了论文答辩的各个关卡，并在毕业时获得了"北京大学优秀博士论文奖"的荣誉。

对沦为平庸的忧虑，这种北大人特有的心结，其实是一种激励和督促人们不得不奋斗，不得不前进的强大"正能量"，更是历代北大人共同打造的一份沉甸甸的精神财富。这种心结让北大人拥有了一种立志自拔于流俗、不断追求卓越的风骨，在干事创业、做学问、搞研究时，都能体现出一种"会当凌绝顶"的冲天豪气和"只管攀登不言高"的扎实干劲，用"拼命三郎"来形容他们的劲头，一点也不为过。以读书治学而言，在北大的优秀师生那里，是把学习、研究作为一种崇高的信仰和生命的常态来对待的，他们相信这是让人生和社会更加幸福美好的正途。一般情况下，他们不会向权贵、富豪折腰，也不会向贫穷、疾病屈服，只会向有思想、有学问、有创造、有贡献的人致敬。在北大的校园里，学习、思考、研究、创新是比天还要大的事情，由此形成了十分独特而浓郁的学风与校风。林毅夫先生经常教导学生说："将军最大的荣耀是战死疆场马革裹尸还，学者最大的荣耀是累死在书桌上。"这样的话，在北大绝非不切实际的空言高论。

当明白了北大人的这个重要心结时，我们就基本找到了解答北大精神的金钥匙。那么接下来的一个重要问题就是：这种心结形成的原因是什么呢？我分析，主要来自两个方面：一是来自每个人的自我期许；二是来自北大的独特地位。

从个人的角度来看，无论是到北大学习，还是在北大工作，能和北大结缘，都是人生中的一件幸事，也是让人们艳羡不已的美事。曾有不少人拿到本师的名片后感慨道，人生一世，能够在自己的名片上印上"北京大学教授"这六个大字就足矣。每一位在北大工作的人可能都会有这样的经历：当我们以北大人的身份出外参加各种活动时，不论我们个人的成就、地位如何，只要亮出北大人的身份，人们都会高看一眼。原因很简单：北大人就应该非同寻常。

再从学生的角度来看，能够进入北大学习的每一位同学，在中学阶段，一般都是当地学子中的风云人物。按照每个人对自己的期许，经过北大的几年教育后，理应比进入北大前更为出类拔萃。如果经过几年的学习，没有提高和进步，只是带着一个北大人的虚名打发光阴；如果从北大毕业后，在有生之年没有做出点像样的成绩来，只是停留在当年学生时代的光荣与梦想，就太对不起自己的青春年华和天赋才能，不用说无言见江东父老，就是面对或者回想起燕园的那方水土，也会心生愧疚。

欧阳中石先生回忆说，他年轻时进入北大学习，就深切地感受到："燕园的幽美，世界驰名。湖光塔影，荷香柳荫，令人神怡，令人陶醉。在这里的日子虽然不长，但在这里读书的幸福却着着实实地享受过了。我们都意识到，成长在这样的环境里，如果再不成材，就太辜负这'皇天后土'了。"这段话，实际上道出了北大人共同的心声。从这个角度来说，北大人这个身份，既是一种让人自信的荣耀，也是让人奋进的压力。因此，北大人无论是在校学习，还是在外打拼，其实过得并不轻松，更多的是一种"累并快乐着"的状态。

从北大的地位来看，在中国近代以来的历史上，作为第一所现代意义上的国立综合性大学，北大一直扮演着独一无二的重要角色。京师大学堂初建之时，就被赋予了两大重要职责：一是为国家培育现代精英人才，努力实现教育兴国、民族复兴之梦；二是代表中国大学在世界名校中争得一席之地，为人类文明的发展做出自己的贡献。正如1902年张百熙在给光绪皇帝写的奏折中谈到的那样：京师大学堂"理应法制详尽，规模宏远，不特为学术人心极大关系，亦即为五洲万国所共观瞻。天下于是审治乱，验兴衰，辨强弱。人材之出出于此，文明之系系于此"。直到今天，这种勇担天下重任、服务国家战略的家国情怀和责任意识，仍然是指导和促进北大发展的重要力量源泉。在一定程度上，北大制定并遵循的标准，北大出品的人才和科研成果，就应该是全国高校的最佳标杆和最高水平。

从培养人才的角度来看，北大培养出来的学生就应该是全国最优秀的学子，理应成为各行各业的领军人物和中流砥柱，否则就是暴殄天物，有失北大职责。能够来到北大学习的每一位学生，应该说都是全国各地的佼佼者，就好比是一块未经雕琢的璞玉。北大的重要任务，就是把这一块块形态各异的璞玉，根据他们各自的先天条件，雕琢成一块块美丽而适用的玉器，让他们走向社会后，精益求精，超凡脱俗。据赵宝煦先生回忆：1979年，英国高等教育协会主席约翰·富尔顿来北大访问。当北大领导介绍说北大历年录取新生的分数线均高于其他院校时，客人插话说："我很理解。你们北大，就如英国牛津、剑桥一样。全国家长，都渴望把他们的子弟，送来读书。全国顶尖学生，也无不以能进入北大为最高理想。因此，你们收来的学生，都是拔尖人才。我感兴趣的是，这些拔尖学生，在你校学习四年或更长时间之后毕业出去，他们在各行各业中，是否仍是拔尖人才呢？"赵先生说，这一提问，让他印象最为深刻，长久不能忘怀。直到今天，这位英国教育家的严峻提问，仍然是我们必须认真对待并力争拿出肯定答案的重要问题。

蔡元培先生曾云："一个民族或国家要在世界上立得住脚——而且要光荣地立住——是要以学术为基础的。尤其是，在这竞争激烈的二十世纪，更要依靠学术。"国家如此，高校更是如此；从学术研究的角度来看，一流的学术成果才是一所优秀大学接续发展、永葆魅力的立身之本。提到这个问题，人们经常会引用李大钊先生在北大校庆25周年时的祝词："我以极诚挚的意思，祝本校学术上的发展。只有学术上的发展值得做大学的纪念。只有学术上的建树值得'北京大学万万岁'的欢呼。"这样的观点在90多年后的今天仍然具有很强的指导意义。今天的北大人，绝不能总讲过去的辉煌而忘记今后的使命。尤其是在创建世界一流大学的进程中，更应该持续不断地推出世界一流的学术成果证明自己的实力，以期早日成为可与哈佛、剑桥等学校齐名的世界一流大学。我们曾在北大学生中做过一个小小的调查，问大家"面对北大你有何为何感？"同学们的答案可谓五花八门，异彩纷呈，但我们最喜欢的一个答复是："希望北大真正成为世界名校，而不仅仅是中国第一。"因为这不仅仅是数代北大人的共同愿望，更是亿万国人多年来的真切期盼。正如张岱年先生晚年所期盼的那样，北大的学术，中国的学术，一定要走向世界。北京大学在学术文化上，应该对世界做出重要贡献。

北大前贤与时哲的殷切期望，无论是指向集体的北大，还是指向具体的北大人，实际上都隐含着一种拒绝平庸、追求卓越的共同心结。新时期的北大人理应牢记这一传承了百余年的北大心结，精进不止，接续奋斗，以优异的成绩，给自己，给前贤，给亿万国人，给我们这个期盼复兴已久的民族交上一份满意的答卷！

2015 年 11 月 25 日

本土情怀、文化自信与创建世界一流大学的梦想*

2013年"两会"结束后,《北京大学校报》的记者采访什么是我心中的"中国梦",我回答说,我的"中国梦"是随着国家的日渐富强,中华民族能够更加自信、自强,尽快在文化和精神上"站立"和"独立"起来,用优秀的文化产品和积极的民族精神向全世界传递当代中国的"真创造"与"正能量"。因为,要实现中华民族的伟大复兴,中国文化和中国精神的强大是一个不可或缺的重要基础条件。

文化的传承与创新,是当代大学的重要职能之一。要实现中国文化的复兴之梦,作为精神文化高地的大学责无旁贷。而作为"上承太学正统,下立大学祖庭"的北京大学,历来就以研究、传承、创新和传播中华优秀文化为己任,走在众多大学的前列,引领着思想文化发展的历史潮流,因此被誉为中国现代文化史上的"双子星座"之一。1998年北京大学百年校庆前夕,季羡林先生曾深情论述百年北大与中国文化的关系说:"在过去一百年中,时间斗换星移,世事沧海桑田,在中国产生了天翻地覆的变化,而北大在人事和制度方面也随顺时势,不得不变。然而,我认为,其中却有不变者在,即北大对中国文化所

---

* 发表于《北京大学校报》第1340期,第4版,2014年2月15日。获北京大学2013年"我的中国梦"主题征文一等奖。

必须担负的责任。古人常说，某某人'一身系天下安危'。陈寅恪先生《挽王静安先生》诗中有一句话：'文化神州系一身。'而我却想说，北大一校系中国文化的安危与断续。"充分说明了北大与中国文化的密切关系。今天，北大更应该在中国文化的复兴之路上大有作为。

国校本一体，中华有梦，北大亦有梦。北京大学向来以天下国家为己任，当前，我们正阔步前行在创建世界一流大学的"圆梦之旅"上。从文化建设和创新的角度来讲，我们实现"北大梦"的过程中，应该有强烈的本土情怀，通过大学的文化自觉和自信把北大精神和中国文化"立起来"！这，应是每一位北大人不容推卸的文化梦和责任梦。

创建世界一流大学，实现"北大梦"，应该有广阔的视野，做到五个"看"：一是"向外看"，放眼看世界，认真向国际一流大学取经看齐，根据自身需要，有选择性地借鉴其成功经验；二是"向内看"，全面、客观地分析自身的历史文化与优势特征，对自己的"家底"能够如数家珍，做出准确研判，以此为基础，有所为，有所不为；三是"向上看"，紧盯并服务国家民族的改革发展战略和文化建设需要，用一流的学术成果和科学发现，助力实现"中国梦"；四是"向下看"，理论与实践紧密结合，扎根中国土地，了解中国实情，解决中国问题，切实履行中国高校的社会责任；五是"向回看"，重视和发掘中国固有的本土资源，研究传统文化的宝贵经验和优良传统，做好传承、借鉴与转换工作。第一个"看"指"国际化"，后四个"看"则着眼于"本土化"。二者在创建世界一流大学的过程中，如车之两轮，鸟之两翼，不可或缺。而本土资源，是我们各项事业大发展的重要根基。

通过多年的努力，中国大学在国际化的道路上已经做了很多，开辟出很多新天地，一般都不会犯故步自封、夜郎自大的错误。但在国际化的过程中，却存在两个隐忧：一是"学歪了"。有时是走马观花、道听途说，把一些个别的做法当成普遍经验来套用，不考虑自己的传统优势，一味照搬照抄，邯郸学步，结果必然是水土不服，遗留问题很多。按照杨福家先生的说法，一流的大学"必须是综合性大学""必须有一流的医学院""必须研究生规模比本科生规模大"之类的说法就曾被当成中国高等教育改革的"金科玉律"。实际上，世界一流大学并不是百校一面，而是千姿百态，各有特色。二是"学丢了"。过度迷信国际化，忽视、轻视本土资源，以为创一流，就是国际化甚至"美国化"，别的路子都不可取，最终动摇了根基，失去了自信，丢了传家宝。

在创建世界一流大学的过程中，当然要继续科学、系统、深入地研究、学习、借鉴世界一流大学的宝贵经验，进一步提升国内大学的国际化水平。而与此同时，还要有十分强烈的"本土情怀"，一切都要立足于中国实际，努力破解中国经济社会改革发展和文化传承创新中的重大问题。中国革命和建设事业的伟大胜利，靠的是马列主义和中国具体实践的紧密结合。对于学术文化研究来讲，也应该注意学术文化发展普遍规律与本土资源的融会贯通。当年，国学大师陈寅恪游学各国，广泛接触西方文化，但在中西关系上，他坚持"不忘本来民族之地位"。1932年，他在冯友兰《中国哲学史》（下册）审查报告中写道："道教对输入之思想，如佛教、摩尼教等，无不尽量吸收，仍然不忘其本来民族之地位。"他郑重指出，吸收外来文化，"其真能于思想上自成系统，有所收获者，必须一方面吸收输入外来之学说，一方面不忘本来民族之地位"。这种文化理念和研究思路是很多学者成为大师名家的共通经验和成长路径。今天，我们办教育也是如此，必须把创建世界一流大学的普遍规律和中国高校的实际情况相结合。我就在很多场合听到这样的观点：大学解决了中国这个发展中国家的重要问题，就是解决了全世界的重大问题，就是为世界的发展做出了应有贡献。

本土情怀需要我们有必要的"文化自信"，摒弃"万事不如人"的观念。党的十八大明确提出要坚定中国特色社会主义的道路自信、理论自信、制度自信，创建世界一流大学，也需要有这样的自信，既不能妄自尊大，又不能妄自菲薄。尤其是对本民族的优秀文化，应该有

"敝帚自珍"的情结和传承创新的职责。对自己的文化、人才、体制应该有充分的自信,敢于为自己的优良传统、独到经验与科学路径大声叫好。但是现在很多大学,在这方面做得并不尽如人意。在讨论教育体制改革时,大家经常提的是哈佛如何,普林斯顿如何,剑桥如何,等等。极端者,还会讲,美国人在这方面已经有成型的做法,我们只管搬来运用即可。如果要提中国传统的做法,就一定会被视为不通世故,不能与时俱进的"遗老派"。岂不知再好的观念和做法,也要与当地的水土相适应。中国高等教育界,因为盲目地照搬照抄,最后导致弊大于利的教训已经不少。其实,江山代有才人出,各领风骚数百年。不能简单地说中不如外,昔不如今,如王选、袁隆平、吴孟超等人,都是我们自己培养出来的大师级人物。今年3月,徐光宪先生在《在人才培养上不能妄自菲薄》一文中提出:"虽然我们在培养独立自主的创新型人才方面,还有许多工作要做,但其中首要的是要有超越洋人的信心和决心,决不能自卑地认为是不合格的博士生导师。"这一观点实在是发人深省。

本土情怀需要我们经常接触中国的地气,努力了解和破解中国的实际问题。现在我们在培养学生的过程中,大力支持其出外访学交流,每年国家和学校投入的资金量甚大。这是非常必要的,而且还应该继续加大投入力度。相形之下,对于扎根中国基层,认真开展社会实践方面的支持力度还有不足。实际上,无论对个人而言,还是对高校而言,向人民群众学习,向实践学习,意义和作用都是非常重大的。深入群众和基层,一方面可以促使我们了解中国的真实情况,不至于"言必称希腊"而"不知有魏晋",避免做出来的学术成果是"空对空",而不是"实打实";另一方面可以培养学生与人民群众的感情,激发"吾曹不出,如苍生何"的强烈愿望。任继愈在《开始学习马克思主义》一文中写道:"作为一个中国哲学史的研究者,不了解中国的农民,不懂得他们的思想感情,就不能理解中国的社会;不懂得中国的农民、中国的农村,就不可能懂得中国的历史。"最重要的是,理论是灰色的,实践之树长青,在这个过程中,同学们可以学习到很多书本上没有的知识,发现很好的研究课题。如我认识的一位经济学院的博士生,在修完课程后,自己回到家乡的一个镇上做调研,经过两年的努力,收集了十分丰富的材料,做出了非常好的成绩。此类学生,理应受到我们的支持和肯定。所以在鼓励学生走出国门开眼看世界的同时,有必要鼓励和支持他们"上山下乡",接接地气。有鉴于此,笔者曾经所在的研究生奖助办公室,积极争取并设立了多项重要奖学金,以鼓励和引导研究生从事高水平的原创科学研究和面向社会基层的调研,提倡实践调研与理论创新紧密结合的扎实学风。

本土情怀还需要我们努力建立"中国学派",在世界上努力发出中国声音。现在大学中的很多学科的教材,介绍的理论多由欧美学者创建,基本上看不到中国学者的观点。在众多的研究专著中,以中国人命名的模式和理论比较少见,学来学去,都是"汤姆理论"或者"约翰模式"。学习和研究一个学科,实际上就成为研究欧美学者的理论。研究中国现象或中国问题,也多是用欧美学者的理论去套用。有一次,我参加某学院"挑战杯"论文答辩的评审时,有一位同学做的是农村土地转让的问题,用了很多西方的理论和模型,推导出了看似很漂亮的结论。我的问题有两个:一是你去过农村么?二是你知道农村的宅基地和耕地之间的区别么?他的回答都是否定的。这让我十分吃惊。这样的研究,虽然理论看起来很漂亮,但却纯粹是西方本上的东西,与现实情况多有不符之处。如果结论广为传布,将贻害无穷。我相信,这样的现象,在很多人文社会科学领域中都不少见。余英时先生曾感慨:"我可以负责地说一句:20世纪以来,中国学人有关中国学术的著作,其最有价值的都是最少以西方观念作比附的。"据郑天挺先生回忆,1921年,在北大的一次集会上,陈垣先生对大家说:"现在中外学者谈汉学,不是说巴黎如何,就是说东京如何,没有提中国的。我们应当把汉学中心夺到中国，夺回北京。"我多么希望，今天北大的师生，都能够像前贤那样，发下宏愿，努力在不同的学科领域中，兼收并蓄，守正创新，独立提出以自己姓名命名的"中国模式"，建立起富有鲜明中国作风、中国气派，同时兼具世界影响力的"中国学派"。如果这一目标能够实现，那么世界一流大学和中华民族文化复兴伟大梦想的实现，也就指日可待了！

2013 年 11 月 14 日

从"北大是常为新的"看大学的创新发展 *

笔者在很多场合,经常能听到人们引用鲁迅先生论北大"校格"的名言:"北大是常为新的",以说明北大常能引领时代潮流而"勇为天下先"的气魄。19世纪末期以来,中国现代高等教育历程的开启、新文化运动的兴起、马克思主义的传播、"新人口论"的提出、汉字激光照排技术的发明、创建世界一流大学重大战略的实施,等等,这一系列深刻影响中国社会发展和民族命运的重要变革与创新,均导源于北京大学。从这个意义上,"常为新的"的确应该是北大的优良传统和重要风格之一。

但是在阅读原文时,笔者却发现这样的引用,实际上和鲁迅先生的原话有一定的差别。先生此言见《我观北大》(1925年)一文,原话是:"第一,北大是常为新的,改进的运动的先锋,要使中国向着好的,往上的道路走。""第二,北大是常与黑暗势力抗战的,即使只有自己。"按照原文意思,"常为新的"仅仅是半句话,是"先锋"的修饰语之一,并非先生所要表达的全部真意。依笔者的理解,先生的这句话应该作为一个整体来理解,其原意应该是北大"不仅新,而且好;

---

* 发表于《北京大学校报》第1299期,第4版,2012年11月5日。

不仅能与黑暗势力抗战，而且还勇于坚持"。其中显然透露着一个基本原则，这个"常为新的"，一定要是正向而光明，积极且有所改进的，要使国家上进，民族受益；而不是一味地求新，为新而新，甚至变为绝对的"唯新论"。

创新是当今时代的主题，世界发展的潮流。没有创新，国家和社会就没有发展进步。科学研究、学术探讨尤贵有创新。尤其是在我国科学技术、教育水平还与国际一流有很大差距的情况下，更需要大胆的改革和突破。在大学校园里，倘若师生没有锐意创新的意识和动力，学术思想、科研发现没有新的成果，那大学校园就一定是死水一潭。但我们也要特别注意避免片面地求新求异，应该树立一种基本的意识："常为新的"不一定就是"常为好的"，而"常为好的"也不一定都是由"常为新的"造成的。那种不考虑具体条件，不分析实际情况，不问最终效果的"新"，未必就是好事；有时候，急于新，过于新，反倒会适得其反，造成失误。由此可见，"断章取义"地引用和理解鲁迅先生的名言，是不妥当的。

所以，我们要正确理解和认真体会鲁迅先生对北大"校格"的精辟概括，把握好"求新"与"求好"的和谐统一。我们的经济发展，追求"又快又好"；我们的教育，要遵循的则应是"又好又新"。只有那些能够促进中国经济社会和高等教育事业又快、又新、又好发展的思路、政策和举措，才是我们真正需要和欢迎的。纵观北大乃至整个中国现代高等教育的发展，凡是对国家和民族命运起到重要推动作用的思想、政策和举措，一定符合"又好又新"这一基本标准。最典型的事例，就是五四新文化运动时期，各种新思潮在北大风起云涌、层出不穷，但最终还是马克思主义这一"又新又好"的理论学说从中脱颖而出，最终改变了中国的历史命运。

随着经济社会改革发展的深入推进和科学技术的飞速发展，在当前的大学校园里，新想法、新思潮、新发现会越来越多，这是大学思想学术繁荣发展的重要表现之一，我们应该尊重并努力维护这种"百花齐放"、大胆创新的学术氛围，但是在提倡主导思想，以及要把某种思想落实为具体政策时，则更要深思熟虑，在考虑其创新性的同时，要特别注意考量其适用性和实效性，按照"又好又新"的原则进行科学取舍。

围绕"求新"与"求好"这一主要关系，在具体的工作中，我们应该把握并处理好以下三方面的关系：

一是"守正"与"创新"。"周虽旧邦，其命维新"，只有温故，才能知新。有时候，保守也是一种与时俱进。经过110余年的探索发展，我们已经形成了一系列符合国情和校情的好传统、好做法，需要我们一如既往地坚持、继承并发扬。而不能凭空另起炉灶，置优秀传统于不顾。比如服务国家发展战略的传统，"思想自由，兼容并包"的传统，以"牺牲主义"维护学术和人格尊严的传统，重视自主创新的传统，知名教授、院士给本科生上课的传统，等等，都需要认真坚持。1998年北大百年校庆时，陈翰笙先生对北大的祝福语是："祝北大今后办得像老北大一样好"。这样的祝福在一定意义上说明了北大的历史传统是我们发展中取之不尽、用之不竭的宝藏。在创建世界一流大学的过程中，在努力"向外看"，向世界一流大学取经求宝的过程中，我们也应该有意识地"向回看"，研究中国传统教育以及老北大的成功经验，看看其中哪些是我们的"传家宝"和"看家本领"。因为，我们毕竟是在中国的大地上，在110多年光辉历史的基础上建设世界一流大学的，只有把创建世界一流大学的普遍规律和中国的国情、北大的校情紧密结合起来，以解决中国的实际问题，才能有真正的创新发展。

二是"重积累"与"逐时新"。"不积跬步，无以至千里；不积小流，无以成江海"，学术研究没有长期认真的积累，创新就无从谈起。在北大的优良学风中，前贤把"创新"置于"勤奋、严谨、求实"之后，实在是非常科学和精辟的。近些年来，笔者一直给本科生上课，一个明显的体会是，学生的自主性、表现力以及思想的活跃程度越来越突出，尤其是在集体讨论中，他们的新思路、新观点常会让人耳目一新。但随着教学的深入，就会发现同学们的知识积累似乎一年不似一年，一些该读的书没有认真去读，该掌握的知识没有系统掌握。这样，教师就很难和学生进行深入的对话和交流，而学生在"灵光乍现"之后，往往会重归沉默。笔者由此而反思：我们是否在特别表彰"创新"的同时，忽视了积累的重要性？萨特说过："如果试图改变一些东西，首先应该接受许多东西。"没有严格的基础训练，没有认真的知识积累，以后治学处事，难免会有后劲不足之虞。除了学生以外，在我们的教师中间，也存在"东风花柳逐时新"的治学风气，一味追热点、跟时髦，看似成果很多，实际价值甚少。当年，胡适先生曾训导学生，做学问"时髦不能跟"，时时处处都要"不苟且"，对于今天的学术界，仍然有警示作用。"旧学商量加邃密，新知培养转深沉。"笔者多么希望，无论社会如何发展，时代如何变化，在我们的大学校园里，既有"处处是创造之地，天天是创造之时，人人是创造之人"的生动局面，同时还不乏守得住寂寞，耐得住清冷，把冷板凳坐透的坚守与执着。

三是"思想之新"与"行动之实"。常常有人说我们北大人"醒得早，起得晚"，善于坐而论道，而不善于起而落实。这虽有以偏概全之嫌，但忠言逆耳，良药苦口，也能引起我们的反思。实际中，我们经常会看到这样的现象：我们有很多"石破天惊""独领风骚"的好想法和好思路，但到落实时，却经常没有了下文。往往使得很多富有创见的好想法变为一纸空文而被束之高阁，最终错失了发展的良机。等到别人把这种想法变成事实后，我们反要回过头去学习、追赶他们。而有人却还要说，这又有什么大不了的呀？我们早都想到了，只不过我们没去做罢了，此乃"非不能也"，是"不愿也"。管理学中有一句名言："三流的点子加一流的执行力，永远比一流的点子加三流的执行力更好。"任何组织的发展都要依靠强大的执行力，也即落实能力。可以断言，如果没有邓稼先、黄昆、王选、徐光宪、王夔、厉以宁、袁行霈等众多先生认定方向之后的潜心科研、笔耕不辍，就一定不会有今日北大崇高的学术声誉和地位。今天的北大人，应该像温家宝总理说的那样，既善于"仰望星空"，又能"脚踏实地"，努力造就出一种"顶天立地"，既大气又踏实，既能贡献新思想又能做出新成果的"北大做派"，则北大一定会在未来的发展中，如虎添翼，如帆得风，在更多方面为教育界乃至全社会做出更多更新更好的示范引领！

2012 年 6 月 14 日

激情与责任铸就辉煌
——沙滩红楼前的感悟 *

又一次来到了红楼!

不知道已经是第几次参观红楼了,但每一次去都是兴趣盎然,而且都会有真切而新鲜的感悟与收获。红楼建成于京师大学堂成立20年后的1918年,但却成为老北大最突出的建筑、永恒的标志与象征。在我看来,北大学生参观红楼,最重要的意义可能就是近距离地了解老北大的历史,进而感受其中的精神魅力。因为,在北大的百余年历史中,新文化运动时期的老北大无疑是最为辉煌的时刻之一,让人神往不已,其中可说可道的实在太多,而红楼正是那个时期北大的代称。如果认真体悟的话,任何一位热爱北大的同学都可以在这里学到很多。说得夸张些,进入北大的学生都应该来看看红楼,了解一下真实的老北大。

现在很多的北大学生,说起北大,可能就会说北大有个"一塔湖图",对沙滩红楼则不甚了解。殊不知北大"爱国、进步、民主、科

---

* 此文获2005年北京大学"我体悟的北大精神"原创作品征集大赛一等奖,收录于韩流主编:《我心中的北大精神》,北京大学出版社2008年版。

老北大的沙滩红楼

学"的传统正是从红楼时期的北大开始定型的,轰轰烈烈的新文化运动是以红楼为中心展开的,五四运动的游行队伍是从红楼后面的民主广场出发的。五四新文化运动则无可争辩地确立了北京大学在全国文化界、教育界和思想界的领袖地位。今日我们称北大为全国最高学府,除了那些显在的硬件条件以外,还包含着太多太多文化和思想的分量。因此才有很多人把北大称为精神的圣地、学术的殿堂。饮水思源,我们在自豪于这些成就的时候,理应把这些传统的根子追溯到新文化运动时期。而红楼作为那个时期的标志性建筑,则无疑是那一段光辉历史的最好见证者。1952年以后,因为全国院系大调整,北大告别了沙滩红楼,来到京西燕园。校园虽然发生了变化,但北大宝贵的精神传统却一脉相承,并经过一代代北大人的努力得到进一步的充实和发扬光大。

红楼时期的北大，大师云集，才俊荟萃，学风自由而上进，人物博学而风流，真是一个空前的辉煌时代。面对红楼，如同面对一位沧桑睿智、博大雍容的谆谆老者，又如面对着一群指点江山、激扬文字的同学少年。既让人在尊重中沉思，又让人在感动中奋发。走进红楼，看到的是一间间不能再普通的教室；人去楼空，只能让人在历史中追寻那已去的辉煌。在这里，我们仿佛可以看到蔡元培、鲁迅、李大钊、陈独秀等人追求真理、忧国忧民的面容，可以听到师生们指点江山、往来切磋的声音。正是这些被历史记住了的面容和声音给死气沉沉的中华大地带来了一缕缕阳光和一声声惊雷，从而改变了古老中华的精神面貌。1899年6月19日《北华捷报》上的一篇报道说到京师大学堂藏书楼时这样讲：它"向大学堂的所有成员，乃至整个北京城的居民，放射出'甜蜜和光明'"。而这种"甜蜜和光明"在红楼更得以延伸。红楼的落成，似乎是北大人给北京城乃至整个中国带来的一团现代意义上的熊熊烈火，北大人则扮演了盗火者的角色。在这团熊熊烈火中，北大人给中国带来了"民主"与"科学"的理念，带来了追求国家富强、民族独立和个人自由的祈求，带来了一个崭新的时代。

　　参观红楼，让我想起了北大的传统。北京大学的创立，可以说是由三条历史文化因素交汇的结果。一是晚清以来"西学东渐"浪潮中西方现代教育理念和体制的传入，使北大人具有了放眼世界的胸怀和融入世界格局的追求，此所谓"现代追求"；二是中日甲午战争以后国人亡国灭种的危机感，让北大人时时刻刻都在忧国忧民，事事都以天下为先，这是可贵的"忧患意识"；三是从西汉以来在士人阶层中形成的"太学传统"，让北大人疾恶如仇，每逢不平便挺身而出，这是马寅初先生所说的"牺牲精神"。"现代追求""忧患意识"与"牺牲精神"犹如三条川流不息的大河在新文化运动时期汇入了北大人的血液，最终构成了北大人基本的精神格局，最终让北大人成为国家和民族的脊梁。具体表现在当时师生身上的，便是挥洒不尽的激情和勇于承担一切的责任感。

斗转星移，时光的流逝可以淡化很多东西，但是却淡化不了北大人高贵的激情。翻看老北大人的文章，总是让我按捺不住内心的激动。满纸文章，无不洋溢着慷慨悲壮的激情；这激情，绝不是为了一己之私，而是为了国家与民族的前程撕心裂肺地呐喊。今天的人们，太需要用这种激情来为自己提提神了。当年，"铁肩担道义，妙手著文章"的李大钊先生曾深情地呼唤着青春的力量，他迫切地希望青年人"冲决历史之桎梏，涤荡历史之积秽，新造民族之生命，挽回民族之危机"。这是何等的气魄！"振臂一呼，应者云集"的陈独秀先生，在认定"只有德、赛两先生可以救治中国政治上、道德上、学术上、思想上一切的黑暗"后，斩钉截铁地说："若因为拥护这两位先生，一切政府的压迫，社会的攻击笑骂，就是断头流血，都不推辞。"这又是何等的气概！像这样的文字实在举不胜举。当年的很多青年人就是被这些掷地有声的文字和热血沸腾的激情深深打动，才奔向了光明，成为时代潮流的引领者。难怪马寅初先生在回忆五四时期的北大时，曾有这样的感慨："此种虽斧钺加身毫无顾忌之精神，国家可灭亡，而此精神当永久不死。然既有精神，必有主义，所谓北大主义者，即牺牲主义也。服务于国家社会，不顾一己之私利，勇敢直前，以达其至高之鹄的。"只要真正了解了北大的光辉历史和蕴藏其中的苦苦追求，就自然会明白马先生的说法的深刻内涵。

与激情相连的，是老北大人强烈的责任感。在他们眼中，唤起民众的觉醒，传播先进的思想文化，促进社会的整体进步，是他们义不容辞的神圣责任。这种责任感，竟有一种"舍我其谁"的英雄气概！参观中，发现那个时候的北大人竟是那样地亲近平民大众，几乎每一位北大人都有一种强烈的平民意识。老校长蔡元培不仅提出"劳工神圣"的口号，而且身体力行，在北大创办平民夜校，让普通大众也享有受教育的机会。陈独秀、胡适、周作人都在提倡建立平民的文学；李大钊则在十月革命胜利后,高呼"庶民的胜利";刘半农、邓中夏等人则亲自来到民间,或搜集民歌,或为民众大力宣讲新思想和新知识……在这些老北大人身上,已经没有了传统士人高高在上的姿态和独善其身的清高。他们热爱大众,亲近大众,启蒙大众,用自己的新思想和知识提升着民众的整体素质。这一点,在今天看来,又是多么的难得!

激情与责任铸就了辉煌!

红楼作为历史的陈迹,见证了北大的那一段光辉历史,积淀着老北大的文化与精神内涵。这种可贵的精神传统就是蔡元培先生所提倡的"思想自由,兼容并包",也是鲁迅先生所说的"北大是常为新的,改进的运动的先锋",还是马寅初先生所总结的"牺牲主义"。一言以蔽之,也就是我们今天的校训:"爱国,进步,民主,科学"。正因为如此,在红楼学习和生活过的北大人都对红楼有着难以割舍的情怀,提起红楼时期的北大,他们总是饱含温情和敬意。正如老校长胡适先生《三年不见他》的诗中所写到的:

三年不见他,
就自信能把他忘了。
今天又看见他,
这久冷的心又发狂了。
我终夜不成眠,
萦想着他的愁、病、衰老。
刚闭上了一双倦眼,
又只见他庄严曼妙。
我欢喜醒来,
眼里还噙着两滴欢喜的泪,
我忍不住笑出声来:
"你总是这样叫人牵挂!"

在老北大人心中，红楼是那样的可亲可爱，又是那样的难以忘怀。在他们心中，红楼是一座不可忘却的丰碑，上面不仅铭刻着老北大的辉煌历史，而且凝聚着几代精神贵族的文化追求。真希望今天的每一位北大学子，在谈论"一塔湖图"时，能抽空去沙滩红楼看看，去真切地感受一下沙滩红楼所代表的精神内涵，并将这代代相传的红楼精神内化在自己的血液中。

双园春赋*

自未名湖重新闪起潋滟波光的那一天起，燕园的春色就一天浓于一天了。先是一场带着微微寒意的细雨洗净了北京灰蒙蒙的天，然后是几枝带雨的杏花给人们带来一阵突然的惊喜。雨后的天空，湛蓝湛蓝的，蓝宝石一般晶莹，偶尔还有几絮淡淡的白云挂在远处的屋檐上。静园的草坪上也渐渐热闹了起来，那平铺着的绿的光泽不由你不动心。未名湖畔的垂柳一天到晚都被笼着一层黛青色的薄纱，一缕缕低垂的柔枝，就像刚出浴的少女散在风中的秀发。透过一教三楼的窗户看，巍巍的博雅塔也好比刚过冬的老人，很有精神地静立在那儿，任由满园的芬芳把自己来装扮。唯一叫人泄气的便是"吹面不寒杨柳风"的意境只能到书中去享受，那整天在耳边呼呼作响的风沙，未尝不是这满园春色的一处败笔，多少让人有些遗憾。不过人还是知足常乐的好。梁实秋先生在《忆青岛》这篇文章中说1949年前的北京"无风三尺土，有雨一街泥"。那时的情形，可真是连想都不敢想的。

---

* 北京大学昌平校区位于昌平县城西北4公里的山坳中，又称昌平200号。20世纪90年代中后期，由于燕园的教学、住宿条件有限，1994级至1999级连续五届的文科生都被安排在昌平园学习、生活，大一结束后再回到燕园。1998年9月至1999年6月，笔者在昌平园度过了一学年难忘的北大生活。本文发表于《北京大学校报》第925期，第4版，2001年5月7日。

最妙的是黄昏时候,站在三教五楼甬道的西端,临窗远眺夕阳沉入西山时的景色。落日的余晖把西天厚厚的云彩染得通红,西山的轮廓被映得分外明了,整个一片的深蓝,连绵起伏的线条历历在目。毕竟是初春,"寒山转苍翠"是不可能的。余晖也伸长了手臂,给整个甬道撒下了满地金黄,让人陶醉在金色的梦里。此时的燕园,大半已沉浸在暮色之中,高楼的遮掩,使她多了一层淡淡的墨色。最能吸引人的,是不远处小庭院中的两株杏树(桃树?),满树的花正开得热闹,不难想见蝶飞蜂舞的场景。可惜只有两株,太少,有点孤零零的感觉,行色匆匆的人们也不会去搭理它们的。

让思绪在这个忙里偷闲的当儿飘回初春的昌平园也许是最好的"消遣"。"年年岁岁花相似,岁岁年年人不同。"是啊!昌平园的春天怎么会变呢?

1999年在北大昌平园宿舍留影

在群山与茂林掩映下的昌平园，树木一排排，数也数不清；杂草丛生，张眼望去，一大片一大片平铺着，该长的地方都长得严严实实的；不知名的鸟雀漫天飞，悠闲、自在，叫人徒生艳羡之心。虽然昌平园的冬天肃杀凄迷之气令人心生寒意，可一到春天，那满园的春色就像刚打开的陈年老酒，味道浓得难以化开，很容易醉人的。尤其暮春时节，阴凉之气就会贮满园子，为园子里的人们搭好了乘凉的席棚。

初春的清晨，绕着园子晨跑，清风徐徐，朝霞蔼蔼，入耳的有嘤嘤的鸟鸣声，也有琅琅的读书声。我想，园子里一天叫人最为惬意的也就是这种时候了。晚上回寝室的路上，三五成群，谈笑风生，其乐融融。随意的说笑声，高声的吟唱声，伴着那野草间"唧——唧——唧"的虫鸣，给那静得出奇的园子多少增添了些生气。如果再能来点淡淡的月色或几缕细若花针的春雨，那便是再好不过的人间佳境了。最叫人忘不掉的是站在主楼的最高层看静穆的后山：一层层、一叠叠，近的远的、明的暗的，长着树的还有秃着头的，永远也看不够，比夕阳下的西山要耐看得多。尤其是在黄昏，"万壑有声含晚籁，数峰无语立斜阳"的境界，着实让人沉迷得"不可自拔"。每当这个时候，总会想起稼轩词中的得意之笔："我见青山多妩媚，料青山，见我应如是，情与貌，略相似。"虽说此时风味远不及稼轩的悠闲和雅致，但那份与古人"略相似"的独得之乐也是久久不能忘怀的。

除去看山，饭后茶余，还可以踱着悠闲的步子到外面观赏、品味那颇有些"诗情画意"的田园风光。一出大门，麦田、清泉、农夫、马车、村舍、远山就会混着泥土的气息扑面而来，十足的天然田野味真是可以醉人的。现在回头想想，春天的昌平园，的确是品香茗、读《世说新语》、侃陶渊明的好地方，宁静、闲适，浑似梦中一般的情境。

也许失去的东西总是让人在怀旧的过程中倍感珍贵，在我的眼中，燕园的初春固然美丽，到处都有惹人心动的景致，可比起昌平园来，似乎有些逊色，至少也是味道不同。正如昌平园经常带露涵芳的小草和不知名的野花，随处可见，清纯、自然、友爱、不含丝毫的尘滓；燕园则时时处处都透露着雍容华贵的气象，自然会少去许多恬淡的野趣了。春到燕园时，每当夜阑人静时，瞥一眼窗外昏黄的路灯，除了感到那孤寂的灯光有些郁达夫小说的味道外，眼前偶尔还会依稀映出昌平园的春来。

2001 年 4 月春和景明时

精金良玉般的道德楷模[*]

一般来说,"金无足赤,人无完人"是一个普遍现象,古往今来的很多圣贤君子、英雄豪杰都概莫能外,似乎人间很少有如精金良玉一般十全十美之人。但在北大历史上却出现过蔡元培先生这样的例外。他执掌北大校务十年有余,无论是在职去职,生前身后,都赢得了众口一词的好口碑。无论是当年的旧派人物,还是新派先锋,无论是学界宿儒、政坛领袖,还是后起之秀、新进少年,提到先生,都会肃然起敬。冯友兰称他为中国近代的大教育家,还特别强调:"我在大字上又加了一个最字,因为一直到现在我还没有看见第二个像蔡先生那样的大教育家。"毛泽东更是赞誉他为"学界泰斗,人世楷模"。今天的北大人,无论男女老少,无论是否全面了解先生的生平,是否深入阅读过先生的文章著述,都会尊称他为北大永远的校长。本师肖东发教授多次对我说,北大最为珍贵的财富,是众多的大师,北大最为可贵的精神,就是蔡先生提倡并践行的"思想自由,兼容并包"。一年四季,寒来暑往,无论花朝月夕,雨雪霜露,在燕园蔡先生的雕像前,经常能够看到人们自发敬献的鲜花,无声地诉说着人们的追慕和景仰之情。

---

[*] 发表于《北京大学校报》第 1397 期,第 4 版,2015 年 11 月 25 日。

在北大人和世人眼里，蔡先生就是一位近于完人的圣贤。

我在读先生文章、想见先生为人之际，经常会想，是什么原因，让蔡先生摆脱了"金无足赤，人无完人"的普遍规律，成为不断为后人所追忆的传奇人物？不同的人，会从不同的角度得出不同的见解：论学问，他兼通中西，纵贯新旧；论资历，他是前清的进士、翰林院的编修，中华民国的首任教育总长、北京大学的校长、"中央研究院"的院长；论事功，他是辛亥革命的功臣，国民党的元老，教育界的泰山北斗。一身而兼数美，在并世名流中的确少见。这些当然都是非常重要的原因。

我想特别表达的是，作为一所高校的最高行政长官，他是以自己的教育思想、管理艺术和人格魅力，赢得了人们发自内心的普遍景仰。而其中最难的一点，就是在管理方面，始终做到了责人甚宽而律己甚严。在他身上，集中体现了"律己常带秋气，处世常带春气"的仁者气象，展示出了通过正己来正人的表率与感染力量。虽然他平日很少有疾言厉色，也未必做到了凡事必亲力亲为，但在管理方面，却收到了"其身正，不令而行"的最佳效果。

蔡先生就任北大校长后，遵循世界各国大学通例，"循思想自由原则，取兼容并包主义"，对北京大学进行了大刀阔斧的改革。在选人用人方面，他一方面不拘出身和资格，大力延聘了陈独秀、李大钊、鲁迅、胡适、梁漱溟等新派人物，来北大传播新思想，讲授新学说。另一方面，还保留了辜鸿铭、黄侃、刘师培等一批学有专长，但思想观念相对落伍，言行方式比较怪癖的老派人物。一时之间，北大校园里新旧并存，云蒸霞蔚，让学生眼界大开，进而兼收并蓄，受益匪浅。

但蔡先生的这一做法却引起了不少人的非议。比如林纾就指责兼容并包主义使得北大"覆孔孟，铲伦常"。蔡先生则公开答复说："无论为何种学派，苟其言之成理，持之有故，尚不达自然淘汰之运命者，虽彼此相反，而悉听其自由发展。"以此理念为指导，自己选择教员的标准是以学问造诣为主,至于教员在校外的言行,则悉听自由,学校从不过问。"嫖、毒、娶妾等事,本校进德会所戒也。教员中间有喜作侧艳之诗词,以纳妾、狎妓为韵事,以赌为消遣者,苟其功课不荒,并不诱学生而与之堕落,则姑听之。夫人才至为难得,若求全责备,则学校殆难成立。"有些学生对蔡先生容纳主张"尊王尊孔""君主立宪",言行乖僻的教员表示不理解。蔡先生则意味深长地教导他们:希望同学们认真学习先生们的高深学问,而不要学习他们的言行方式,追随他们的政治主张。

当然,蔡先生的兼容并包,绝非不问是非、不辨优劣的一味纵容。在以学术水平为最高标准的前提下,他一方面顶住各方压力,解聘了一些不学无术、德行有损的官僚政客式教员和大有来头的洋派教员,体现了"独立不迁""威武不屈"的耿介之气。另一方面,对那些在学术方面有精深造诣的学者,他既提供平台、营造氛围,让他们专心为广大学生传道授业解惑,又针对他们以及学生中存在的问题,采取了温和的引导和感化措施。最有代表性的做法,就是蔡先生在担任北大校长一年后,在1918年1月,亲自发起组建了旨在改造旧道德、提倡新风尚的"进德会",并自任会长。会员共分三种:甲种会员遵循三戒:不嫖,不赌,不纳妾;乙种会员五戒:除上述三戒外,再加"不做官吏,不做议员";丙种会员八戒:除上述五戒外,再加"不吸烟,不饮酒,不食肉"。可以看出,其中的很多戒律,就是针对着当时部分师生身上的缺点而制定的。这也体现出蔡先生的高明之处:我因为尊重学问、尊重人才而兼容并包,但并不意味着认可或者赞同这些人的不良习惯。为了改变这些习惯,我以校长之尊,组建进德会,表明我在赞成什么,反对什么。在他的感召下,进德会成立三个月,会员就达到了461人,让北大的风气焕然一新。不仅如此,蔡先生作为进德会的乙种会员,恪守五戒,终生不渝,在私德、公德两方面都为北大人树立了最好的标杆。

蔡先生去世后，其弟子黄炎培在《吾师蔡孑民先生哀悼辞》中，用"有所不为，无所不容"八字评价他："盖有所不为，吾师之律己也；无所不容者，吾师之教人也。有所不为，其正也；无所不容，其大也。"证之以上述事实，确非虚言，这种正大光明的气象，让他拥有了"纯粹如精金，温润如良玉"的人格魅力，散发出"春风化雨"的熏陶和感化之力。

据冯友兰回忆，1922 年，蔡先生以北大校长的身份到欧洲和美洲参观调查。访问期间，蔡先生"仍然是一介寒儒，书生本色，没有带秘书，也没有随从人员，那么大年纪了，还是像一个老留学生，一个人独往独来"。当时在纽约的中国留学生为蔡先生开了一个欢迎会，"会场设在哥伦比亚大学的一个大教室内，到会的人很多，座无虚席。蔡先生一进了会场的门，在座的人呼的一声都站起来了，他们的动作是那样的整齐，好像是听到一声口令。其实并没有什么口令，也没有人想到要有什么口令，他们每个人都怀着自发的敬仰之心，不约而同地一起站起来了"。时过境迁，当我们读到这样的史料时，仍能感受到身在异国他乡的北大学子对蔡先生由衷的深深敬意。

走笔至此，我也想到了亲身经历的一件小事。2008 年学生工作部曾组织学生工作系统的部分工作人员访问几所香港高校。在繁忙的公务之余，我们特意安排了祭扫蔡先生墓的活动。几经周折，当我们一行十余人来到先生墓前，把未名湖畔的一抔黄土撒在墓茔周围，集体鞠躬静默时，周围显得是那么安静，那么庄严，就好像是一群宗教徒来到了心中最为尊贵、最为纯洁的圣地。离开时，我放眼望去，先生墓所在之地，三面环山、一面临海，郁郁葱葱，气象非凡。青山有幸，精魂永在，斯情斯景，唯范仲淹歌颂严光的名句足以当之："云山苍苍，江水泱泱。先生之风，山高水长。"

数年过去，当我回忆当年的香港之行时，最难忘的还是那个激动人心的场景。这是一种怎样的强大力量，让大家发自内心地景仰膜拜，且久久难忘呢？我思之既久，终于在古人所讲的"三不朽"那里找到了部分答案。春秋时期鲁国大夫叔孙豹认为，人世间真正的不朽有三种，最高层次是"立德"，其次有"立功"和"立言"。姑且不谈事功与文章，仅就本文所论，蔡先生的确做到了最高层次的"立德"之境。所以，他无愧为全体北大人永恒的道德楷模。他作为一个大写的北大人，将永远活在一代又一代北大人最虔诚的心中！

"思想自由，兼容并包"之我见[*]

蔡元培先生倡导的"思想自由，兼容并包"办学方针，对北大优良学风的形成与发展，影响至为深远。北大之所以能够形成博大精深、百花齐放的学术格局，与蔡先生的这一思想是分不开的。作为北大精神的重要内容之一，"思想自由，兼容并包"几乎已经成为全体北大人共同遵奉的重要校训。这一宝贵的办学方针，将在北大创建世界一流大学的进程中发挥更为重要的指引作用。

我想说的是，今天的北大人，应该正确理解"思想自由，兼容并包"的真正内涵，否则会走向歧途。蔡先生所说的"思想自由，兼容并包"主要着眼于学术研究和思想探讨方面，而不是针对道德行为方面。也就是说，"思想自由"不是"行为或道德"方面的自由，更不是对一切行为的"无拘无束"。换言之，思想自由不是"一切自由"，兼容并包也不是"兼容一切"。比如，在以学术为重的大学里，抄袭论文、考试作弊的行为就不应该被"兼容并包"。

的确，学术、思想贵在自由探讨而无藩篱，否则便无创见与进步。无论什么时候，在学术与思想方面的"百家争鸣""百花齐放"都是应

---

[*] 发表于《北京教育（德育）》2012年第7—8合期；《北京大学校报》1280期，第4版，2012年5月5日。

该大力提倡并积极维护的；只有这样，学术、思想才能有良好的发展。但是道德行为则不同，应该遵循一定的规则和纪律。无规矩不成方圆，如果每个人都不遵守社会的基本公德和法律规范，而各行其是，天下必然大乱。

一所优秀的大学，一定是将自由的学风和良好的"规矩"结合得很好的大学；一名优秀的大学生，也一定会将"思想自由"与"品行谨严"结合得很好。二者之间的关系，用一句古人的话来讲，便是"立身先须谨慎，文章且须放荡"。比如，在学术研究中，新颖的学术观点就必须和良好的学术道德、严格的学术规范有机结合起来，才能做出优秀的研究成果来。

一定程度上，"小成靠智，大成靠德"，在同等智力条件下，道德行为的因素往往更会决定一个人的长远发展。但遗憾的是，我们很多人经常会忽视这一方面的重要性，最终使得一些不守礼节、不讲公德、不遵法度的言行得以在校园里滋生，日积月累，必然会影响北大的形象。而"思想自由，兼容并包"又往往成为一些人掩饰缺陷与不足的借口，常见的说法是，北大嘛，讲的就是自由与包容，这又有什么奇怪的？这其实是对蔡元培先生"思想自由，兼容并包"思想的最大误解。

当年，蔡元培先生秉持"思想自由，兼容并包"的办学理念，对北大进行了大刀阔斧的改革。他不拘一格，延聘人才，实行教授治校，招收女生和研究生，支持白话文运动，等等，这些措施的实施，使得北大的风气焕然一新，迅速成为新文化运动的中心，奠定了北大在中国现代高等教育史上的崇高地位。影响至今，北大仍深受其惠。

需要注意的是，与大力改造"学风"的"大气"不同，在"砥砺德行"方面，蔡先生则显得有些"拘谨"，更多的是在讲规范与约束。比如，针对当时北大的一些不良习气，蔡先生就以校长之尊，组建了著名的社团"进德会"，规范师生道德行为，净化学校风气，一时之间，应者甚众。北大历史上另外一位著名校长马寅初就是进德会的重要成员。

对于北大的学生，蔡先生在《就任北京大学校长之演说》中，提出了三项要求，即"抱定宗旨""砥砺德行""敬爱师友"。他希望北大学生除了树立正大的求学宗旨之外，还应加强德行修养，引领时代风范，"诸君为大学学生，地位甚高，肩此重任，责无旁贷，故诸君不惟思所以感己，更必有以励人。苟德之不修，学之不讲，同乎流俗，合乎污世，己且为人轻侮，更何足以感人。……故品行不可以不谨严"。对教师"自应以诚相待，敬礼有加。至于同学共处一室，尤应互相亲爱，庶可收切磋之效"。

蔡先生组建进德会的举措和"砥砺德行"的谆谆教诲，体现的是他"思想自由，兼容并包"主义的另外一面：对大学师生德行修养的高度重视。有时，对于那些有亏德行的言行，蔡先生也会严厉待之，而非一味地"兼容并包"。在他大力延聘优秀教员的同时，他还顶着压力解聘了一批不学无术、德行不谨的教员。所以，在蔡先生的治校经历中，既有"菩萨低眉"的宽容，也不乏"金刚怒目"的严厉。

据很多老北大人回忆，蔡先生平日恬淡从容，无论对待达官贵人或引车卖浆之流，态度如一，但遇大事则刚强不肯苟同。他任北大校长期间，因经费不足，就由校务会商定征收部分讲义费。部分学生不肯交讲义费，还聚集起来包围红楼，来势汹汹要求免费，还要寻找提出此项意见的事务主任沈士远算账。蔡先生闻声挺身而出，对学生解释说："收讲义费是校务会决议的，与沈先生无关，我是校长，有理由尽管对我说。"学生仍不让步，呼喊着要找沈。蔡先生也大声呼道："我是从手枪炸弹中历练出来的，你们如有手枪炸弹不妨拿出来对付我，我在维持校规的大前提下，绝对不会畏缩退步！"部分学生闻言仍不后退，于是蔡先生就站在红楼门口，怒目挥拳，大声喊道："你们这班懦夫！有胆的就站出来与我决斗。如果你们哪一个敢碰一碰教员，我就揍他。"包围蔡先生的学生看到平日性情温和的校长发怒了，知道校长不会妥协，便纷纷后退散去。

蔡先生的思想和言行，给我们的启示是深刻的，即思想方面的自由宽容，必须与德行方面的修饬谨严相结合，才能成为一名德才兼备、全面发展的优秀人才。作为大学的管理者，在以"思想自由，兼容并包"为指导，为大学营造宽松、民主、自由的学术氛围的同时，还应该讲求必要的纪律与规范，尤其在引导全体学生文明修身、全面发展的同时，应该宽严相济，有所坚持，在这一方面，谈约束、讲规范恐怕要比单纯追求自由更加重要。

2012 年 4 月 9 日

先把金针度与人
——顾颉刚先生为学生改稿的一点启示 *

顾颉刚先生是20世纪蜚声国内外学术界的史学大家,也是北京大学先贤大师中的杰出代表。他不仅学识渊博,著作等身,而且奖掖提携后进,也是不遗余力,经其手栽培的优秀门生弟子遍天下。本师肖东发教授曾数次给我讲,前些年,他曾多次前往燕南园61号拜访侯仁之先生。晚年的侯先生一旦提到自己当年的恩师顾颉刚,总会动情地连续说好几遍:"顾颉刚老师好极了!"足见顾先生对他的这位得意门生的影响之深远。职是之故,我在日常的阅读中也就特别留意与顾先生相关的书籍和文章。

前段时间,我因增订《北大新语》一书,在翻阅《顾颉刚先生学行录》(王煦华编,中华书局2006年版)时,经常会被顾先生的嘉言懿行打动,尤其是他倾注毕生心血栽培后进的仁者风范,更是让人追慕不已。印象最为深刻的是,他在燕京大学任教时,热情鼓励学生写文章,大胆提出自己的见解。他经常对学生说的话是:"你这篇文章好,我给你发表!"最为难得的是,在学生交上论文后,他会花大力

---

* 发表于《北京大学校报》第1370期,第4版,2015年1月5日。

气修改完善，然后以学生之名发表在自己主编的《禹贡》杂志或推荐到其他刊物上发表。即便有的文章被改得"面目全非"，已是通体改写，顾先生也从不署自己之名。文章一经发表，往往会使学生大吃一惊，仔细阅读后，方觉醍醐灌顶，得知为学门径，进而体悟老师的良苦用心。

顾先生曾说过："前人有两句诗：'鸳鸯绣出从君看，不把金针度与人。'我们正要反其道而行之，先把金针度与人，为的是希望别人绣出更美的鸳鸯。"他为学生批改文稿并推荐发表的做法，看似有些"迂"，但却有深意存焉，其用意就在于通过身体力行的示范，激发学生治学的兴致，引导他们走上学问的正道，最终"绣出更美的鸳鸯"。像侯仁之、谭其骧、史念海诸先生就是在顾先生的启发、教导和提携下，走上历史地理学的研究道路，最终均成学界泰斗。仅就这一点而言，顾先生为学林不遗余力地作育人材，真是功德无量！当年燕大历史系所编《史学消息》中评价顾先生说："他待学生最诚挚，他的热情有如一团火，燃烧了他自己，也燃烧了和他接触的每一个学生。"其热肠和风度至今让人想往和钦佩不已。

余生也晚，未能赶上这样的时代，在求学生涯中也未曾碰到过顾先生这样的大师宿儒。退而求其次，让人欣慰的是，我也的确碰到过一些让人感念不已的好老师。他们的做法是，凡学生的作业必定批阅，不仅改出错字、写出评语、给出分数，还要在课堂上予以点评，让学生们得知优劣，受益良多。直到现在，我还珍藏着洪子诚、王余光、李国新、吕艺、张积诸师为我判改的作业和论文，并视为无价之宝。作业和论文上寥寥数字的评语，体现的是诸位恩师对教学工作的负责态度和对学生的关爱之情。这真是一种无声的教育感化之法！

但同时略感遗憾的是，我也发现，在实际的教学过程中，能做到这种程度的老师已经不多了，更不用说像顾先生那种古道热肠的大师了。常见的情况是，学生的作业、论文交上去后，只需静等分数即可。优点为何？缺点为何？有何改进意见？为何要给这样的分数？学生一概不知，得不到有效的反馈。有的学生甚至跟我说，选修有的课程时，今天下午交作业，明天上午就能看到分数。老师给分速度何其快也，而学生得分之感受又何其迷茫也。所以有的学生在大学期间选修的课程并不少，分数也颇为可观，但实际上在如何发现和解决有价值的问题，如何掌握科学的研究方法，如何遵循基本的学术规范等方面并没有得到老师的有效指导，更不用说激发起了读书治学的热烈兴致了。大学几年，作业交了很多，论文也写得不少，但水平究竟提高多少，则不得而知；以致有的学生到写毕业论文时，竟会有无从下手之概。

作为学生，我特别仰慕顾先生那样的古道热肠和良苦用心，在实际的学习中，则更感激那些兢兢业业判作业、评论文，给学生以细致指导的老师；而对交上作业和论文后却如石沉大海一般的做法，则不敢苟同。圣人云，"见贤思齐，见不贤而内自省"，既为人师后，每带一门课程，我都要求自己除了把课讲好外，还要花大力气认真批改学生平日的作业和论文，校出错误，给出评语，并针对重点问题作集体点评，保证与学生有较好的互动。在批改期末论文时，一定要区分出优良中差，对优秀者建议他们对论文进行必要的修改，并投寄相关的刊物，争取发表。每次课程结束后，总会有一些学生的课程论文经修改后发表在专业期刊上，或在专业学术论文竞赛中获奖。每当得知这样的消息后，我都会在内心里为学生们的成长感到高兴，想必他们也能从中得到治学之趣和发表成果之乐。

为人师者，不仅要在课堂内外传道授业解惑，还要通过一些细致的工作在学生中播下求知上进的种子，点燃他们心中从事科学研究的火种，力争做到顾先生所提倡的"先把金针度与人"。取法乎上，仅得其中，如果做不到这一点，那就"卑之无甚高论"，认认真真做好我们应该做的每一项基础工作。这就是我在读先生之书、上诸师之课和为学生授课时的一点切身体会。如果有一天,我们曾经教授过的学生,无论他们在从事何种职业,无论年龄多大,在其书架或书箧中还能一直悉心珍藏着某位老师当年为他批改过的作业和论文,那就是为人师者的莫大荣耀和价值所在,更是"煦煦春阳师教"的魅力所在。晚生后学如我之辈,面对先贤和恩师的垂范,虽不能至,但也愿心向往而力行之,或可庶几无愧于"北大老师"这个崇高的身份。

未名湖的气象
——记侯仁之先生二三事*

每天工作之余,常会顺道绕未名湖漫步一圈,美丽的景致、清新的空气、安静的氛围总会让人神清气爽。一个小小的湖泊,水域不广,波澜不惊,看似普普通通,但却充满了诗情画意的灵秀之气,洋溢着青春年少的勃勃生机,常惹人驻足沉思,流连忘返。特别是未名湖西南一隅,有侯仁之先生题写的"未名湖"石碑。"未名湖"三字,秀美遒劲,正是这派大好风光的点睛之笔。要领略湖光塔影的美丽多姿,这里是最佳的角度。而从这里拍摄出来的画面已经成为燕园景致永恒的经典,让人百看不厌。

校园民谣中唱到,"未名湖是个海洋",一点也不是夸饰之词。这种外表朴素平常,而内涵丰富多彩的特征不正是大海一般的气象么?这种气象,是一种"轰轰烈烈"的"宁静",也是一种"至纯至真"的"淡泊",能够产生动人心魄和催人奋进的感染力。未名湖以她独有的魅力,达到了中国传统文化中推崇的"大音希声,大象无形"的至高境界。

我常在散步中深思,未名湖的这种气象来自何处?当然来自这里

---

* 发表于《北京大学校报》第1273期,第4版,2012年3月25日。

燕园风物中的永恒经典：未名湖与博雅塔。石碑上的"未名湖"三字为侯仁之先生题写

的草木花鸟、亭台楼阁、柳荫小道、博雅倒影，但更主要的，应该是来自常年在湖畔传道授业解惑的大师们。他们的精神风骨，铸就了未名湖大海一般的气象。每次看到"未名湖"三字，想到侯仁之先生，我的这种感觉就越发地强烈而真切。

进入北大学习以来，因为机缘巧合，我有幸与侯先生有过几面之雅。通过与先生的几次接触，我深切地感受到，像侯先生这样德高望重的学界泰斗，国之瑰宝，就集中地体现了未名湖的气象。

与侯先生的初次接触，至今印象深刻。2003年，北京图书馆出版社出版了一套由本师肖东发先生主编的"北大人文与风物"丛书，已经年过九旬的侯仁之先生是此套丛书的顾问之一。丛书的第二本出版后，照例应该送一本样书呈侯先生审阅。恰好本师因事忙碌，无暇亲往侯府，本着"先生有事，弟子服其劳"的古训，同时也为了让我这个晚生后学一睹侯先生的风采，本师便让我前去送书。接到此项任务，我是又喜又忧，喜的是终于有机会近距离接触这位仰慕已久的学界大师了，忧的是担心侯先生会如何对待我这样的毛头小子。

及至和侯先生的公子约定时间后，我便忐忑不安地携书前往燕南园61号侯府。说明来意后，进入客厅，向坐在客厅中间的侯先生问候致敬，同时呈上我们的新书。先生当即双手合一，连连称谢，同时示意让他夫人张玮瑛先生（其时也已年过九旬）收好书，并向我解释说："现在眼神不好，看书很困难，所以非常抱歉，但还是非常感谢你们，回去以后一定要向你的导师表示谢意。"说话之间，又让我坐在他的身旁，与他随意交谈。

坐定之后，我对先生说："这本书是在您的影响和指导下完成的，导师经常向我提到您当年给北大新生讲北京和北大的风采，真是影响了好几代北大人！"先生当即挥手说："哪里哪里，我做得还很不够，你们现在做得比我做得可好多了，出了这些书，很有意义，内容又好，又漂亮，尤其是你们年轻人，能够做这样的工作，实在是非常难得。"

随后，先生又仔细询问我是哪个学院的，学什么专业，多大了。我一一作答，并告诉他，一直想前来拜望，一睹大师的风采，今天终于能够如愿，实在太高兴了。先生又双手合一，连连道谢，并说自己没有什么。谈话大概有10分钟左右，先生的夫人张先生和其公子一直静立一旁，微笑着看着我们在谈话，让我丝毫没有拘束感。当我起身告辞时，先生让夫人拿来电话本递给我，让我写下姓名和联系方式。写完后，先生又对我说："我腿脚不好，不能出门送你，非常抱歉。就让玮瑛代劳吧。"我连忙说："不用不用，实在承受不起！"可先生还是坚持让夫人送行，并再次双手合一，连说抱歉！

虽然我一再坚持不让张先生送我出门，但张先生还是坚持将我送至门外，自始至终都是面带微笑。当我走过几步，再回身向张先生道别时，竟发现张先生向我认真地弯腰鞠躬。她一直目送我出了燕南园。

从燕南园出来后，我的心中久久不能平静。虽然与先生接触的时间很短，但侯先生和张先生的和蔼可亲、谦逊有礼，却让我有如沐春风、朗月入怀之感。后来，听本师说，无论高官富人，还是贩夫走卒，但凡去侯先生府上拜访者，先生夫妇均以相同礼节待之。

后来，在本师的建议下，我认真阅读了陈光中先生撰写的《侯仁之》一书。我读此书，而想见侯先生之为人，感慨良多，受教甚益。而其中记载的两件逸事尤其让我印象深刻：

一是抗战时期，侯先生与其师邓之诚先生被日本人关入同一间大牢中。牢中共有11人，按照囚号排列，每人一块地方，白天席地而坐，晚上就地而卧。排号为"503"的邓先生，冻饿致病，晚上辗转反侧，难以入睡。排号"511"的侯先生冒着被看守处罚的危险，偷换了铺位，移到邓先生身旁，把自己的衣服给邓先生盖上御寒，晚上则紧紧贴在邓先生身边，用自己的体温温暖邓先生。邓先生对此甚为感动，后来在文章中写道："予病甚……侯君，予门人也，服事尤谨。"

二是晚年的侯先生因为健康原因，无法亲自上街去买扫院子用的大竹扫帚，遂托总务处的老师代为购买。一天，总务处的老师送来扫帚，道别后，侯先生又追出门去，向那位老师说："我眼睛患有白内障，视力衰退，以后见面不一定能认出您，请您见谅……"

清人谭嗣同《仁学界说》云："仁为天地万物之源，故虚心，故虚识。"侯先生以自己的言行为我们诠释了北大老一辈大师们的仁者气象。与侯先生的一面之雅虽然已经过去了好几年，但我却永远不能忘怀。每次路过未名湖石碑时，我都会忆及当年侯先生家中满室皆春的温暖场景。我想，这种"外未名而内博雅"的精神气质，不正是未名湖的气象，北大人的风骨么？如今先生已是百岁人瑞，真乃国校之瑰宝。仁者必有寿，我衷心祝愿先生永远健康！

2012年3月7日

永远景仰王重民先生

梅贻琦先生有名言曰:"所谓大学者,非谓有大楼之谓也,有大师之谓也。"在教育事业快速发展、高校大楼林立的今天,我们越发能认识和感受到大师对于一所大学的极端重要性。谁也无法否认,大师既是文化命脉的传承者,也是学术真理的探索者和发扬者,更是社会良知的坚守者。他们或埋头苦干,或拼命硬干,或舍身求法,或为民请命,用不同方式的精彩铸造出了同样辉煌的人生。"文化神州系一身",他们是大学的精魂、士林的楷模、民族的脊梁。

文质相炳焕,众星罗秋旻。在北京大学一百二十年的发展历程中,涌现出一批又一批出类拔萃且影响甚巨的名师大家。他们的生命轨迹始终与北大的发展相伴相随,他们用自己的学术贡献、道德修为、气节风操为北京大学描画出一幅千帆竞进、云蒸霞蔚、风骨独标的壮阔图景,铸就了北京大学与国家民族休戚与共的优良传统,建构和充盈了北京大学历久弥新的精神魅力。

在我看来,王重民先生,无疑就是这一群体中的一颗璀璨明星。

王重民先生是我国当代著名的目录版本学家、敦煌学家、图书馆学家、图书馆学教育家,也是我的母系北京大学信息管理系(原图书馆系)的创始人。自1947年建系以来,全系师生和系友人人皆知并引以为荣的诸先生中，王先生应该首屈一指。您文章与道德并重，不仅学识渊博，成就斐然，更重要的是为人既谦和温润，又耿介不阿，最终为了维护学术的尊严和学者的气节，以身殉道，为后人留下了伟岸的身影和高洁的风骨，堪为当世读书人极佳的典范与楷模。燕赵自古多慷慨悲歌之士，证之以王先生的人生经历，的确非虚言浮词。

在我心目中，王先生一直有着极为特殊的崇高地位。其主要原因在于，您不仅是信息管理系脊梁式的"大先生"，还是我的本师肖东发先生的授业恩师。2003年，为纪念王先生百年诞辰，本师撰成《王重民与向达先生祭》一文，缅怀王先生当年的教导之恩，读来很受感染：

> 就在王先生离开我们的前两年里，还给我们72级学生讲授了"中国书史"和"古籍整理"两门课程。记得有一次课堂实习分编古籍，一共有六种书，我做完后向王先生交卷，王先生就手头的《盐铁论》给我讲了起来，关于这部书的作者桓宽，关于这部书的背景，一直讲到汉代今古文之争，滔滔不绝，娓娓道来，使我茅塞顿开，深深叹服。王先生反复教导我一定要多读书，读古书，读原著，不读《汉书》怎么能够真正了解刘向、刘歆，不接触古书，也搞不好古籍整理。当时我对读大部头史书还有一定畏难情绪，感到很费劲，事后方觉获益匪浅。因为我后来把中国图书史作为研究方向，所以必须阅读古籍，必须研究目录版本学，必须下工夫看原书，获取第一手资料，才有发言权。这一点确实是王重民老师谆谆教育和他"读万卷书，行万里路"精神感召的结果。
>
> ……………
>
> 王先生对我的直接教诲和间接影响如涓涓细流，一直在我心中流淌。我每年给学生讲"中国图书出版史"及近来讲

"文献检索与利用"课时，都要讲到王先生的学术成就，都要用到王先生所编的工具书及其著述。王重民先生不仅永远活在我的心里，我还要让年轻的学生们记住他。

负笈北大以来，我听过的课不计其数，但至今最为难忘的一堂课，是1999年春季学期本师在"中国图书出版史"课上，饱含深情为我们全班28人讲授王先生的生平以及信息管理系的渊源。此后，每每听到、看到与王先生相关的说法和著述，我总会满怀敬意去聆听和阅读，也有意识地购买、收集、阅读您的各种遗著。比如，白化文先生撰写的《王有三（重民）先生四题》[含《王有三（重民）先生百年祭》《读王有三（重民）先生的〈中国善本书提要〉》《读〈伯希和劫经录〉》《〈冷庐文薮〉序》]，我不知细读了多少遍。每每阅读这些文章，想见王先生之为人，我都会增加对您文章道德的景仰之情，更让我明白了我现在所学知识的渊源所自。

2016年，知交夏海伟兄郑重赠我从中国书店高价淘来的罗振玉的敦煌学著作《鸣沙山石室秘录》，书为线装，纸已发黄变脆，但极为难得的是，书的封面上留有王先生的手泽："重民。卅六，九，廿，北平。"受此大礼，我诚惶诚恐，向夏兄连致谢意。回家之后，我请父亲将书重新装订一番，然后将其小心翼翼地珍藏起来。现在我的藏书也已不少，但要论在我心中的分量，当以这本书为第一。

2017年年初，我在信息管理系的网站上看到新闻报道：为了全面总结和弘扬王重民先生的治学成就和学术思想，方便当代及后世学人利用王先生的学术成果，北京大学信息管理系与有关方面协商合作，准备编纂出版《王重民全集》。读罢新闻，欣喜之情，难以言表。这真是一件"精求前修之意，启迪来哲之怀"的大好事、大善事！我因此也特别期盼着能尽早拥有这么一部沉甸甸的名山之作，让我能够更加系统、完整、深入地敬读王先生的文章。

中年时代的王重民先生

前几年,在修订本师主编的《北大人文与风物丛书·风采卷》一书时,我特向本师申请撰写王先生一节,以略表晚学后进的崇敬之心。在广阅文献的基础上,我在文章中描述了我心中异常伟岸的先生之风,现将全文内容摘录如下:

> 王重民先生(1903.01.23—1975.04.16),字有三,曾化名鉴,号冷庐,河北高阳人。王先生出身贫寒,幼承庭训,读书修身,精进不止。1924年考入北京高等师范学校(后改名北京师范大学)国文系,从陈垣、杨树达、高步瀛、黎锦熙等名师专攻文史,深受各位先生的赏识,与孙楷第、傅振伦同为陈垣门下的"河北三雄"。求学期间,王先生虽然生活困顿,但不坠求学之心,曾言:"古人愿走万里路,读万卷书,我愿读万种书。"1925年,由其目录学老师、北海图书

馆（后并入北平图书馆）馆长袁同礼介绍，利用课余时间到图书馆工作，由此走上研究"治书之学"的学术道路。

1929年，王先生从北京师范大学毕业后，任保定河北大学国文系主任，不久任职于国立北平图书馆，次年任该馆编纂委员会委员兼索引组组长。1934年，以"教育部派考察图书教育"官员的身份，奉派赴法国巴黎国家图书馆搜集与研究我国流失海外的图书文献，重点集中在四个方面：敦煌遗书，明清间天主教士华文著作，太平天国史料以及古刻旧钞四部罕传本。期间曾往德、意、英诸国著名图书馆搜求相关资料。在国外期间，王先生居无暇日，笔耕不辍，取得了令人瞩目的成就。

1939年，王先生前往美国国会图书馆远东部，整理馆藏中国善本古籍，撰写提要1600多篇。1941年，北平图书馆运至上海的善本书因战争受到威胁，受袁同礼及胡适之托，王先生冒险赴上海抢救三百箱善本书，开箱选出2720多种装成一百箱，秘密运往美国国会图书馆远东部暂时保存。王先生对这批古籍进行了整理并作提要，制成缩微胶卷。在美期间，还往普林斯顿大学葛思德东方图书馆，鉴定该馆所藏善本书，并撰写了1000余种提要。

1947年，王先生归国后，任北平图书馆参考组主任，同时受聘于北京大学。因深感国内图书馆学专业人才的匮乏，积极建议北京大学校长胡适在北大创办图书馆学专业，后在胡适的支持下，先在中文系创办图书馆学专修班，1947年9月开始招生。新中国成立后，任北京图书馆副馆长，兼任图书馆专修科主任。1952年辞去北京图书馆职务，专事北大的教学和科研工作，并主持系务工作。1956年，教育部决定在北大成立图书馆系，王先生任系主任，并主持制定全国图书馆学发展规划。1957年8月，因为给军代表和个别馆领导提了意见，被错划为"右派"，被降级，降薪并撤销系主任职务。即便在最艰苦的日子里，王先生仍潜心钻研学术，热心教育事业，在诸多领域发表了累累硕果。于1959年借调至中华书局，参加《永乐大典》的整理工作，1963年开始招收"中国目录学史"方向的研究生。

"文革"开始后，王先生受到冲击，被关入"牛棚"。从1966年到1970年，研究工作暂时搁置。1971年，开始参加教学活动。1974年，"批林批孔""评法批儒"运动进入高潮；是年6月，江青在天津"儒法斗争史报告会"上宣布"发现了一部李卓吾（赞）的《史纲评要》，现正在准备出版"。据王先生的夫人兼学术伴侣刘修业女士在《王重民活动编年》中追述："不少专家怀疑这部书是托名李卓吾的伪书。为镇住众人，'四人帮'在北大、清华的代理人想让有三（即王重民）从目录学上予以正面的鉴定，借助于他在目录学上的威信肯定这部书。但有三从学术上研究后，认为是伪书，不肯说出卖良心的话，因此遭到忌恨。有一次他们发着火指着有三问道：'你说这部书是伪书，对你有什么好处？'完全撕去科学的伪装，赤裸裸地加以利诱和威胁。这伏下了后来他被诬蔑迫害致死之祸机。"最终，王先生因为不肯谄媚权贵、曲学阿世，坚持自己的学术见解不动摇，遭到忌恨与迫害，遂于1975年自缢于颐和园长廊，含冤而死，终年73岁。

王先生治学勤奋严谨，饱览群籍，涉猎甚广，笔耕不辍，著述宏富。据刘修业先生所撰《王重民教授著述目录》统计，有专著15种，编纂19种，连同《著述目录》中未收，论文近200篇，涉及范围甚广，堪称一位百科全书式的学者。白化文先生对王先生的学术成就有一个总结性的评价：

"王先生的学术确实是博大精深，在目录学、版本学、校勘学和敦煌学、史学和索引编纂等方面，王先生都达到了他那个时代所能达到的最高水平。说他是中国近现代目录学和敦煌学的代表人物，绝非过誉；说他是中国现代学术论文索引编纂的奠基人，也是公认的事实。"整体来看，王先生的主要学术成就集中在以下四个方面：

一是编著和主编大批目录索引。 主持或参与编纂的索引主要有《清代文集篇目分类索引》，《国学论文索引》初编、三编，《文学论文索引》初编、续编，《老子考》等，都是研究文史的重要参考工具书。

二是敦煌学。 代表作有《敦煌古籍叙录》《敦煌变文集》《敦煌曲子词集》《补全唐诗》《敦煌遗书总目索引》《敦煌遗书论文集》等，被视为中国敦煌学研究中第二代学者的杰出代表。

三是文献目录学研究。 在古籍题录方面，代表作有《中国善本书提要》与《中国善本书提要补编》。在中国目录学史方面，代表作有《普通目录学》《中国目录学史论丛》《〈校雠通义〉通解》。文献目录学的其他论著，先后汇编成《图书与图书馆论丛》《冷庐文薮》两种文集出版。

四是校辑整理重要典籍并撰写文史专著。 收集、校勘、整理出版的有《徐光启集》《孙渊如外集》《越缦堂文集》等，并著有《徐光启传》《李越缦先生著述考》等。此外，王先生对地方志也非常有研究，撰写了《永吉县志》《无极县志》。

按照谢灼华先生的分析，王先生作为我国20世纪上半叶图书馆界的优秀代表人物，有四点是当代很多学者所无法企及的：图书馆学基本理论功底扎实，国学基础深厚，外国语水平高，具有丰富的图书馆工作经验。以一人而兼有这四点过人之处，实属难得。可以毫不夸张地说，在他涉足的很多领域，王先生都是无法超越的。

今日可以告慰王先生的是，由他倾注心血，筚路蓝缕，一手缔造的北大图书馆系，经过多年的发展，已经成为海内外闻名的信息管理系，先生的许多弟子和再传或三四传弟子已经成为各界的精英。今日，晚生后学瞻仰先生风采时，除了钻研和传承他博大高深的学问之外，更重要的还要学习他顶天立地的士人气节，努力把当代读书人应有的元气和风骨一代代地传承下去。为此，刘修业先生的一段话值得我们三复其言，常铭心头：

他临走前还在他书桌上放下他常用的一只手表，及一本《李卓吾评传》，我事后细想，他之所以放下《李卓吾评传》是有深意的，一则因他为李卓吾之事不肯逢迎"四人帮"的意旨，次则李卓吾也是以古稀高龄，被明末当道者诬蔑，自尽于狱的。几年前被关牛棚中被毒打倒地、跪在那里，他还能默默忍受，此时只是开会批判、写检查，并未拳脚相加，但他却以死相争。显然，在他的心目中，"古籍版本"这种学问、知识的真伪并非谋生的职业，而是一种比自己的生命还重、甘心为之殉道的志业。他，容不下权力对学术、知识的亵渎。

博雅巍巍，未名悠悠，先生之风，北大精魂。永远景仰王重民先生！

2017年6月20日

人生受教与从学散记

清明忆往

年年清明，今又清明。长年在外，不能在清明节回家上坟祭祖已十年有余。如今，虽然国家已将清明节定为法定假日，但对于我这样久居异乡的人来说，陆放翁"犹及清明可到家"的欣喜只能是一种奢望。当看到人们络绎不绝出城祭扫，交通为之大堵特堵时，再想到年过花甲、鬓发已白的父亲，在清明到来之际，又要孤身一人去祖先坟墓跪拜祭扫，心中自然会增添不少怅惘之情。如今，亲人坟墓，远在千里之外，清明节的祭扫，只能存在于我温润的记忆之中。

按文献记载，清明节由来已久，其习俗除了禁火、扫墓，还有踏青、荡秋千、蹴鞠、打马球、插柳等游玩活动。既有祭扫时的悲酸情，又有踏青游玩的欢笑声，在众多传统节日中别具一格。不过，关中一地，民风向来粗豪拙朴，民众多憨厚沉郁，缺乏嬉戏玩乐的天然细胞，很少有人能在悲伤之余载歌载舞。所以记忆中的清明习俗，只限于上坟祭扫一事。

关中民间清明祭扫，俗称"上坟"。孩提时随父上坟，对纸钱的印象最为深刻。那时母亲总要用彩纸和锡纸叠成金银元宝、锞子，并用丝线穿之，下方再缀以彩纸穗，用手提起，状如玩具，煞是好看。其名不详，或是前人笔记中所载之"楮锭"，也未可知。走在乡间小路上，看到朋辈之中，独我有此美物，则不免扬扬得意、欣欣向荣。到坟前焚烧时，总会依依不舍、怅然若失。长大以后，便与时俱进，改用纸钱。后来再偶然看到有些小孩提着一串五颜六色的元宝锞子随父辈们上坟，常会勾起我童年时温暖的回忆。

现今上坟的纸钱多从集市上购买，此类纸钱系仿人间钞票模样制成，多彩色印刷，面额巨大，上书"天堂银行""冥国银行""地府阴曹银行"等字样，并绘以阎王、酆都城等图案。其优点是方便省事，缺点是俗艳不堪。而先前的纸币则多用木刻的"印版"刷印。我家印版，为父亲亲手所刻，类如古代官员所用的惊堂木，俗称"印子"。刷印前，先用废弃不用的毛笔，蘸上墨汁或墨水，刷于印版之上，然后于白纸之上逐次按印。墨色转淡时，再蘸、再刷、再印，如此循环往复，直到数量已足。印毕后，待纸上墨干，便用剪刀逐次剪成单张纸钱，分成数叠，以长纸条捆之，类如今日银行之捆钱法。上大学后，随本师学习中国印刷史，方知所谓"印子"，便是雕版印刷之工具。其优点是简朴有趣，缺点则是程序烦琐。

在我的记忆中，只要我在家，上坟所用纸钱均由我来刷印。上坟前一天，父亲便预备好"印子"、毛笔、墨汁、纸张、剪刀诸物，交我操办。每次都会觉得其乐无穷。第二天中午以前，母亲便会早早准备好上坟祭扫所需之物，照例是竹篮一个，篮内铺以红布，盛以竹筷两双、凉面两碗，每碗中各放去皮煮鸡蛋两个，纸钱、香烛若干把。父亲再准备好酒壶茶杯等器具，盛以清酒、热茶，即可出门。出门后，父亲肩扛铁锹，手提竹篮，我则一手提酒壶，一手端茶壶，随父而行。

出得门去，多见天朗气清，惠风和畅，莺歌燕舞，芳草如茵，一派大好春光，而不尽是古诗所描绘的"雨纷纷"天气。关中平原，历来四季分明，经历了冬日的四望萧然之后，春暖花开的清明时节，自然怡人心神。而按《岁时百问》的说法，"清明"二字的来历，原与此时天气相关："万物生长此时，皆清洁而明净。故谓之清明。"

一路之上，尽是上坟祭扫之人，其景象大略如明代笔记《帝京景物略》所载京城旧俗："三月清明日，男女扫墓，担提尊榼，轿马后挂楮锭，粲粲然满道也。拜者、酹者、哭者、为墓除草添土者，焚楮锭次，以纸钱置坟头。望中无纸钱，则孤坟矣。"所不同者，关中清明扫墓之人，多为成年男子携带子侄辈，妇女则十分少见。如有，则不外两种情况：一是新婚之妇，由家人带领前往夫家祖宗坟墓祭告先祖，一般一生中只有这一次；二是孤生之女，家中无男祭扫，不忍先祖泉下凄冷，也去焚烧一把纸钱。前者多面带喜气，后者则多有戚容。所以路途之中，虽然春和景明，但也能偶闻几声野哭，让人心中揪然。

　　来到坟前，先拔去杂草，用铁锹修理一番坟墓，再添几锹新土，是为修坟。曾祖父、曾祖母的合葬之墓已在"文革"时被夷为平地，确切位置，今已无处可觅。父亲只能划定大致范围，用铁锹围起一座小土堆，土堆之顶，铺白纸一张，压之以黄土一把，即为"压坟纸"。修整已毕，即行跪拜，进入祭祀环节。其礼大致如下：面对坟头，作揖，下跪，磕头一次；磕毕站起，再作揖，再跪，再磕头；再起，再作揖，再跪下，跪下后不磕头。由父亲从篮中取出祭品，依次摆于坟前。然后燃香三炷，点燃纸钱，用小木棍拨弄之，以防纸钱被风吹散，或中途熄灭。与此同时，口中还要喃喃而语，呼唤坟中亲人前来收钱，享用祭品，并祈祷先祖保佑后世子孙。纸钱焚罢，便酹酒三盅，倾茶三杯。其法颇有讲究：端起酒盅或茶杯，齐于眉目，从左上方向右下方倾洒于纸钱灰烬之上，如用双手从身前划一弧线。这一仪式结束后，站起，作揖，又跪，又磕头，再站起后作揖，祭扫方告结束。整个仪式作揖、下跪、叩首各四次。之后就可收拾祭品，整理衣衫，拍去身上尘土，顺手折下坟前花木两三枝，插戴于竹篮之上，即可打道回府。大约此日气氛过于清冷，且正是农人忙碌之际，所以关中之俗，并无《帝京景物略》所载"哭罢，不归也，趋芳树，择园圃，列坐尽醉"的游玩环节。回家途中，便可享用鸡蛋。到家后，将花木插于门楣之上。

当日午饭,每人凉面一碗,再无其他菜肴,似合于古代寒食节之礼。不知何故,其味与平日所食鸡蛋面条颇不相同。

上坟顺序,多依路途远近而定。一般是先祖母,后曾祖父母。两处坟墓均在农家果园之中。上坟之日,正是绿芽方吐、花苞初绽之时,微风拂面,满园之中,触目尽是花枝摇曳,蜂飞蝶舞。想想几位老人家能够安息于此地,也能稍感欣慰。但因是上坟祭祖,睹坟墓而思亲人,逝者的生前种种,顿时都到生者的眼前来,难免会有些许哀愁。

《诗经》云:"哀哀父母,生我劬劳",人生之痛,莫过于少年失却母爱。祖母去世时,父亲年方十七,故他每到祖母坟前,难免会伤心流泪,惹我心酸。有时父亲也会为我讲祖母在世时如何溺爱他的故事。印象最深的有两件事:一是父亲幼时顽皮,有一次喉咙生病,医生叮嘱万勿哭泣。因有了这个借口,父亲每次吃饭,总要借故撒娇,让祖母在其面前摆够七碗饭菜,方才动筷。祖母都毫无愠色,遵照办理;二是三年自然灾害期间,很多地方吃饭成为绝大问题。我家因略有家底,故能勉强应付。每顿饭,祖母遵循古圣先贤"尊老爱幼"之遗训,必备白面馒头两个,一个给曾祖母,一个给父亲,其他人都吃杂粮。以致大姑妈多有不平之气,每次都要怒形于色,但这种抗争历来都无济于事。

上高中时,祖父去世,下葬时,父亲从祖母坟上抓几把黄土,置于祖父棺中,聊作合葬。从此,每逢清明,便不再去祖母坟墓祭扫。祭扫顺序,便变成先曾祖父母,后祖父母。但上坟途中,每次经过祖母坟前时,父亲总是语带哽咽地说:"妈,我和娃给你上坟来咧,你赶快到我爸那边吧,我们一会就过去咧。"当时不能理解父亲的心情,如今年龄渐长后,方能体味其中深意之一二。

幼时上坟,因不懂其中深意,常有非常可怪之事发生。某年清明,父亲在外,不能回家。只好由祖父带我去上坟祭扫。来到祖母坟前,跪下之后,问祖父墓中所埋何人?祖父答我以祖母大人。我童言无忌,

拍摄于 1930 年前后的全家福，右三为先曾祖父，右四为先祖父，右六为先曾祖母

对祖父说："我们何不将坟墓挖开，将祖母唤醒，带她一同回家？"一句话问得祖父无言以对，继而泪水涟涟。只能对我说，人死如灯灭，祖母不会再回来了，有些事情等你大了以后才能明白。直到回家，祖父仍是面色凝重。之后，祖父将此事对家中人讲说一遍，又不免引起一阵唏嘘感叹。

清明上坟，更是我接受父训的良好时机。走在父亲身后，总要听父亲为我絮叨诸位先祖在世时的嘉言懿行。这一环节，几成每年上坟时的规定动作。父亲言语之间，常有几分自豪与期许。当日所受家教，对我的影响极大，至今铭记在心者仍复不少，谨记两端，以窥大概：一是曾祖父生前以身垂范，奠定吾家耕读传世之家风。曾祖父乃前清秀才，为人贤达，为乡间名绅。其时家有良田数百亩，家资颇饶。但他更重文教，以为家中纵有资财万贯，如无诗书气象，文墨趣味，则不过一土财东而已，在人前说话办事，终觉气短。所以子孙后代于勤俭持家之余，还当一意读书。延续书香门第之文脉，当为家中至要之事。曾祖去世后，祖父之兄因吸食鸦片，致使家道中落，以后家中境况更是日渐惨淡。今虽为农家子弟，然而光复书香门第，任重而道远。二是为人当有仁爱之心，尤其要善待穷弱贫苦之人。民国十八年，关中大旱，饿殍遍野。我家施粥放饭于村头菩萨庙前，历时一年，活人数千。饥馑过后，乡人集资造匾，送至我家门前。此一义举，至今为人称道。又家中殷富之日，雇有长短工数名，吃饭穿衣，与我家弟子无二。对于厚道勤勉的长工，待其年长，则出资为其娶妻成家。"文革"期间，造反派欲将我家定为"漏划地主"，寻找一名长工罗织罪名，岂料长工不为其威逼利诱所动，坚称"我在杨家，掌柜的吃什么，我就吃什么，从未刻薄过我。我的老婆还是掌柜的为我出钱所娶。没有掌柜的，哪有我的今天？"至今其子孙辈仍与我家关系甚好。

负笈京师以来，回家次数逐年减少，清明时节，更无返乡祭祖的机会。有时会在清明来临之前，给父亲寄去明前绿茶，嘱他上坟时在亲人坟前祭洒清茶三杯，聊表我的思亲敬祖之意。在我心中，先祖的垂范与期待是我发愤读书的主要原因之一，我能进入北大求学，要归功于这种文化基因的绵延不绝，对此我一直感念不已。为了弥补自己清明不能上坟祭扫的遗憾，每年回家，无论时间长短，总要选择良辰吉日，与父亲一道去亲人坟前祭扫一番。虽然跪在坟前一言不发，但看着燃烧的纸钱随风飘散，我似乎也能约略体会到亲人们穿过阴阳两界的真切感应。每到坟前，我都能想象出他们在九泉下的欣慰笑颜。

如今国家提倡民众在清明上坟之时，文明祭扫，摒弃封建迷信的做法，致使很多旧日习俗不复存焉。我倒觉得，形式不过是外在之物，应随民之所好，顺其自然，重要的是其中内涵。几千年来，儒家强调祭祀先祖，固然有"慎终追远，民德归厚"的深意，但对普通百姓而言，更大的意义可能更在于通过此种方式来寄托自己的哀思，和去世的亲人进行无声的沟通交流，让他们在九泉之下，不至于太过孤单、冷清、贫寒。生前固然要竭尽所能，孝敬他们，去世后仍要供奉不断，让逝者衣食无忧，只有这样，生者才能心安。古语"祖宗虽远，祭祀不可不诚"，正体现了生者对死者的追思和感念之情。如外婆生前信奉基督，去世后本无须祭祀，但母亲于心不忍，总是担心她老人家在九泉之下缺吃少穿，所以每逢清明，总要以女儿之身前去祭扫。母亲相信，她在坟前说的话，外婆一定能够听到；她所供奉的祭品，外婆在九泉之下一定能够享用。孔子曰："祭如在，祭神如神在。"只有这样，生者和死者的关系才会显得那么亲切、自然，而不至于流于形式，这恐怕就是清明祭扫的真意之所在。

我向来对中国的旧物，只要不违人性，都抱有一种天然的爱好。对于他们的衰亡，常感惋惜。此种心态，在同龄人中十分少见。在他人看来，这或是守旧的遗少作风，也未可知。晚清以降，中国固有的文化传统在欧风美雨的扫荡之下，早已支离破碎。一些延续数千年的习俗已在大城市无处可觅，除了博物馆与文献记载外，乡村便成为这些古老习俗的最后避难所。小时在家，耳闻目睹、亲身经历的许多习俗，今日看来，多与华夏"元典"中的礼仪契合，这真是一种极为坚韧的文化生命力！难怪孔子早有"礼失而求诸野"的感慨。令人担忧的是，随着城镇化、工业化进程的加快，乡土中国的很多旧日风俗也已风雨飘摇，非复旧时模样。清明上坟祭扫礼节的变迁即是一例。且更让人深忧的是，乡村中的年青一代，不论贤愚，都已不再像父辈们那样恋念故土，而争着去大城市的灯红酒绿中追逐自己的人生之梦，拼破脑袋为自己和子孙后代找寻安身立命之所。长年在外为生计奔波，故土与他们的关系自然日渐生疏，很多人自顾尚且不暇，遑论故乡九泉之下的亲人？长此以往，"千里孤坟，无处话凄凉"的悲情或许会成为一种普遍的社会哀痛。

　　行文至此，四顾茫然。多想在清明时节，回到家乡，与老父一起，同上祖宗坟墓，共行祭拜之礼，再聆人生之诲，以重温久违了的旧日之梦。是为清明忆往。

2009 年 4 月 2 日

感念王培堂爷爷

　　王培堂爷爷是我在陕西老家最敬仰、最感念的老师、亲人和长者。您学问渊博，诗书俱佳，气质儒雅，德行高迈，在并世读书人中，很是少见。

　　王爷爷是我的远房亲戚，您的母亲是我奶奶的姑母，我称您"王爷爷"。爷爷的家乡高明镇，位于黄河西岸的铁镰山上，自清代以来，读书风气甚浓，几乎村村都有秀才和举人，以致本县有"上了高明坡，秀才比驴多"的民谚。爷爷就出生在高明镇东高城村的一个耕读世家，父亲立斋公是前清举子，母亲是邻村的乡绅之女。爷爷幼承庭训，聪颖好学，中华人民共和国成立后成为西北大学生物系第一届高才生，后因体弱多病，肄业回家养病，顺带在村里当上了民办教师。"文革"开始后，像您那样的家庭出身，自然会受到冲击，民办教师当不成了，只能去为生产队放羊。放羊间隙，您就利用父亲的藏书继续学习古文和诗词，这种消遣式的自学，使自己的学问得到了更大的提升，成为远近闻名的"秀才"。"文革"结束后，您被聘请到大荔县教师进修学校（简称"进校"）担任语文教师。

　　奶奶在世时，隔三间五就带着父亲去看望她的姑姑和姑父，与王爷爷关系甚好。所以父亲很小时，就知道自己有一位很有文化的姑表叔,并亲切地称您为"王叔"。我小时候,常听父亲说他"王叔"的知识是如何渊博,人是如何好。有一次竟随口说出,你王爷爷讲课,那叫一个"风度翩翩,文质彬彬"。凡是听过您讲课的老师,没有一个不说好的!我当时很惊讶,父亲只有初中文化,竟然能说出这样雅致的词来,也可能是无形中受您老人家的影响和熏陶吧。

听父亲说,爷爷在进校工作时,生活十分艰辛,衣食住行简朴到了极致。但您就是靠自己微薄的工资供养培育了四个优秀的儿女。除了大女儿受"成分论"影响未能上大学外,其他三个儿女,都通过自己的努力考上大学,毕业后都是事业有成。大儿子当过蒲城县的副县长,小儿子在宁夏农林厅担任领导职务,小女儿是县人民医院的名医。作为"教子有方"的典范父亲,您很少在人前夸赞自己的儿女,一点也不会摆老爷子的架子。父亲提到这一点,总是非常羡慕和钦佩。后来,我读别人回忆您的文章,知道爷爷当年在进校任教时,竟是"芒鞋敝裤见寒酸","囊羞一碗面条钱"。从大荔县城回家省亲,八十余里路程您竟然以自己瘦弱之躯骑着自行车往返,"单衫猎猎路漫漫,风雨潇潇蹬车难"。

我第一次见爷爷,是在您进校的住处。记得是在上初中前,我随父亲到县城办事,顺带去拜望您。您住的房子很小,陈设也很简陋。在这里,我第一次见到了王爷爷的父亲。老人家当时已年近百岁,坐在沙发中间,须发皆白,但精神矍铄,面色红润,两眼炯炯有神,尤其胸前一缕长髯,打理得十分好看,让我想起照片里的于右任。尤其让我感到震撼的是,我们进屋时,已经五十多岁的王爷爷正在给他洗脚,剪脚指甲,轻声细语,十分认真,而老人家也是甘之如饴,对我们一再夸奖自己的"堂娃"是如何孝顺,一派"父慈子孝"的景象。后来听人说,爷爷每周都要定时用架子车推着您父亲,去澡堂给老人洗澡;回家后,修剪头发、胡子、手脚指甲等工作,都由您一人完成。每天还要定时为父亲洗脚。一位年近花甲的老人,推着九十多岁的老

1998年高中毕业前夕与王培堂爷爷在大荔中学合影留念

父亲去洗澡,成为当时大荔街上一道令人称赞和羡慕不已的风景。

在我印象中,爷爷并非浓眉大眼,相貌堂堂,但却温文尔雅,不温不火。一口地道的陕西话,让您讲得有板有眼,有文采,有内涵,听起来很有味道。与您交往,真是即之也温,望之也敬,有如清风拂面、春风化雨。

以后我到大荔中学上学,爷爷正好退休不久,被返聘为学校的语文教师。父亲就把我交给您照顾。您当时住在学校分的宿舍中，不到10平方米的平房，兼作办公室和卧室，说是"斗室"，一点也不为过。但您还是腾出一块地方，放置我的行李箱、碗筷等杂物，房间的钥匙也给我配了一把，可以让我在课余时间自由出入。我刚入学时，有些不适应，就常去您那里，洗衣服、吃饭，甚至午休，都在您房间。

不久就听说，中学的校长是您在进校时的学生，一直仰慕您的学识和为人，才特意把您聘请过来任教，发挥余热。作为校长的恩师和"座上嘉宾"，您在学校一点也不张扬，从不向学校提任何非分要求。上课之外，就是深居简出，读书写字，吟诗作赋，大家有事求您帮忙，学问上向您请教，您从来都是有求必应，竭力解答，让每位师生都能满意而去。由于学问好，又谦虚，所以在学校的人缘很好，威望很高。从高一到高三，每一位老师对我提起爷爷，都会赞不绝口，称您是大荔县文化界的泰斗和招牌，连陕西省每年的语文高考模拟题都经常由您出。因为有这层关系，每个班主任都对我这个农家子弟另眼相待。

爷爷的房间虽小，但书却很多，尤其是有很多在书店看不到的线装古书。虽然读起来似懂非懂，我在课余时间还是喜欢随意翻看。其中有一套道光年间雕印的《康熙字典》，厚厚一摞，好几册，虽然已经发黄，但印刷很精美，散发着淡淡的墨香，让人爱不释手。那时候，我才体会到什么是真正的书香味。

我上高一、高二时，爷爷带别班的语文。我一直想听您的课，一睹您"文质彬彬，风度翩翩"的风采。但高中的听课纪律很严，这个愿望就只能成为空想，让我遗憾不已。为了聊慰自己的渴慕之情，我就经常从其他同学处打听。反馈的情况更让我羡慕不已：备课十分认真，一丝不苟，知识渊博，又能深入浅出，讲一个知识点，能征引很多材料予以印证。对学生异常温和与谦虚，有问必答，所以师生关系十分融洽。可惜这样好听的课，我一次也没听上。为了弥补这个缺憾，课余时间，我就经常向您请教各种疑难问题。

比如有一次，我读严绍璗先生的一篇文章，但不认识"璗"字，查字典，没有，问别人，都不知道，就去问爷爷。您马上翻出1949年前中华书局出版的《中华字典》查找。查出来以后，把音、形、义给我讲解得清清楚楚，并告诉我"反切"是怎么回事，古书如何排版，老字典如何使用，让我问一而知三，知道了学问的广大。

当时我们的作文课，作业交上去以后，任课教师照例只批改全班的三分之一。当老师不批我的作文时，我就拿去让爷爷给我批改。您每次都批得特别认真，不仅要改出错字病句，还要写出详细而中肯的评语，让我知道优劣所在。所以我的作文本，历来都是任课教师和您轮流批改。您在批改之余，还经常给我讲作文的道理和方法。至今印象深刻的有两点：一是中国的作文向来都是"做作文"，尤其是考试的作文，就是经过构思经营"做出来"的，是有法可循的；二是好的文章没有固定的模式，但一定要能做到"文以载道"，举凡叙述、议论和说明，都要有好的主题，写起来要言之成理，持之有故，言之有物。前者让我知道该如何应付考试，后者让我知道在考试之外，该写怎样的文章。

每次考完语文，我都会把试卷和自己的答案拿给爷爷看。您看完以后，都会肯定地说，基本上没啥问题，很好！在您的影响下，我高中时的语文成绩特别突出。每次成绩出来时，都会成为众人议论的焦点。这个时候，大家都会提到，杨虎是王老师的亲戚，受您影响很大。这种说法是有道理的。

高一时，每个班都办小报。我给我们班的小报起名为"墨郁"。征求爷爷的意见，您说很好，并欣然给我们的报纸题写报名，让我们这帮初试牛刀的小孩们很是高兴了一阵。为了让我们办好报，您特意送给我几张宣纸，并嘱托，宣纸很贵，但不好用，要珍惜。后来我们的小报在众多的竞争者中脱颖而出，被评为优秀小报，王爷爷功不可没。

生活方面，爷爷也给予我无尽的关怀和帮助。那时学校没有浴室，教师洗澡，要拿学校发的澡票去校外的公共澡堂，学生们就只能自己想办法解决。爷爷经常把自己每月的澡票匀出几张给我。缺钱时，我就向爷爷借，您从来都是十分慷慨，借多少给多少，让我从无囊中羞涩之忧。您很大年纪，简朴惯了，出外办事，从不坐车，总是骑一辆干干净净的永久牌自行车。我经常借用，有几次不小心摔倒在地，把车的零件摔坏，回去告诉您，您安慰我，说没事，不用在意。过几天再借时，自行车已经被您找人修好了。除了我以外，家里来人，都把您那里作为一个重要的中转站，叨扰甚多。虽是远房亲戚，但您从来都是认真接待，从未犯难。

高中毕业前，我专门找到爷爷，和您在您宿舍旁的花园前合影留念，您那天非常高兴。我请您给我写几句毕业赠言，您想了好久，给我题写了一首清代袁枚的诗："重理残书喜不支，一言拟告世人知。莫嫌海角天涯远，但肯摇鞭有到时。"并做了一副对联："探宝知识险峰，扬帆理想航程"。字很漂亮，行楷中带些篆籀之气。内容也是一派学人本色，希望我在学问方面有所成就。

高考结束后，填报志愿，爷爷耐心地辅导我和三姐，并且留下我和两位姐姐在家吃饭。饭很简单，是奶奶亲手做的面条，但却是我在高中阶段印象最深的一顿可口饭菜。拿到北大录取通知书后，我去见您，高兴之余，说本来想报行政管理学，编辑学这个专业，我不是很喜欢。您就耐心地开导我说，以你的性情，做些文字工作可能更好，从政并非你之所长，让我得以释然。家里摆设宴席庆祝，您因有事不能参加，父亲就提前请您和奶奶去街上吃羊肉泡馍，聊作答谢，顺带请您书写庆贺的对联。您按照父亲的意思想了几天，托人送来了写好的大红对子："父母多苦劳喜酬夙愿，儿女有志气力改门楣"，横批是"金榜双庆"（当年我和三姐一起考上大学）。语言通俗易懂，很适合在农村老家张贴。后来还听父亲说，爷爷在饭桌上特意嘱咐他，上了大学以后，要教育孩子自立自强，人生路上，不要钻营，得靠自己的真本事吃饭。

在北大上学时，有几次机会回母校做报告，总想着去看您，但却没有找到。据说是因为年事已高而辞掉教职，天南地北，在几个儿女家轮流居住。我去您原先住的宿舍去看，已是人去屋空。后来学校又改建，连房子都不在了，让我怅然良久。现在每次回母校，总会情不自禁地看看那个方位，在旁边慢慢走过。

回老家结婚那年，父亲打听到爷爷正在县城小女儿单位的宿舍借住，就专程去看您，并请您为老家的大门和新房拟写对联，您欣然应允。这两副对联内容切合实际，典雅喜庆，充满希望和祝福。分别是："冯翊奉天千里遥望赤绳月书绾侣伴；京华名校两小修研青云风翩任翱翔"。横批："美满姻缘"。"同芸窗复中爱神箭；泛学海更摘骊龙珠"。横批："琴瑟友之"。后请我高中时的恩师魏江老师书写。

婚礼前，我和妻子去拜望您。您住的房子比您在大荔中学时的宿舍大不了多少，没有暖气，生着火炉，平日住宿、做饭都在其中。我给您带了二锅头酒和自己编写的《北大新语》。您很高兴，说，酒是喝不了啦，但看到书，就比别的什么都宝贵。您和我聊了很多，大体不离学习和文章，特别为我讲您为魏老师的书法专门作诗一首，还详细地介绍了对联中"摘骊龙珠"的典故。婚礼当天，我本来安排让人开车去接您们，但您们很早就来了。王爷爷作为嘉宾上台讲话，依旧温文尔雅，不温不火，很有条理，饱含深情，连说三句"非常高兴"！除了祝福我们婚后相敬相爱，好合百年，与双方父母同享天伦之乐以外，还特别希望我们要向前辈学人那样，学而不厌，不仅要博精，而且要创造，努力在学术的功德碑上留下自己的姓名。您的祝福和希望让我很是感动，也永不能忘。谁料想，这竟是我们最后一次见面。

婚礼那年，爷爷用的还是小灵通。之后一两年过年打电话，还能接通。后来再打就打不通了。每次回家，都是急急匆匆，只好托魏老师转去我的问候。但空暇时间，想到家乡，想到以前，想到老家的恩师和朋友，脑中浮现的第一个人就是您。有时还会在网上查看您的消息，也搜到您的学生回忆您和记者采访您的几篇文章，从《渭南日报》上看到您的照片，精神还不错，我就很高兴。给父母打电话时，经常会提到您。有时也想，其实应该请您来北大转转，像您那样的读书人，一定会很喜欢北大的氛围。

但凡老家有人来京，我都会询问您的情况，没有一个人不说您好的。您最令人敬佩的有两点：一是知识渊博，才情好，从来都"问不倒"，算是大荔乃至渭南一带语文界最有名的老师宿儒。有一次，老家的韩叔给父母合葬，要在墓门前雕刻对联，墓门的门边有三个，应该张贴三句，中间那一联，要和左右两边对仗。问了好多人，都不知道该怎么办。去找王爷爷，马上就解决了问题，让韩叔逢人就夸。县城文化界的名人，凡是写成诗词歌赋，都要去找您审读润色，有时几乎就是重写。但发表时，您从来都不署名。县政府组织修撰县志时，您是重要的编撰负责人之一。二是不仅学问好，而且人特别好，德行让所有人敬佩，在今天这个社会里尤其难得。对人总是满面春风，和和气气，从不说别人的短处，没有恃才傲物的才子气，也没有文人相轻的陋习。县城也有几位国家级的特级教师，但论修养和人品，无人能超过您。不张扬、谦虚这一点，我印象很深。我结婚时的对联，本来让您书写，但您却坚持，对联可以由您编撰，写却不行；建议我去找魏江本师写，因为魏老师的书法全国有名，比您好。

毕竟岁月不饶人，人总有生老病死之时。2013年3月21日下午，我突然接到魏老师的电话，得知王爷爷去世的噩耗，让我伤心不已。听魏老师说，爷爷对生老病死看得很淡。前年体检时查出胃癌。手术之后，您就拒绝吃药，对儿女们说，你们延长我的生命，就是在延长我的痛苦。并非常安详地安排自己的后事，隐忍着痛苦，度过了人生的最后一段时光。去世前，您为自己写了自述诗和挽联，并嘱托将诗雕刻在寿木上，挽联由您的忘年交蔚秉惠老师书写，悬挂在老家大门

上。联云:"咬文嚼字舌耕书田雕虫小技有人誉;忧国济民梦飞云汉经世壮怀莫我知"。诗云:

> 少小罹危病,亲恩挽死生。
> 粉尘四纪业,教授一方名。
> 文笔雕虫技,案头作嫁工。
> 泉台聊可慰,曾不事蝇营。

通过这挽联和诗,我似乎更读懂了爷爷的心事。您终生通过才学和德行言传身教,著书立说,教书育人,弟子门生,数不胜数。看似为雕虫小技,其实寄托着您忧国济民的经世壮怀,这正是传统书生儒士的心志所在。别人不懂,晚生后学如我者,却能懂得一二。

爷爷作为读书人,常年在外,也算是功成名就的贤达之士。但回到家乡,在村中父老面前从无半点骄矜之态,所以士农工商,都非常敬佩并愿意与您结交,被誉为难得的"好文化人"。爷爷年轻时体弱多病,很多人都说您没有长命的福气,但却享寿八十有一,岂非古人所称的"仁者寿"?您于3月20日去世,24日下葬。按照农村的讲究,只有德高望重之人,去世后,才会多停放几日,供人瞻仰祭拜。听父亲说,爷爷安葬于您父母坟茔之旁,下葬当日,前来送葬者络绎不绝。您的儿女如今都在外地工作,本来完全可以火化,但您却坚持魂归故土,在九泉之下,陪伴自己的父母双亲。上高中时,我去过爷爷父母的坟墓,记得是位于铁镰山的一块高耸的塬上,遥望东边不远处,就是蜿蜒如带的黄河,近处则是铁镰山的千沟万壑。高山流水,甚为壮观。青山埋忠骨,爷爷的文章道德将与这片故土常在!

对于王爷爷,我很敬佩,很感激,也很愧疚。没能在您晚年,尤其是得病期间,去看望您。您去世后,不能为您送葬,只能心香一瓣,遥祝您入土为安。得知您去世的噩耗后,好几天,我心中都不能平静。

想起您生前的音容笑貌、学问品行，以及待我的种种好处，眼睛湿润过好几次。如果您泉下有知，能够感知到还有这么一位远方侄孙在回忆并感念您，我心也就稍得安慰了。

感念与内疚之余，我还进一步想，您的出身经历、诗词学养、孝道和气，谦逊有礼，以及对死亡的淡然，对故土的难舍，都让人觉得，您的离去，也是一种文化的消逝。不知黄土地上的乡间，是否还能孕育出这样令很多人景仰不已的文化人？我对您的悼念，实际上也是对一种文化的伤怀。

夜间行文至此，推窗遥望西天，风清月白，林木摇曳，如有所诉。撰祭联曰：

  博学似海精雕丁部能不朽　德教如风化育三千望有成

横批：

  遗范难追

2013 年 3 月 28 日

琐记与我情同父子的恩师魏江先生

常言道"一日为师，终身为父"，师道尊严和师生情义之重，似乎由此可见。但放眼当今尘世，有缘结成师生关系者，并不少见，真能结下父子般情义的师生，又有多少？答案恐怕并不乐观。唯其少，方显其珍贵。对于学生而言，有了这样如同父亲一般的恩师，教导他、关爱他、呵护他，让他拥有了一座可以景仰和依靠的巍然高山，该是何等的幸福和荣耀？

在这方面，我无疑属于幸运儿，自识字读书以来，遇到了不少让我感念终身的好老师。但相较而言，对我影响最大、与我感情最深、真正情同父子的恩师，则主要有两位：一位是我高三的班主任兼历史教师魏江先生，另外一位则是我在北大读书期间的研究生导师肖东发先生。在众多的恩师中，我一直尊称两位先生为"本师"，他们是我为人治学、做事处世的"根本之师"，情深恩重，一言难尽。关于肖师，我已有几篇文章觊缕言之。在这篇小文中，仅琐谈魏师的部分嘉言懿行和对我的绵绵教泽。

一、舐犊的深情，如山的恩德

我与魏师相识于 1997 年 9 月。此前，我在大荔中学读高一高二时，就已经闻听您的大名。您是陕西省传统村落结草村人，乃春秋时期晋国大将魏颗的后裔，著名的历史典故"结草报恩"就发生在您的老家。我上学时，您已是全省高中赫赫有名的历史教学名师，课讲得十分精彩，研究做得出类拔萃，我们当时用的好几本历史课外辅导书，都是您撰写的大作。尤其让人敬佩的是，您的人缘极好，口碑极佳，对学生尤其好！我因为素来对文科尤其是历史一科有着天然的爱好，又有仰慕名师的习惯，就对您有着格外的敬仰之心。

高二快结束时，我选择了文科，并坚定了考取北京大学的奋斗目标。暑假结束，到校报到，发现高三的新班主任竟然是仰慕已久的魏老师，真是喜出望外，激动之情无以言表。更让我惊喜和感动的是，报到之后没多久，魏师就主动找到我，亲切和我交流。大意是通过以前的老师知道了我的学习情况和奋斗目标，农家子弟有此壮志，实在难得！相信再好好奋斗一年，一定能够如愿以偿。同时希望我能继续担任班长一职，协助您为全班同学做些力所能及的服务工作。听完您勉励和信任我的肺腑之言，我只能遵旨照办。从此就开启了非常艰苦但又异常美好的高三生活。

因为有了魏师，我高三生活中的点点滴滴，现在回想起来，都充满了温暖的甜蜜。您的授课艺术和为人，真是百闻不如一见，让我们全班同学深深折服。由于我学习成绩尚可，也多少能恪守尊重师长、团结同学的规矩，您便对我青眼独加，为我提供了很多锻炼的平台。召开班会、开展第二课堂，您总是让我主持，让我大胆发表自己不成熟的观点，发挥"自以为是"但又稚嫩可笑的才干，让我的能力在很短时间里得到了快速的提升。中间有个别同学和我闹别扭，我愤而提出辞职，您在了解真实情况后，对全班同学讲："杨虎不当班长，我也没有意见。可问题在于：杨虎要不当这个班长，你们谁有能力和资格来当？"一句话问得偌大一间教室里满堂寂静。最后，您斩钉截铁地讲："我看还是让杨虎继续当下去最好！"

为了让我有更好的课外自习环境，您把自己办公室的钥匙给了我，让我独享一方宁静。我生病，在校外打点滴，您亲自来看了好几次，帮我支付医疗费用。我有思想上的波动，您便一次又一次耐心、细致地给我做工作。那时，您正在工作之余练写书法，我去您家，您经常为我讲述书法的百科知识。有几次，还手把手地教我王羲之的笔法，可惜我愚钝异常，一直不能开窍，但您依旧热情不减，让我手足无措。

1998年7月，我在大荔城郊中学参加高考，魏师恰好也被分配到这个考点的考场办参与考务工作。每天，您乘车带着我进出考场，并让师母精心准备好可口而丰盛的"高考餐"，为我做好后勤保障。当

2009年魏师在北大交流书艺

时,我的父母在家忙农活,没有时间陪考,但我没有丝毫的孤独感,因为,魏师和师母待我就如亲生父母一般,让别的同学歆羡不已。时光流转多年,我品尝的人间美味也不少,但那几日的饭菜尤其是红烧排骨却给我留下了终生难忘的印象。2015年6月8日,时逢高考日,是夜,我想起往事,久久不能入睡,写了一首题为《高考日忆昔日高考事并感本师恩德》的小诗:

倾心护助师恩长,更教师娘烹饪忙。
考罢初尝排骨味,至今口齿有余香!

高考结束后填报志愿,我因为发挥不如平常,感觉分数会不甚理想,对于是否把北大填报为第一志愿有些犹豫。到了魏师家,师生坐定,我说了自己的顾虑后,您急切地拍着大腿说:"这有啥可犹豫的?必须报!这可是你多年的梦想啊!"让我下定决心,并最终如愿以偿拿到了北大的录取通知书。我在告诉您喜讯时,您比谁都开心!

我上北大以后,和魏师继续保持着密切的联系。每年寒假回家,我都要去家里给您和师母拜年,汇报在北大的学习和工作情况。每次看到、听到我的变化,您们都欣喜异常。我读研究生时,曾回母校为师弟师妹们做学习报告,当时,魏师作为副校长,极为兴奋而荣耀地主持了报告会。那几日,作息食宿,您始终陪伴在我身边。晚上,我住宾馆,您和我昔日的语文教师吴学刚先生来到我的房间,天文地理,五湖四海,极为惬意地作彻夜长谈,全无师生之别。

2008年寒假,我回老家举办婚礼,魏师分外高兴,为我忙前忙后,通过私人关系帮着我找婚车,写对联,布置婚房,找人录像,为我操尽了心。以后,我每次和爱人回家,您都会找车亲自把我们送回乡下的老家。有时我和妻子到县城办事,索性就待在您家,一日三餐,均由师母操办,我也从来没有觉得不好意思。这几年过春节,我在北京不回家,您会和师母自掏腰包,亲自办好家乡的年货给我寄来,并在电话中千叮咛万嘱咐保存和食用之法。最近一次回家,见到魏师,您告诉我:"知道你要回来的消息,不仅我高兴,你师母也高兴,提前把房间收拾了再收拾,家里现在可是焕然一新呐!"这让我想起昔日我们师生几人在北京聚会聊天,酒酣耳热之际,您动情地对我说:"我和你师母一直把你当自己的儿子看待。"说这话时,我看到您的眼睛已然湿润。现在,我已经越来越能体会到这话的分量!

一直以来,魏师常在大小场合骄傲地讲:"杨虎是我从教多年来最优秀的学生!"这让我在惭愧之余,也倍感责任重大。学生何德何能?要做出多大的成绩,才能让您终生以我为荣呢?记得读高三时,有一次,魏师下课后,天色昏暗,风雨交加。您环顾左右,问,谁有伞一把,可借我一用?我奋勇争先,撑起自己那把小伞,冒着瓢泼大雨,护送您回家。我回到宿舍,虽然已被淋得如同落汤鸡一般,但内心却是暖洋洋的。多少年过去,这个场景经常会在眼前重现。自离开大荔中学进入北大,已近二十年了,一路为我全力撑伞遮蔽风雨的恩师中,魏师当属第一。这恩情,如山一般重,如海一般深,我能回报您什么呢?当然是要不辜负您的殷切期望,尽力做出点成绩来。另外,在您和师母华发已多之时,我愿撑起一把结草衔环之伞,尽我的绵薄之力,为他们遮蔽点风雨,让您们拥有更加幸福美好的晚年!

二、育人的法宝,为人的写照

魏师读书多,阅历广,善思悟,无论上课,还是闲谈,总能征引各种名言警句,发表新颖且令人信服的观点。即便是现在,我们每次见面,依然能听到您不少在旁征博引之后提出的新知新解,颇能益人心智;精彩之处,不下于许多北大名师的言论,常让我感觉又聆听了一次异常生动、深刻的人生课。

在我一贯信奉并努力遵循的人生座右铭中,有一则顾颉刚先生赠送其弟子史念海先生的名言:"宁可劳而不获,不可不劳而获,以此存心,然后才有事业可言。"这是魏师在我高中毕业前给我郑重题写的寄语,至今让我受益不尽。

在高三的激烈竞争中,魏师教导全班同学应对竞争的妙方是十二个字:"不服人,学习人,超过人,尊重人。"您勉励我们这些农家子弟要特别能吃苦,才能有出头之日;您总结的顺口溜是:"身上不掉几斤肉,还谈什么叫奋斗?"同时引用尼采的名言:"每一个不曾起舞的日子,都是对生命的辜负。"以说明生命不息,奋斗不止的价值。

极为难得的是,这些通俗易懂的至理名言,既是您教育学生的法宝,更是您为人、为学、为事的写照。学以致用、知行合一在您那里得到了很好的诠释。您能言且能行的品格,让您拥有了一股永远都在催人奋进、温暖人心的强大力量,让人不得不深受感染,不得不跟着您往前走。

魏师既是教授历史的名师,又是管理学校的能手。您当了大荔中学九年的校长,不仅干出了骄人的业绩,更带出了一个优秀的团队,形成了独特的管理风格。政声人去后,民意闲谈中,在您离任后,大家提起您,依旧会翘起大拇指,众口一词地夸奖,让我这个做学生的也"与有荣焉"。

我在北大走上行政管理岗位以后,经验不足,面对问题难免会有些发憷,每次见面,魏师都会现身说法,满怀真诚和激情,为我传授管理方法。其中有两点教诲对我的管理理念和方法影响极大。

一是要在尊重每一个人的前提下善用表扬与批评两个工具。尤其对待下属,应该"扬善于公庭,规过于私室"。表扬人要在公开场合,但批评的话尽量关起门来讲。因为每个人都有尊严,我们要设身处地为他人着想。

二是作为领导,绝不可能十全十能,总有自己的不足之处,因此,不一定每件事都亲力亲为,一定要独具慧眼,选择好能干的人,将其放在最合适的岗位上,充分尊重,大胆使用,让其充分发挥自己的优点与长处,最终可达到"无为而治"的效果。在讲这个问题时,他多次一字不落地转述《史记·高祖本纪》中刘邦的一段名言:"夫运筹策帷帐之中,决胜于千里之外,吾不如子房。镇国家,抚百姓,给馈饷,不绝粮道,吾不如萧何。连百万之军,战必胜,攻必取,吾不如韩信。此三者,皆人杰也,吾能用之,此吾所以取天下也。"

2013年,我从研究生院调任继续教育学院,主管的业务和人数都增加了不少,有些工作十分生疏。我开玩笑说,这就好比,以前只要专心做好一道菜就可以了,转岗以后则要统筹着做出半桌子菜来,难度陡然增加不少。面对压力怎么办?遵循老师的教导,保管不会错!从第一天开始,我就努力发现、尊重、使用、团结各方面的优秀人才一起往前走,取得了很不错的管理效果。从这一点来讲,如果我还有一点点成绩的话,也是魏师的恩赐所致!

三、冲天的豪气,嶙峋的傲骨

正如魏师的斋号"大风堂"一样,您是典型的性情中人,豪爽、大度,外带些侠气和傲骨。您写狂草,多方取法,形成了既厚重古朴,又飞走流动的独特风貌;但从近年的风格来看,则越来越与张旭、怀素更为亲近,这恐怕也是性情使然。

魏师对自己喜欢的、认可的人,可以肝胆相照,倾囊相助,赴汤蹈火,在所不惜。在我的印象中,您从来没有批评过我,即便很多事情我做得十分失礼,您也是以勉励为主,对我的各种有理或无理的要求,您从来都是有求必应,从不推托,跟父亲娇惯自己的儿子一模一

样。但您看不上的,即便是权贵和富豪,也不会有丝毫的宽假和通融。您曾在《艺术不只为"外快"》一文中讲到自己的两个故事:

> 某日,一人索字,说我喜欢你的狂草,但你能不能写得让我认识,让我看着好看,我给钱!我说不写!
>
> 又某日,一执法者索字,说写"秉公执法",我说不写,回家让你老婆写!
>
> 第一人是要求他喜欢而我不喜欢的字体我不写,第二人是要求他喜欢而我不喜欢的内容我不写!因为他们剥夺了我书写过程的快乐!

这让我看到了魏师作为读书人的凛然风骨与气节,不由人不肃然起敬。学生不肖,不能学我师万分之一。随着马齿日长、阅历日增,却有了更多的世故与隐忍。在为人处世中,越来越没有了率性而为的自在风骨,更愿意仿效阮嗣宗"发言玄远,口不臧否人物"的做派,并视黄鲁直的"万言万当,不如一默"为处世明训。相形之下,学生又是何等的怯懦!

四、挚爱的书法,痴癫的人生

老舍先生的名言"爱什么,就死在什么上",颇为魏师激赏,并因读到这样的话而激动了好多天。

魏师的兴趣、爱好不少,但是最为挚爱且爱出大成就的则是书法;您的天赋、性情、才学以及人生的境界在书法世界中得到了充分的挥洒和展示。从您那里,我看到了一个人是如何为自己心爱的东西而痴迷、疯狂。要说书法就是您的命,恐怕一点也不为过。

魏师书法作品

    魏师写字天赋极高，钢笔字、粉笔字原本就写得龙飞凤舞，铁画银钩，飞动流走，极为潇洒。每次给我们上课，仅看您的板书，就是一种难得的享受。1997年您在蔚秉惠老师的建议下，初涉笔翰，开始练写毛笔字，2001年便入展全国书法最高奖兰亭奖，四年时间加入了中国书法家协会，置身当代书法名家之列，在当地至今仍传为佳话。

    魏师坚信，只有根植传统，不断积累，才能破门而出，别创高格。您真草篆隶兼习，对历史上的各种名碑名帖，一一揣摩临写，仅米元章的《非才当剧帖》就临习了200多遍。您曾给我讲您早年间研习书法的传奇经历：

    1998年春节回乡下老家过年，回到家您才发现忘带了笔和纸，三天玩下来，玩不住了，浑身不自在，真真切切的手在发痒，于是又匆忙回到县城，把自己关了三天，一股脑在册页上临完了王羲之的《圣教序》和《十七帖》。2002年暑假，您关掉所有电话，过上了离群索居的生活，白天睡觉，晚上临帖，从晚上五六点一直临到第二天六七点，天天如此。师母每天从县剧院的宿舍把饭做好后，给您送到学校的书房。当时您每月的收入也就五六百元，但学习书法每年买纸笔的钱就在七八千元左右，这可是一笔很不小的开支呐。

正是这种"发疯"似的揣摩、临写，让魏师"积千家米而成一锅饭"，形成了自己独到的书风，在全国的各种大赛中斩获多项大奖，并在陕西省书协、渭南市书协担任要职。虽然已经功成名就，但您并未停止攀登奋进的脚步，仍然在书法艺术的田园中笔耕不辍。

2013年，您与挚友董长绪先生约定开始学画，每日凌晨即起，临写芥子园，后临沈周，春节亦不间断，有时一屁股坐下去就是八九个小时。最终因用功过度，大拇指"罢工"抗议，很长一段时间都动不了。大拇指恢复后，您又重操毛锥，每天临写书画名帖，每周撰写两三篇杂文随笔。我在微信上看着老师优美的习作，敬读老师的文章，既敬佩，又感动，情不自禁写了一篇《赞本师魏江先生》的小文，文曰：

> 本师魏江先生，学高德尊，授教有年，桃李芬芳，弟子三千。公事之暇，寄情书艺，墨池笔冢，别创一格，屡获国奖，日臻佳境。功成名起，淡然自处，不废临池笔耕之功，每日临帖无休，撰文不辍。门生日见其进，不知其止，日新之境，历历在目，颇启后学精进奋勉之意。
>
> 犹记小子当年从游之际，本师常以"只管攀登不言高"一语相勉。本师多年一贯，知行合一，先为高表，以示垂

范。近日于微信之中,常览师作,频颂师训,受教良多,因作《赞本师魏江先生》,诗云:

> 育人苑里称高范,翰墨场中夺锦席。
> 学富常增三尺彩,德尊久化一方奇。
> 临池退笔寻常课,守正出新拔萃时。
> 镇日孜孜老益壮,从游仰望敢迟迟?

2015 年 7 月 12 日夜记

前几年,魏师看我对书法有些兴趣,又身处北大这样的文化圈子中,便有殷切传道之意。您教导我,学习书法,年轻时看天赋,中年看功力,晚年看学问,特别希望我能在公事和学问之余,精研书法之道,假以时日,当有成就。每次见面,总要赠我您的书法作品和上好的笔墨纸砚。我也曾按照您的指导,临摹《张迁碑》《石门颂》《王羲之圣教序》《麻姑仙坛记》《泰山经石峪金刚经》《李玄靖碑》等多种碑帖,但由于天资愚钝,根本就不是这块料,再加上公事繁冗,科研压力大,只能"三天打鱼,两天晒网",因此至今都是此道中的门外汉、小学生,写出来的东西很难不让人掩面而过、嗤之以鼻。真是愧对您的深情厚谊和精心栽培。

为了聊以自慰,我也效法陶靖节"闲暇抚弄无弦琴"之意,在自己的办公室悬挂上魏师的作品,在办公桌上摆放上笔墨纸砚和各种碑帖,一则可以附庸风雅,装个样子出来,二则提醒我勿忘师训。尤其是在得暇欣赏您"枯藤老树苍苍气,飞瀑流云款款情"的书法作品时,您无比高大的身影,还有寄情书法的"痴癫"状态,总会浮现在我眼前,在无形中督促着我永远都要向着更好、更高、更雅的人生境界阔步迈进!

2017 年 12 月 18 日

师门受教录*

小子何幸，甫入北大，即逢本师肖东发先生。十余年来，从夫子游，耳濡目染，受益良多。先生传道，不惟道德文章；弟子受教，方知师道尊严。言传身教，尽彰书生本色；著书论文，明示治学门径。小子心仪前贤，昔曾随记平日受教点滴，名曰《师门受教录》。置于座右，随时翻阅，以励勤学笔耕之志，庶几不负本师传经宏愿。今先生溘然长逝，览此旧文，能不泫然？师恩难忘，感念良多，今略事增删，志我伤悼。

1. 师常言："国家民族欲兴旺发达，有二要事不可忽焉：一为教育，二为出版。"故对蔡元培、张元济二先生推崇备至。屡为诸生提及"教育救国""出版救国"之理念。晚年极力倡导全民阅读、经典阅读，以为此事关系未来民族文化命运。尝精心撰成《文化强国与全民阅读》，畅论"阅读强国"之旨，发表后为《新华文摘》全文转载。师

---

* 以《肖东发先生是这样教导我们的》为题，发表于《中华读书报》2016年6月24日。

2005年在本师带领下参加中法学术会议

在日,屡对小子言:"此吾近年最为满意之作也。"

2. 师常言:为学切勿一味趋炎附势,逐热点,做显学。应勇于钻冷门,既可锻炼功底,又可推出有价值之成果。范文澜先生"板凳宁坐十年冷",可置为座右铭。小子曾以《中国古代私家藏书活动文化特质初探》一文参与"挑战杯"竞赛,得师首肯,以为学古难得,尤须真功夫,故悉心指导,终获佳绩。

3. 师论学,最重学术道德与规范,曾与李武学兄同著《学位论文写作与学术规范》。屡诫诸生,撰文著述,先须广阅文献,竭泽而渔,提笔成文,先言己有,后道己见。最好首用、多用第一手材料。征引他人材料,无论长短,务必注明出处,万毋掠人之美。此为学人立身之大本。学问大小,因人而异,辛苦钻研,终有所成。而学术失范失德,则终身难赎也。

4. 师有座右铭曰:"大着肚皮容事,立定脚跟做人。"平日接人待物，不论出身地位、门户学派，无不蔼然可亲，一视同仁，一派仁厚气象。本院90后新生，均以"肖爷爷"尊称。外院学生，常随师出入课堂，参与师门活动，其乐融融，如同一家。师甲子寿辰日，小子贺诗中有云："春风化雨仁者寿，朗月入怀吾师贤。"盖因此而发也。

5. 师设帐讲学北京大学，凡四十余年。精熟此间历史掌故，著述甚多，主编《北大人文与风物丛书》，影响颇广。每年新学期甫始，即为三千新生讲授北大历史与精神传统，有"北大新生第一课"之称。每逢嘉宾挚友来校，辄邀其漫步游览，触目之景，皆能娓娓道其来历，常惹其他游人紧随其后，不忍离去。师平日对诸生讲授北大风物，尤重阐述"思想自由""兼容并包"之学风，以为此八字乃北大精神风骨之精髓。常云："北大者，真圣地也。授教于此，真乃人生一幸也。"职是之故，人多以"爱校主义者"视之。

6. 师言，北大至为宝贵者，大师也，其道德文章可为万世法，后生晚学当倾心向学。师曾数往燕南园，拜访侯仁之、芮沐、汤一介诸先生，并广辑文献，撰燕南园系列文章，刊于校报。曾嘱挚友陈光中先生撰《侯仁之》一书，以表彰侯先生之言行。陈书成后，屡道师倡议之功。后师又与陈合撰出版《北大燕南园的大师们》，大力表彰诸先贤道德文章之美。

7. 师论学古今并重，力求知古而不迂，求新而不俗，以达贯通广博之境。故其于图书出版史外，尤精年鉴之学。尝言：出版史者，古之又古者也；年鉴学者，新之又新者也。小子于出版史之外，于大众文化、畅销书多有探研，实受师之启发也。

8. 师论学贵有创见，论"学而不思则罔，思而不学则殆"，"信而好古"，"述而不作"曰：生当今日，为学固当学、思并重，尤须有述有作，如此方有新意。论曰："学而不思则罔，思而不学则殆，学而不述则暗，述而不作则滞。"

9. 某日，同门数人往外地游玩。午饭点餐，有师弟点"水煮鱼"

诸菜。师以其多常见菜，在在皆是，建议换之以本地风味菜。并诲教曰："吃饭、生活、治学，皆应有旅游者之心态，如此观万事万物，便觉满眼新意。土著人则不然，整日面对绝好风光，只觉不过如此。这般人生，岂有乐趣可言？故做人做学问，都应做旅行者，万勿做土著人。"

10. 师善丹青，尤喜泼墨大写意之作，因其寥寥数笔，即可见精神也。尝言：每至关中，观汉唐陵阙之浑朴，即可深味汉唐气魄之博大撼人矣。后世虽事雕琢，而气象已远不如也。做学问亦当如此，先广博，拓视野，求气象；后细微，细雕琢，求精深。

11. 师常言，论史当于大处着眼，梳理脉络，总结规律，以求纵横有序，如此方能纲举目张。故平日特重列表法。每论一事，必详其前因后果，而不拘于就事论事。常譬喻曰：论事如观螃蟹然，左爪如因，右爪如果，躯壳如事，三者不可须臾相离也。为诸生讲授出版史，每以东汉"熹平石经"之例反复论证，令听讲者久久难忘。

12. 师为诸生讲论分析问题之法，强调深入精到，反对泛泛而论，常以"伤其九指，不如断其一指"明之。诸生论文选题，每以"具体而微"四字绳之。

13. 师指导诸生撰论文，屡道：撰文须从问题入手，万勿从概念入手。论文与教材不同，其核心价值不在"叙述"，而在"议论"。勿讲人尽皆知之常识，应多发前人之所未发。有创见、能解决问题之文章，方有撰写、存在之价值。

14. 师教诸生著述之法：围绕一问题，心无旁骛，稳扎稳打，深入探研，久久自有成绩。一言以蔽之："文章成系列，著作集大成。"常举《中国编辑出版史》《中国图书出版印刷史论》撰写之例以证之。

15. 师尝训导小子曰："读书为文当前挂后靠，左顾右盼，打成一片。"小子深然之。恪守至今，受益无穷。前挂后靠者，古今贯通也；左顾右盼者，中西印证也；打成一片者，融会贯通也。此乃大境界之学也，虽不能至，然心向往之。

16. 师治中国出版史，推重比较法，屡为诸生道王充《论衡》之言："两刃相割，利钝乃知；两论相订，是非乃见。"平日论学，尤重中西比较，常举《四库全书》、法国《大百科全书》之例以明之。云：书籍虽小，然亦可观世道之变迁、文化之不同。

17. 师授课，极重教学相长，有"三分课堂"之论：三分之一自己讲，三分之一请人讲，三分之一由诸生讲，颇收开门办学、教学相长之效。

18. 小子十余年间，数次听师讲授"中国图书出版史""信息检索与利用""北大风物与人文精神"诸课。每次均有新资料、新见解、新讲法。每听一次，便觉又进一层。师已年过花甲，其精进不止、日新其学之态度，令诸生叹服不已。师生活却极简朴，吃饭穿衣，甚不讲究，粗茶淡饭，安步当车。冬日授课，骑乘老旧自行车，往返家、校之间，风雪交加之际，精神愈加抖擞。小子敬赞曰："无意名利二字，饭越吃越淡；倾心讲坛三尺，课常讲常新。"

19. 师言，评价人物、分析历史当有辩证之眼光，一分为二，最为得当。学问与政治、人品多有区别。吾辈当恪守"见贤思齐，见不贤而内自省"之训，尽取其长，不可因人废言。常举罗振玉、叶德辉、王国维诸例以明之。又尝言，清代乾隆帝主持修《四库全书》，誉之者称其事其人为"修书盛典""文化功臣"，毁之者谓其人其事为"图书浩劫""毁书之王"，实则利弊兼有，不可一概而论，师综合诸家之论，称乾隆帝为《四库全书》之"功魁祸首"。又尝言：短命之王朝亦不可一笔抹杀，往往成为此后王朝之反面教科书，其资政之价值，不可小觑。

20. 师授课，喜作譬喻，故多妙论。论中外读书习惯之不同曰：西文书籍素为横排，读者目光左右往返，频频摇头，若言"No"；中国古书则系竖排，读者目光上下移动，唯知点头，似称"Yes"。故西人善疑而学问日进，国人信古而思想渐锢。即此一例，即可见中西文化之不同。

21. 师言，无论发言撰文，凡立一论，最需平实、谦慎，勿为极端之论，尤戒自我夸大之言。故每将诸生自我评语中之"极为优秀"更为"比较优秀"，"优秀代表"更为"优秀代表之一"。诸生偶尔试讲课程，师静坐于众人之中，安心听讲，倘闻自我标榜之言，课后便正言相告。

22. 师不慕权贵，不喜仕进。小子硕士毕业前，考公务员。师言："愿汝遵蔡元培先生之训：北大学生当研究高深学问，造福社会，不以升官发财为意。"后小子留校工作，师喜甚，告我："此最佳选择，最好去处也。北大乃学人少有之福地。身处官场，逢迎屈拜之态，争名夺利之事，我不忍汝为之也。"后学校荐小子选调中央机关，小子询师之意。师言："吾之态度，早已告汝。勿离北大，勿舍学问，乃汝正途。"小子闻言，唯诺谨遵。留校十余年，未辍学问，皆遵师教诲所致也。

春风桃李有余哀
——深切怀念本师肖东发先生 *

转眼间，本师肖东发先生辞世已近一年。在离开您的日子里，我经常怀着悲伤和思念之情对空发问："这么好的一位老师，怎么说走就走了呢？"您走得太早，才67岁，刚刚退休不久，正是要安享天年的大好时光；您走得太突然，让人手足无措，至今都无法缓过神来。您的离去，让相当多的人成了学术、工作和生活上的孤儿。对于依旧在校园学习、工作的学生而言，没有了最亲近、最敬爱的老师，这校园就像是一座缺少了温度的城堡。

2016年4月21日，在本师的追悼会结束后，我在微信上转发当日的新闻稿，并感慨道："今天最让人宽慰、感佩的是，先师既非领导，也非富豪，一介书生，北大教授而已，却有五六百人自发前来吊唁、告别您，无数人流下了不尽的泪水。还有数百人发来唁电、敬献花圈和挽联，或专门撰文，表达哀思。您这一生，也值了。这样的场景，给我们很好地上了最后一堂课。"臧克家先生有诗云："有的人死了，他还活着。"不管时光如何流逝，在本师的亲戚家人、知交好友、

---

* 发表于《北京大学校报》第1442期，第4版，2017年4月5日；《中华读书报》，2017年4月19日，第15版。

门生弟子心目中,您就是那种身形已去而精魂犹在的大写之人。这,显然是您的道德文章遗泽广博绵长所致。

我于1998年入北大信息管理系读书,1999年春季学期,初聆本师讲授"中国图书出版史"课程。后来有幸拜在您的门下,从夫子游,攻读硕士和博士学位。幸福地享受您"煦煦春阳的师教",尔来十有八年矣。追随既久,感情自深。在我心中,您是一位真诚、朴素、博学多才的老派知识分子,也可以说,就是一位纯粹而典型的老书生。在您身上,仍能看到众多北大先贤身上那些可贵、可敬的流风余韵。

本师做学问真诚,视学问为生命,做起学问来,情不自禁,欲罢不能,真有拼命三郎的劲头。您在师门沙龙或聚会时,开篇就会说:"师门的学术风气应该搞得浓浓的,我们要把读书放在很重要的地位,多出有价值的学术成果,这才是师门的立身之本。"您还教导我们要坐冷板凳,提倡做"书呆子"。以讲课而论,您常说的一句话是"课不仅要常讲常新,还要常讲常好",因此就必须精进不止,不能偷懒。2009年,由您主讲的全校通选课"中国图书出版史"被评为北京市精品课。教师节前,学校召开表彰大会,通知您作为代表上台领奖。但您正好出差在外,便在电话中嘱我代您完成这项光荣的工作。后来,我把荣誉证书和获奖名录呈送给您时,您分外高兴,动情地说:"在北大当老师,一定要努力做出像样的成绩来,最好的体现,就是在每年的荣誉册上,都应该有自己的名字和成果。"依我多年的体会,本师绝对是一位不慕名利的淡泊之人,但在学术事业上,却不甘平庸,不断做着力争上游、多出精品的事。这番话,既是您治学宗旨的最佳体现,也是对我的殷切教导。

我追随本师多年,一个突出的感觉是,您总是很忙,忙上课、忙写作、忙开学术会议、忙做课题研究,忙指导学生论文,忙和学生谈话……很难见您优哉游哉地享受过片刻闲暇。我每次见您,寒暄数语以后,就直奔学术主题。白天时间不够,便焚膏继晷,熬夜很晚才休

2006年硕士论文答辩会结束后与评委合影。从右至左分别为诸葛蔚东老师、肖东发老师、杨虎、张积老师、余人老师

息。同门学友收到您半夜一两点甚至是三四点发来的邮件,是常见之事。我常劝您:"您身体本来就不好,年纪大了,老熬夜,身体肯定受不了。"您会笑着说:"习惯了,积习难改啊。身体虽然不好,但我相信精神的力量可以战胜一切!"为了让您注意养生之道,我特地买来《国学大师的养生智慧》一书送您。但这些都没有用处,您仍是夜以继日地扑在挚爱的学术研究和育人工作上,最终用心血浇灌出了一片郁郁葱葱的桃李园,写就了一本又一本、一篇又一篇于世道人心、学术命脉有益的著作与文章。您的生命状态,像极了丁文江先生书桌上摆放的那句话:"明天就死又何妨,只拼命做工,就像你永远不会死一样!"

本师待人真诚,满面春风,一团和气,是接触过您的人的共同印象。作为学生，您严守尊师之礼。在授课时，一旦提及您的老师王重民、刘国钧、郑如斯等先生，一定是充满着深情和敬意。负笈北大以来，我印象最深的一堂课，是1999年春季学期，您在昌平园为我们全班28人讲述王重民先生与敦煌学以及母系渊源时的情景。其时，您口讲指画，言之谆谆，动情之处，几欲落泪。听讲者则唏嘘感慨，无不动容，受教良多。2003年，适逢王重民先生百年诞辰，您在《王重民与向达先生祭》一文中，深情回忆了王先生对您读书治学的教导和影响。您写道："王先生对我的直接教诲和间接影响如涓涓细流，一直在我心中流淌。我每年给学生讲"中国图书出版史"及近来讲"文献检索与利用"课时，都要讲到王先生的学术成就，都要用到王先生所编的工具书及其著述。王重民先生不仅永远活在我的心里，我还要让年轻的学生们记住他。"爱师敬师之情，溢于言表。您曾教导我，做人要厚道，尤其要尊敬师长，并引自己的经历予以佐证。您在"文化大革命"以后，考取图书馆系的研究生，系里诸师接受您的原因，除了勤奋好学、有潜力以外，更重要的是为人仁义，不整人，深明师道尊严。您不仅对自己的老师如此，对其他师长也是如此。您认为，北大最珍贵、最应该受到尊重和礼遇的就是各位学术大师；因为，"北大的精神在他们身上得到了充分的体现，这是值得我们每个人学习的"。有一年，您请许渊冲先生为师门做演讲，由我的朋友开车带您亲自到府上恭迎许先生。讲座结束后，因朋友未及时赶到教学楼去接许先生，您便打电话催问我。在急切、严肃的语气中，透露着对许先生的敬重之意。这也让我更加深刻地理解了您经常说的一句话："在大师面前，我永远都是学生。"

作为老师，本师春风化雨，关爱学生，暖如阳春。您常对大家说："我想让你们觉得做我的学生是最幸福的，要让别人都羡慕你们成为我的学生。"您的一门心思就是倾其所有、尽其所能把每位学生都培养好。您对所有的学生都很尊重，不问家庭出身，不看所学专业，开门办学,一视同仁,和蔼可亲,很少有疾言厉色、拒人以千里之外的时候。因此,学院的学生都亲切地称您为"肖爷爷"。您在教学中特别重视社会实践,要求学生"行万里路"。在每门课上,您几乎都会安排参观考察的环节;教学经费有限,您就自己出钱租车、买门票,并自任解说,带大家参观故宫、老北大、国子监、台湖书城等地方。您还通过朋友关系设立了多处实践基地,让学生免费实习。编辑出版学专业的学生毕业时,您虽非班主任,也非院领导,但每年必掏钱张罗聚餐,为同学们饯行,说几句勉励的贴心话,给每届学生都留下了最难忘的印象。学生中有家境贫寒或困难者,只要您知道,就会送钱送物,周济一时之困。我上大四时,二姐身患重病,我去外地探望之前,您知道了此事,托人转交500元以作盘缠。进入师门后,您更是对我视如己出,关爱有加,经常留我在家用餐,送钱、送衣、送书,有几次我在医院打点滴,您知道后,非要和师母一起来看望,让我坐立不安。我的父母、岳父母来京,您必要热情招待,待为上宾,让我们全家人十分过意不去。您多方提携后进,不遗余力,除了悉心指导我读书学习外,还多次带领或推荐我参加各种学术会议,结识学界名流,饱览山河之美,让我大开眼界。我参加工作以后,有一段时间,因为工作职务之事,抽空就向您倾诉、抱怨,您每每默然不语。我以为,您一贯不赞成我做行政工作,所以对此事并不关心。谁知,后来好几位领导见我时,都说,本师好多次在您们面前举荐我,说到我职业发展的大事。我真是既感且愧,您平生最不喜因事求人,可却屈尊处为我逢人说项,而且从来没在我面前提及一句您为我做了什么。在处理您的后事时,师门的很多人都恭执弟子礼,忙前忙后。事后,很多师长在我面前说,真羡慕本师有这么多好学生!我则答以:这都是本师生前的教化、关爱之泽所致。您对每个学生都是情同父子,恩重如山。我们结草衔环,理所应当。

本师还真诚地爱着北大。您对北大的历史传统、风物变迁、人物掌故、精神气度，保持着浓厚的兴致，也有相当深入的研究。您给我讲，您在北大听的第一堂课，是侯仁之先生讲的"北京与北大"，印象极好且极深刻。这门课实在太重要了。我们培养学生的爱国主义情怀，就得先从爱家乡、爱母校做起。作为北大学生，首先就得爱北大！您带着我们编撰"北大人文风物丛书"和"北大文化丛书"，想为北大120周年校庆献上大礼。直到去世前，还念兹在兹，不能忘怀。您连续多年为北大新生讲授入学第一课"北大风物与人文精神"。晚年还带着我并邀请陈光中先生，开出了全校通选课"北京风物与传统文化"，培养学生爱北大、爱北京、爱国家的情怀。平日但凡有来访者，无论公务接待，还是私人朋友，您都会主动带着大家去逛校园，热情、风趣地讲授燕园的前世今生、北大的精神风骨，惹得其他行人紧随其后，不忍离去，成为未名湖畔一道独特而美丽的风景线。您还给我说过，人生一世，能在名片上印上"北京大学教授"这几个字，足矣！因为您对北大的熟悉和挚爱，有人尊称您为"爱校主义者"，您对这个雅号，欣然受之。

  本师在生活中最大特点，则是非常朴素，朴素到了不修边幅的程度。您没有任何名牌的东西。夏天去家里看您，穿的跨栏背心，破着好几个洞，竟有褴褛之象。在买车之前，不分春夏秋冬、刮风下雨，一直骑着一辆老旧自行车，穿梭于校园内外。有一年冬天，下课后，天降大雪，您推着自行车，和我穿行校园，很兴奋地说："我从小生活在东北，不怕冷，见到雪就开心，能让人更加精神。"可是我看您光着双手，一定很冷，就把新买的手套送您，聊以御寒。您一再推辞，后来在我的坚持下戴上手套出校门，骑上车，身影很快就消失在漫天风雪之中。当晚，您给我回邮件，特别写道"感谢你那双温暖的大手套"。您没有钱包，而是把零花钱放在装餐巾纸的小塑料包中，用钱时，会从上衣或者裤子兜里随便掏出各式各样的塑料包，从里面翻找。后来在您过生日时，我特意买了钱包送您，并开玩笑说："老师您以后就别再用装餐巾纸的包啦。"您笑允并表示感谢。但直到您去世,我从来未见您使用过钱包。与朴素连带的特点是您的随和、宽容、没有架子、不喜逢迎。您不媚上,给我说,您自工作以来,请过学生、朋友在家吃饭,但没有请领导在家里吃过饭。我要考公务员,您旗帜鲜明地反对,理由是很不喜欢衙门习气,还是留在北大好,民主、自由,能安心读书,是一块难得的圣地、宝地。

  本师学问渊博,在中国书史、藏书史、出版史、年鉴学等"治书之学"的专业领域,成就斐然,早有公论。此外,您还多才多艺。您通音律,喜唱歌,凡是喜欢的歌曲,只要听一两遍,就能写出曲谱来,并热情地和大家分享。有一年,电视上热播《走向共和》。您在一次上课前奋笔疾书,把片尾曲的曲谱和歌词写满了黑板,给大家唱诵一遍后,对其中的几句歌词大加赞赏:"风吹过,雨打过,铁蹄践踏过;火烧过,刀砍过,列强分割过。抚摸着伤痕昂起头,吞咽下屈辱心如火。走过长夜,走过坎坷,走进曙色。"您说,同学们,你们看,这不就是中国近代以来发展历程的最好描述么?让我们深受感染。您喜绘画,精丹青。插队时,他负责画让人观摩进而称赞不已的壁画。后来从事学术研究,很少有时间再画。但有一次我在先生家中获观您的旧作,十分惊服。其中有一幅周总理的肖像,画得惟妙惟肖,如同照片一样。本师特别解释说,这是总理去世后,您带着感情,认认真真画下来的,画成以后便珍藏至今。本师还喜诗歌,既能朗诵,也能自作新体诗。您讲授"北京风物与传统文化"时,能声情并茂地给学生大段背诵闻捷的诗歌《我爱北京》;讲授"中国图书出版史",谈到唐代皇帝的佞佛,则从韩愈的《左迁至蓝关示侄孙湘》讲起,尤其对其中的"欲为圣明除弊事,肯将衰朽惜残年"赞赏不绝,认为这真正体现了传统知识分子的情怀与风骨;讲敦煌遗书的内容时,特别爱讲王梵志的诗。有一年中秋节,晚上下课后,您兴致勃勃地带着我们去未名湖畔赏月,在皓月当空、人声鼎沸之际,您带着大家齐声朗诵张九龄的《望月怀远》。

您还写了大量的新体诗，我们都真心觉得好。

以上种种，如果总结为一句话，我想就是"外未名而内博雅"：不注重、不追求外在的修饰、地位和名气，而在学问、品行、精神方面却如博雅塔一般伟岸、峥嵘和刚毅。这是一种"轰轰烈烈的静"，外表看似安静、朴素、平和，但胸中却有大海般的永远奔涌着思想巨浪的轰轰烈烈。这正是一代又一代优秀北大人的精神气度。

要特别说明的是，我亲炙于本师十数年，由于资质愚钝，所学不过九牛一毛，至今仍是"珠玉在前，觉我形秽"。您的道德、风度和学问在我面前，就如泰山北斗一般，永远无法企及。有人说，我可以继承您的衣钵，实在是抬举和高看我，绝非实事求是的说法。我在中国出版史、北京风物两个领域虽有兴趣，也多承您栽培，因而略有心得。但直到现在，仍是一个站在门外听讲的小学生。所能做的，就是在工作之余，继续精读您的遗著，完成好您生前布置的作业，再做些力所能及的研究工作，尽量让这些宝贵但不时髦的学问不要在北大中断了。在气质转化方面，则努力向着"外未名而内博雅"的方向不断前进。也好让您的在天之灵，不致有落日孤城、后继乏人的悲凉之感。

2016年4月16日，我在得知您去世后，含泪写下挽联：

不慕权贵，不修边幅，不追名利，不辍笔耕，书生至死犹存旧风范；

真醉典籍，真爱北大，真教弟子，真做学问，仁者永生堪励新青年。

横批：是我本师。横批这四个字包含的感情很复杂。我以能有这么好的本师而无比自豪和欣慰，又以过早地失去这么好的本师而无限悲伤和痛苦。唉，心事未了身先去，春风桃李有余哀，永远怀念我的好本师肖东发先生！

2017年4月25日

此是良法可书绅

——本师肖东发先生教我如何写文章 *

本师肖东发先生（1949—2016），是我国当代著名的编辑出版学家、图书馆学家，生前曾先后在北京大学信息管理系、新闻与传播学院任教 40 余年，在中国书史、藏书史、出版史、年鉴学等"治书之学"领域著述颇丰，成就斐然。据不完全统计，您一生中共发表论文 300 多篇，出版各类著作 50 部，承担重大课题 10 多项，获得省部级以上科研奖励 20 项。您任教期间，科研与教学并重，关爱学生，立德树人，门生弟子遍天下，培养了近百名硕士和博士，有的已经成长为不同领域的领军或骨干人物。您的一生，真可谓"托命杏坛平生志，寄情书海半世缘"。

我于 1998 年考入北京大学信息管理系，学习编辑出版学专业。本科四年，先后聆听本师讲授"中国图书出版史""出版经营管理"两门必修课，初步结下师生之缘，当时即对您的道德、学问和学者风采惊叹、敬佩不已。大三时，我以《中国古代私家藏书活动文化特质初探》一文参加北大"挑战杯"竞赛，在系级初评时，您担任我的主评委员，

---

* 发表于《中国研究生》2017 年第 7 期。

对我的论文青眼有加,给予充分肯定,强烈推荐参加校级比赛。后来又热情地给我提供参考文献,指导我如何去修改,使得论文的水平更上一层。修改后的论文获得了北大"挑战杯"竞赛三等奖,同时发表于核心期刊《西南师范大学学报(哲学社会版)》上,这是我入北大以来发表的第一篇学术论文,其中凝结着您的不少心血。因了以上因缘,大四时,就确定了追随您攻读硕士研究生的坚定信念。

2003年,我有幸正式拜在本师门下求学问道,后于2006年、2014年分别获得文学硕士和博士学位。十余年来,您倾注心血,言传身教,毫无保留、极其真诚地教我做人、做事、做学问,督促、指导着我在学术和人生道路上不断向着更高更远的方向攀登奋进。您,就是我在北大最亲近、最敬佩、最怀念的"根本之师"。在学术研究方面,我深切地感受到,您在讲授知识的同时,还特别重视传授研究方法尤其是文章撰写之道,把您点石成金的手指也无私地送给了所有学生。正是在您的悉心指导下,我撰写、出版和发表了一些著作和论文,

2012年11月参加北京论坛,与于文、蔡玉佩陪侍本师

获得了北京大学"学术十杰"、北京大学优秀博士论文奖、全国出版科研优秀论文奖等荣誉。这些成绩，无一不是遵循您文章写作思想的成果，也无不凝结着您惠泽后来的心血。今哲人已逝，遗训犹存，谨将您昔日教导我的撰文之法，略作梳理，聊表怀思。

一、首明治学宗旨，做有价值、有意义的研究

本师教导我们，无论做什么事情，首先要明确宗旨和目标，从事学术研究，尤其如此。为此，首先就要热爱自己的专业，充分认识到本专业的价值，这样才能带着乐趣、持之以恒地钻研下去。您对有志于从事新闻出版行业的学生说："首先要热爱新闻出版事业。知之者不如好之者，好之者不如乐之者。新闻出版行业真是一个非常好的行业。在建设文化强国和全民阅读中，出版的作用不言而喻。出版的产值和其他行业相比虽然不大，但是它的作用很大。多少发明创造靠出版传承，多少好的思想靠出版传播。后人怎么知道诸葛亮，因为有《出师表》。怎么知道林则徐、文天祥，因为他们的精神是靠他们的著作留下来的。所以书太重要了。不要低估这个行业，这个行业关系到国家、民族、人类的振兴，我们越认识它的意义，越觉得它的重要性之大。其次要爱读书，这是从事这个行业的先决条件。一个人要是不爱读书，对书有关的事情就没兴趣，也就很难做好这个工作。"

本师认为，对于从事社会科学的研究者来说，在研究中必须有"经世济民"的强烈愿望和人文关怀，撰写文章应该以解决问题为主要目的。这个问题，或是理论方面，或是实际方面，都需要有突出的研究价值。即便是研究历史，也要起到总结规律、以史为鉴、古为今用的作用。您在《出版与社会：出版史研究的基本问题》一文中提出："出版是社会大系统中的一个小系统，不能离开具体的社会环境独立发

展,可以说一部出版史也就是一部出版与社会的关系史,两者是互动的关系。只有突出对这一问题的研究,才能对出版史有更深层次的认识,对具体的社会现实提供借鉴。"他还特别说道:"学术研究最终要走向社会才能够体现出自身的价值,出版研究也要最终回到指导出版实践的层面上来。要善于在纷繁复杂的历史中,寻找各种事件的相互联系,并最终对现实提供借鉴。"所以,您平日最推崇蔡元培、张元济两位先生"教育救国""出版救国"的理念和实践,并要求我们一定要密切关注现实和理论中的重大课题。落笔为文时,从问题入手,深入分析,而不要从概念入手,泛泛而论。

您晚年特别关注大学精神和全民阅读,认为国家在经济实力强大以后,一定要特别重视文化方面的"软实力"建设,而教育、出版和全民阅读,则是最应该重视的首举之措。作为终生读书、写书、评书、教书、研究书的学者,您总希望大学和社会上的阅读风气浓一些,再浓一些。为此撰写了《文化强国与全民阅读》《阅读是人类永恒的生活方式》等文章,大声疾呼。当看到各地的实体书店纷纷倒闭时,您深以为忧,逢人就讲,要想办法把实体书店留下,让孩子、老人有翻书、看书之地。否则,整个城市的实体书店太少了,文化和精神就很荒凉。并为此还撰写、发表了《把实体书店留住》等多篇直面现实问题的好文章。您的这些观点和做法,为我们树立了极佳的榜样。

二、恪守学术道德,遵循学术规范

本师认为,做学问如同做人,德行永远是第一位的。表现在文章之事上,就是时时处处都要恪守学术道德,遵循学术规范,守住底线,绝对不能抄袭、剽窃,引文一律规范地标注出处。您常年为新闻与传播学院的本科生和研究生讲授入学第一课:"大学精神、论文写作与学术规范",言之谆谆告诫大家老老实实做人,扎扎实实做学问、写文章。讲座的结语总是一句"预祝大家写出既富有新意又符合学术规范的好文章"。为了让大家在这一方面有系统的训练,您与李武师兄编著了《学位论文写作与学术规范》(北京大学出版社 2009 年版),其中所举案例,多来自您亲自指导的课程论文和毕业论文,具有很强的指导和示范作用,因此成为很多学生的必读之书。您在参加研究生的论文答辩时,除了文章观点和内容以外,会重点审阅参考文献的著录情况,大到参考文献的多少,小到标点符号的对错,都会细致地提出自己的意见。

您担任《光明日报》年度好书榜评审委员会委员时,曾极力推荐北京大学出版社的《脚注趣史》,推荐理由体现了您对学术道德和规范的一贯重视:

> 阅读本书,反思严肃做学问之现实,颇有感慨。在笔者看来,脚注更重要的作用,在于其所代表的一种实证的态度、科学的精神。如今学界科研压力下所诞生的量级庞大的博士论文、研究成果,抄袭模仿、粗制滥造层出不穷,更不用提脚注的规范使用。我本人研究学术规范多年,在北大教课时也常讲脚注之用。脚注的意义确实是多方面的……。然而不得不说,在当下的中国,脚注在研究中的地位经常不被重视。所以,不妨让我们从读《脚注趣史》开始,轻松读史、严肃治学。

三、博综兼览,守正出新

本师常说,学术研究,贵在好学深思,既要博综兼览,广泛吸收,更要守正出新,后来居上。一篇好的文章,应该以广博的资料做基础,有厚度，更要论出新意，大胆提出新知新解。为此您特别强调，做研究、写文章，要先在广泛、深入阅读文献资料的基础上，做好文献综述，算好学术总账，为此后的研究打下坚实的基础。

您在出版史研究方面，自1992年发表第一篇综述文章《对中国出版史研究的回顾与展望》以来，每隔几年便会推出新的文章，包括《二十世纪中国出版史研究鸟瞰》（1999年）、《中国出版史研究的回顾与展望》（2003年）、《出版史与出版文化研究60年》、《一门年轻学科的坚实足迹：近20年来我国出版文化研究综述》（2009年）、《2000年以来中国出版史研究综述及未来趋势》（2010年）、《对话录：21世纪以来中国出版史研究进展及趋势》（2015年），等等。用于文师兄的话来说，这些综述文章不仅为后学的入门与研究指明了方向，而且也是构建我国"出版史"之学科共同体意识的重要文献。为什么要这么做？本师解释说：一是逼着自己保持学术的敏锐性，时刻关注学术界的研究进展和整体情况，充分汲取最新的学术养分；二是在读书、总结的过程中，发现研究的空白、不足与突破点，为自己的创新研究提供方向，确保不做重复研究和无用之功。因此，您在指导我们撰写论文时，总是强调做好资料的收集、整理和评价工作。这个工作做完了、做好了，才能开展后继的工作。

本师还特别强调，在综述基础上的研究，必须提出独到的见解。20世纪80年代，国内兴起影印《四库全书》之风，引起对乾隆皇帝的评价问题。一时之间，议论纷纭。一味褒扬者有之，肆意贬低者有之。本师则在深入研究原始资料、综述各家观点的基础上，提出在《四库全书》的编纂问题上，乾隆起到了"功魁祸首"的作用。观点既客观中允，又令人耳目一新。再比如，在中国书籍起源于何时这个问题上，历来有不同观点。著名的书史专家钱存训认为："古代文字之刻于甲骨、金石，印于淘泥者，皆不能称之为'书'。书籍的起源，当追溯到竹简木牍，编以书绳，聚简成篇，如同今日的书籍册页一般。"本师对这种以载体和装订形式来区分是否为书籍的标准并不赞同，提出"内容才是第一位的"，并根据文献记载和考古发现提出，编连成册的竹木简牍未必都是书籍，而以其他材料为载体的文献未必不是书籍。并在此基础上，提出了判定图书的五要素，进而提出了"图书文献产生于夏代末期"的观点。

我在本师的影响下，在撰写任何文章时，都会主动问自己两个问题，并力图交出最好的答案：一是资料收集得是否完备，综述工作做得是否扎实？二是有没有提出让人心服口服的创新之论？本师曾在《中国编辑出版史》（上册，辽宁教育出版社1996年版）一书中，从宏观上把中国近代出版史的变革总结为五个方面。后来，我有幸参与此书的修订工作，在探讨这一问题时，结合自己的学习心得，将这一时期的出版变革增加为十个方面，并撰成论文呈您审阅。您看到文章后十分高兴，最后师生共同署名发表。以后，您在讲授出版史或文章写作时，特别喜欢援引此例，以说明学术研究的"守正出新"。

四、文章成系列，著作集大成

很多老师在指导学生选题时，一般都会建议其做"具体而微"的研究。对此，本师也深表赞同。您常引用毛泽东的名言"伤其十指，不如断其一指"，教导我们要善于做"窄而深"的研究，力争在有限的篇幅内彻底解决一个问题，而不要拿一个大题目泛泛而论，面面俱到却不能深入。但除了这样的训练以外，还特别需要有更高远的视野，敢于并善于选择有价值的大题目，咬定青山不放松，有恒心、有计划地研究下去，假以时日，终会有成效。这一要求的具体落实，就是"文章成系列，著作集大成"，即把一个大题目分解成若干小专题，逐个研究，逐次突破，不断写出有新意的论文。时机成熟时，进行必要

2014年博士毕业典礼前与本师合影

的整理和归纳，就会成为有深度、有系统的研究专著。

20世纪90年代初，本师选定中国出版史作为自己的主要研究方向后，以"中国古代出版印刷史专论"为主题，先后在《编辑之友》上发表13篇专论文章。以此为基础，再出版《中国编辑出版史》（上册）《中国图书出版印刷史论》（北京大学出版社2001年版）二书，就是水到渠成、瓜熟蒂落之事。尤其是后者，共分导论、源流篇、系统篇、流布篇4部分12章，分则为专题，合则为专著，读之如入宝山，除了令人信服的论述和观点外，其稳扎稳打、步步为营、积沙成塔的写作手法，也给读者提供了鲜活而成功的教案。此书后来被评为北京市哲学社会科学优秀成果奖、中华文化优秀著作奖，真是实至名归的必然结果。

我在把畅销书出版作为研究方向后，也仿效此法，将其分解成十几个小专题，边研究，边撰文，边发表，待博士学位论文写成后，已在专业报纸和期刊上发表十余篇论文了。2017年，在将论文修改完毕即将正式出版时，我在"后记"的开篇就说："本书是在本师肖东发先生'文章成系列，著作集大成'以及'古今并重'治学思想的启发和指导下完成的阶段性成果。"算是我给您提交的一份迟到的作业。

五、广泛搜集和充分利用第一手材料，有多少材料说多少话

本师在治学中，一贯坚持马列主义唯物史观，强调"竭泽而渔"式的资料收集方式，有多少材料说多少话，尤其注意通过访谈、问卷、实地调研等方式获取别人无法获得的第一手材料。因此，就必须读万卷书和行万里路并重。

早在1982年，您为撰写硕士论文《建阳余氏刻书考略》，在广泛阅读已有文献的基础上，还历时一月余，行程逾万里，深入到福建省武夷山区的麻沙、书坊等乡镇实地考察，走访余氏后人，查阅家谱、方志、文集等资料，还到京、津、沪、浙、川、闽、辽等地15所图书馆查阅200多部余氏刻本实物，发掘了大量珍贵的原始材料，订正了前人的不少误说。最后，除完成三万多字的硕士论文外，还撰写了一万余字的《明代小说家、刻书家余象斗》，发表在《明清小说论丛》第四辑上。在此基础上，还连续发表了一系列相关论文。直到2001年您到东京出席"第一届东亚出版史国际学术讨论会"时，与会的英法美日等国代表还多次提及并称道这两篇颇见功底的论文。

由于有切身的经历和体会，您在教导我们时，总是强调要拿资料来说话，尤其是要拿第一手材料说别人没有说过的话。为此，您亲自联系不同单位，为编辑出版学专业的学生设立了多处实习基地，其目的就是提升学生获取一手材料、深入调查研究的能力。王逸鸣师弟在撰写博士学位论文时，为了让他获得更多的一手材料，本师亲自带队，

前往上海，组织业界、学界人士共聚一堂，就师弟的研究题目发表高论。整理出来的会议发言纪要，为师弟的论文增色不少。

六、上挂下联，左顾右盼

本师强调，写文章一定要有大视野、大格局，贯穿古今，兼通中外，既要知古，也要明今；既要能说秦汉，也要能讲希腊，以便总结规律，纵横有序。您于书史、藏书史、出版史之外，还研究年鉴学、出版经营管理。其用意，就在于能够贯穿古今。在分析具体问题时，则要善于从一个点延展出去，分析其历史背景和社会影响。在"中国图书出版史"课上，您会要求学生选取任何一个时间点或出版物来探讨历史规律，作为课程论文。您认为："任何一本书，任何一个书铺、出版社，任何一个出版的事件，都会牵涉到多重历史原因，同时这本书、这个出版人，又会对社会有多方面的影响和作用。"这种上挂下联的方法，被您形象地称为"螃蟹法"或"沙漏法"。

此外，您还特别重视中外比较的方法，在讲乾隆主持编修《四库全书》时，常从多个角度，将其与法国狄德罗、达朗贝尔编写大百科全书比较，所得结论，精彩纷呈。后来，您与师妹周悦合作撰成《〈四库全书〉与法国〈大百科全书〉的编纂出版之比较》一文，对这一问题进行了系统、深入的梳理，发表后引起广泛好评。您还与于文师兄共同主编了教材《中外出版史》（中国人民大学出版社2010年版），是目前国内少见的中西合璧的优秀出版史教材。在您的影响下，我在学习、研究中国古代出版史的同时，还把大众文化与畅销书出版作为自己的重要研究课题。而在具体的研究中，特别愿意使用"沙漏法"和"中外比较法"分析问题。在研究国内畅销书出版活动的同时，花大力气研究了日本近代以来的畅销书出版史，两相对照，常有新的发现和结论。

七、不发极端之论，不道自我表彰之语，不做无谓之争

本师强调在文章中提出新知新解，并非剑走偏锋，刻意求新求怪，发为极端之论。而是要求论述平实，话不能说得太满，要能站得住脚。我与您合作撰写《图书经典及其特质论》，初稿写成，呈您审阅。文中我初步将经典的文化特质总结为十条。您通过详细的批注对文章提出了多处修改意见，尤其是对其中的极端之论，提出了中肯而严厉的批评。兹转录文章第九条我的观点和本师的批改意见（见括号内）：

> 9. 对于当代人来说，经典，尤其是古籍中的经典，几乎人人皆知，（这里用"人人"，有些过，大部分人说不清，不知者众矣，咱们[的书目]不还在征求意见嘛）且人人皆知应读，却未必人人都认真读完过（读完二字更过，没有几个能读完——注意严谨和分寸，别让人一边读一边不认同）。

读此修改稿，让我坐立不安，竟有汗涔涔而下之感。后来按照您的意见修改后，才发现自己当初的观点是何等的肤浅、无知。

在本师看来，即便是有独到之论，也需要谦虚谨慎地提出，而不能自吹自擂。我在读硕士时，曾以助教身份为本科生讲过一节课，其中有两次提到自己的文章因选题与观点新颖而得到其他授课教师的表扬，颇有自得之色。课后，您非常严肃地告诉我，以后无论讲课、撰文，都不能再作自夸之语。谦虚、平实的另一方面，就是善于听取批评意见，有则改之，无则加勉。我随您参与一些课题工作会议时，偶尔可见一二人对您提出刻薄的批评意见。但我从未见您发火，而是温言相待，保证会议和工作的顺利进行。有时我对此不解，对您抱怨。您解释说："我的处事原则就是'立定脚跟做事，大着肚皮容人'。咱

肖东发老师手书论文推荐意见

们只管做好自己的事情就好，不要和人争论。"我博士毕业时，您作为教师代表在新闻与传播学院的毕业典礼上发言，送给全体毕业生的寄语，还是这两句话。这不仅是您为人的风格，也是撰文的原则。在您的影响下，我也时刻提醒自己，不写与人商榷、论辩的文章。

八、学、思、述、作并重,不能披头散发示人

本师曾说:"我主张大学里就要把学术风气搞得浓厚些,把读书放在很重要的地位。大学生不读书行么?读了以后就要写,要毕业的就写论文,不面临毕业的就写读书笔记。我为研究生办的学术沙龙,长年坚持。在读书会上我们总有东西可以谈,总有人读了书需要报告,总有论文需要指导,总有课题进展需要沟通,总有外边请来的人可以介绍一些新鲜的东西。"这段话,集中体现了您学、思、述、作并重的思想。

您特别推崇孔子的两句话:"学而不思则罔,思而不学则殆。"要求我们勤学、深思。但又不能仅仅止步于此,在此基础上还要有系统地讲说,勤奋地写作。您的观点是"思而不述则暗,述而不作则滞"。述,就是在各种场合积极地发表、讨论;作,则是在胸有成竹后,将其及时落笔成文。写成以后,还要花时间精雕细琢,把文章打造得尽善尽美后,再投寄发表。而不能披头散发,不梳妆打扮就出门,正所谓"良工不示人以璞"。

以上几点,仅是我平日"从夫子游"时,大略所记。此外受益处,亦复不少。限于篇幅,不再赘述。就我个人而言,最值得纪念的是,本师生前和我合作的最后一篇文章《图书经典及其特质论》发表于《北大新闻与传播评论》第十辑。接到样刊时,您已去世近半年,我临文嗟悼,百感交集,在微信上发文说:"这是本师和我合作的最后一篇文章。昔日的往来邮件,还有本师的满纸批注仍历历在目。能够发表,也是您的遗泽所致。而今而后,文章初成后,竟不知呈何人审阅批改矣。无限感念本师!"这样的伤痛和遗憾,直到现在仍久久难去。在以后的日子里,唯有按照您的教导,不断写出"既富有新意又符合学术规范的好文章",才能不辜负您当年的杏坛殷切传道之恩。

2017 年 4 月 19 日

绛帐春暖惠多士
——本师肖东发先生的教学思想与方法 *

大学之责，重在教书育人；育人之所，首推三尺讲坛。大学能够留给学生最美好的印象中，名师的授课风采一定不可或缺。我在北大读书期间，最快乐、最充实、最难忘的事情，莫过于追随本师肖东发先生，"从夫子游"十余年，系统聆听您讲授的一门又一门精彩纷呈的课程，深入领略了您严谨的授课态度、扎实的知识积累、高妙的授课技巧以及生动的语言艺术。如今，我也在行政工作之余，承担一些教学任务，深感要在北大的课堂上站稳脚跟，绝非易事。每当这个时候，我都会努力从本师当年的示范和教诲中汲取养分与启示。

本师生前，先后在北京大学信息管理系、新闻与传播学院任教四十余年，曾为本科生、研究生开设过"中国书史""版本学""中文工具书""年鉴学研究""中国图书出版史""北京风物与传统文化""信息检索与利用""出版经营管理"等近十门课程，深受学生的普遍喜爱和欢迎。早在1994年，您就被评为北京大学优秀中青年学术

---

* 发表于光明网教育频道：http://edu.gmw.cn/2017-05/17/content_24503445.htm，2017年5月17日。

骨干。一生多次荣获省部级、校级的教学成果奖及奖教金，其中，"中国图书出版史"于2009年被评为北京市精品课程，"北京风物与传统文化"被评为全校学生最喜爱的十门通选课之一。2013年，退休前，他获得了由学生票选出来的第十八届"十佳教师"丹桂奖，这是北大学生对自己敬爱的老师奉上的最高褒奖。

本师在去世前两年，将自己从教四十年来撰写的部分散文、随笔结集，以《北大问学记》为名正式出版（海豚出版社，2014年）。在此书的序言中，您写道：

> 现在的学生，是未来的栋梁。面对天下英才，上好每一堂课，是我数十年坚守的原则。从许多前辈那里，我学会了如何爱书、爱校、爱学生。努力做学生的良师益友，教学相长，和同学们一起学方法、长知识、增能力、开视野、扩胸怀。通过课堂内外的研讨、走读游学、论文指导以及学术沙龙等，培养学生理论联系实际的能力和独立自由的思想。坚持宽口径、厚基础地培养复合型创新人才。追寻和继承老一代学术大师的优良学风和北大传统，牢记守成创新的责任，在新的形势下为学校、为国家多做一点贡献。能够做到这些，我愿足矣。

今日三复其言，仍能深切地感受到您对北大、对学生、对课堂、对教育事业的挚爱之情，以及为国家和社会作育人材的神圣责任感。这段言简意赅的"夫子自道"，既是您对自己终身教育理念与价值追求的总结，也是教导我们这些后来人如何为人师表的金玉良言。为了永远铭记您的教导，我谨择其中精要，并结合自己昔日绛帐受教时的所见、所闻与所思，陈述如下。

一、学生第一,课比天大

敬畏课堂、热爱学生,作育人材不遗余力,是本师至死不渝的神圣使命,也是贯穿您职业生涯的一条鲜明而感人的主线。您生前常引述孔子名言"知之者不如好之者,好之者不如乐之者",说明自己对学生和课堂的挚爱之情。您常说:"'得天下英才而教育之'真是一大乐事!教他们查资料、检索数据、指导写论文,我觉得太高兴了,而且在这个过程中,肯定自己也有收获,也会出很多成果。""北大的学生都是优秀的,能够传授给他们知识,是我的荣幸;而如果能教出比我优秀的学生,则是我最大的欣慰。"表现在实践中,就是对教学工作的极端负责和重视。

2003 年我正式拜在您门下攻读硕士学位,此后每年都会以学生兼助教的身份,随堂听讲,并开始承担部分教学任务。每年开学前,您都会找我开会,就教学大纲、课程进度、期中作业、期末考试等问题,认真提出自己的想法和要求,并充分征求我的意见。本师平日不修边幅,穿着甚不讲究,但只要进入教室、登上讲台,必要如见大宾、整洁大方,如临战阵、全力以赴地讲好分分秒秒。您去世后,李卓群学妹曾讲过一件让人异常感动的事情:有一年,本师生病住院期间,仍对"北京风物与传统文化"一课念兹在兹,每天在打完点滴之后,会"溜出"医院,带着时任助教的她去细致考察附近的胡同和名胜古迹,拍摄了大量照片,及时充实到课程讲义中去。您严谨、谦逊、敬业的教学态度,让所有人肃然起敬。

尽管早已是成名多年的教授、博士生导师,但本师仍数十年如一日,坚守在教学第一线,努力为本科生和研究生讲好每一门课程。在所有的课程中,您尤其重视本科生的课程。您常教导我们,对学生不仅要有爱心,还要有真诚的尊重:"要充分地尊重学生,要以学生为主,特别是本科生。"对于"教学重于科研""教授不给本科生讲课"等普遍存在的问题,您从来都表示难以理解和接受,甚至觉得不值一哂。对您而言,教授也是一名很普通、很平凡的教员,坚持为本科生上好课,就好像"饥来吃饭倦来眠",是再自然不过的事了。直到退休前,您每年还坚持给本科生讲授四门基础课。在告别讲台前,您多次认真地向学院的老师和我交代课程的接手问题。2015年12月30日,是您最喜欢讲又讲得最精彩的"中国图书出版史"的谢幕课,也是他大半生执教生涯的最后一堂课。在课程即将结束时,您面带微笑、依依不舍地对大家说:"我把我所有的课程都安排好了,都会有人接手"。其时,您的身体状况已经相当不好,"尘中老尽力,岁晚病伤心",这就好比久经沙场、纵横四海的老骥,即将离开建功立业的战阵,其情能不依依?

二、课不仅要常讲常新,还要常讲常好

这是本师授课最突出的特点。我进入北大的第二学期,就有幸聆听了您开设的第一门课:"中国图书出版史"。其时,您正值壮年,气质儒雅,风度翩翩,讲起课来,精神抖擞,游刃有余,给我们留下了终生难忘的美好印象。您上课,自始至终不带讲义,手中唯有粉笔一根,不仅能将大量的史料、数字一字不差地背下来,而且还能将看似枯涩的历史讲解得妙趣横生,其中还蕴含着深刻的学术见解和人文情怀。听您授课,就像是在听一个学问渊博、见解精到、语言生动的说书人在给我们"说书"。当时您的课排在下午,人易犯困,但我们宿舍的几位同学在上课时,从来都是兴趣盎然,充满期待。期中时,您还带我们全班同学参观了故宫,并亲自担任讲解,渊博、幽默、热情的风度,让我们全班同学深深敬服,真是做到了"以其昭昭,使人昭昭",不愧北大名师的风采。后来,我在攻读硕士和博士阶段,先后至

少三次听您讲授这门课，每次都觉新意迭出，后来居上，或补充资料，或创新方法，或发表新论，给人以"常讲常新、常讲常好"之感。本师辞世后，我接手您的"信息检索与利用"一课，在利用您的课件备课时，发现每年的课件都有新资料、新知识点，再次印证了您讲课不断求新、求好的一贯风格。

由此我深切地体会到三点：

一是做学问、讲课绝不能一劳永逸，一种教案、一本教材、一种讲法，数年不变，一味吃老本。我在读书期间，经常会在图书馆看到年过花甲的本师查阅资料、借阅图书。在邀请别人开设专题讲座时，您在开场白之后，总是坐于前排，和学生一道认真听讲、做笔记。在以后的讲课中，也常能听到您征引、评论、发挥最新观点的论说。可以说，您始终保持着一种精进不止的昂扬状态，时刻都在为教学而准备着一切，真是活到老、学到老的优秀典范。

二是要给学生一杯水，老师的肚子里就得装满一桶水，只有这样，才能潇洒从容地传道授业解惑。要做到这一点，就得逼着自己不断读书、思考和上进。以我的观察，本师讲课，很少点名，有时为了遵循学校的规定，只是让助教偶尔抽查一下。但每次都很少有缺课的同学。这是用精彩的讲授把学生吸引在了课堂，而不是通过点名把学生留在了课堂。

三是讲课是一门语言艺术，正所谓"言之无文，行之不远"。课要讲好，除了肚子里要装满学问以外，还得注意讲授技巧，尤其是要有高妙的语言表达能力，让学生爱听。本师曾给我讲，您为了把课讲得生动些，曾认真学习和研究过侯宝林、刘宝瑞、刘兰芳等曲艺大师的语言艺术，并适当转换使用于课堂，进而形成自己独特的课堂语言风格。后来，我也有意仿效此法，深觉受益不尽。

三、课堂讲授与实践教学密切结合

考虑到编辑出版学是实践性极强的学科,所以本师在教学中特别重视产、学、研的结合,由此而形成独具特色的"三三三制":三分之一由老师讲授理论课,三分之一请有实践经验的业界专家讲实践课,三分之一带着学生参加社会实践。这样做的目的,就是让学生避免学习"空对空",太脱离实践。我当年在上"出版经营管理"课时,就是本师和时任北京大学出版社社长的彭松建先生分别讲授理论和实务部分。此外,本师还组织我们参观考察了北京大学出版社、中华书局、外研社等机构,让我们得以目睹这些著名出版社的"宗庙之美,百官之富",印象深刻而美好,至今难以忘怀。

正是在本师的努力和坚持下,柳斌杰、董秀玉、聂震宁、郝振省、臧永清、郑一奇、韦力、刘伟建、黎波等业内大家和名流都成为北京大学编辑出版学课堂上的常客。他们的精彩讲授,开阔了学生的视野,增强了课堂的吸引力,成为理论课的有益补充。本师在所有的课上,都主张和要求同学们在"听几堂课,读数本书"的同时,要"考察一两个地方,研究一两个问题"。为此,您的每门课都要安排实习、参观和考察。比如:中国图书出版史,会安排参观国子监、故宫、房山石经、国家图书馆;信息检索与利用,会安排数次实习,让同学们充分利用北大图书馆工具书阅览室和各种数据库;北京风物与传统文化,则会带着大家参观景山、老北大、胡同、名人故居、首都博物馆,等等。由于教学经费有限,您外请教师、组织参观,都是自己承担费用,常常是一门课下来,除学校下发的讲课费之外,您还要补贴不少。为了让同学们能够开展长期、深入的社会实践,您动用自己的各种关系,建立了多处专业实践基地,并为学生提供实习期间的路费和生活费。

在强调读书和实践并重的基础上,本师会要求学生撰写调研报告,作为课堂作业。比如"北京风物与传统文化"一课,期中要求同学们到北大校内外各处景点实地考察,结合文献记载,写出描述景观、洞察底蕴、抒发感悟的调研报告。同学们提交的作业,您会择其优者,推荐发表,或由优秀学生牵头编校,进而结集出版,让学生不断推出成果,让他们体会到发表和出版的乐趣。《选择北大的100个理由》(刘青主编,北京大学出版社,2012年)就是"北京风物与传统文化"课程中优秀作业的结晶。再比如《书香漫处显风云——北大周边的书店》(卞卓舟、江晶静主编,中国书籍出版社,2009年)一书,则是编辑出版学专业2004级、2005级本科生在2007-2008年春季学期"出版经营管理"课上的作业结集——对京城特别是北大周边若干书店进行的个案调查研究。"在完成作业的过程中,同学们通过查索文献,寻踪访迹,实地调研等方式,用最真诚最细腻的笔触记录了'北大周围的书店'发展成长中的精彩与曲折、欢笑与泪水"。尤其让人敬佩的是,在这些成果发表或出版时,本师虽然在其中做了大量指导修改、为人说项、资助经费的重要工作,但您从不署名,而是退居幕后,把学生放在显要位置。所以很多优秀学生在毕业前都会有论文或著作问世,成为其求学阶段终生难忘的大事,对他们此后的学习、工作起到了积极的引导和促进作用。所以有的学生才说,在北大读书期间,在其他课上提交的都是作业,在本师的课上,提交的却是作品——可以留下来的正式作品。

四、不仅授人以鱼,还授人以渔,更授人以德

本师除了讲授具体的知识点以外,还特别善于结合具体的知识点,讲授各种研究方法。周悦、朱文婕两位学妹曾在《论肖东发的出版史教学思想与研究方法》[《山东理工大学学报(社会科学版)》2015年第

1期]一文中,将本师传授的研究方法总结为十点:(1)综述法:要做研究,先做综述;(2)辩证法:一分为二,贡献与缺憾并重;(3)案例研究法:一叶知秋;(4)比较研究法:各有优劣,开阔眼界;(5)沙漏法:分析归纳,总结规律;(6)假设法:大胆假设,小心求证;(7)实地考察法:绝知此事要躬行;(8)深度访谈法:面对面交流;(9)表格法:脉络清晰,纵横有序;(10)计量统计法:数字为证,有理有据。这些方法,已经成为很多学生研究问题的常用工具和看家本领。如此重视研究方法,其目的就是要提高学生提出问题、分析问题、解决问题的能力,特别是分析、批判和创新的能力。为了检验大家对研究方法的掌握情况,您在期末考试时,经常会出这样的题目:"通过一学期的学习,你掌握了哪些治学方法,请举例说明。"

本师还特别注意在课堂上讲授学术道德和规范,培养学生尊崇学术、严守规则的意识。您为同学们讲授"大学精神、论文写作与学术规范",言之谆谆告诫大家要坚守学者气节,恪守学术道德,努力做大写的读书人。您在"中国图书出版史"课上,会动情地讲授其恩师王重民先生的学问和为人,尤其对王先生在"文革"期间,不畏强权,以身殉学术的士人气节,表示由衷的敬意和赞赏。在您眼里,做学问、做人,就得做到王先生那份上,才算合格。记得我在研究生院任职时,工作之余为本科生讲授专业课程"期刊编辑实务"。其中有一学生选课后,一学期下来,从未出现在课堂上。临到期末,却四处托人讲情,希望我给出及格的分数。我向本师请教处理之法,您教导我说:"你是在学校做管理的老师,应该最清楚,也最应该率先遵循学校的规章制度。像这样的情况,必须坚持原则,决不通融。"我谨遵师命,顶住压力,给这名同学判了零分。后来,通过这件事,学生也认识到了自己的错误。第二学年,这名同学认真重修了课程,我根据她的表现,给出了不错的分数。

本师具有很强烈的人文关怀和北大情结,并努力将其倾注于课堂。您十分敬重北大的各位先贤和大师，在图书馆学和编辑出版学之外，您受侯仁之先生的影响很大。您当年入学聆听的第一门课就是侯先生讲授的"北京和北大"，从此您就带着浓厚的兴趣去研究北京和北大，并在本专业之外，推出了一批学术成果。您晚年为了培养学生爱祖国、爱北京、爱北大的情怀，在繁重的工作之余，邀请陈光中先生并带着我，开出了全校通选课"北京风物与传统文化"。您在课堂讲授之外，带着一届又一届的学生采访、调研、编书、出成果，深入地探讨北京精神和北大精神。为什么要这么做？您解释说，是侯仁之先生的优秀品格精神影响了您：一是要尊重师长（侯先生在接受本师的采访时，经常对自己的老师赞不绝口，最常说的话是"顾颉刚老师好极了！洪业先生好极了！"）；二是潜心研究北京学和北大文化；三是盯住一点，连续发力，文章成系列，著作集大成；四是亲身实践，实地走访，尽可能掌握第一手材料；五是带动后学一起搞研究，把学生们心中的火焰点燃，不断走读采访北大名师，把北大爱国、进步、民主、科学的优良传统一代代传下去。

五、教学相长，坚持启发与研讨式教育

本师坚定地认为，北大的精神传统，就是蔡元培先生提倡和坚持的"思想自由，兼容并包"。所以您从来不会论资排辈，而是相信每一位同学包括本科生都有其优点和价值，只要培养得法，他们的前途不可限量，从他们那里也可以学到很多宝贵的东西。因此在课堂上，您鼓励大家在扎实的文献和调研基础上，大胆发表自己的独到之论。您在判完期中作业后，会选择其中的优秀代表做课堂发言，您则如学生一般认真听讲；对于学生提到的新知识、新观点，您会及时补充到讲义中去。

本师不喜欢闭卷考试，即使非要闭卷，题目也会出得很活，一般不会采取填空、选择、名词解释等方式，考察死记硬背的知识点。以"信息检索与利用"为例，2015—2016学年第一学期的期末考试题目（共计50分）如下：

一、如何全面地掌握检索工具？你掌握了哪些行之有效的研究方法？总结一下学习本门课程的收获和体会。（15分）

二、结合你的实习作业，比较传统工具书与数字化检索工具的优劣。（15分）

三、为什么说熟悉掌握信息检索工具是提高读书治学和未来工作质量的基本功？结合你选定的专业方向编制一部小型包括多种类型检索工具的数据库。（20分）

这样的题目，看似简单，其实涵盖的内容很多，要答好并不容易。主要考查学生综合掌握和灵活运用所学知识的能力，还要考查学生独立思考、提出创见的能力。而"编制一部小型包括多种类型检索工具的数据库"的题目，则体现出希望同学们学以致用、终生受益的强烈诉求。

教学相长，注重启发与研讨的特点，在本师组织的师门沙龙中体现得更为明显。在您看来："现代的教学必须把握时代脉搏，打破教师的单向传授，发挥学生的主观能动性，加强交流。因此我在为研究生授课时，研讨的分量远重于讲授，让研究生更快地'动起来'，他们才会在学术上有所创新和突破。"在退休之前，您数十年如一日，无论雨雪雷电，都会于每学期的每个周二晚上，在文史楼或学院的小教室、小会议室定期召开学术沙龙。沙龙由您亲自主持，每一期设定一个主题，或请人讲（许渊冲、董秀玉等先生都曾光临沙龙开设讲座），或就一本新书、一个热点问题展开深入讨论，或就博士、硕士、本科论文进行示范、解剖和会诊。本师则适时进行引导、点评和总结,让大家在聆听、分享、讨论、会诊、辩驳、碰撞中启发妙思,收获新知。沙龙的常态是,下课时间已经过去很久,大家还在热烈地讨论和争辩,觉得意犹未尽,不忍离去。十分难得的是,师门沙龙从来都是开门办学,来者不拒,参加者以您的博士生、硕士生为主,也热烈欢迎感兴趣的本科生和旁听生参加,他们中的很多优秀人才,最后也都脱颖而出,成为北大的硕士或博士,与师门结下了珍贵的深情厚谊。北大"兼容并包"的学术传统、孔夫子"有教无类"的教学理念,在师门沙龙上得到了最充分、最真切、最生动的体现。

六、教学与科研齐头并进,让研究生在课堂上站稳脚跟

本师认为,教学与科研相辅相成、互为补益、互相促进。课要常讲常新,常讲常好,就必须以持续创新的科研成果为前提和基础。把最新的研究成果及时充实到课堂上,可以让老师的讲授更为深刻生动;而课堂的讲授与学生精彩的发言、优秀的作业,则可以为科研工作提供很好的启发和思路。为此,就应该编好每一门课程的教材;因为教材是教学与研究的最好结合体,也是教学相长效果的直接体现。您曾教导我说,先前北大很多老先生的习惯是,讲一门课,就出一本书。所以我们每开一门课,就应该编好一本教材,而且不能一劳永逸,要不断及时修订。比如,"中国图书出版史"的前身是"中国书史",其间还曾更名为"中国编辑出版史",随着课程名称的更改,讲授的研究对象、理论体系、知识框架都有所调整和变化,这就对教材的编写提出了新的要求。在本师的主持下,课程的教材,则由《中国书史》更新为《中国编辑出版史(上)》《中国编辑出版史(下)》。2017年,又推出了全新的《中国出版史》。从教材的不断完善和更新,可以在一个侧

2006年硕士毕业与本师在图书馆前合影

面,看出您对教学事业的持续推进和学术研究的不断深入。

教学与科研并重,还有一个十分重要的体现:本师要求自己的硕士生、博士生在做科研的同时,就其性之所近与研究专长,加入教学团队,大胆走上讲台。研究生初次讲授时,您必要坐在本科生中间认真听讲,并在课后提出改进意见。既让本科生接受了新知识、新观点,又锻炼、提高了研究生的教学水平和语言表达能力。所以,您门下的大部分研究生,毕业时都已经积累了一定的教学经验,登堂讲话、演说不会畏难。我读硕士期间,本师就让我参与讲授"北京风物与传统文化""中国图书出版史""信息检索与利用"等课程,并多次提出具体要求和建议。几年下来,我充分利用您提供的宝贵平台,在您的耳提面命、指导熏染下,逐渐掌握了一些基本的教学方法,慢慢在北大课堂上站住了脚。每当得到学生认可时，我总会感念您的栽培与提携之恩；而有困惑与疑难时，则会在第一时间向您请教。您辞世后，我常有"世事存疑向谁问"的寂寞与伤痛之感。现在，我每次登上讲台，总觉得面前有一双温暖、严肃的眼睛在看着我，勉励我在把科研、管理工作做好的同时，也要把每一门课讲好。

犹记 2009 年本师 60 岁生日时，我曾敬撰小文贺寿，其中有辞曰："无意名利二字，饭越吃越淡；倾心讲坛三尺，课常讲常新。焚膏继晷，夫子志在《春秋》；呕心沥血，绛帐情关薪火。"这，就是本师在教书育人方面的真实写照，也是您为我们树立的绝佳标杆与典范。学习好您的为人，继承好您的学问，讲授好您交代的课程，才是纪念您的最好方法。高山仰止，景行行止，晚学如我者，虽不能至，然心向往之。

多么想再认真聆听一次本师的课，重温您绛帐春暖的绵绵教泽！

2017 年 5 月 10 日

课常讲常新，饭越吃越淡 *

最近本师肖东发先生出差在外，按照惯例，由我代讲几次课。相同的内容已经讲了好几轮，原有的课件都在，加之工作繁忙，不作更新，按照原有的内容继续讲下去自然可以。但习惯又告诉我，这种应付的态度，绝对不行！别的方面或可将就一番，唯独科学研究和讲课不能草草对付。所以即便工作再忙，也要忙里偷闲，把课件继续完善一番。几天下来，累得够呛。但每次讲完课后，又觉其乐无穷，大有"累并快乐着"的幸福感。

先前上大学时，先后三次听本师讲"中国图书出版史"，每听一遍，都觉新意迭出，或补充资料，或创新方法，或发表新论，给人以"常讲常新"之感。本师虽然年届花甲，但对学术的严谨态度和不懈的探索精神，于此可见一斑，让我很是感动、敬佩，也在潜移默化中影响着我。正是这种永不满足、常讲常新的精神，使得"中国图书出版史"一课的整体质量不断提升，并在2009年被评为"北京市精品课"。

这让我更加深刻地明白了一个道理：学问、科研永远没有止境，读书、治学、授业，应存"永不知足"的心态，需要不断学习、积累和

---

* 发表于《北京大学教学促进通讯》第20期，2012年6月。

创新，而切忌心存苟且，原地踏步，吃老本。宋代学者张载先生常以"濯去旧见，以来新意"八字训导诸生，也是希望后生能够在德行与学业方面日新其境，精进不止，只有这样，才能做出大学问，修出人生大境界。所以在这两方面要对自己近于苛求。

我对自己在学问方面的苛求，一方面主要因缘于本师的熏染和影响，另一方面则来自兴趣与责任。我总觉得，能在北大课堂上为天下英才传道授业解惑，真是人生至乐，虽南面天下而不易也。看着满堂学生求知若渴的眼睛，我总觉天地之间充盈着一股勃勃生机；听着下课后学生们发自内心的掌声，我常生一种如梦如醉的陶醉之感。很多老师常对我说，在北大讲课，很容易让人上瘾，诚然！

人生在世，诸事皆可勉强，唯独自己的兴趣不能勉强。我爱读书，爱讲课，爱学术，所以不愿浪费了在课堂上的宝贵的时间，更不愿让可爱又聪明的学生们失望。本师也经常教导我，戏曲演员常以"戏比天大"自勉，作为北大老师，更应以"课比天大"时刻勉励和要求自己。"备课认真，不断提高，这是提高的佳境"，您同时还教诲："学术水平的提高，学术成果的发表，是立足之本。"这正契合我的志趣，所以即便再苦再累，也要力求做到"不释手中书"和"课常讲常新"。登上讲堂，就如进入战场，必须精神抖擞，全力以赴。这既是对自己负责，也是对他人负责。

在学问方面用的心思多了，便忽视了对生活质量的追求，吃穿住行皆不在意。总以为住可容身，食可果腹，衣着得体，便足够了。所以平日闲谈，绝少谈及买房、炒股等事。本师的学问很大，是出版界的著名学者，但生活却非常简淡，平日衣着甚为朴素，经常是粗茶淡饭，安步当车。虽年已过花甲，还经常骑自行车往返于学校和自己的住处，冬天寒风凛冽之时也不例外。他常给我讲，北大最受人尊重、最为宝贵的是学术大师，如蔡元培、马寅初、季羡林……应该多了解、多学习这些大师的事迹和风范，并以他们为榜样，努力在学问方面做出优异成绩来。

我通过认真学习,发现这些大师的共同特点就是学术方面很渊博,也很"较真";道德方面很伟大,也很"纯真";生活方面却很朴素,几近"寒碜"。季老说他最爱穿的衣服是土布的蓝色中山装,晚年的时候很难买到,让他十分遗憾。我看他的很多相片,衣服虽然看似很"土",可人却里里外外透着一股超凡脱俗的高雅情趣。这是"土"中见"雅",雅得清新可爱,雅得超凡脱俗。在季老身上,体现了老北大时期大师们的共同特点:风流儒雅,师道尊严。即便他们的穿着"土得掉渣",也透着那么一股道贯天地、让人感佩的精气神。以燕园最著名的风光"湖光塔影"为喻,这种"土"中见"雅"的特色不正是"外未名而内博雅"的精神气度么?

晚清曾国藩曾说,粗茶淡饭,这点福老夫享得。这真是体察人生真谛的悟道之论。所以我说,学问道德方面,咬定青山不放松,来不得半点马虎;生活方面,有的时候,安贫乐道,得过且过,也是一种难得的生活境界。这虽然有些寒酸,但只要心有所寄,也会觉得其乐无穷。

此中有真意,欲辨已忘言,简单总结为两句话:"课常讲常新,饭越吃越淡。"

2012 年 4 月 19 日

北大从学诸师散记

小序：自我负笈北大以来，除了本师肖东发先生以外，于我有传道授业解惑之恩的老师不计其数。他们的绵绵教泽，如春风化雨、巧匠雕玉一般，让我努力转化气质，不断提升境界。他们让我近距离地感受到北大的温暖和善、博大精深和超凡脱俗。每每忆及诸位师长的栽培之恩，我的内心就充满了无法言表的感念之情和奋进之意。笔墨有尽，而此情无限，谨择12位至今难忘的恩师以记，兼表我永久的崇敬与感念之情。文章大致按照与诸师相识的时间先后排序。

张广钦

张广钦老师是我本科一年级的班主任。您是北京大学文科资深教授吴慰慈先生的得意门生，当代图书馆学界有名的青年才俊。我因为所学专业不同，没有听过您讲授的专业课，但在我的心中，您一直都是"暖如阳春"，高大无比。您既是我可敬的人生之师，又是父兄一般的亲人。您是让我和我的家人最先感受到北大温暖的第一人，我刚进北大的许多美好回忆，都与您息息相关。直到现在，我的父亲一提起我的大学老师，还对您念念不忘，并千叮咛万嘱咐，千万不要忘了张老师以及对我们全家有恩德的所有北大老师！

借用阿Q同志一句常被人嘲讽的名言之大意，我的祖上"也曾阔过"。曾祖父为前清秀才，为人贤达，是晚清民国时期关中东部颇有声望的乡间名绅。民国时期家有良田数百亩，家资颇饶。曾祖父去世后，祖父之兄因吸食鸦片，致使家道中落，以后家中境况更是日渐惨淡。到了父母这一辈，养育我们姐弟四人，十分不易。我上初中以后，由于农业连年歉收，两个姐姐又分别读大学和高中，家道就更见困顿。每年的学费，常靠父亲举债支付。有一情形至今难以忘怀：上初三的秋冬时节，我每周三下午要骑自行车回家取干粮，母亲会把我仅有的一件外衣洗刷干净，然后在火炉上烘干。有时为了赶时间，我经常会穿着还没有干透的衣服返校。有一次母亲不慎将衣袖烤焦，实在无法再穿，便给我买了一件有似军装的墨绿色夹克，我欢天喜地，视若无价之宝，一穿就是五六年，从初三一直穿到大学二年级，袖口实在破烂不堪，才忍痛遗弃。

与贫寒相伴而来的，往往是世人的冷漠和轻视，正如鲁迅先生讲的那样："有谁从小康人家而坠入困顿的么，我以为在这途路中，大概可以看见世人的真面目。"但即便在这样的困境下，父亲仍没有放弃对子女教育事业的投入。您有一个朴素但却异常坚定的信念，那就是，虽为农家子弟，但光复书香门第的事业不能在您手上给中断了。您曾让人写过一副对联挂在客厅："不羡他人百万富，只盼后代栋梁才。"并经常用对联的内容激励我们。懵懂少年，当然无法完全理解父亲的良苦用心，但现实的情况却明明白白告诉我，想改变自己和家庭的命运，只有坚信"知识可以改变命运"，发愤读书，走考学一途，才能找到希望。因此，直到今天，"艰难困苦，玉汝于成""自古成人不自在，自在不成人""有钱难买幼时贫"这些古往今来的名言警句，仍能在我心中引起强烈而持久的共鸣。

1998年,我和三姐一同考上大学,我读北大,三姐读西北农林科技大学,金榜双庆之时,全家人的喜悦之情可想而知。在大荔中学任教的远房亲戚王培堂爷爷为此还工笔正楷撰写了贺联"父母多苦劳喜酬夙愿;儿女有志气力改门楣"。在喜悦之余,父母就开始行动起来,为我们筹集上学的费用。暑假的很长一段时间里,父亲每天都是吃完早饭后,就骑着自行车出门,到亲朋好友那里四处告借,这家一千,那家五百,终于凑齐了我们第一学期的学费和生活费。我每天看到父亲出门时的背影,心中的温暖与酸楚之感真是交杂并存。

当年9月6日,我在父亲的陪伴下,同时带着梦圆北大的喜悦和家境贫寒的压力走进北大昌平园。和蔼可亲、年轻干练的张广钦老师和好多位师兄师姐一起,热情迎接我们这些新生的到来,帮着我们报到注册,搬运行李,忙前忙后,怡然自乐,让人倍感温馨。在我们都安顿下来后,张老师陪着时任信息管理系党委书记刘兹恒、副书记陈文广两位老师,来宿舍看望我们。当了解到我的家庭条件后,三位老师特别把我和父亲叫到宿舍外,在夸奖寒门子弟多有志气之余,还温言相慰,说请家长放心,北大不会因为家庭经济困难问题而让任何一位学生辍学!把孩子交到北大来,学校和系里就得对孩子负责。三位老师当时就决定按照政策减免我的学费和当天入学的诸多开销。在得知三姐也要上大学的情况后,三位老师在父亲回家前,特意从系里申请了一千元送给父亲,并告诉父亲会积极帮我向学校申请助学金,保证我以后的学习生活不受影响。对于多年来受尽贫寒窘态的父亲和我来说,有一缕阳光便会倍觉温暖,更何况是这些毫无保留的至诚至真的大爱呢?三位老师的一言一行,让我和父亲好几次都不由自主掉下了感动的泪水。

后来,在张老师和其他老师的积极争取下,学校把我四年的学费全部减免,还给我发放了助学金,让我四年的学习生活基本上没有了

1998年在肖东发老师和张广钦老师带领下参观孔庙留影,前排右一为张老师,右二为肖老师

后顾之忧。在一年级的学习生活中,张老师则一直把我作为重点关注的学生,竭尽所能帮我解决生活中的各种难题,在各个方面都给予我无微不至的关怀、勉励和教导。

记得入学不久,信息管理系举办新生开学典礼,张老师就推荐我作为新生代表发言,让我在入学之初就树立了自信。后来,又在您的推荐和支持下,我先后担任了班级生活委员、昌平园楼委会委员、班长,为全班和全昌平园的同学做些力所能及的服务工作。1999年5月,我光荣地加入了中国共产党,您是我的入党介绍人之一。

初入大学之门，我和其他同学一样，难免都有些终于得以解放、学习不必再像高中阶段那样刻苦的想法。张老师发现苗头后，及时告诫我，大学生的本职工作还是读书、学习，一定不能懈怠，要努力把每门课程学好。"分分分，学生的命根；考考考，老师的法宝"，这样的说法在大学照样通用。长本领、评奖学金、保送上研究生、出国留学，主要还得看学习成绩。您希望我课余时间，主要精力要放在读书上，一定要养成多读书、会读书的习惯。读书一要重视读经典，把一两本经典吃透，远比读好多本一般书的收益大；二要多读原著，少读概论性、评介性的书籍。我涉世甚浅，说话有时显得生硬，评论社会问题经常有些意气用事，您耐心教导我格局要大，看问题要中允平和，不要偏激。这些教导都如当头棒喝一般，对于矫正我人生的方向盘起到了至关重要的作用。

此外，还有两件生活中的小事，让我一直感激不已。第一学期我需要回燕园办身份证，但偷懒、怕折腾，就没大没小，托张老师帮我办理。您二话不说，不辞劳苦，利用回燕园的空隙，前后跑了两趟派出所，才为我办好。第二学期我的脚患甲沟炎，走路一瘸一拐，您十分关心，多次陪我去昌平园的诊所治疗；有一次还陪我坐车回燕园，带我去校医院看完病，给我安顿好住宿才离开。自始至终，对我这个学生的照顾，与家人无异。

让我感到惭愧的是，大二回到燕园以后，由于课业繁重，专业不同，我问候、请教张老师的机会越来越少，但您依旧十分关注和关心我的学业、生活以及发展情况。有啥问题，您都会掏心窝子地实言相告，偶尔也会严厉地批评，对我从来没有藏着掖着，让我受益良多。工作以后，您又屡次教导我，在做行政工作之余，一定不能丢弃了学问，学问才是在高校的立身之本，并迫切地希望我转向学术正途。我明白，这都是您爱人以德的肺腑之言。在人生道路上，我能有这样的好老师，实在是三生有幸。

可以说在我们信息管理系 98 级文科班的 28 人中，我是让张老师最操心、付出最多的学生。在您的影响下，系里所有的老师和同学都格外关心我，让我每天都生活在充满阳光的幸福之中。您和各位老师的关心、勉励和教导，让我深切地体会到了北大不仅是一所崇高而神圣的学术殿堂，更是一处为平民子弟弥补短板、感受人间大爱的温情家园。对于我个人而言，如果没有了北大和北大各位老师如大地一般广博、如阳光一般温暖的大爱，我将一无是处，一事无成。

程郁缀老师曾教导我们，滴水之恩，涌泉相报，涌泉之恩，则当大海相报！因此，我自入学以来，一直是带着无尽的感恩之心读书、工作的。不论是现在还是将来，不论在什么地方，也不论从事什么工作，我都不能，也不敢忘记当年像张老师这样可亲、可爱、可敬、可感的各位恩师。2016 年，本师肖东发教授的突然离世，对我触动极大。我深切地感受到：加倍珍惜这些难得的师生缘，在努力做出点成绩的同时，及时结草衔环，知恩图报，实为一件不可忽视、不可拖延的天经地义之事！

2017 年 7 月 3 日

徐克敏

我上大学时，在正课以外，形形色色的讲座听了不少。但印象最深、影响最大者，是大一在昌平园听的第一堂讲座。主讲人是班主任张广钦先生邀请的徐克敏先生。徐先生是信息管理系情报学方向资历极高的名教授，曾被评为北京市优秀教师。大概是为了让我们这些刚入校门不久的小朋友尽快适应大学的学习生活，徐先生所讲内容，便多与为人、治学方法相关，不是专业性很强的学术讲座，更像是一次长辈对晚辈循循善诱的学习、生活辅导课。我孤陋而寡闻，在此之前从来没有听过正式的讲座，但尚有上进之心，因此郑重对待，认真听讲、做笔记，并在当天的日记本中记下了听讲的心得。

将近20年过去，徐先生当年的音容笑貌和讲座内容，如今已然有些模糊。如果在校园里碰见，师生二人恐怕也难以相认。但我在内心深处一直非常感激您。您的讲座让我知道了大学与中学的大不同，让我明白了在课堂学习之外，还要特别写有意义的文章，做大写的读书人。其中有两点教诲，至今难忘：

一是说话、写文章的最高水平，就是郑板桥的一副对联"删繁就简三秋树，领异标新二月花"。前一句是讲要简洁、精干，直抓本质，用最少的字句表达出最丰富的内容。后一句则要求有新意，有创见，能说出别人说不出且能站住脚的话。自那以后，这副对联就成为我阅读他人文章最简捷有效的衡文之法，更成为自己摇笔为文的努力方向。

二是经历了"文化大革命"以后，您发现身边的知识分子，在对待挫折、压力时的人生取向，有如三种球：一是玻璃球，晶莹剔透，但一摔就碎，许多"宁为玉碎，不为瓦全"者即如此。二是泥球，软趴趴，往墙上一摔，变成了泥烧饼或是其他东西，变形、堕落了。三是皮球，刚而有弹性，摔的力量越大，反弹的力量就越大。这三种球的分类，甚至可以推广开去，适用于中国几千年来所有的知识分子。您显然对皮球式的读书人十分欣赏。您说："人们最出色的工作往往是在处于逆境的情况下做出的，思想上的压力，甚至肉体上的痛苦都可能成为精神上的兴奋剂。""一个人痛苦时，不能消极地压抑自己，而要积极地奋斗，奋斗中自有苦尽甘来时。"我当时就觉得，徐先生这是在拿生动而恰切的比喻，来巧妙而真诚地教育我们这些涉世不深的学生呐，小子不敏，也能体察出老师的良苦用心，因此至今难以忘怀。

随着阅历的增多，我发现，以上三种球以外，现实中，气球一类的人也不少见。他们没有根底和原则，做学问、做人，都是随风而动，啥时髦就做啥，谁有权势就紧跟谁，而且总是乐此不疲。

结合徐先生的教诲和我个人的体会，我认为，作为读书人，不论你自觉不自觉，愿意不愿意，总得在这四种球中做选择。如何作答这道选择题，不同的人会有不同的答案。我的答案是：

守住底线，绝不做泥球，也不屑于做气球。得有点硬度，但不轻易做玻璃球，永远对那些做了玻璃球的人投去最崇高的敬意。努力做个皮球，在尘世中摸爬滚打，得有点屡败屡战、愈挫愈勇的劲头才行。

我有时也在想，如果这也算讲座之后老师留下的作业题的话，我现在把这样的答案呈交给徐先生以及邀请您为我们说法的张广钦先生，他们会给我打多少分呢？看完是微笑？还是皱眉头？或是斥为迂阔不肖呢？非知之难，行之惟难。我想还是先努力做点样子出来，再向老师们交卷吧！

2017 年 5 月 26 日

张　积[*]

新闻与传播学院的张积老师是我在北大最亲近、最敬仰的恩师之一。您曾先后受业于张舜徽、吴荣曾两位先生，研习中国传统文化多年，学博识精，尤长于法制史，为人质朴厚重，淡泊宁静，不慕荣利，是一位"望之俨然，即之也温，听其言也厉"的蔼然长者。有这样优秀的师长在前面引导，为我热情地传道授业解惑，真是我人生的一大幸事。

我进北大读书以来，先后从张老师修习"中国文化史""中国历史文献学""古籍资源整理""传媒法律法规"诸课，并旁听过您为研究生开设的"中国传播学史料选讲"一课。因为素来喜欢传统文化，且仰慕

---

[*] 此文以《教泽绵绵》为题发表于《北京大学校报》第 1382 期，第 4 版，2015 年 6 月 5 日。

您的学问与人品，所以每次上课都会认真对待，课余时间，也经常向您请教一些课堂之外的问题。您对我提出的问题，从来都是在认真思考后不吝赐教。随着交往的增多，您大概觉得我尚可归入"孺子可教"一类的学生，因此便对我青眼有加。我在生活困顿之时，您还曾伸出援助之手，慷慨相助。您点点滴滴的栽培提携之恩，让我终生铭记。

本科求学阶段的一件事给我留下的印象最为深刻。2001年我读大三时，曾花费了一些时日，撰写了题为《中国古代私家藏书活动文化特质初探》的论文，准备参加学校的"挑战杯"论文比赛。文章写成之后，自以为还算得意，考虑到张老师曾在大一时为我讲授过"中国文化史"课程，且是《中国藏书楼》的著者之一，便欣欣然将论文呈送您审阅。数日之后，您将我约至课堂，告知您的审读意见。当我满心欢喜见到您时，没想到您递给我纸面的评语和修改意见后，就开门见山地批评说：千万不要把读者当成什么都不知道的人，在论文中不要讲常识，而应该讲创见，尤其要重点阐述自己和别人不同的独到之见。这篇文章，在论述文化特质之前，用了太多的篇幅回顾我国私家藏书活动的历史概貌，看似洋洋洒洒，实则毫无价值，因此也毫无必要。倒是文化特质部分，可以展开论述，提出一些自己的独到见解。这让我的自尊心受到了很大的打击，花费那么大精力写下的自以为不错的文章，却几乎被您批得一无是处，真是情何以堪？当时大有汗涔涔而下，无地自容之感。但转念一想，又觉得您的批评的确有理，自己的学养还很浅薄，所谓"无知者无畏"，在自己看来是创见的东西，在老师那里，很有可能就是常识。在承认了自己的不足并对您真诚致谢之后，我惴惴不安地回到宿舍，静下心来按照先生的意见，对论文做了认真的修改。后来又在肖东发、王余光两位先生的指导下，修改完善，获得学校"挑战杯"论文竞赛三等奖，并发表在了中文核心期刊《西南师范大学学报》上，这也成为我在大学期间发表的第一篇学术论文。也就是这次经历，让我对学术研究有了浓厚的兴趣，并且初步感受到

2002年本科毕业前夕
与张积老师合影

了"为学不易"的真理。以后再撰写任何论文时,都尽量提醒自己,一定少谈甚至不谈人云亦云的常识,只阐发自己的独到之见。虽然真正做起来很难,但是作为一个张老师定下来的标杆和法则,我愿一直努力遵循。后来,您还曾担任我硕士论文答辩、博士综合考试以及预答辩的评委。每次得知您要出席评审,我都会提前认真做好准备,力争向您和各位老师汇报出自己的新知新解,而不至重蹈覆辙。

参加工作以后,虽然见面渐疏,但我在工作、读书中,每有疑惑,便向张老师求教,或面询,或邮件,或短信,时间有长有短,但您基本都能给我以言简意赅的解答,让我豁然开朗,受益匪浅,保证我读书、做事、为人的路子不至于走错走歪。

前几年，我在工作之余攻读博士学位时，曾向张老师偶然谈及自己的困惑：在做行政工作之余，研究学术之兴味甚浓，可惜时间精力有限，未能很好协调二者的关系，因此常感不适。您闻言后教导我说：二者并不矛盾，读书不废做事，做事不忘读书，完全可以互为补益。辞别数日后，我忽然收到您发来的短信一则，建议我在工作之余，可读明代冯梦龙编著的《智囊》一书，对为人处世理政当大有裨益，并称当年毛泽东曾专门向毛岸英推荐过此书。我三复其言，大受感动。可见您在这几天时间里，一直在思考该如何帮助我解决思想难题，学生的切身问题，在您心目中的分量太大了。

又有一次去探望张老师时，我向您汇报读《资治通鉴》的感受后，您教我：一是读中国史书，像《资治通鉴》、前四史、两唐书、明史这样的基本要籍，应该系过一遍；进而从中挑选一本自己感兴趣的典籍，仔细阅读以致熟稔于心，成为随时切实用得着的"看家书"。二是读中国史书，必须兼读经书，经史合观，方能得真解实悟。这两条意见已经成为我平日读书的指路明灯。

2010年，我有幸与新闻与传播学院的几名研究生赴台湾政治大学参加海峡两岸和香港研究生传播学论坛，张老师作为带队老师和我们同行。出发之前，我曾和您同乘地铁，进城办理赴台通行证。途中我向您汇报读张舜徽先生《爱晚庐随笔》的感受：一是张先生读过很多大部头书，读书之多，学问之博，实为罕见；二是论学尤重"识见"，持论颇多新解，读其书常有耳目一新之感；三是古文功底十分深厚，用文言所撰诸文，地道醇正，清通可诵，在并世国学大师中独具一格。您听完我的汇报，十分高兴，对我的见解予以首肯，并进而告诉我要读好古书，须有很好的小学功底；而张先生的《说文解字约注》则是一部不可不读的好书，应该购来置于案头，择时翻阅一遍。我谨遵师嘱，回家即前往书店，购来此书，每日三五字，或读或抄，获益良多，因此而引发对《说文解字》的浓厚兴味，并深感读通此书对阅读先秦古籍的重要性。在台几日，得闲与您同行时，所谈话题总不离"学问"二字。您一路口讲指画，为我详细讲说外蒙独立、张家口历史地位演变、国共纷争诸事以及北大学界的各种掌故，让我大开眼界，又一次佩服您的学者本色和渊博学识，大有"在春风中坐了数日"之感。

2015年初，我和本师肖东发先生在增订《插图本中国图书史十讲》一书时，曾遵本师之嘱，并根据课堂讲授之需，起草《中国文化基本图书100种书目》，书目初成之后，总觉未惬人意，尤其是在道教典籍方面，几乎毫不知情。在本师的建议下，我再次求教张老师。4月23日（周四）上午9：58，我给您短信："张老师您好，学生又有疑问请教：如果要选一本道教最重要的，能代表其思想精髓的图书，《老子》《庄子》除外，应该是哪本比较合适呢？谢谢您！"10：03您回信："我马上上课，中午再叙。"10：05又回信："我觉得是《抱朴子》。"12：36，应该是午饭过后，您再回长信："《抱朴子》东晋葛洪撰。葛氏家族为南方道教世家，葛洪父子在道众中深孚众望。后陆修静改革南方道教，即奉葛氏衣钵。《抱朴子》内篇讲道教本门内容，外篇讨论社会问题。这种视角典型反映出道教的价值取向。内篇可观王明注本，外篇可观杨明照注本。"12：37，您又补一条短信："又该去上课了。"连续收到您的几则短信后，让我得到了准确而简明的答案，又深切感受到了您在授课之余，抓紧时间对我所提问题念兹在兹的认真思考，让我既感动，又敬佩。

类似的事例还可以举出很多。在与张老师的交往中，我深切地感受到：只要是学生一心向学，认真请教，您都愿倾筐倒箧地解答学生的问题。当时解决不了的，或拿不准的，一定要深思熟虑后，方拿出答案。这是为人师者的热情与责任使然。当然，并非学生的所有问题，您都能解答，在这种情况下，您秉持的是"知之为知之，不知为不知"的原则，绝不强不知以为知，误导学生。记忆深刻的是，有一段时间我对晚晴时期的北大历史感兴趣，便在课间向您请教："京师大学堂成立后,国子监的地位和功能有何变化?"您思索一番后,直接告诉我:"不知道,这个问题没有研究过。"虽然没有得到预想中的满意答案,但您这种实事求是的治学态度,却让我肃然起敬。

另外,我想特别提及的是,在当今这个时代,张老师讲授的课程,传授的学问,与时髦的学科相比,难免有些落寞冷清。但您仍能坦然自处,不为时风所动,坚持安静地做自己喜欢的学问,认真带自己看中的学生。您第一次开设"中国传播学史料选讲"选修课时,第一次上课,仅有我和一位新闻史方向的师妹选课,到了教室,师生三人相对黯然,终因选课人数不够而作罢。后来终于开成,每次前去听讲者也不过五六人,师生聚于一处,由您给我们详细讲解传统典籍中与传播学相关的篇章,既教我们逐字逐句认认真真读书的方法,更给我们打开了一扇新的研究窗口。在周围大讲特讲欧美各种理论与模式的大环境下,您的课程显得是那样的特立独行。记得本师魏江先生到北大做书法交流时,您特意让魏老师为其撰写"从吾所好"四字,从中也能看出您的志趣所在。由此我也常想,大学既然一贯提倡兼容并包,似乎不应一味以选学人数来确定专业的去留问题,而理应给一些看似冷门实则不可小觑的学问留有一席之地,也应该让专心钻研这些学问的老师有传道授业解惑的平台与机遇,而不至于"刘向传经心事违",更不至于让尚且有志于斯文的后来者陷入"无从问道"的尴尬境地。

2015 年 6 月 1 日

李国新

大学一年级春季学期,李国新老师在昌平园为我们讲授了一学期的必修课"中文工具书"。其时,您甫过不惑之年,英姿勃发,风度极佳。中等个,不胖不瘦,白白净净,走起路来风风火火,总像是赶着去做极其重要的事情。颜习斋的名言"夙兴夜寐，振起精神，寻事去作，行之有常，并不困疲"，在您那里得到了最好的体现。您讲起课来，字斟句酌，有板有眼，知识满筐满箧地倒出来，每一分钟都绷得紧紧的，没有丝毫的懈怠和应付。将近二十多年过去，每每想起您充满热情、潇洒儒雅的形象，我还会不由自主地慨叹：李老师之风度，真可谓"玉树春风里，英发授教时"！

"中文工具书"是当年信息管理系文科专业的传统基础主干课，极为重要。仅听课程名称，似乎有些枯燥，但李老师却用学术文化史与信息检索技能相结合的方法，把这门课讲得极其充实而生动。您经常会在介绍每一类每一本工具书的同时，见缝插针地为我们普及重要的文史百科知识，让这门课的学术性和文化内涵增加了不少。课堂讲授之外，每隔几堂课，您会布置实习作业，让我们去图书馆动手查找。作业交上以后，您认真批改，简单写出评语，于下节课上课前发还我们。您的批改十分认真，作业中的每一个错别字都会校改出来。您坚信"尽信书，则不如无书"，鼓励我们在熟练掌握工具书使用方法后，大胆地对每本工具书提出批评和修改意见。所以每次完成作业时，我都会不知天高地厚地对用过的工具书评头论足，极力吹毛求疵地提出不同意见。现在看来，这些都是异常肤浅甚至毫无道理的见解。但李老师似乎并不这么认为，您经常以鼓励兼带商榷的态度给出评语，提出自己的中肯意见。这让我体悟到：一方面，治学固然要努力治出新意，提出自己的独到见解；另一方面，要保证不断提高，并且不误入歧途，老师的教诲和引导又是何等的重要！因此，您批改过的作业本，我一直珍藏至今。

李老师讲课认真，批改作业认真，回答问题认真，不由人不肃然起敬。与认真连带的是您的严厉。记得有一次上课时，两名女同学在底下窃窃私语良久，并无鸣金收兵之意。就见李老师从讲台径直走到她们面前，文质彬彬但又极其严肃地说："上这门课，要么我说你们不说，要么你们说我不说。如果还不行，就请离开教室。"两位同学闻言，嗒然垂首，沉默不言。我们也马上从中受到了教育，明白了北大的"思想自由，兼容并包"并非不讲规矩，不守纪律，作为学生，上课听讲，首先要做到的，就是敬畏课堂、敬畏老师。从此以后，我上任何一门课，都不敢重蹈那两位女同学的覆辙，与人交头接耳。

我在文史方面颇有兴趣，李老师提问时，略能应对一二，加上在作业中常常故作惊人之论，因而引起您的注意。您不仅包容了我的愚钝和轻狂，甚至还当众表扬我的作业完成得不错，突出表现之一是字写得比较工整。您从班主任张广钦老师那里得知我生活困顿，阮囊羞涩，便和张老师一起向系里领导反映，并很快带来了系里的慰问和资助，让我深切地感受到了您的热忱和母系的温暖。1999年5月12日晚，我在日记中郑重写道：

> 今天早晨李国新老师给我带来了系里发的一千元助学金，我当时十分感动；今天中午张广钦老师又陪我看医生（注：当时我脚趾患甲沟炎，走路不便），又叫我心里激动了好长时间。……我应该庆幸自己是个北大的学生，在庆幸的同时，我还应感到不安，不安的是该如何报答这一份深厚的恩情。我看当务之急还是好好学习，认真工作（注：当时我在班上担任生活委员、昌平园的楼委会委员，为老师和同学们跑腿打杂），以自己骄人的成绩展示于众人的面前，以后学有所成时再来报答也为时不晚。毕竟这人间有的还是温暖啊！

大二回到燕园以后，两位师姐钟智锦、刘晓玲把我拉到系刊《信风》编辑部练手，做编辑，同时在系团委做些辅助性的工作。一次，我们准备举办信息管理系师生书画作品展，我到中关园朱天俊先生（1930—2013，当代著名图书馆学家）府上拜访，请老人家惠赐墨宝。

朱先生热情接待了我，并和我神聊了半天。当我提到特别喜欢上李老师的课时，朱先生异常高兴，自豪地说，李国新是我的学生，他不仅学问很好，人品也极佳，是咱们系乃至北大一位难得的优秀教师啊！当时我才明白，自己面对的可是师爷爷辈的世尊呐，能得本师如此高的评价，必是李老师学高德厚所致。我由此而对朱先生和李老师的敬佩之情更进一层。还有一次，我奉命采访97级几位师兄时，提到李老师，他们也是一致地充满敬意。其中一位师兄还特别提到李老师的一句名言："在大学阶段，你可以不学自己不感兴趣的东西，但一定得把自己感兴趣的东西学好。"从此，这句话，就如同钉子一般，嵌入我的头脑，影响了我大学以至现在的读书、学习路径。

进入研究生阶段后，我在本科同学姚星星的极力推荐下，抽出时间旁听了几节李老师为本系研究生开设的"中国目录学史"，讲得真是好！但由于工作太忙，课业繁重，没有办法全部听下去，课后便向您解释并请教，不能来听课，却对这方面的知识很感兴趣，老师能否给我推荐几本书自学？您回答说，精读郑樵的《通志·校雠略》、章学诚的《校雠通义》，便可了解古典目录学的基本理论知识。循此以往，再读王重民先生的《中国目录学论丛》、余嘉锡先生的《目录学发微》诸书，会有更加深入而系统的了解。我谨记教诲，致谢告退。课后我兴致勃勃地购置了这几本书，但直到现在也没有大致浏览一遍，辜负师训，惭愧之意，曷其有极？

近日，我偶然读到中文系漆永祥教授回忆其师李庆善、孙钦善二先生时说的一句话："要把老师教的书念好，把老师的饭碗端起来，这是知遇之恩，也是责任。"读到这样温暖而沉重的语句时，我首先想到的便是本师肖东发先生和李国新老师。近几年，我一直有幸参与讲授本师在新闻与传播学院开设的专业必修课"信息检索与利用"，备课所用资料，多出于李老师编著的教材和我当年的课堂笔记以及作业本。我明白，这是本师和李老师共同赏我的饭碗。当然，我的讲授水平还十分稚嫩,不及两位老师的万分之一,需要永远向他们请教和取法。本师仙逝后,我开始接手这门课程,深觉讲好此门课程之不易,以后再有啥疑难问题,能够热情接待并认真解答我的老师,恐怕只有李老师啦。"满目山河空念远,落花风雨更伤春。不如怜取眼前人。"我可得加倍珍惜这难得的师生缘分呐。

2017 年 6 月 2 日

李常庆

李常庆老师是我本科阶段的第二位班主任,从大二到大四毕业,您像家长带孩子一样,认认真真地带了我们三年。我分别在本科阶段和研究生阶段修习过您开设的专业必修课"书刊编辑实务"与"书刊营销专题研究",您是我名副其实的授业恩师。您早年间留学日本,又长期在出版机构任职,日文极佳,对日本出版业相当熟悉,讲起来真是有条不紊、滔滔不绝,颇能开阔我们的眼界。您大力促进信息管理系与日本高校的互动交流,经常邀请日方师生来北大参访,我上大学仅有的一次与国外学生面对面交流的机会,就是您促成的。非常难得的是,您对中国出版史也有很深的造诣,曾整理出版了《杜工部集》,出版并赏赐给我学术专著《〈四库全书〉出版研究》。您接人待物,文质彬彬,热情有礼,一视同仁,一以贯之,体现出很好的涵养来。在我们这些学生心中,您就是一位旧学新知皆佳、理论与实践并重、学问与风度兼美的好老师。职是之故,您先后被评为本系和全校"最受学生爱戴的教师"。

李老师上课最大的特点是激情满怀,嗓门很大,自始至终都是声震屋宇,毫无倦意,很有感染力。我们都能深切地感受到,您是全身心地投入到了课堂之中。那时用 PPT 授课尚不普遍,您每次课前都会给我们发一份讲授大纲。这大纲不同于别人的以问题为要点，而是由一连串的小知识点和关键词组成，看起来像是散落满纸的珍珠。您会一气呵成，用清晰的思路和带着感情的语言，将其串联成斐然成章的作品，构成一个完整的体系。讲完最后一个关键词，恰好到下课时间，真是让人佩服得五体投地。

李老师要求我们多读书，理由是做编辑出版工作，必须得爱书、懂书。每次上课，您会背一个沉甸甸的大背包，里面装满了与讲授内容相关的参考书，爬上三教的高层教室。在课间或课后，从背包中取出参考书，在第一排的课桌上一字排开，供大家自由挑选、借阅，您则乐呵呵地看着大家，心满意足。我们将所借之书和姓名登记于一张

2002年本科毕业前夕
与李常庆老师合影

随意找来的白纸上，似乎有立字为凭之意。一学期下来，我们每个人的床头和书架上，都积攒了好多李老师的藏书。但直到毕业前，全班能够物归原主者没有几人。您也从来没有催问过。我们都认识到，您这是在变相地给我们赠书呐！

深邃、有新意，是李老师独有的眼光和思想，无论分析任何问题，您总能提炼出深刻的见解，让人叹服。富有正义感，则是您突出的人格魅力。您提到世间的不平事，总是义愤填膺，大有须发皆张、欲有所为之势。有一次，好像是提到电视中对一次灾难的报道很生硬，缺乏人文关怀。您气愤地对我们说："看到这种节目，恨不得马上把电视给砸了！"您特别教导我们说，作为北大人，尤其应该具备批判精神和独立见解。所以在您的课堂上，我们都敢于肆意发表一些很不成熟的观点，有些明显还与您的观点相左，但您从来不生气，而是微笑着勉励、包容我们。批评别人，也允许别人批评自己，这可是北大红楼的老传统，我们在李老师那里算是真真切切地体会到啦。

作为班主任，除了学业以外，李老师还特别关心我们的思想、生活等方方面面的事情。您对我，不仅有授业之恩，还有济困之德。不仅有经济方面的帮助，还有思想上的解惑。我上大四时，二姐生病，我到外地探望，托人向您借一笔数量不小的钱。您二话没说，慷慨解囊，很快就送到我手上，解我燃眉之急。直到四年之后，我参加工作，有了收入，才把钱还上。四年之中，师生见面，您对我继续嘘寒问暖，但却从来没有提过一句钱的事，好像从来没有发生过这件事一样。

大学二年级，我处于鲁迅先生所说的"梦醒了无路可走"的迷茫期，不知道以后该干啥，是准备出国，还是读研？是做学问，还是从政？面对诸多现实的选择，真是手足无措，整日处于彷徨、烦躁之中。无奈之际，只好向李老师求教。为了解答我的疑惑，您特意将我约至家中，语重心长地与我长谈。1999年11月7日晚，我在日记中记下了这次谈话的情况：

下午和班主任李常庆先生做了一次长谈。从谈话之中我受到了不少启发。首先就是先生很委婉地指出我的三大缺陷：一是急躁冒进，急功近利；二是心胸太过狭窄；三是缺少理智，很难控制自己的情感。他建议我应有一种干大事成大器的心胸，而不可斤斤计较于琐碎之事。这些都是极为诚恳的教诲之言，我应该时刻铭记于心。其时我向先生陈述了我的志向，并告诉他我因为迷茫而滋生的消沉情绪。先生当时就指出我是一个干实事的人，以后应该走仕途之路。然后又告诉我一些为人处世的哲学。听起来都是真心话。我想对我以后的生活、学习肯定会有指导作用。我打心眼里感谢他、敬重他。谈话从三点半开始，不知不觉中夜幕已经降临，而我却依旧兴味盎然，要不是想到先生要做晚饭，我还真想把谈话继续下去。当我在暮色中向先生道别的时候，在我的心中，激动、充实、兴奋的情感在一起汇流了！我已经感到先生为我指出了一条明晰的道路来，剩下的就是要看自己是如何走下去的了。

　　李老师的一席肺腑之言，让我前面的路明朗了许多。您提出的缺点，我也一直谨记于心，将其作为顽疾，不断有意识地克制和改正，对于转化气质、提升修养，自觉益处不少。吾乡先贤柳青先生有言："人生的道路虽然漫长，但紧要处常常只有几步，特别是当人年轻的时候。"在我求学阶段，碰到人生的歧途迷雾时，我很庆幸遇见李老师这样的恩师能真诚地为我诊脉并开出药方，您就是我求学阶段一盏温暖的指路明灯。

　　我留校工作以后，主业是做行政管理，但却不能忘情于学术，闲暇时间一直没有放弃读书和科研，有点像学术界的"票友"。我曾向李老师讲说自己徘徊于行政与学术之间，不知何去何从的犹豫和困惑。

您深思熟虑以后建议说:"照现在的情况看,你还是做学问更有价值一些。"以后,您每次见到我,都会热情而凝重地问:"你想清楚了没有?究竟要做啥,一定要早做决断!"看您说话的神态,感觉比我自己还着急。我明白,这是您在督促着我尽快轻装上阵,集中精力向一个方向使劲,这样才有可能做出像样的成绩来。

掐指算来,我与李老师相识已近二十年。这么多年,人事消磨,我一直为了生存而打拼,还远未达到"从吾所好"甚至"从心所欲"的境界。学生不才,当初请教您的问题,直到现在也没有彻底解决。您作为班主任和授业恩师,着急之心,爱护之情,数十年如一日,不见其减,反见其增,怎能不让我感动和敬佩?每次在校园里与您偶遇,被您询问并勉强作答之后,再听听您殷切的教诲之言,我常在惭愧的同时,深切地感受到这校园中多年以来一直伴随在我身边的那股源源不断的人间暖流。那感觉,真像是在春风里熏陶了一回又一回!

2017 年 6 月 2 日

王余光

王余光老师是当代图书馆学、编辑出版学界的大家名流,曾担任过信息管理系的系主任,研究的主要领域为文献学、阅读文化与现代出版业。2003 年以后,我先后拜在肖东发老师门下攻读硕士和博士,因此称肖老师为本师。对王老师,因为在本科阶段上过您一学期的专业必修课"出版文化学",研究生阶段又旁听过您的全校通选课"中国名著导读"以及很多讲座,自称学生当然没有问题。但自我感觉,平常请教并叨扰您的时候很多,在讲课、治学方面,受您的影响很多,因此要比一般学生更亲近些。就以我现在研究和讲授"国学经典阅读"的饭碗而言,大部分内容是肖老师和您一起赏赐的。无以名之,姑且自称您的私淑弟子吧。

王老师给我们讲授"出版文化史",开篇即引老北大沈士远先生讲《庄子》之例,说:沈先生在北大教预科国文时,仅《庄子·天下篇》就讲了整整一个学期才讲完,所以人送雅号"沈天下"。言下之意,对沈先生的学识渊博和名士作风极其欣赏和向往。因此您决定以此为法,讲到哪里算哪里。最后的大致情况是:讲了一学期,快要期末考试时,"文化"的概念方才讲完。再用了一两节课,重点讲了两个专题:出版文化学的研究内容和研究方法。期末闭卷考试,出三道简答题:一、你理解的文化概念是什么?二、你认为出版文化学研究的内容是什么?三、你认为出版文化学研究的方法是什么?我在考场作答时,脑海中不断浮现"沈天下""名士"等字眼,并慨叹:若眼前之王老师,可谓当代之真名士也!我既喜欢,又敬佩。

王老师在期中给大家布置作业,由我们自选一个与课程相关的题目,提出选题意义、研究框架与研究方法,依次在课堂上报告。报告之后,由您点评,并提出修改意见。我们在此基础上再写成期中论文。这是我在大学本科阶段,在课堂上系统接受论文写作指导的第一次。我提交的题目是《中国古代私家藏书活动文化特质初探》,在报告前认真查阅了一些资料,发言时颇有点扬扬得意、不知天高地厚。但王老师并没有轻易否定我的工作,给的评价是,资料收集下了功夫,但作为论文,题目还太大,有些内容人尽皆知,可以不讲,可以就文化特质部分做深入研究,或可提出创见。期末,王老师给了我90多分的好成绩。其时,我想以这篇论文去参加学校团委组织的"挑战杯"论文竞赛。我向王老师禀告此意后,您欣然约我在放寒假前去教研室,单独为我再做了一次细致而深入的指导,提出了很多中肯的修改意见。我谨遵师命,认真修改,此后又经本师和张积老师的指导,论文不仅获奖,而且发表在核心期刊上。对此我一直心存感激。

我读研究生时,又和学妹周婧(曾修过"出版文化学"和"中国名

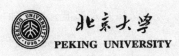

王余光老师手书论文评审意见

著导读"两课)一同参加"挑战杯"竞赛。这次我们选择的题目比较时髦:《近年来国内畅销书出版营销策略研究》。提交论文时,要找两位副教授以上的老师审读并写出评语。我们除了本师以外,想到的第一人就是王老师。我把论文呈交给您后,您很快就通知我去取评语。评语工笔正楷、一丝不苟、干干净净地写在一张稿纸上。对我们的论文多有赞誉,并极力推荐获奖,让我们异常感动。

通过和王老师课堂内外的接触,加上认真阅读您的著作、论文,我深切地感受到,您讲课和做人都很有自己独特的风格。先说讲课。一是很有名士范儿,讲到哪里算哪里,是您讲所有课的常态;但这并不等于无规划、无内容,每一讲都是干货满满,精彩纷呈,不会让听讲者空手而去。二是异常风趣。语言生动幽默不必说,尤其让人难忘的是自我陶醉的神情,经常是微眯着眼睛,一脸严肃地讲出轻松诙谐的内容,引起哄堂大笑甚至如雷的掌声,起到了"寓教于乐"的作用。三是有独到的见解,而且敢于坚持,并大胆地表达出来。比如,您讲《周易》,不讲义理,而讲筮法,并说对这一套东西掌握得极为精熟,所以能引起大家特别的兴致。再比如,您特别推崇司马迁,并坚持在涉及汉武帝以前的历史问题时,一切以司马迁的记载和说法为评判标准。而后人提出的很多反对意见,不过是为了评职称、谋名利而已。再比如,您坚持认为班固名气虽然大,但却是古今第一的大剽窃家,并举出许多实例予以条分缕析的论证,让听讲者不得不信服。在阅读问题上,您主张要坚持读经典,而且是读纸质经典,并建议所有的学校和公共图书馆都应该设立专门的经典阅读机构,指导学生和民众读书。您由此而对电脑、手机等现代通信技术比较疏离。所以听您的课,常常觉得新知新解层出不穷,能听到很多别的地方听不到的东西,能让人眼前一亮,茅塞顿开。

在为人方面,王老师十分朴素,衣着普普通通,没有名牌。在学校内外看到您,要么背着书包步行,要么骑一辆破旧的自行车,书包放在车筐内。行走、骑行于众人之中,丝毫看不出有任何特异之处。与生活的朴素形成鲜明反差的,是您的藏书之富且美。您喜欢藏书,是北大著名的藏书家,据说从武汉大学调至北大时,光书就拉了几卡车。我们本科毕业前夕,班长周易军带着我去您家里采访。您首先让我们参观的是几个房间的四壁藏书,真是牙签满架,琳琅满目,让我们感慨并敬佩王老师是一位坐拥书城的神仙中人。参观之后,您特意拿出您的恩师张舜徽先生的各种著作，摊开在书桌上，带着感情，如数家珍地为我们讲说张先生的为人和治学风范。就是从那个时候起，我开始有意识地搜集和阅读张先生的各种著作，并由此而进入一个新的学术天地。

王老师对学生异常和善，对谁都是不温不火，交流起来没有丝毫的压力和障碍。我虽然没有正式拜在您的门下，但您一直对我青眼有加、不吝赐教，从来没有门户之见。您经常教育学生，既要懂得学术，更要懂得生活，尤其是懂得享受生活，并举自己的实例予以说明：您每到一地，总会优先逛两个地方。一是到旧书店淘心爱之书，二是到小吃摊上品味当地美食。这样的生活态度，平实而潇洒，是真心爱学生的长者之语。

以上几点，让王老师的人、书、课，都显得有些特立独行。在重

2002年本科毕业前夕与王余光老师在您的书房合影留念

科研而轻教学、上课唯拿 PPT 说话、一切都循规蹈矩的猛烈时风下，这样的名士风度尤其显得弥足珍贵。您让我们看到了老北大思想自由、云蒸霞蔚的流风余韵，也让我们感受到了"春风化雨"的温和与"独立不迁"的坚持，竟是如此美好、恰当地结合在了一起。但愿这样的北大风度，不要成为只能让人们追想不已的广陵散！

2017 年 6 月 2 日

程郁缀

本科阶段，"中国古代诗歌选讲"得了 99 分，位居诸课成绩之首，是我至今都引以为荣的事。而给出这么高成绩的老师，就是四海闻名的程郁缀先生。我本科学习的专业是编辑学，但在专业课之外，对中国古代文学却极感兴趣，因此选修了大量中文系的课程。"中国古代诗歌选讲"是程先生在秋季学期开设的全校通选课，我纯粹是凭着兴趣而来。一堂课下来，就证明我的选择万分正确！

程先生按照诗歌专题与时代顺序相结合的方法，从《诗经》《楚辞》一路讲下来，让听讲者如行山阴道上，"山川自相映发，使人应接不暇"。讲授中，您会根据时序特征的不同，灵活调整题目。如中秋节前后，您讲的题目是"漫话咏月诗歌"，赞美月是诗国娇子，而中国古代诗坛上洒满了美丽的月光，让我们带着诗一般的眼光去赏月。临近期末，您则结合律诗为我们讲"中国楹联艺术"，原因是作为北大学子，寒假回家过春节，可以作对联、写对联，最不济也能帮着亲朋好友把对联张贴正确。

每次上课，程先生都是穿戴整齐，手中唯持粉笔一支，用略带江苏口音的普通话，激昂慷慨地讲起来、写起来。您的知识十分渊博，古往今来的诗词歌赋，从您口中一字不差、源源不断地汩汩而出。您

程郁缀先生赠书留影

讲诗歌，却不局限于诗歌，而是出入经史，兼顾中外，有如大百科全书一般。您的板书，从右往左、从上往下竖着写，豪爽、流畅、潇洒极了。您在背出、写出一首诗词后，会做深入、恰切、全方位的解读。您选择的诗词，大部分是我们久闻大名或比较熟悉的作品，但您却能将其与真实生活紧密结合起来，让我们在恍然大悟之后，觉得古典诗词离我们的生活乃至生命并不遥远。

您讲贺知章的《回乡偶书》之二："离别家乡岁月多，近来人事半消磨。唯有门前镜湖水，春风不改旧时波。"会结合自己的亲身经历，说年轻时回家，带着一份又一份的点心，挨家挨户地看望长辈。随着岁月迁移，人事消磨，回家带的点心越来越少，因为能去看的长辈已经越来越少。后来甚至到了带点心而送不出去的情况。这个时候，家乡只有风物依旧，让人伤怀不已，其景其情，恰如诗中所言。您讲孟郊的《游子吟》，特别赞美母爱的伟大，母亲担心孩子出门在外，路上奔波受苦，衣服穿破，所以临行之际，一针一线，缝了又缝，这样的心情和细节，千百年来，每一个儿女都经历过、目睹过，它是那么的平常，但又是那么的感人。您总结说"慈母的情是大海的情，慈母的心是最纯的金"。古人云，"滴水之恩，当涌泉相报"，而涌泉之恩，则要大海相报。对伟大无私的母爱，即便竭尽全力也无以为报，这就是"谁言寸草心，报得三春晖"。您教育我们要抓紧时间孝敬父母，并说自己的父母在世时，您每年回家，一定要给父母洗头、洗脚，剪脚指甲，在父母面前，自己就是普通的儿子，什么北大教授、名师的身份，统统不存在。父母去世之后，您想再这样孝养父母，已经没有机会了。"树欲静而风不止，子欲养而亲不待"，身为人子的风树之悲，可谓古今同慨。您讲到动情之处，泪盈眼眶，让我们也不得不随着您掉眼泪。您进而教导我们，除了牢记和报答给自己血肉身躯的母亲外，还要时刻牢记并报答人生中的另外两个母亲：给自己知识教养的母校、给自己尊严和精神力量的祖国。

程先生讲课，有很多自己总结出来的名言警句（有的是集句）和卓见妙论。如您上第一堂课，开篇就讲，同学们之前都不认识，但这又何妨呢？因为"四海之内皆兄弟，相逢何必曾相识"，相信大家欢聚一堂，会度过一个快乐的学期。另外，无论什么时候，大家总得有点阅读、欣赏诗歌的兴趣，我们要能"借古人之酒杯，浇自家之块垒；借他人之诗句，抒自己之情怀"。讲陶渊明，您说，六朝诗中，以陶渊明为首，一人而入《晋书》《南史》《宋书》三史，同学们应该努力，努力，再努力，争取做到一人入一史！您赞美杜甫《望岳》的名句"会当凌绝顶，一览众山小"之后，勉励我们每天起床后都要在内心高声呐喊，我就是要出类拔萃，"人生不可半途废，登山要上最高峰"。您还说，同学们在学习、生活和工作中，要"自以为是"，这是自信，但同时也要能"自以为非"，这是自省。您提到北大的"一塔湖图"，把博雅塔和未名湖比喻为如椽健笔和似海巨砚，并作诗云："海砚一方未名湖，融汇中西涵今古。巨毫倒蘸博雅塔，万里云天作画图。"此种精彩之论，真是不一而足。其中蕴含的，是满满的正能量和人生的大智慧，真正发挥了文学作品的感发、熏染和教化作用。《礼记》云："其为人也，温柔敦厚而不愚，则深于《诗》者也。"这样的境界，程先生庶几近之。

程先生上课点名的方式很特殊，每堂课都抽查两三名同学，让点中的学生背诵一首上堂课讲授的诗歌。这是一件既让人畏惧但又激动的事情。因为万一被点中，其结果无非两种：背下来啦，在同学中出了风头，给老师留下好印象；背不下来，大庭广众之下，挺没面子，还在老师那里的印象大打折扣。期中过后，充满了期待的我被点中，要求背诵刘禹锡的七律《西塞山怀古》。我站起身来，一激动，忘记大半。最后在同桌的细声提醒下，才磕磕绊绊地背完。

这次点名背诵的经历，刺激我开始抄读、背诵大量的诗词。此后的很长一段时间里，我课外的常态是，每天很早起床，到图书馆自习室，找一窗明几净的座位坐定，便开始抄书。抄完《诗经》，抄《楚辞》；抄完《汉魏六朝诗选》，又抄《唐宋词选释》；抄完《诗品》，又抄《宋诗选》。黄昏时节，则骑自行车到未名湖畔，在柳荫之下，面对着夕阳下的金色柔波读书、背诗。那是我大学期间最惬意、最充实、最难忘的一段读书时光。这样的读书经历，让我在期末考试时，能够洋洋洒洒地写出几大页纸，并得到了程先生的肯定。至今我写文章、做讲座，能够随手拈来的诗词歌赋，还主要是靠当年的那点积累。

"中国古代诗歌选讲"的期中作业，是让每人写首古体诗呈交给程先生。您审读完毕后，选择其中优异者，在课堂上宣读并点评。我的一首不像样的小诗竟然有幸忝列其中，让我兴奋了很长一段时间。此后就养成了在闲暇时节写古体诗的习惯。期末考试则是两道大题：一是鉴赏陶渊明的一首诗，二是比较李白和杜甫诗歌风格的不同。助教下发试卷的同时，您在黑板上，龙飞凤舞地写下一首《考场歌》："燕园学子，人中龙凤；身经百战，从从容容。笔走龙蛇，文思泉涌；寥寥数题，笑谈之中。遵守考纪，严肃校风；因小失大，徒然无功。临场赋诗，肺腑相送：瓜田李下，请君自重！春华秋实，来自劳动；有限人生,无上光荣!"您用美丽的书法、诗歌的语言,传达出既严且爱的肺腑之言,教导我们要遵守校规校纪。后来,我在继续教育学院主管教学工作时,每次期末考试前,会发布《自信自律赴考场 诚信作答展风采——继续教育学院致本院全体考生的一封信》,信中会特意引用程先生的这首诗。

参加工作以后,我还听过好几次程老师关于古代诗歌艺术的讲座,除了内容同样精彩以外,还有一点印象极为深刻。您上课,无论春夏秋冬,都是西装革履或着正装衬衫,打领带,佩北大校徽,精神焕发,望之俨然。夏天即便在有空调的教室,一堂课下来,也是汗流浃背。有人问您何必如此?您答曰:"我穿成这样,既是对学生的尊重,更是对我自己职业的尊重。"我听到这样的解答,又受到了一次深刻的教育。是的,无论什么时候,什么场合,人都应该首先自重自敬,才能赢得他人的敬重。孔夫子说:"出门如见大宾。"管子云:"言辞信,动作庄,衣冠正,则臣下肃。"对于教师而言,衣冠如何,事关师道尊严非轻。受您的影响,现在的我,无论开会还是上课,只要是出现在公共场合,穿衣从来不敢随随便便。

这几年,我一直担任北京大学平民学校的志愿老师,为学校的务工人员义务讲授"北大风物与人文精神"。在学校工会排出的课表中,最有分量的课程之一,就是程先生的"古典诗词与人文精神"。您讲此课,除了坚持"文以载道,说诗育人"的一贯风格外,会特别为这些可爱的好学之士细致地讲授袁枚的一首小诗《苔》:"白日不到处,青春恰自来。苔花如米小,也学牡丹开。"其用意,就是勉励他们在平凡的工作岗位上奋发图强,努力开出人生绚丽的花朵。诗歌与人生哲理的巧妙结合,让每个人(包括我在内)听后都备受鼓舞。几年来,我一直以自己的课能和您的课排在一张课表上而感到无上荣光!

2017 年 5 月 19 日

许渊冲

许渊冲先生是当代翻译界成就卓著的泰山北斗，也是我的母院新闻与传播学院年岁最长（先生于1921年出生于江西南昌）、最受人敬仰的师长。在我认识且有受业之缘的北大大师中，许先生是一位可以进入《世说新语》的"士之望、人之瑞"。您学问精博，举世公认。您对英、法两种语言的造诣很高，翻译技巧已臻化境，是世界上第一个同时实现中英、英中、中法、法中翻译的人，也是有史以来将中国历代重要诗词译成英、法韵文的唯一专家。1999年被提名为诺贝尔文学奖候选人，2010年获中国翻译文化终身成就奖，2014年获国际翻译界最高奖项之一"北极光"杰出文学翻译奖，成为首位获此殊荣的亚洲翻译家。在读书治学和为人处世方面，许先生则极有个性，您不同流俗，独立不迁，又透露着并世少有的正直与真诚，这是一般人的不可及处。因此，您的一切都可爱、可敬、可赞、可传。

大概是本科三年级秋季学期，我慕名选修了外国语学院辜正坤先生开设的全校通选课"中西文化比较"。辜先生的课很叫座，每堂课都能赢得满堂彩。到了期中，辜先生又给我们带来了一个更大的惊喜，邀请许先生为我们做了一次专题讲座。这就好比在文化的高原上观光时，有幸目睹了一座"高峰"的雄姿。讲座被安排在晚上，地点好像是在一教101的阶梯教室。年届八旬的许先生讲起课来略带口音，但声如洪钟，气势恢宏，中英文兼美，学博而识精，让人有"瞠目结舌"进而高山仰止之感。

2001年5月28日，北京大学恢复成立新闻与传播学院，相关专业的老师和学生分别从信息管理系、国际关系学院、艺术系移师到新的学院，颇有一番众流归海的欣欣向荣气象。其间，本师肖东发先生很兴奋地对我们说，大名鼎鼎的许先生也调入学院啦，这可是咱们学院乃至学校一位菩萨级的大师呐。因为有了更为亲近的同院之缘，我也因此而觉得非常荣幸。但遗憾的是，直到现在，我一直都没有机会再次近距离感受您的杏坛传教之风。

2015年春季学期，本师曾郑重邀请许先生在师门沙龙上做专题讲座，许先生欣然应允。其时，我高中时期的恩师魏江先生正带领大荔中学的师生代表在北大参访。为了让即将跨入大学之门的师弟师妹们真切感受到北大大师的风采，我特意安排几名同学前去聆听。魏老师的司机则专门负责接送许先生。我当晚因有其他事情要处理，没有前往聆听，至今引以为憾。后来本师发来讲座后的合影，但见许先生鹤发童颜，精神矍铄，坐在课桌前，气象非凡。本师则如弟子一般，陪坐一旁，师门同人和大荔中学的青葱少年敬立于后，几代学人欢聚一堂的祥瑞气象，让人倍觉珍贵和温暖！

通过以上因缘，再加上从各种媒体上领略许先生的风采，通过别的老师转述了解您的嘉言懿行，我对许先生是既喜欢，又敬佩。因此，我和严敏杰老师在编著《微说北大》一书时，特意敬录入了数则您的逸

2015年5月18日晚师门沙龙结束后师门师生与许渊冲先生合影

闻逸事。在我看来，您作为北大的老一辈学者，有以下三点让人敬服且感动，值得大书特书：

一是治学极其勤奋。许先生的名片非常独特，上写"书销中外百余本，诗译英法惟一人"。要取得这样的成就，没有点过人的勤奋和"久久为功"的积累，绝对不可能。您在进入古稀之年以后，依旧笔耕不辍，参与翻译普鲁斯特的巨著《追忆似水年华》，独自翻译了福楼拜的《包法利夫人》、司汤达的《红与黑》，到78岁时还出版了罗曼·罗兰篇幅浩繁的长篇巨著《约翰·克利斯托夫》。现在已经96岁的您，每天仍然工作到凌晨三四点，坚持翻译莎士比亚，您给自己定的计划是，到100岁时把莎士比亚翻译完。2017年在中央电视台播出的朗读者节目中，当主持人董卿告诉在座的观众许先生的工作状态时，您风趣地告诉董卿和观众，这是"从夜里偷点时间"，并随手拈来朗诵英国诗人托马斯·摩尔的诗句："And the best of all ways/To lengthen our days/Is to steal a few hours from the night"（要延长我们的白天，最好的办法，就是从晚上偷几个小时）。您还有一句名言："生命不是你活了多少日子，而是你记住了多少日子。要让你过的每一天，都值得记忆。"您就是通过这种惊人的勤奋，让您的每一天都过得熠熠生辉。

二是为人极其自信。许先生在西南联大读书时，以"很活跃、闲不住""好论战"而闻名，他心底坦荡，口无遮拦，敢言人之所不言，加上说话嗓门大，自信满满，因此便有"许大炮"之誉。但您对此绰号并不以为然，"我倒觉得这是提醒我不要乱说话，但敢说话还是好的"。他的人生格言是"自信使人进步，自卑使人落后"。有人说您狂妄，他说自己是狂而不妄；有人说他自负，他说自己是自信，是实事求是地说自己的成绩。"说我是'王婆卖瓜自卖自夸'，那要看我的瓜甜不甜，如果瓜甜就不能说我是自吹自擂。"他还多次对人说："我们中国人，就应该自信，就应该有点狂的精神。"

许先生的这种敢于直言、狂而不妄的特点，我在当年的课堂上也曾领略一二。您在课上提到,在长期的翻译实践中,您于传统一贯坚持的"信达雅"之外,提出了译诗应该遵循的"三美论":第一,意美。译诗要和原诗保持同样的意义,以意动人。第二,音美。译诗要和原诗保持同样悦耳的韵律。第三,形美。译诗要和原诗保持同样的形式(长短、对仗)等。您举了不少例子说明自己在翻译中如何做到这"三美"。您往往在列举别人(包括很多名家)的译法后,拿出自己的译法,并对我们强调,比较而言,还是自己翻译得最好!所举他人之例,我已忘记,至今难忘的是您所举的两首唐诗译作:一首是柳宗元的《江雪》:"千山鸟飞绝,万径人踪灭。孤舟蓑笠翁,独钓寒江雪。"您的译文如下:

> From hill to hill no bird in flight;
> From path to path no man in sight.
> A lonely fisherman afloat,
> Is fishing snow in lonely boat.

另外一首是杜甫的《登高》,其中的两句"无边落木萧萧下,不尽长江滚滚来。"被您译为:

> The boundless forest sheds its leaves shower by shower,
> The endless river rolls its waves hour after hour.

直到今天,我仍认为,您的译作,用语和意境都有独到、精妙之处,让人觉得英文和中文同样能表达出诗的文字、音韵以及意境之美。

三是爱国情感极其深沉。 当年许先生给我们授课时,特别提到自己传奇般的求学经历,说是在西南联大读书时,为了共纾国难,您和很多同学一起,于1941年应征为美国志愿空军担任英文翻译,第一次做了沟通中美文化的工作。这段经历也让您对国家复兴的命运更为关切。您在西南联合大学的同窗好友杨振宁曾说自己一生最重要的贡献，是帮助"改变了中国人自己觉得不如人的心理"。许先生则说："我觉得在文化方面，尤其在译学方面，也应该改变不如外国人的心理。"因此，您终生矢志不渝，努力将中国的优秀文学作品源源不断地译介给西方世界。

许先生的自信，除了对自己能力和成就的肯定外，更有对祖国优秀文化的挚爱与自信。2014年，国际译联颁给您"北极光"杰出文学翻译奖。面对荣誉，您感慨道："那次获奖我深感荣幸，但它不仅是对我个人翻译工作的认可，也表明中国文学受到世界更多的关注。""中国的典籍英译，即使不说胜过，至少也可和英美人的译文媲美。这些成就难道不值得中国人自豪？请问世界上哪个外国人能把本国的经典作品译成中文？我们一定要知道自己民族文化的价值。中国文化正在走向复兴，我们不能妄自菲薄。我始终觉得，中国人要有自己的文化脊梁。"

许先生获得翻译大奖后，声望日隆，2017年在朗读者节目中精彩亮相后，更是轰动一时，圈粉无数。各级领导、各种媒体、各色人等也都开始行动起来，采取各种方式去探望、采访、报道、褒奖您，争先恐后地表示出礼贤重师的风度来。这么了不起的大师，让更多的人了解、尊重、仰慕，当然非常必要，也是非常可喜之事；但我每每看到这些日渐增多的新闻，再和先前略显冷清的境况相比（老人家和夫人现在仍然住在畅春园60平方米的旧公寓中），常会感慨昔日辜先生和本师以恭敬之心诚恳邀您为青年学子说法的做法，是多么的难得。

我有不成熟但却发自肺腑的看法，识拔与使用人才，有两方面很困难，但又极其重要：一是识英雄于未遇，二是用英雄于已老。到了今天，还有一点似乎极为难得，那就是，重视、爱护、尊重、褒奖老英雄于未获奖前，尤其是未获洋人大奖前。家有敝帚，享之千金，更何况是那些国宝级的大师呐！许渊冲先生、屠呦呦先生的经历都让人感慨，对这些老英雄事后诸葛亮式的附庸和追捧，总让人觉得有些同于甚至落后于流俗的味道。

钱锺书先生有一句发人深省的论学名言："大抵学问是荒江野老屋中二三素心人商量培养之事，朝市之显学必成俗学。"其实，在北大，各个单位都有一批"出乎其类，拔乎其萃"的老先生，他们未必都像明星一般，经常在电视或其他热闹场合抛头露面，但他们才是撑起北大乃至整个学术界一片天的中坚力量。他们淡泊明志，坐了一辈子冷板凳，但对北大，对国家，对后来新进仍有着莫大的热情。能否采取点必要的举措，让这些大菩萨定期为大众（尤其是青年教师和学生）说说法，传传道，最不济也展示下老辈学者的风流儒雅。在老一辈那里，不至于有老成凋谢、寂寞身后事的遗憾；在新一辈这里，也能及时开开眼，知道在这所钟灵毓秀的园子里，还有很多"扫地神僧"一般的高手，得及时向他们致敬和取法才行。

最近看新闻，得知教育学院开始举办退休教授下午茶活动。看完报道，我既感且佩，"德不孤，必有邻"，多么希望这种做法能够慢慢推广开来，也让更多像许先生这样的大师在拿大奖、被报道之前，受到应有的尊崇与礼遇。许先生现在已经年近期颐，大德必有大寿，我衷心祝愿您以及像您一样的老先生们永远幸福安康！

2017 年 6 月 20 日

郝振省

我在陕西老家的一位长辈曾教导我，一个人的成功，得靠四种人的共同作用，即"高人指点，贵人相助，小人监督，个人努力"。我很庆幸在成长的道路上遇到过好几位难得的"高人"和"贵人"，让我在懵懂、迷惑、坎坷之时拨云见日，柳暗花明，少走了不少弯路。郝振省老师就是其中一位令我敬佩和感念不已的恩师和长辈。

郝老师毕业于北大哲学系,硕士毕业后留校工作,是"根正苗红"的老北大;后来投身于新闻出版事业并取得了非凡的成就,是当代泰斗级的新闻出版学家。您先后担任中国出版研究所所长、中国新闻出版研究院院长,同时被聘任为北京大学、上海交通大学、北京印刷学院等多所高校编辑出版学专业的客座教授与课外导师,现任全国政协委员、中国编辑学会会长、北京印刷学院数字出版与传媒研究院院长、上海交通大学出版传媒研究院院长。您还是本师肖东发先生的知交好友,经常受本师之邀到北大课堂上传道授业解惑,几乎每学年都会担任新闻与传播学院的研究生论文答辩委员,并在学院举办的各种学术会议和论坛上发表真知灼见。因此,我们学院很多编辑出版学专业的学生提及您,都会有发自内心的亲近之感和崇敬之情。

作为学生,我们共同的感觉是:郝老师是一名典型的"学者型官员",虽为政府官员,却没有半点官架子;言谈举止之间,透露着博学儒雅、谦和有礼的学者和老师风范。您的口才和文笔极佳,由于受过哲学方面的系统训练,因此无论写文章,还是讲课,都能理论与实践密切结合,透过现象直抓本质,提出新颖而务实的观点,论述起来要言不烦,条理清晰,颇能启人心智,给人留下深刻而美好的印象。您以"辰目"为笔名,为编辑出版学专业最有影响力的核心期刊《出版发行研究》撰写的系列卷首语,堪称这方面的代表。除此之外,我在与您的交往中,还深切地体会到了您不遗余力提携后进、为人说项的满腔热忱与长者风范。

我与郝老师的相交始于 2001 年。是年春季学期,我选修本师开设的"出版经营管理"课程,对当时业界的热点问题之一——出版集团化现象很有兴趣,便下了点功夫,撰写了题为《我国出版集团化过程中的矛盾浅析》的课程论文提交给本师,并在期末取得了不错的成绩。成绩公布后,我不揣孤陋,斗胆投石问路,将文章投寄给《出版发行研究》。在给编辑部发去电子版的同时，我还给时任期刊主编的郝老师邮寄了一份打印版，并随文写了一封毛遂自荐的短信。但说句心里话，我当时对发表并没有抱多大希望，因为对于一名本科生来说，在这样有分量的核心期刊上发表文章，几乎就是一件痴人说梦之事。

令人难以置信的是，过了不久，记得是暑期的某天午休时，我突然接到了郝老师打到我宿舍的电话。在问明我的身份后，您开门见山地说，已经收到我的来信和投稿，初步审读之后，觉得文章观点新颖，反映了出版集团化过程中不可忽视的现实问题和制约因素，能引起人们的注意和反思，因此有发表价值，希望再从几个方面修改完善一下。您还特别对我说，您作为编辑，一贯以文章质量作为择稿标准，而绝不会唯名声、资历和出身而论。当时的我，真有喜从天降、受宠若惊之感，并进而对您以及您领导的《出版发行研究》肃然起敬。后来，这篇文章修改后，发表于《出版发行研究》2001年第12期。这是我在专业核心期刊上发表的第一篇专业论文，对引发我从事学术研究的兴趣，起到了莫大的激励作用。时过境迁，近几年我作为老师，在为新闻与传播学院的本科生开设"期刊编辑实务"课程时，总会带着无限的感念之情，为一届又一届的师弟师妹讲述我的这段真实经历，教导并勉励他们，以后如果从事新闻出版工作，就要努力做一名像郝老师一样优秀的编辑。

我在攻读硕士研究生阶段，在本师的带领下，参加了中国出版科研所（中国新闻出版研究院的前身）主持的国家社科基金项目"中国出版通史"的研究工作。在撰写书稿的过程中，曾多次跟随本师参加编委会；郝老师作为科研所的领导和专家学者，是此项工作的统筹和负责人之一，我由此与您结识。作为年轻后生，我参加编委会的主要任务是学习并听取专家提出的修改意见，偶尔也会协助科研所的年轻同志做一些力所能及的会务工作。和大家熟悉以后，有时也会发表一些专业方面的粗浅之见，这些竟然都引起了郝老师的注意并得到了您的认可。在我硕士毕业前夕，您特意告诉本师，希望我能去科研所专职从事出版史的研究工作。您的赏识和盛情让我感激不已，但由于主客观等多方面的原因，我最终选择了留校工作，让您多少有些失望。之后您还多次在不同场合提到，我没能去科研所工作，对您而言，实在是一件憾事。

我不知天高地厚，拂违郝老师盛情相邀的美意，并没有影响您对我一如既往的关爱、教导与鼓励。您作为我们学院的特聘教授和课外导师，多次为我们授课，又是我的博士论文答辩委员，我理所当然应该尊称您为老师。可是您并没有以老师的身份自居，反倒经常说您和我是"忘年交"，让我有一种无所适从的感动。平日见面，您总会说一些至诚至善的话儿勉励我这个晚辈，让我真切地感受到"听君一席话，胜读十年书"。比如，您曾语重心长地对我说，作为科研工作者，既要有好的"文品"，更要有好的"人品"。在高校无论从事何种工作，学术研究都不能丢弃，因为这是立身之本。要想有大的成就，就必须稳

2014年5月26日博士论文答辩结束后与各位评委老师合影。前排从右至左分别为王异虹老师、肖东发本师、吕艺老师、郝振省老师、关世杰老师、张新华老师

扎稳打，扎扎实实地做下去，不要着急，不要浮躁，要稳重，能在自己的研究领域中沉潜下去，日积月累终会取得一定的成绩。除此之外，还要善于抓住机遇。您比喻说：人生的成长有如植物的生长，当阳光、雨露充足时，就使劲往上生长；当天气不好、环境不如意时，就努力向下扎根，为以后的发展打下更为坚实的基础。这些，都是可以书之于绅、铭之于心的肺腑之言。

2017年年初，我的博士论文经过修改后，要正式出版，我怀着忐忑之心，请您在百忙中审读书稿并惠赐嘉序。您作为全国政协委员，其时正在忙参加全国"两会"的大事，但却慨然应允，很快就在仔细审读全文的基础上，写成了一篇饱含感情、评价深入、褒奖有加、期望殷切的长序。序言发来后，我诵读数遍，异常感动，倍觉荣幸，进而感到责任异常重大。您在序言的开头写道："杨虎同志要我为他的这本研究畅销书的专著作序，我明知这不是一件很轻松的事情，但还是一口答应下来。理由至少有三条。其一，他是我国著名出版文化、出版史研究专家、出版教育家肖东发教授的高足，如果肖教授健在，无疑会愉快应邀，欣然作序。如今，老朋友驾鹤西去，我有责任为他弥补这个空缺。其二，杨虎曾在余敏和我的先后主持下，深度参与了国家社科基金重点项目《中国出版通史》（九卷本）的研究撰写工作。由于他的出色表现和重要贡献，我有意把他要到中国新闻出版研究院专做出版史的科研工作。后来阴差阳错，未能成行。能为他的著述作一篇序文，可看作对这位北大优秀学子的一种器重和嘉许吧。三是在他攻读博士学位毕业留校后，虽然有繁重的教学管理工作，但他未能放弃和减弱对出版科研的投入，而且推出这样的优秀成果，着实让人感动。期望有更多的出版科研人才与科研成果涌现出来。"在对书稿进行详细评介之后，您在序言的最后对我提出了殷切的期望："依笔者之见：本书的可读性恰如畅销书之可读，本书的严谨性又恰有教科书之规矩，希望作者能把畅销书的研究暨出版物畅销与长销的科研题目继续做下去，把北大的出版科研工作继续做下去，继承包括肖先生在内的诸多先贤的遗愿，做新一代有作为的出版家。"

让我诚惶诚恐的是，以我的资质和能力而言，不管如何努力，恐怕都很难达到郝老师期望的那种高度。但好在有本师和您这样的典范在前，让我知道可以学习取法的对象与标准。通过与郝老师十余年的交往，聆听您的多次教诲，敬读您的系列文章，我深切地感受到，北大人的很多优良品质与感人风骨在您身上得到了充分而真切的体现。我一直为自己有这样优秀的道德文章之师而倍感荣幸，更为北大培养出如此杰出的大家名流而感到无比骄傲和欣慰！面对您这样的北大前贤，我在景仰与感念之余，还有"心向往之"的迫切愿望。取法于上，仅得为中，也是一种值得不懈努力的正确方向！

2017 年 8 月 4 日

曹文轩

我读大学本科时，曾作为一名"文学爱好者"，在同宿舍中文系好友梁鸿建兄的鼓动和带领下，挤在三教的过道上，数次旁听曹文轩老师讲授"小说的艺术"。

没有 ppt，没有板书，没有问答，曹老师干干净净、儒雅潇洒地站在讲台上，沉浸在自己的世界里，全神贯注、抑扬顿挫地朗诵自己的讲义。

那声音，就像一泓从苍翠山谷中缓缓流淌而来的清泉，铿锵悦耳。那讲义，就像精心雕琢成的大美玉器，惹人注目。

教室里，过道里，静静听讲的人，挤得严严实实。所有人的心神都被那声音摄取到了三尺讲堂，宁静，庄严，让人轻松又沉重，愉悦又紧张，生怕丢掉了一两句精彩的富有新意的词语。人们常说，好演员,名角,一身都是戏。我看,好老师,名师也一样,满身都是课。

我负笈北大近二十年,听过本系和外系文科老师的课不计其数,各位先生也多有自己的独特风格与绝活,像曹老师那样,上课只认真念讲义,却让人毫无照本宣科、勉强应付之感,反倒无限向往、感佩不已的,以我有限的目力所及,该是独一份。

后来,在德国法兰克福书展的一场宗教典籍朗诵会上,我也看到了类似的场景。再后来,我又读到了曹老师的一篇深刻的美文:《阅读是一种信仰》。他写道,造物主曾对人类说:你们知道么?人类最优美的姿态是读书。难道还有比读书更值得赞美的姿态吗?因此,何不将阅读作为一种信仰?

敬读这样美丽的语言,再回想那些虽然已经远去但却永远不能忘记的场景,就能理解一些人的确是把阅读当成信仰来对待的:不仅认真阅读别人的优秀作品,对自己的作品,也以宗教徒般虔诚的态度去阅读、朗诵。所以,在他们那里,没有平庸、没有浮躁、没有肤浅,只有精彩、厚重、镂金错玉般的名山佳作!

2017 年 5 月 12 日

白化文

我在昌平园读大一时,春季学期上李国新老师的"中文工具书"。课余时间,邀请李老师代表信息管理系为全园学生开设一次学术讲座。李老师谦逊而坚决地推辞了,同时又郑重推荐白化文先生,说这可是咱们系的老前辈,学问大得很!当时我们都十分敬服李老师的学问和风度,而令李老师推崇不已的老先生,一定更加了不得。后来因为其他原因,邀请本系老师开设讲座的事没了下文,但白先生的大名却深深印在了我的心中。

2001年春季学期，本师肖东发先生为我们讲授"出版经营管理"一课期间，适逢第七届世界印刷大会召开前夕，本师为大会的献礼之作《中国图书出版印刷史论》由北京大学出版社隆重推出。本师心情愉悦，赏我们全班28人每人一本。捧读此书时，很多人首先看到的是白先生用骈体文撰写的"弁言"，虽然篇幅不长，但文辞古雅、对仗工整、内涵丰富，真有尺幅千里之势。说实话，我们全班28人没有一人能完全读明白的，但都从心底崇拜得五体投地，甚至还有些"瞠目结舌"。后来我师从本师，发现您一直把白先生当成尊贵的长者来看待，平日提到老先生总是充满了崇敬之情。本师的老师，就该是师爷爷辈的尊人。因此，我对白先生的景仰之情就更加与日俱增了。

2003年，本师主编的"北大风物与人文丛书"正式出版后，在北大图书馆召开发布会兼座谈会，北京图书馆出版社邀请了许多校内外的名流，我们这些参加编写工作的晚辈也有幸躬逢其盛。在众多的座上嘉宾中，就有仰慕已久、大名鼎鼎的白先生。其时，您虽然已经年过七旬，但却鹤发童颜，白眉低垂，精神矍铄地端坐中央。远远望去，仙风道骨，蔼然可亲，很像一尊参透了人间万象的大活佛。及至讲话时，一口字正腔圆的北京普通话，抑扬顿挫，要言不烦，风趣幽默，一下子就把大家的注意力吸引了过去。印象极深的，是您在讲话的最后，向时任社科部部长的程郁缀先生力荐此书，说像这么好的书，就应该授予学校的社科成果优秀奖。当时我就想，白先生可真是实诚、给力！

第二次见面是在信息管理系二层小楼的一间会议室中，系里组织召开《出版史料》杂志的座谈会。本师命我参会学习，很令人兴奋的是，又见到了白先生。您的讲话仍一如既往地精彩、幽默，透露着老顽童一般的天趣和做派。我和同学们都喜欢极了。您的讲话，在把听众逗得满堂乐之后，留下了悠长的思索与回味。我当时想，如果每次开会、座谈，听到的都是这么有水平、有内容、有味道的讲话，该多

《出版史料》座谈会后合影。前排右一为李常庆老师,右五为白化文老师,右六为王余光老师

好!除了正题以外,我至今难忘的是,白先生在讲话中斜枝旁逸地带出一句:北京某某饭馆的炸酱面乃是天下最好吃的炸酱面,可惜现在吃不到啦!我忽闻斯言,又感慨:白先生真懂生活,知识面真广,而并非只知一味读书的老书生。会议结束后,集体在三院合影,白先生和各位老师端坐前排,我等敬立于后,留下了珍贵的纪念。

通过这样的途径,我就算认识了白先生,白先生也大概知晓了我是本师的学生。让我想不到的是,以后无论在哪里见面,我在称呼白先生、向您问好致意后,您都会乐呵呵地举起手来,郑重其事地给我敬礼并问好。受到这么高的"礼遇",每每让我无地自容,真有一种"黄钟毁弃,瓦釜雷鸣"的上下颠倒之感。

我一直深感遗憾的是,余生也晚,没有机会正式聆听白先生的一门课程,只能宫墙外望,通过各位老师的介绍以及您的著作,进一步接近和了解您。尤其是工作以后,我就有意识地搜集、购买、阅读您的各种书籍。如今架上所藏,计有《汉化佛教与佛寺》《三生石上旧精魂》《闲谈写对联》《楹联丛话(附新语)》《承泽副墨》《人海栖迟》《负笈北京大学》《北大熏习录》《已落言诠》《周绍良先生纪念文集》等十来本。其中,《周绍良先生纪念文集》是您为了纪念恩师周绍良先生而主编的一本论文集,2006年由北京图书馆出版社出版。其中收录了本师带着我撰写的论文《东汉"熹平石经"刊刻活动研究——兼论石经在中国出版史上的地位》。我忝附骥尾,荣莫大焉!

  知道白先生的典故越多,阅读您的著作越深入,您在我心中的形象就越高大。仅以文章而论,在我有限的阅读经验中,在老一辈学者中,要论学问之博、才情之高、文笔之妙,白先生可称其中翘楚。您的散文、随笔,常常是一文而兼数美,很耐读,典雅而富深情,生动而有内涵,还有些恰到好处的幽默劲,让人在感动中发笑,在笑声中深思、回味。此外,您还能撰对联、做古体诗、写骈体文,书法功底也非常深厚,颇有传统学者博学多才的能耐和风范。我曾在北大图书馆亲眼看到您用毛笔题写的《北京大学图书馆一百一十周年馆庆贺辞》,书法飞动秀美,文辞雅俗兼备,读来朗朗上口。面对这样的作品,我诵读再三,拍照珍藏,低回良久而不忍去。其辞云:

  列国环窥际,中华蜕变时。大学参西法,图书有所司。辛亥欣光复,蔡公掌校权。红楼毛与李,马列敢先传。世乱卅余载,藏弆幸粗安。李氏与马氏,艺风并柳风。东语多方致,西文九译通。沙滩辞故地,博雅建新宫。楼宇千寻广,琳琅百倍充。邓老亲题额,师生瞩望殷。全馆当激励,建成新酉山。

信息管理系教授白化文   遵嘱撰辞
书石
公元二零一二年岁在壬辰荷月初吉

白先生对自己的老师极为尊重，几乎是带着真挚的感情把自己的恩师统统写了一遍，篇篇皆佳，可做怀人叙事的范文，值得反复吟诵。如您在《琐忆吕德绅先生》中写道："吕老师逝世，我很悲痛。老师们像有批注的孤本宋版书，在善本部里，不容易看到，但是若能亲近一次就有一次新收获。北大的老师中，健在者还有现已调入历史系的吴小如老师。从中文系说，吕老师是我在中文系学习时的最后一位老师了，此后，中文系再也没有我从学过的老师了。只有叹息。"读这样的文字，我经常会想到晋人王衍的名句："圣人忘情，最下不及情，情之所钟，正在我辈。"

白先生关爱、提携后进也是不遗余力，您的文集中，有许多为人说项、为人说法的文章，均是言之谆谆的肺腑之言。如在《对一次考试答案的忏悔——回忆魏天行（建功）先生》一文中，您毫无保留地和读者分享自己在大学期间总结的四条学习经验：

一、除了入门外语等课以外，大学的课程均应以自学为主。多读课外书，特别是指定参考和相关书籍，学会使用大型图书馆，学会使用各有各的用处的工具书，一生得益。

二、老师在课堂上讲的，大部分已经写在他的著作和讲义之中。要注意听他在课堂内外的一阵阵"神哨"，那才是别处听不来的思想火花的迸发呢。上老师家坐沙发听闲扯最能得益，当然，要具备逐步积累起来的登堂入室资格才行。

三、抄笔记，摘要便可。多听少记。听课，最好采取听名角唱戏的欣赏态度。当然前提得是名角、真唱。

四、老师的著作要浏览，有的要细读。对老师的学术历史要心中有数。这样，一方面能知道应该跟老师学什么，甚至于知道应该怎么学；另一方面，也借此尽可能地了解在老师面前应该避忌什么。

再比如，在《要自学，靠自己学》一文中，您说阅读《学习心理之话》对您的影响很大，主要有："'好记性不如秃笔头'，要勤做笔记，写日记。'要吕洞宾点金的指头'，就是，要跟真正明白的名师学，亲近老师，学他的治学方法、经验，但不可复制他。自己多多独立思考。'业精于勤'，不论惨到何种境遇，也要尽可能抓住业务不放。'学问犹如金字塔'，要兴趣广泛，打好宽广基础。最后，新中国成立后我学习毛主席著作，自觉极为重要的一句是：'要自学，靠自己学！'"

赠人以言，重于珠玉。这样真切的话语，实际上是白先生俯下身来，现身说法，教导我们这些尚在学术的幼儿园中摸爬滚打的小朋友该如何去读书和学习，就好比是学术道路上的"指路明灯"。只要用心体悟并遵循，必能受益不尽。您在讲治学方法时，还特别建议学术的前辈应该慧眼识英雄，尽力去关爱和提携后来新进，理由是："学术界是由人组成的，是有新陈代谢的，识英雄当于其未遇之时。在交流和考察中，要目光犀利，结交有真才实学而尚未成大名的中青年朋友，他们是学术界的未来。"您是这么写的，更是这么做的。据同门学姐张曼玲回忆：

> 记忆最深刻的是临毕业前在系里碰到老先生，听说我们要找工作，随即找出张纸来，一笔一画写下很多响当当的人名和联系方式，然后对我说，这些都是咱们系毕业的师兄师姐，你去找他们去，就说是我白化文推荐的！当时真是令我这个后生诚惶诚恐，感动不已！还说，我记得你，有一次肖老师让你给我送新年挂历！这还是我刚入学时候的小事，老先生居然到我毕业都记得。

放眼尘世，像这样古道热肠、不遗余力提携后昆的学界泰斗，真好比是漫天飞尘外的一颗明星，满地蓬蒿中的一株青松！

近来，我在敬读白先生的文章并想见其为人之际，经常会想到我的一位远房爷爷王培堂先生；他们"旧学邃密，新知深沉"，由于家学渊源深厚，因此在旧学方面还有着传统读书人可贵的流风余韵。但我也有杞人之忧：在欧风美雨压城的大潮中，这样的风度不受追捧，冷落乃至中绝或是必然之势。我作为喜欢"抒怀旧之蓄念，发思古之幽情"的后来新进，不敢说"为往圣继绝学"的大话，只能在一声徒叹奈何之后，将其奉为自己成长、提高的永久精神食粮，哪怕学一些老先生的皮毛，也能让自己不至于成为随风飘摇的飞絮，在师长面前落个趋热媚俗、毫无根基和特色的差评。

白先生是1930年生人，按照旧历算，今年已经88岁，恰好是传统米寿的吉庆之年，是今日北大当之无愧的老师宿儒。从后来者的角度看您，真是"仰之弥高，钻之弥坚，瞻之在前，忽焉在后"。我怀着无比崇敬的心情，衷心祝愿您永远健康、快乐！

2017年5月18日

李 琨

我在新闻与传播学院读硕士时，"传播学研究方法"是所有专业的必修课。讲授此课的老师，是在美国留学并任教多年，时任我院传播学系主任的李琨老师。李老师平日给我们最突出的印象是十分严肃，对谁都是不苟言笑。她的英语造诣极高，除了口语极其优美、流利外，还翻译过多部有名的学术著作。其中，美国学者爱德华·W. 萨义德（Edward W. Said）的名著《文化与帝国主义》（Culture and Imperialism）经她翻译后，由三联书店于2003年出版，被评为北京大学第七届人文社会科学研究优秀成果一等奖。在我这个英语水平相当低的学生眼里，李老师的形象真是既威严而高大，又博学而严谨。

李老师讲课，纯用英语，要求颇高，英语基础好的同学自能应付裕如。我则需要精神抖擞，全力以赴，并在课外恶补听力和口语。跟跟跄跄、连滚带爬地混了半学期，才勉强跟上大队伍。期中过后，师生之间已经熟悉，大家都感觉到，严肃的李老师，对同学们还有更多温暖的关爱与鼓励。在这种氛围下，我也就放松、活跃起来。

一次，李老师为我们讲如何利用西方的大百科全书与书目查找资料。讲完以后，尚未到下课时间，李老师便让大家自由提问。我觉得老师所讲内容尚有可补充之处，便斗胆举手示意，提出："李老师您讲的都是西方的内容，我是否可以补充一些中国传统的书目和类书等内容？"李老师闻言，不以为忤，欣然应允。我登上讲台，就自己先前在"中文工具书"课上学到的皮毛知识，不知天高地厚地讲了起来。谁知讲完以后，李老师对我赞不绝口，说我之所讲，恰好可补她之不足。她于感谢之外，还建议我把这部分内容再充实一番，形成文字稿，发给她和全班同学。

经过此事，李老师大概觉得我属于虽鲁莽但却真诚、底子虽差但尚算努力的一类学生，也就对我格外关注，并在期末给出了 85 分的成绩，让我受宠若惊。

等到第二学年时，我突然接到李老师的电话，说下周又将讲到百科全书、书目，想给我留出三十分钟，为下一级的研究生讲讲上次讲的内容。老师命，焉敢辞？我诚惶诚恐地应承了下来。在认真完善了内容后，在师弟师妹面前露了一次脸。此后连续两年，我都被李老师"邀请"到课堂去"献丑"，每讲一次，我都会加深对所讲内容的理解。而每当我在讲台上侃侃而谈时，李老师都会坐于前排，认真听讲、做笔记。

岁月流逝，马齿加长，如今我也已经成为一名普通教师，在课堂内外，也偶尔会遇到并解答学生问难的情况。这时才深切体会到，是李老师的包容、谦逊与肯定，才让我这个毛头小子有了在研究生课堂上"逗能"并不断提高的机会与平台，这也让我认识到了李师坚持教学相长、努力把课不断讲好的职业道德。由此，我经常想到民国时期发生在北大课堂上的两则典故：

其一：一日，胡适上课，提到某小说，说"可惜向来没有人说过作者是谁"。有一学生马上站起来，说：不对，有人说在某某丛书里的某某书中见过。胡先生又惊又喜，以后上课，逢人便说："北大真不愧为北大。"

其二：钱玄同讲授文字音韵学，有一次在课堂上讲到广东音韵。课后一位广东籍学生李锡予给他写了一封长信，对他所讲内容提出不同意见。下一次上课时，钱先生上台后面带笑容，客气地问："哪一位是李锡予同学？"李锡予站起来回答说："我就是。"钱先生说："请坐！我见到你的信了。你对广东音韵的解释是正确的。我不是广东人，对广东音韵是一知半解。很感谢你纠正了我的纰漏。"接着，钱先生在课堂读了李锡予的信，还希望其他同学对讲课中纰漏之处提出意见。

在我看来，李琨老师的风度与胡适、钱玄同两位先生的雅量后先辉映，颇有异曲同工之妙。这说明了北大今日的学风仍有其可敬、可爱、可学、可颂、可传之处。因此，我常常会于自责少年轻狂之余，也以能有这样的恩师，并有机会深入领略"思想自由，兼容并包"做派的流风遗韵而感到欣慰和骄傲！

2017 年 5 月 15 日

育人抒怀与公务札记

一次美丽的重逢

  人生有一些相遇,自己原本并不在意,却往往能结下让人意想不到的因缘。而由此因缘造成的重逢,则让人感到无尽的惊喜与感动。我与戴晓光同学的相遇、重逢就是这样。

  记得2000年暑假,我大二刚结束,怀揣着梦想与激情,在夏末秋初之际,与本系的四名同学一道,再加上清华大学建筑系的六位同学,组成大学生支教团,前往内蒙古宁城,在位于县城西郊的天义二中,开展了为期一周的支教活动。

  天义二中体制比较特殊,兼有初中部和高中部,高中部同时承担普通高中和职业高中教育的职责。学校的硬件条件不是很好,从教室到校长办公室,都显得简陋而局促。我们住的招待所条件也十分简朴,每天的伙食,主要是不限量的米饭加一碗土豆炖豆角,由此可以想见当地老百姓生活的大概状况。

  根据教育局和学校领导的安排,我们的支教对象为初一、初二的学生。正在放暑假的所有同学都被召集起来,分为三班,每天听我们轮流讲三节课。我现学现卖,以上大学期间选修的几门课程为基础,给同学们讲授北京大学校史、古典诗词、修辞方法与书法鉴赏等题目。

  印象中,每堂课同学们听得都非常认真,一双双孜孜求知的大眼睛在简陋、灰暗的教室里显得异常明亮、清澈，让人心生无限的喜爱和钦佩之情。在这满座少年之中，有一位名叫戴晓光的男孩尤其显得英姿勃发、特立独行。在整整七天的听课过程中，他的态度一直异常端正，恨不得把我们讲的每一句话都铭刻在自己心中。后来了解到，他刚念完初二，过完暑假就上初三，平日勤奋好学，成绩不错，知识比较丰富，对语文尤其感兴趣。

让我终生难忘的是，晓光还成了我的"一字之师"。我在讲"建安风骨"的诗歌美学内涵时，提到了著名的女诗人蔡琰（文姬），我错误地把"琰"字读成了"dàn"。第二天下课时，晓光恭敬并略带怯意地找到我，说昨天他听课时心存疑问，回家后查字典发现"琰"应读"yǎn"。我闻言，马上就对自己的草率无知和自以为是而倍感羞愧，并进而感慨，这是一位多好的学生啊，要不然这个错误不知要犯到何时为止呢！事情虽小，却使我体会到了什么才是真正的"教学相长"，也让一位宁城少年永志我心。

七天的支教生活匆匆而过。回到北大后，我带着依依不舍的情感，撰写了近六千字的调研报告《梦里依稀塞外秋，难忘宁城支教时》。2002年，我本科毕业，2003年又在本校攻读硕士生，2006年毕业后留校工作。一晃好几年过去，宁城支教的记忆开始模糊起来。直到2008年9月与晓光在北大重逢，这段记忆才又重新明亮起来。

2008年9月，记得是开学后的第二天下午，我正在办公室对着电脑写东西，一位高大帅气的男生突然来找我。在确定了我是当年去宁城支教的杨老师以后，他激动地说："杨老师，您还记得我么？我是戴晓光！"我当然记得我在宁城的"一字之师"！我惊喜地问他："你怎么会在这里？"他解释说："当年您去我们学校支教，给我们讲的内容，就好像是给我们开启了一片新的世界，从此我就对北大特别向往。我2004年高中毕业后，考到中国人民大学国际关系学院外交学系。我今年又考上了北大政府管理学院的研究生，昨天刚报完到，今天就打听到您的办公地点,特意来看望您。我要向您说一声'谢谢'!感谢您当年对我的教导和影响,是您在我的心中播下了追求梦想的种子!没有您的影响,我不可能来到北大!"

晓光的意外到来,以及他的这番肺腑之言,让我大为感动,连连夸奖他真乃一位难得的有志少年,真没有想到我当年"姑妄言之"的讲座,能起到这么大的作用!并进而感慨,像他这样一直为了梦想而精进不止的人,就应该来北大!这种精神和行为,让已为人师的我也有些自愧不如。

晓光走后,我的心情久久不能平静,除了回想起在宁城支教时的很多场景外,也想到了自己来北京大学读书的因缘。那是我在初二暑假时,已经上大学的二姐给我带回来了一本小说《穆斯林的葬礼》,我对其中的爱情故事倒没有多大兴趣,唯独被韩新月高考时只填报北京大学一个志愿的壮举所震撼。看完小说,我对二姐说,以后我也要上北京大学,而且我也要学韩新月,只报一个志愿,非北大不上!小小年纪,口出狂言,让全家人都很吃惊和意外。从此以后,这样的理念让我有了一种"不到北大非好汉"的劲头,更加努力地学习。等到四年后我拿到北大通知书时,首先要感谢的,是我可亲可敬的二姐,还有美丽刚毅的韩新月!我和晓光的经历,真是殊途而同归也!

以后我和晓光一直保持着联系,他还是一以贯之地上进。2011年硕士毕业后,考到中国人民大学中文系,追随刘小枫先生读博士。2016年7月博士毕业后,又回到北大哲学系,追随吴飞先生做博士后。当年带有稚气的翩翩少年,已经俨然成为一名儒雅的青年学者,他的前途肯定不可限量。曹文轩先生曾云:"爬坡"是北大人一个共有的美好意象。揆之以晓光的经历,信然!而我也以能在他开始攀登之前,提供了些许奋斗的力量源泉而倍感欣慰。同时我也在想,在我身边,无论是白发苍苍的老先生们,还是像晓光这样的后来新进,都在默默地奋斗、耕耘、攀登。他们像夸父逐日一般向高远之境攀爬的身影，组成了一股浩浩荡荡、动人心魄的洪流。在这股洪流的冲击、裹挟之下，我又有什么理由懈怠呢？

　　作为北大的一名青年教师，我由晓光以及身边不少人的经历，深切地体会到了北大在世人尤其是青年学子心中的分量，更懂得了为人师者的职责与使命，那就是：除了传道授业解惑以外，还要给学生打开一扇窗户，让他们看到更辽阔的世界和更光明的远景，同时在学生心中播下追求美好梦想的火种，激励他们不断朝着人生的光明之境攀登奋进。正如于鸿君先生所言，教师从事的乃是"超度"人的工作，优秀的教师一定能竭尽全力把他的学生从庸凡卑下之地"超度"到正大光明之境，这才是教师的无量功德。明白了这个道理以后，我但凡登台讲课，或与比我年轻的师弟师妹交流时，都时刻提醒自己，发言不可不慎，要积极向他们传递"正能量"与"好思想"，勉励他们即便外在的环境再不如意，也要"努力攀登不言高"！尤其在为全国各地的中小学生讲授"北大风物与人文精神"时，我常会讲述晓光同学的感人经历，并热情期望也能与他们在北大有类似的重逢！是的，这种美丽的重逢的确是越多越好，越多越促人奋进呐！

2017 年 6 月 27 日

别人的懈怠不能成为我们懈怠的理由[*]

有学生参加工作一段时间后,来向我诉苦:同办公室的小王天天迟到,做工作心不在焉,没有责任心,还在办公室抽烟,从来不考虑别人的感受。可是领导从来都不批评他,同事们也是睁一只眼闭一只眼,听之任之,彼此之间,相安无事。在这种环境下,我每天遵规守纪,认真工作,善待同事,也没有得到领导的表扬和同事的赞可,这样坚持下去又有什么用?何不同流合污,也吊儿郎当起来?

我对他的处境深表同情,对他的困惑深表理解,但又对他的决定深怀忧虑。每一位大学生,都曾满怀热情与理想,离开学校这个相对单纯的环境,进入复杂多变的社会环境,这需要有一个适应和调整的过程。在任何一个工作岗位上,都难免会碰上很多的不如意,不如意的领导,不如意的同事,不如意的工作,不如意的待遇……这似乎是我们每一个人都必须面对的人生难题。但正如柳青先生所言:"人生的道路虽然漫长,但紧要处往往只有几步,特别是在人年轻的时候。"在漫长的人生道路和职业生涯中,我们所从事的第一份工作相当重要。在第一个岗位上养成的观念、习惯和处事风格,将对以后的发展

---

[*] 发表于《北京大学校报》第 1353 期,第 4 版,2014 年 6 月 15 日。

产生很大的影响。无论身处何时何地何岗位，积极的态度、良好的习惯、善良的品行这些"正能量"将会让我们受益终生，与之相反的"负能量"将会对我们的人生贻害无穷。或许一两天、一两个月看不出来，但三年五年以后，其间的优劣高低一定会见分晓。

不论从事什么工作，环境的不如意和别人的懈怠消极，都不能成为我们懈怠和改变自己的理由。记得鲁迅先生说过："哪里有天才，我是把别人喝咖啡的工夫都用在工作上的。"的确，别人喝咖啡并不能成为我们也去喝咖啡而忘记工作的理由。全民追"超女"、搓麻将、"偷菜"、玩微信，不能成为我们盲目追逐时尚丢掉自我个性的理由；宿舍其他同学通宵打游戏，不能成为我们放弃规律作息的借口；办公室其他人的不作为、不上进、不团结，也不能成为我们放松对自己要求的原因。进而言之，周围环境的污浊和别人的坏，也不能成为自己随波逐流甚至变坏的理由。永远坚信并践行"正能量"，保持一颗善良、上进的"本初之心"，不懈怠、不放弃、不气馁、不变质，是我们对自己、对他人、对社会和善友爱的负责态度。流行的短信"你虐我千百遍，我待你如初恋"，虽然略显轻浮，但也可爱动人。

曾国藩教育子弟说："至于'倔强'二字，却不可少。功业文章，皆须有此二字贯注其中，否则柔靡不能成一事。孟子所谓'至刚'，孔子所谓'贞固'，皆从'倔强'二字做出。"可谓参透人生真谛的至理名言。正是凭着这股不同流俗的倔强之气，曾国藩成就了一番让人羡慕的丰功伟绩，最终成为清代的中兴名臣。前几年热播的电视剧《士兵突击》好评如潮，其中的主人公许三多之所以能够从众多士兵中脱颖而出，以愚钝之资成长为一名响当当的好兵，凭的就是"立志拔于流俗"的倔强精神。要做出一番事业来，就必须有此精神作支撑。做学问也一样，国学大师熊十力先生也讲："凡有志于根本学术者，当有孤往精神"。有想法、有境界、有追求的人，总会有些鲜明的个性，甚至与环境、与他人有些不谐之处。但是没有关系，只要我们的追求和做法有价值、有意义，不违反法律法规和社会公德，那就值得去坚持。环境如斯，他人亦如斯，其又能奈我何？

那是不是就一定和"不同道者"划清界限、势同水火呢？显然不是，水至清则无鱼，人至察则无朋。疾恶是一种好的品质，但太甚则往往会伤着自己，更何况，有些时候也并非自己全对，而别人全错。即使我们再英明神武，一旦做了无人愿交、无人叫好的孤家寡人，也是件令人神伤的败兴之事。还是孔夫子的那句老话，见贤而思齐，见不贤而内自省。见到好的榜样，虚心学习，努力向人家靠近看齐，好的东西一定要学习和坚持；见到不好的"典范"，少批评指责，谈得来的，继续做朋友；回过头来，反省一下自己身上有没有那样的缺点，有则改之，无则加勉，岂不皆大欢喜？

前几年，偶然摘抄了萧伯纳的一段话，至今读来，仍然觉得很好："对于身处的现状，人们常怪罪于时运，然而，成功是属于那些主动寻找自己想要的环境，要是遍寻不着，就自己创造的人。"当我们无法决定大环境时，就先从自己做起，不受环境拖累，不为无益之事，踏踏实实地储才待用、精进不止，终有一天，当我们蓦然回首时，一定会发现自己可喜的变化与进步。

与己方便,更要与人方便
——由考试占座而想到的*

记得上学期本师开设的一门通选课期末随堂考试,由我去监考。选课人数很多,座位很紧张。开考后,一名同学晚到,找不到座位。我将其带到一个空座前,示意旁边的同学把自己的衣物从座位上拿开,让这位同学入座。坐着的同学拒绝说:"等会儿会有我的同学过来。"好吧,作为监考老师,我第一次碰到这种情况,虽有些许不快,还是隐忍着给晚来的同学重新找了一个座位。

过了两三分钟,又来了一位同学,也找不到座位。我将其带到另外一个空座前,桌上有后排同学的资料。将要入座时,后排同学制止说:"等会儿会有我的同学过来。"理由和前一位同学一模一样,我听后,有些忍不住了,批评说:"还没见过考试占座的!请把你的东西拿走,让这位同学入座。"后排同学很不情愿地拿走了自己的东西。

考试开始15分钟后,按照学校规定,迟到的同学就不能入场了。而两位同学所说的"我的同学"也未见踪影。一直到考试结束,前面那个同学旁边的座位上,依然堆放着自己的衣物。

---

* 发表于《北京大学校报》第1320期,第4版,2013年6月15日。

当天考试的题目中，有一道是"谈谈你心中的大学精神与北大精神"。我大概看了一下同学们作答的情况，有答独立精神的，也有答创造精神的，也有答服务国家社会的，应该说，都很不错。但想到刚才找座位的过程，我却有点纠结。我坚信，绝大部分同学都是很优秀的，既能言，又能行，既有学识，又有德行。但为什么总有个别同学，能说会写，落实到实际行动中，就会走样呢？尤其是一些细节问题，让人感到言行之间的落差很大。

如果我最后判试卷的话，无论这两位同学的试卷答得如何好，我都会给他们的分数打折扣。为什么呢？有违"德才兼备"的基本原则：一是太自私，太自我为中心，在图自己方便的时候，没有考虑到其他同学的方便；二是不诚实，谎话随口就来，而且理直气壮，让人信以为真；三是不懂得尊重规则，教室是公共资源，不是自己家的客厅，怎能不听从监考老师的安排？

由此而想到之前和学校一位车队师傅聊天时所说的故事。师傅说他当年学车时，老师傅不仅教车技，而且教车品。如果学员靠边停车没有停好时，师傅就会委婉地批评："你把车停成这样，别人怎么停？"这话一直提醒着他，开车停车时时刻刻都要想到别人，所以在北大开车近10年，没有出过一次事故。现在却有很多人是想咋开就咋开，爱咋停就咋停，只图自己方便，哪管别人？所以矛盾就不可避免。

其实不仅是停车和占座位，在很多地方，我们都会看到这样让人揪心的事情。原因就在于做任何事情时，心中只有己，眼中无旁人，有的时候，为了自己，宁可去侵犯他人或公共的利益也在所不惜。钱理群先生将其中的极端者称为"精致的利己主义者"。这样一来，在人们的眼中，"好人"似乎越来越少。

季羡林先生说，"好人"就是考虑别人比自己多的人。王选先生觉得这个标准高，认为"好人"就是考虑别人和考虑自己一样多的人。经历了很多事以后，我觉得王先生的标准还是有些高，要求多数人都达到那样的标准，实在有些困难。我的好人观则是：考虑自己时，也考虑到别人的人，就是好人，也就是于己方便时，与人也方便。这与一个人的学历、智商并没有多大关系，主要考察的是一个人的道德修为。如果做得好，一名没有多高学历的车队师傅也能赢得人们的尊重；做得不好，一位名校的高才生照样会让人们失望。

  我上大学前，我的高中生物老师曾郑重送我"社会三字经"："尊重人"。他还意味深长地嘱咐我，时刻遵循此三字，以后的路会越走越宽，越走越顺。我的理解，这三个字的核心要义，就是要时刻想着别人。真心希望，我们每一个人，在为自己谋方便时，也想想别人，给别人留些方便，不要做得太过，这样于人于己，都有莫大好处。尤其是经常高唱国家民族大义，深负经世济民、示范引领之责的青年学子们，更应该努力做这样"知行合一"的"好人"。

2013 年 4 月 3 日

能量·信仰·改变·梦想
——在北京大学2014年平民学校结业典礼上的发言*

尊敬的孙丽老师,尊敬的各位领导,亲爱的各位老师和同学:

大家晚上好!

能够作为教师代表参加今天的结业典礼并分享自己的心得,我感到非常荣幸。这几年来,在繁重的行政工作之余,为平民学校讲授自己所理解的北大精神,是我每年最快乐的事情之一。看到很多亲爱的兄弟姐妹通过平民学校增长了知识,提高了修养,甚至改变了命运,我真的为大家,更为北大感到由衷的骄傲!北大人真的是在做一件功德无量的大好事。

对于我个人来说,在平民学校的教学过程实际上也是一个教学相长、不断进步的过程,因此我是非常享受这份工作的。几年来,从孙老师、迟春霞老师还有很多老师以及同学那里,我也学到了很多,比如奉献、朴实、敬业、感恩、勤奋等可贵的品行,其间也有很多让我感动的事情。好几次,我从西校门进入,当不知名但却面熟的保安哥哥向我认真地敬礼,并激动地喊我"老师好!"时,我都有受宠若惊之

---

* 发表于《北大教工》2014年第3期,收入本书时略作修改。

感，内心常会涌起一股暖流，当天的心情都会非常之好。这恐怕就是这份工作给予我的最大回报之一吧。在这里，我要特别感谢那几位不知名的保安哥哥，你们的言行让我找到了做这份工作的意义和坚持继续做下去的动力。

在这个特殊的时间和场合，我想跟大家分享自己关于在北大学习和成长的四句体悟：

第一句"**北大是一种能量**"。自建校以来，北京大学一直不忘自己的学术追求和社会责任，积极向全社会传递强大的正能量。这种正能量，就是一种超凡脱俗的精神追求和文化品位。据原中国出版集团总裁聂震宁先生回忆，当年他们从北大毕业时，袁行霈先生给他们做了一个即席演讲。袁先生在演讲中说："北大最大的特点是什么？就是不俗！"这句话一直影响着他的人生追求和发展轨迹。当年我在学生工作部工作时，张彦书记曾对我们讲过："北大人有一个共同的心结，那就是对沦为平庸的忧虑。"这句话与袁先生的观点可谓不谋而合，真是于我心有戚戚焉，一直影响着我的学习和工作状态。人们常说，北大的空气也是养人的，这里的一草一木都富有可以感染熏陶人的灵气，每一位来此求学问道者，都可以从中收获一份沉甸甸的力量。对于在这里学习、工作和生活的人来说，这种能量为我们每个人打开了一扇天窗，能让我们跳出自己的小我世界，看到辽阔而绚烂的星空，让每个人都可以在这浩瀚的美丽空间放飞梦想。北大也从来不缺乏平民情结，这是北大人的职责所在。每一位北大的老师和同学，都愿意努力为普罗大众，当然也包括在座的每一位同学的成长、发展乃至成功做引导，搭梯子，帮扶大家在梦的星空摘下属于自己的那颗星星。正因为北大是一种正能量，作为学习于斯、工作于斯、成长于斯的朝圣者，无论在从事什么样的工作，都应该经常在内心深处告诉自己："北大人就是要不一样！"

第二句"**学习是一种信仰**"。信仰是什么？是一种执着的信念，就是坚定地相信我们信仰的东西，可以给我们带来干事创业的激情，最终带领我们到达理想的彼岸。伟大的先哲孔子曾说过："可以与人终日而不倦者，其唯学乎。其身体不足观也，其勇力不足惮也，其先祖不足称也，其族姓不足道也，然而可以闻四方而昭于诸侯者，其唯学乎。"影响一个人成长成功的因素很多，但在个人成长成才的道路上，最强大的支撑点，应该是学习。人们常说，有意义的人生，应该是活到老，学到老，甚至是学到死。据我的观察，在北大，人们是把学习作为信仰来对待的，人们相信学习可以改变一切。也就是说，这块圣地上，学习、学问是比天还要大的东西。这里的人们很少会向金钱、权贵折腰，也很少会向贫穷、疾病屈服，只会向学习、学问致敬。在这里，我想和大家分享著名哲学家冯友兰晚年拼命著述的感人故事：1980年，已经85岁高龄的冯先生开始从头撰写《中国哲学史新编》。当时他已成为准盲人，就以口授的方式来著述。有的朋友来看望，感到他很累，就对其女宗璞说："能不能不要写了？"宗璞向父亲转达了这份好意，他微叹道："我确实很累，可是我并不以为苦，我是欲罢不能。这就是'春蚕到死丝方尽，蜡炬成灰泪始干'吧！我现在就像一头老黄牛，懒洋洋地卧在那里，把已经吃进胃里的草料再吐出来，细嚼烂咽，不仅津津有味，而且其味无穷！其味无穷，其乐也就无穷了，古人所谓'乐道'，大概就是这个意思吧。"冯先生在生命的最后两年中不能行走，不能站立，起居需人帮助，甚至咀嚼困难，进餐需人喂，有时要用一两个小时。这些都阻挡不了他的哲学思考。他生病住院后对女儿宗璞说："我现在是事情没有做完，所以还要治病。等书写完了，再生病就不必治了。"1990年7月上旬，7册150万字的巨著《中国哲学史新编》终于定稿。这时的冯先生已是心力交瘁，11月26日，这位哲学大师吐尽了他人生的最后一根丝，给世人留下了数不尽的精神财富后，平静地离开了人世。像这样生命不息、笔耕不辍的感人实例在北大比比皆是，所以有人说，只要燕园夜晚的灯光不灭，中国就有希望。前段时间我每天下班后，会在办公室赶写自己的博士论文。好几次，当我在半夜12点带着一身倦意离开燕园大厦，穿行校园回家时，看到实验室、宿舍如星光般的满园灯光时，我就知道，我还不是这个校园里最勤奋、最努力的学生。在这样的环境中，我又有什么理由不坚持下去呢？

第三句"改变从现在开始"。为什么我们要来到这个让人魂牵梦绕的地方？一个共同的原因恐怕都是基于对自己现实处境的不满，因此就有了一个共同的目标：来这里寻求改变，过上一种理想的幸福生活。要想改变世界，首先从改变自己开始。来到北大，从第一天开始，就应该有所改变，养成"每天进步一点点"的习惯，日积月累，气象自然会有变化。古人特别强调"知行合一"，在北大平民学校或者其他课堂上，获得了打动内心的新知新解，就应该落实在具体的行动上，说一尺不如行一寸，感动在当时，改变即随之。在这个过程中，特别需要我们拥有主动的意识和坚持的毅力。北大浩瀚如大海，遨游其中的人，想要达到理想的彼岸，需要如饥似渴地主动汲取她的养分。身处这样的环境，有的人熟视无睹，有的人则是浅尝辄止，而有的人则能抓住一切机会和时间，尽最大努力去汲取这里的知识和能量，不断充实和完善自己。宋代理学家程颐说过："读《论语》，未读时是此等人，读了后又只是此等人，便是不曾读。"理想的状况应该是，读《论语》之前是一种人，读完后就是另外一种人。士别三日，当刮目相看，我想说的是，经过三个月的学习，我们更应该让人刮目相看，成为一个会读书、会学习、有改变的人。也就是说，来平民学校之后和来平民学校之前，身上总得有些正向的变化，能够让人眼前一亮，感觉真是有了北大人的味道，北大人的范儿。这样的北大生活，才算没有白过。

第四句"梦想在明天成真"。我想很多人在年少时都曾是可爱的有梦并努力追梦之人，可随着年龄渐长，事务渐多，世故渐深，我们容易变得因循、消极、抱怨、随波逐流，不再怀揣年少时的梦。人们都说，有梦的人生才有价值和意义。同学们，大家还记得张艾嘉演唱的那首《爱的代价》么？在自己面对挫折和困难，想要打退堂鼓时，我会经常吟唱其中的两句歌词："还记得年少时的梦吗？像朵永远不凋零的花。"我的观点是，人生要有非同寻常的精气神，心中就应该常有梦，尤其是永远都不要忘记年少时的美梦！这是我们的精神寄托，人生有梦则生，无梦则死。不论我们的出身如何，基础如何，职业如何，只要我们不断汲取北大的正能量，把学习作为一种坚定的信仰，锻造出强大的学习力，每天振作精神，精进不止，努力做一实事，明一真理，日积月累，我们的梦想就一定能实现。天下没有白费的努力，有道是功不唐捐，功夫不负有心人！

"北大是一种能量，学习是一种信仰，改变从现在开始，梦想在明天成真"，希望这四句话能够永远伴随大家，给大家带去成长、成功的快乐与幸福。

对于平民学校，我也有一个美丽的梦想：希望我们的平民学校越办越好，越来越出彩；希望从这里走出去的学员生活越来越好，甚至在不久的将来，我们能够在北大优秀校友名录中看到大家的姓名；希望每一位为平民学校做工作的老师和同学都能够永远年轻美丽，健康幸福！也衷心希望学校能继续让我在这个特殊的讲堂上讲下去，为传递北大正能量贡献自己的绵薄之力。不为别的，只为求得内心的安宁，对得起众多师长的教诲，这并非额外的任务，而是我们北大人应当应分的事情。

祝福大家！谢谢大家！

2014 年 6 月 16 日（周一）晚 7：00
百周年纪念讲堂多功能厅

春风起意正年华　汇聚远程谱新篇
——在北京大学现代远程教育2014年春季学期新生开学典礼上的讲话

尊敬的各位来宾、各位老师、亲爱的同学们：

大家上午好！

今天我们在这里欢聚一堂，举行主题为"春风起意正年华　汇聚远程谱新篇"的北京大学现代远程教育2014年春季学期新生开学典礼。在此，我代表继续教育学院对大家的到来表示热烈的欢迎，对一直关心北大远程教育并为之付出辛勤劳动的各位领导、老师和朋友表示崇高的敬意和真挚的感谢！

对于同学们而言，简朴而隆重的典礼标志着你们已正式跨入北大之门，头顶北大的耀眼光环，以北大人的尊贵身份开启人生的新航程。当代著名作家柳青先生曾经说过："人生的道路虽然漫长，但紧要处往往只有几步，特别是当人年轻的时候。"作为同学们的老师和学长，看到你们在人生的关键时刻，选择了北大，满怀期冀和热情，朝着人生的"光荣与梦想"阔步前行，我由衷地为大家感到高兴。借此机会，我想对大家简单介绍一下北大以及北大继续教育学院的基本情况，并和大家分享关于学习与梦想的一些体悟。

在继续教育学院新生开学典礼上为新生致辞

　　北京大学创办于1898年,是我国第一所现代意义上的国立综合性大学,在110多年的历史上,她始终与国家、民族的发展同呼吸、共命运。在人才培养、科学研究、服务社会、文化传承与创新方面发挥了不可估量且不可替代的重要作用。近代以来深刻影响和改变中国社会、文化、经济、科技发展的伟大事件,无不与北大密切相关。悠久的历史,众多的大师,辉煌的成就,使北大成为中国理所当然的最高学府,被誉为20世纪中国文化界的双子星座之一,甚至有"国校"之誉。

　　正因为北京大学有着崇高的学术地位和广泛的社会影响力,与她结缘也就成为五湖四海有志之士心中最炽热的追求与梦想之一。正如中文系谢冕先生所言,"一旦佩上北大校徽,每个人顿时便具有被选择的庄严感"。在很多人看来,"北大学生"是中国青年中最富有精神魅力和最有希望的崇高身份之一,选择并进入北大,就是选择并接近了成功。在座的各位同学,从今以后,大家将拥有"北大人"的共同身份，头顶"北大人"的光环，在人们的期盼中，开拓各自的成功之路。但需要注意的是，北大的光环并不等于自己的光环，自己的光环需要我们以北大的光环为基础，靠自己的双手去打造。

与全日制的本科教学不同，在座的各位选择的是北大网络远程教学体系。网络学习的氛围、方式、特点与传统的面授教育有着很大的区别。从宏观上讲，网络教学是北京大学与全社会共享优质教学资源、服务社会大众、履行社会职责的重要途径之一。老校长周其凤院士的梦想之一就是通过网络开放大学，让所有想上北大的青年人圆了自己的北大梦。因应网络新媒介的飞速发展和社会各阶层的广泛需求，北京大学继续教育系统在各学习中心以及经济学院、信息管理系、政府管理学院等兄弟院系的大力支持下，已经建立起比较成熟和完善的网络教学体系，在全国高校的网络教学中处于领先地位。这就为每一位同学的学习和发展提供了很好的技术支持和外部环境。

2013年1月继续教育学院成立以来，我们更是把不断提高质量、稳步发展网络教育作为学院的重要发展战略之一，努力整合优质资源，加快技术更新，重视科学管理，凸显育人理念，强调人文关怀，开拓网络教育的新格局。我经常讲，网络远程教育的效果取决于三个因素：一是网络等新媒体技术的发展与更新；二是课程的内容与质量；三是学习者自身的学习态度、学习行为和学习能力。前两者属于外因，北京大学一直在不断提高和完善，精益求精，从未止步；后者则属于内因，学习行为是否真正发生，学习效果是否良好，全取决于同学们的自觉自为。纵使有再优质的网络条件和课程资源，如果我们不愿学习，不会学习，我们的成长与进步就只能是痴人说梦。我们虽然拥有了北大人的身份，也终将无法打造出属于自己的北大光环。

那么，我们该如何不虚度几年的宝贵时光，充分利用北大的优质资源，为自己的人生增光添彩呢？我有三点意见和大家分享。

一、明确求学宗旨，立志拔于流俗

古人云，"志不立，天下无可成之事"。北大的金字招牌根基于严标准、高要求、超凡脱俗的教学质量和学术氛围。诸位选择了北大，就要以北大人的身份明宗旨，立大志，成大事。通过不懈的努力，取得优异成绩，获取令人羡慕的北大文凭，这是大部分人的追求。但我希望，同学们还应该更进一步，像北大的本科生、研究生一样，把学习当成一种信仰，一种习惯，一种享受，把学习力当作成长中非常重要的能力来锻炼，把"每天进步一点点"作为人生的常态，立志做一个名副其实、出类拔萃的北大人，而不仅仅是为了混得一纸文凭。这就需要我们珍惜时光和机会，真正为了充实和提高自我、实现人生之梦而奋斗。

自古英雄出少年，英雄也向来不问出身和出处。老北大时期的梁漱溟、钱穆、沈从文诸位先生，从未上过大学，但却通过自学成为著名教授和作家，在中国的思想文化界书写了辉煌的篇章。2013年的一则新闻报道，让拥有北大梦想的人们异常振奋，在过去20年中，北大先后有500余名保安通过自学获得了专科、本科乃至研究生文凭，有的还因此当上了大学教师，用自己的勤奋努力诠释了"知识改变命运"的美好命题。其中有一位保安叫甘相伟，出版了一本书《站着上北大》。他在书中写道："每当我执勤站岗的时候，我的角色就是扮好北大的一名普通保安。站在北大的校门口，每天面对成千上万的人，不管是穷人还是富人，不管是骑自行车的还是开宝马的，当他们从我身边经过的时候，我都一律向他们敬礼；当我脱下保安服，匆忙赶到中文系课堂时，我能够马上安静下来，认真地聆听中华民族浩瀚的文学史，和老师同学们一同展开热烈的交流；当我和农民工的子女一起的时候，我的心总会和他们贴得很近，我不遗余力地向他们传递知识和梦想，告诉他们人的命运是可以改变的，现实的一切都不足畏惧。"在今天这个特殊的场合，我和大家分享这段异常朴实但却震撼人心的话，一定能够对大家此后的学习有所启发。

二、多下笨拙功夫，掌握真实本领

南宋著名学者朱熹曾说过："凡人便是生知之资，也须下困学、勉行底工夫，方得。""大抵为学虽有聪明之资，必须做迟钝工夫，始得。既是迟钝之资，却做聪明底样工夫，如何得！"可以说，古往今来，"聪明人下笨功夫"是取得成功的普遍规律。各位同学要成就一番事业也一定要遵循这个规律。不积跬步，无以至千里；不积小流，无以成江海，没有老老实实的态度，没有坐冷板凳的毅力，没有日积月累的坚持，学习就不可能取得优异的成绩。在北大的优良学风中，前贤把勤奋置于首位，排在"严谨、求实、创新"之前，实在是非常科学和精辟的。

在这里我想和大家分享美学大师朱光潜的感人故事。朱先生在"文革"期间处境艰难，家人多次劝他"放弃"学术事业。他回答说："有些东西现在看起来没有用，但是将来用得着，搞学术研究总还是有用的。我要趁自己能干的时候干出来。我不搞就没有人搞了。"晚年的朱先生不顾年高体衰，仍然潜心学术，勤于笔耕，视著述为生命。他经常对人说："我虽然老了，可是要做的事情很多，必须抓紧时间一件一件完成。"1981年，他在上海出版的《美学文集》作者说明中写道："'春蚕到死丝方尽'……只要我还在世一日，就要'吐丝'一日，但愿我吐的丝凑上旁人吐的丝，能替人间增加哪怕一丝丝的温暖，使春意更浓也好。"从1980年春到1983年底，朱先生倾其暮年之力，完成了他最后一部翻译巨著——意大利哲学家维柯的《新科学》。书稿完成时,他的体重只剩 35 公斤,很快就病倒了。在三年的翻译过程中,他每天从早上 8 点到下午 5 点,除了吃中饭,他不离书桌不下楼。夫人和女儿嗔怪他:"简直着了维柯的魔了!"他的小外孙说得更形象:"和外公讲什么他都听不见,一讲维柯,他就活了!"

同学们都是在繁重的工作之余读书学习,有的还有家庭事务的负担,困难之多可想而知;但我想说的是,与朱先生当年的处境相比,我们面对的这些困难又能算得了什么呢?不论从事什么工作,环境的不如意和别人的懈怠消极,都不能成为我们自己懈怠,放松对自己要求的理由。希望大家每天想想北大的前贤和今天的榜样,少打些游戏,少逛些街,少淘些宝,少些无益的应酬,少些没有必要的闲谈,每天振作精神,咬紧牙关,挤出时间多读书、多学习,精进不止,储才待用。虽然苦些累些,但结果一定会像胡适老校长讲的那样:"朋友们,在你最悲观最失望的时候,那正是你必须鼓起坚强的信心的时候,天下没有白费的努力,成功不必在我,而功力必不唐捐。"

三、践行北大精神,做"外未名而内博雅"的北大人

在北大未名湖的北岸,依次坐落着"德才均备体健全"七个古朴典雅的斋楼。对这一组建筑的命名,体现着人们对北大学子德才兼备、智勇双全的殷切期望。我衷心地希望,每一位北大学子,除了在学业方面有所成就以外,还应在品德人格方面引领时代潮流,成为社会大众的优良表率。在日常的学习考试中,从细节和小事做起,严于律己,不做,也不屑于去做有损个人和学校形象声誉之事。在工作岗位上,通过在北大的学习,应该有些积极的正向的改变,真正体现出北大水平来。这就需要我们努力践行北大精神。

爱国、进步、民主、科学是我们的优良传统,勤奋、严谨、求

实、创新是我们的优良学风。社会活动家许德珩先生将北大精神总结为负责的精神，是一种为国家人民去干，干了又能担当的精神。马寅初先生将其总结为"牺牲主义"：为了国家和民族的命运，虽然刀和斧头架在自己的脖子上，也丝毫不为所动的"牺牲主义"。我则将其总结为"外未名而内博雅"：不注重外在的修饰和名气，显得异常朴素安静，而在学问、品德、人格方面如博雅塔一般伟岸、峥嵘和刚毅。这真是一种"轰轰烈烈的静"。比如"两弹一星"元勋之一的邓稼先先生。一次爆炸试验失败后，为了找到原因，必须有人到原子弹被摔碎的地方找回重要部件。邓先生说："谁也别去，我进去吧。你们去了也找不到，白受污染。我做的，我知道。"就穿了简易防护服，像烈士走上刑场一般，凛然而大无畏地走进原子弹摔碎的地区，很快找到了核弹头，用手把它捧着，走了出来，最后证明是降落伞的问题。他生前，曾有不少人问过："原子弹成功后，你得到多少奖金？"他总是笑而不答。直到1986年6月病危时，杨振宁到医院去看望，提起此事，他才说："原子弹10元、氢弹10元。"杨振宁又问："不开玩笑？"他回答："是真的，不开玩笑。"在他去世前不久，组织上为他个人配备了一辆专车。他只是在家人搀扶下，坐进去并转了一小圈，表示已经享受了国家所给的待遇。他去世后，国防科技成果办公室曾经为他追授奖金3000元，他的家属又把这些钱全部捐给了九院的科技奖励基金会。他在临终前留下的话仍是如何在尖端武器方面努力，并叮咛："不要让人家把我们落得太远……"像邓先生这样的人，就是北大"外未名而内博雅"精神的最佳诠释者。他是北京大学脊梁式的人物，永远值得我们景仰和学习。

同学们，无论是怎样一种表述，北大精神都是为我们在北大求学问道、健康成长、顺利成才提供精神养料的力量源泉。所以，我建议大家在学习科学文化知识的同时，也多了解和学习北大的历史传统和精神内涵，尤其是多了解和学习北大前贤的感人事迹。不断用北大精神熏陶自己，激励自己，提升自己，无论身处天南海北，都能做堂堂正正的北大人，拥有不同流俗的北大气象。另一方面，也希望大家在工作、学习生活中多关心支持北大的各项事业，多向社会传递北大的"正能量"与"好思想"，像爱护眼睛一样爱护北大的声誉，像珍惜生命一般珍惜北大的光环。

老师们、同学们，"北大是一种能量，学习是一种信仰，改变从现在开始，梦想在明天成真"，这是我经常和继续教育学院学员、学生分享的四句话。作为北大继续教育学院的老师，我有一个强烈的愿望：就是让我们的每一位同学都能借助网络这个平台，坚定信仰学习的价值，汲取北大的正能量，在北大这块沃土上日新其境，茁壮成长，实现人生的华丽转身，开启人生的光彩新篇。我相信，我的愿望一定能在大家身上得到兑现，因为我们共同拥有并珍惜着北大人的百年光环，也因为我们都有着打造自己人生光环的光荣与梦想！

最后，衷心而真诚地预祝各位同学学业有成，梦圆北大！

谢谢大家！

2014 年 3 月 16 日上午 9：00

电教 318 教室

为自己和国家描画更美丽的图景
——在北京大学现代远程教育 2015 年秋季学期新生开学典礼上的讲话

尊敬的各位老师、亲爱的同学们：

大家上午好！

在秋高气爽的时刻，我们又在美丽的燕园迎来了一批为了"明天更加美好"而求学上进的学子。看到同学们克服众多困难，满怀信心和希望地开启在北大的圆梦之旅，我们由衷地感到钦佩。相信大家能够通过几年的认真学习，收获一份沉甸甸的成果，让自己的人生境界再攀新高。在今天这个特殊的典礼上，我谨代表继续教育学院对在座的以及在电脑前收看直播的 2015 级全体新同学表示热烈的欢迎！并对关心、支持我校现代远程教育事业，为大家的学习生活添砖铺路、付出辛勤劳动的各位领导与老师深表由衷的敬意和谢意！

"雄关漫道真如铁，而今迈步从头越。"同学们，人生一世，能在成长的道路上，尤其是在人生的紧要关头与北大结缘，是一件非常幸福的事情。1999 年以来，北京大学通过网络平台，让众多有志青年的"北大梦"变为现实，使他们的人生轨迹发生了积极的改变。今天，各位同学也将像你们的师兄师姐一样，头顶北大历代先贤打造的耀眼光

2016年与广东"圆梦计划"毕业生合影

环,奔向人生更加美丽的"光荣与梦想"。所以,对于大家来说,今天将注定是一个特殊的日子。

今天的开学典礼,其实也是大学的入学第一课。在这个特殊的时刻和场合,我想作为大家的老师和师兄,说几句共勉的话。

一是明确求学宗旨。与全日制的本科生、研究生可以全身心地从事学习和研究不同,大家基本上都是在繁重的工作和家务之余选择来北大读书,还记得去年我去广东中山和惠州参加"圆梦计划"的开学典礼时,看到好几位学员带着自己几岁的小孩来参加开学典礼,让人异常感动。这种"半工半读"的学习方式,自然会给我们带来多方面的挑战与压力。尤其是大家选择的是北大这样在培养人才、学术研究方面一贯坚持高标准、严要求的学校,其困难程度可想而知。我想大家在选择报考北大时,一定考虑过这个问题。但为什么最终还是选择了这条道路?具体言之,是为了拿到一张"得来要费大工夫"的北大毕业证和学位证。深入言之,则是为了寻求改变与进步,用北大的"正能量"充盈和提高自身,在人生的逐梦之旅上留下光辉而美丽的印记。在我接触的学生中,有人是因为升职、创业等现实需要而选择北大,有的同学则是因为从小就有北大情结、对学问有天然的爱好追求才来到这里,这样的选择理由都非常值得肯定。但也的确存在着为混一纸文凭而来者。我特别希望大家在学习的几年中,一定不要忘记或模糊了自己选择北大的本心和初衷,经常要问问自己"究竟为何而来""究竟要带何而去"这两个最基本的问题,并争取找到正确的答案。

二是珍惜宝贵机会。我有幸参与过北大本科和研究生的招生工作,深知进入北大读书的不易。我在陕西省招生时,高考分数出来后,基本上就形成一个惯例,文科、理科只分别从全省的前50名和前100名中选择。这个名次之后的学生无论分数多高,恐怕都和北大无缘,真是几家欢喜几家愁。几乎每年都能看到因为差一两分不能被北大录取而流泪痛哭、向招生老师苦苦请求的学生与家长。在全日制的教学体系中，能否考入北大，对每一位学生而言，都是一次异常残酷的考验。与之相比，网络学历教育面向成人的特殊教育性质和"宽进严出"的教育方式，则为已经参加工作的同学提供了进入北大接受系统学习的"捷径"，与很多同龄人相比，大家应该算是被北大选择的"幸运儿"。几年来，继续教育学院一直坚持"有教无类，一视同仁"的办学理念，聘请学校各个院系的优秀老师来录制网络课程，请优秀的硕士生、博士生担任大家的助教，在网络答疑课堂上与同学们互动，花大力气不断更新和完善网络平台；学院负责技术、教务的老师经常坚守在第一线，希望把和在校本科生一样优质的课程带给不能到北大课堂来学习的各位同学。但外在优良的环境和条件，如果不和大家自觉的努力相结合，就无法发挥其应有的作用。希望大家珍惜这个来之不易的机会，科学合理安排时间，处理好工作、家庭和学习的关系，做好几年的学习规划，争取获得优异的成绩和完美的结局。

三是保持自信状态。 应该承认，从知识基础尤其是理论体系来讲，大家的确和北大全日制的本科生有一定的差距。但书本知识之外，还有更广阔的实践天地，大自然和社会才是最广阔的大学课堂。古往今来，无论东西南北中，也不论党政军民学，英雄向来不问出处。只要我们能够立志拔于流俗，选择适合自己的人生道路，采用科学有效的方法，并付出艰辛的劳动，就一定能达到人生的巅峰状态。在北大历史上，从来都不乏靠自学成才甚至是成大才的榜样，像钱穆先生、梁漱溟先生、沈从文先生，就是其中的杰出代表。另外，人们常说，北大的空气也是养人的。前两年的一则新闻报道为这样的说法提供了一条佐证：在过去20年里，北大保安队有500余名保安考学深造，有的考取大专或本科学历，有的甚至考上重点大学的研究生，有的毕业后当上了大学老师，有的还出了书，圆了自己的作家梦。每当看到、听到这样的事迹时，我经常会想到宋代学者陆九渊的一句话："人须是闲时大纲思量：宇宙之间，如此广阔，吾身立于其中，须大做一个人。"的确如此，任何人要成就一番学问和事业，都应该具备这样奋发有为的大志向、大格局。

四是养成刻苦习惯。我小时候看《西游记》，经常想，孙悟空本领那么高强，一个筋斗就可以翻出十万八千里。他如果背负着其师唐三藏去取经，来回可能就是几个钟头的事。可为什么还要让他们师徒几人跋山涉水，斗妖降魔，历经八十一难，才求得真经、修成正果？随着人生阅历的不断增多，才发现自己当年的想法是何等的幼稚。任何一项伟大的事业，都不可能是一蹴而就、轻飘飘地获得成功的。"聪明人要下笨功夫"，应该是一条放诸四海而皆准的真理，也是达到成功彼岸最重要的途径。当然，成功需要机遇，也需要天赋，有时还得有好父母，但对大多数人来说，最主要的还是靠刻苦。什么是刻苦？我的答案就四个字："刻意吃苦。"为了自己心中的梦想而刻意付出比别人多得多的时间和血汗，在别人看来是特别艰难困苦的事，但在我看来，却是苦中有乐趣，苦中有追求，苦中有价值。大家在繁忙的工作之余，要完成北大的学习任务，获得北大的毕业证和学位证，并不容易。在经历了入学的喜悦以后，接下来陪伴大家的必定是长期而略显枯燥的学习过程。这需要大家做好受苦受累的各种准备，如果能够正确对待，这一定会成为一种"累并快乐着"的充实之旅。每天比别人少睡一个钟头，少淘一个钟头的宝，少看一个钟头的电视，见缝插针地挤时间，一步一个脚印，扎扎实实地听课、做作业、写论文，按时完成每天、每月、每学期的学习任务，就一定能够得到理想的成绩。当你疲惫、懈怠、失望甚至要打退堂鼓时，就唱起那首名叫《真心英雄》的老歌吧："把握生命里的每一分钟，全力以赴我们心中的梦。不经历风雨怎么见彩虹，没有人能随随便便成功。"

五是敬畏基本规则。无规矩不成方圆，国有国法，校有校纪，家有家规，人有人品。一个人无论身处何时何地，要想站得稳，行得通，走得远，都得遵循最基本的规矩。北京大学崇高的学术地位，既是由她"思想自由，兼容并包"的学术传统造就的，更是由她"高标准、严要求"的学术规则所造就的。继续教育学院自成立以来，一直努力坚守"北大标准"，在学风考纪等问题上，始终坚持"严格管理"的基本原则不动摇，并不会因为学生身份的特殊和学习方式的不同而放松要求，对违反校规校纪的行为，历来都是严肃处理，绝不姑息。进了北大门，就是北大人，希望大家从今天开始，就要始终牢记自己"北大人"的特殊身份，自觉维护北大的学术声誉和个人的美好形象，在刻苦学习、奋发有为的同时，树立坚定的规则意识，守住做人做事的底线，敬畏并遵守学校、学院的各项规章制度，不做甚至不屑于做任何有违北大校规校纪和社会公德的任何事。我近来看历史文献记载，对当年黄埔军校大门上悬挂的对联印象十分深刻：上联是"升官发财请走别路"，下联是"贪生怕死莫入此门"，横批"革命者来"。我参照这副对联，也送大家一联：上联是"有梦想认真学习请选北大"，下联是"混文凭藐视规则莫进此门"，横批"好学者来"。开学典礼之后，学院会组织大家学习校规校纪，并安排老师给大家做学术道德和规范方面的讲座。在这里，我真诚并严肃地向大家提出两条最基本的要求：一是作业不抄袭，二是考试不作弊。希望大家毕业时，在学业和人品两方面都向你们的母校北京大学提交满意的答卷！

  同学们，明确求学宗旨，珍惜宝贵机会，保持自信状态，养成刻苦习惯，敬畏基本规则，只要大家在北大学习期间，持之以恒地做到这五点基本要求，就一定能在毕业时收获到意想不到的成果，为自己的修身、齐家、立业之路提供源源不断的力量源泉。但对真正的北大人而言，仅仅做到这一点还不够，因为北京大学作为中国的"国校"，她的每一位师生都有"以天下兴亡为己任"的崇高责任和历史使命。

  大家知道，今年是中国人民抗日战争暨世界反法西斯战争胜利70周年，昨天恰好是9月18日，是全体中国人民永远不能忘记的国耻日。而北京大学作为"戊戌变法"的唯一仅存硕果,在一定意义上,也是国人知耻后勇,奋发图强,谋求复兴大业的文化圣地。117年来,这所学校一直为国家和民族承担着两大职责:一是为国家培育现代精英人才,努力实现教育兴国、民族复兴之梦;二是代表中国大学在世界名校中争得一席之地,为人类文明的发展做出自己的贡献。即便是在抗日战争时期,北大也没有忘记和丢掉自己的使命与责任。当时,北大与清华、南开三校南迁昆明,成立西南联合大学,在战火纷飞、国难殷忧的艰苦条件下,全体师生同仇敌忾,弦歌不辍,书写了中国现代高等教育史上最悲壮又最辉煌的一段历史,激励着一代又一代的北大人勇往直前,奋斗不已。"千秋耻,终当雪;中兴业,须人杰。"在今天实现"中国梦"的伟大进程中,每一位北大人都应该时刻铭记先贤的殷切期许,在独善其身的同时,利用好从北大汲取的"正能量",为家庭、为社会、为国家和民族,做好表率,贡献力量。当几年后大家从北大毕业时,一定不要忘记了北大人的家国情怀,在事业有成时,丹心一片,还待天下人!

同学们,此是圣地好问学,书读燕园人博雅!未来充满鲜花和霞光的康庄大路,正在诸位的脚下延展开来。希望大家充分借助北京大学网络教育这个广阔而便利的学习平台,仰望星空,志存高远,脚踏实地,阔步前行,在奋斗的路途中,为自己和国家的未来,描画出更加美丽的图景。

最后,衷心祝愿大家学业有成,梦想成真!在中秋节、国庆节即将来临之际,我也真诚地祝愿大家双节快乐,阖家幸福!

谢谢!

2015 年 9 月 19 日上午 9:00
北京大学电教 314 教室

在《北大青年研究》杂志编委会 2011年全体会议上的发言

尊敬的各位领导、编委、老师、同学：

大家上午好！非常荣幸能够作为《北大青年研究》杂志优秀编辑代表发言。今天我想结合自己的实际工作向大家汇报四点认识：

第一，一个平台的重要性。 从2007年至今，我担任杂志兼职编辑已经4年，由我责编的文章已近50篇。几年来，我最大的感受是，由张彦副书记、副校长和各位领导、各位编委细心呵护、倾力经营的这本杂志，为北大全体学工干部，尤其是青年教师的成长与发展提供了难得的平台。借助这个平台，我们开阔了知识视野，夯实了文字功底，提高了理论修养。我们在为杂志的成长而倍感欣喜的同时，也深切地感到：杂志整体水平的提升带动了我们每个人的成长。作为其中的一名受益者，我要在这里向各位领导说一声：谢谢！

第二，一种意识的可贵性。 即责任意识。从大的角度来讲，我们是为了北大，为了北大青年以及青年工作而服务；作为编辑，如果没有强烈的责任感，没有对青年和青年工作的挚爱，是根本无法做好这项工作的。从小的方面来讲，我们要对每一篇文章高度负责，大到文章的立意和结构，小到对一字一句的斟酌，都要认真思考。豫剧大师常香玉曾云："戏比天大。"我的老师教导我说："课比天大。"作为编辑，我则要说:"文比天大。"

第三,一种习惯的必要性。即不断学习的习惯。社会的发展,思潮的变迁,青年的成长,学校中心工作的不断推进,学生工作科学化、精致化的工作目标,都要求我们时时处处保持一种学习的状态。我常对学生讲,一个人可以长得不帅,但不能没有精气神;一个青年人可以什么都没有,唯独不能没有学习的上进心。编辑要集"杂家"与"专家"于一体,这一职业特征决定了我们更需要养成不断学习的习惯。学然后知不足,从这个意义上讲,获得优秀编辑荣誉更多的是对我们的鞭策。

第四,一种价值追求的终极性。20世纪中国最伟大的出版家张元济先生有诗云:"昌明教育平生愿,故向书林努力来。"他的人生经历表明,编辑工作虽然是为他人作嫁衣裳,但却拥有不可替代的价值,因为这是一项将思想与智慧的社会功能最大化的工作。由于身处北大这样的思想宝库和学术圣地,我们的工作就更加非同寻常。正因为认识到了这一点,几年来,我虽然经常是在做好本职工作之余,加班加点完成编辑任务,但我从来都是处于一种"累并快乐着"的状态。

我想借用张先生的诗意,作七律一首,作为我今天的结束语,并与编辑部的同人共勉:

《北大青年研究》编事述怀

昌明教育平生愿,故向书林努力来。
良玉精雕须圣手,孺子可教仗群材。
芬芳桃李春风化,锦绣文章编者裁。
墨海笔耕存至乐,杏坛垂教有吾侪。

最后,衷心祝愿各位领导、各位老师新年快乐,万事如意!衷心祝愿《北大青年研究》百尺竿头,更上一层。

谢谢大家!

育人应是研究生导师的首要职责 *

近些年来,由于"以科研项目带学生"培养模式的日渐增多,导师与研究生的关系也逐渐发生着变化。一个明显的变化就是,研究生称导师为"老板"、导师"老板化"的现象越来越突出。在这种称呼变化的背后,反映出来的现实问题是,原本饱含深情的师生关系已经逐渐向简单的雇佣与被雇佣关系转变。正如我国首份《中国博士质量调查》中所描述的最近十年来高校的转变:"师生间促膝畅谈、齐头攻坚的情景不再,取而代之的是研究生对导师的劳动力输出,包括学生帮老师整理事务性文件、清理杂物。师生关系渐行渐远。"

以科研项目的方式培养学生,有其科学性和必要性。但这仅仅是培养方式的变化,并不意味着导师身份和师生关系的本质变化。"导师"变"老板",当然与高校现行的考核机制、整个社会环境的功利思想等外在因素相关,但更重要的原因,则主要是导师本身"育人"理念的淡化。针对这一现象,中国科学院院长兼研究生院院长白春礼院士明确指出:"必须从理念上明确,学习优秀应该给予相应的奖学金鼓励,对科研项目的完成做出了贡献,也应该给予相应的助研津贴。但

---

* 发表于《中国研究生》2012 年第 8 期,获第八届北京市高教学会研究生教育研究会优秀论文二等奖。

这一切必须服从于'育人'的办学宗旨，而不是'用人'的简单酬劳。"杨芙清院士在北京大学 2012 年度研究生教育专家研讨会上也指出，对于研究生，导师的主要工作应该是"培养"，而不是"使用"。让学生参与科研项目，其主要目的应该是通过项目来培养学生，而不仅仅是为了完成项目。也即培养学生是第一位的，而完成项目则是第二位的。笔者的理解，无论培养模式如何变化，研究生的成长成才依旧是导师永恒的首要职责。无论何时何地，导师的第一身份永远都是崇高而温馨的"师者"，而不是也不应该是世俗且冷冰冰的"老板"。

将导师称为"老板"，这其实是把纯洁的师生关系庸俗化、功利化的表现，也是对导师身份与职责的极大误解。2009 年度国家最高科学技术奖获得者谷超豪，一直认为培养学生是他"最开心的事"，并公开反对学生叫导师为"老板"："在教育领域里，不能搞'按劳取酬，等价交换'这一套。师生之间不是雇佣关系。选择做教师，就是选择了责任和奉献。"师者，传道、授业、解惑也。教师作为一种高尚的职业，一直被视为"人类灵魂的工程师"，是向学生传授文明之道与立身之业、解答人生和学业之惑的"经师"与"人师"。人们以蜡烛、粉笔、蜜蜂、园丁等崇高而美丽的词汇称赞教师，就是因为看重教师的奉献精神和育人价值。

"学校教育，育人为本。""教书育人"是所有教师的首要职责。北京大学荣获首届"全国教书育人楷模"荣誉的姜伯驹院士，作为国际拓扑学领域首屈一指的专家，70 岁高龄时仍坚守在教学第一线，为本科生和研究生开设课程。他常强调他的职业是"教师"，育人是他的第一职责，并常说："我首先是一名教师，其次才搞一些研究。"在大学校园中，无论是本科生，还是硕士生、博士生，其学习阶段和群体特征虽有变化，但作为"学生"的共同身份并没有变化。既然是学生，那就要对其进行科学有效的培养。就研究生的培养来讲，导师应是首要责任人，这是由导师在研究生培养体系中的特殊地位和角色决定的。作为研究生学术道德的楷模、科学研究的引路人、思想交流的朋友、就业与深造的顾问，每一位研究生导师都有责任、有义务把学生打造成全面发展、有益家国的栋梁之材。只有培养出一批批品学兼优、可堪大用的优秀研究生，导师自身的价值才能真正体现出来。

既然育人是研究生导师的第一职责，接下来的问题就是：导师应该育什么样的人？培养出什么样的研究生才是切实履行了自己的职责？关于这个问题，目前很多人在认识和实践上也存在误区。最为突出的就是"唯科研成果而论""以写论文、拿学位为唯一目标"的培养导向。常见的说法是"只要有论文，有著作，有成果，别的都可不论"。甚至有的导师还认为，研究生走出课堂、图书馆、实验室后，参加必要的社会实践或社团活动都是"不务正业"。这些认识归结到一点，就是"重教书而轻育人"，这实际上是有很大偏颇的。作为导师，应该树立一种全面的培养质量观，在研究生的学术和人生方面，充分发挥引导、向导、指导的作用，让学生德才兼备、全面发展，而不能仅仅讲求科研能力与学术素养方面的培养。只有通过全面的培养和历练，既重视"教书"，又重视"育人"，才能使研究生不仅"成才"，而且"成人"，从而懂得学术之真，人生之善，生活之美。

在这一方面，老一辈学者的做法值得借鉴和学习。南京大学已故著名学者程千帆先生生前带研究生时，就特别重视对学生全方位的培养，尤其重视对德行的要求。他曾对自己的博士生严肃地提出："我们非常重视博士生的培养，因为你们将来就是我们的接班人，所以必须要求你们品学兼优。除了搞好学习之外，对你们的行为也要十分注意，我不允许你们有任何一点叫人看不上眼的东西，任何一方面都要恪守校纪、法纪，私人生活要注意。……中国古代论士，先器识，尔后文艺，'行有余力，则以学文'。总之，道德品质非常重要。"另据程先生的学生徐有富先生回忆，程先生初次与他和几位同门研究生见面时，就强调："你们的思想、学习、生活我都管。"谈话结束时，还送他们八字箴言："敬业、乐群、勤奋、谦虚"。正是在这种理念的指导下，程先生培养出了一批优秀的后起之秀，"程门弟子"也因此成为让当代学术界刮目相看的一支学术力量。

在具体的方法上，研究生导师又该如何育人呢？笔者以为，以下三点基本思路可供参考。

一、以身作则，言传身教

大学学科特点的不同，导师风格、研究生个性的差异，都决定了导师育人方式必然是多种多样，无有定论。但无论如何，最基本的"以身作则、言传身教"应该不能忽视。孔子云："其身正，不令而行；其身不正，虽令不从。"这一论断，用在导师培养研究生方面十分恰切。模仿学习理论也认为，学习是通过模仿过程而产生的，即一个人通过观察另一个人（榜样）的行为反应而学习了某种特殊的反应方式。导师作为研究生的领路人和指导者，其学识、品行以及言行方式会对其研究生产生不可忽视的影响。宋德发在《研究生导师要做的十件事》一文中特别提到，导师在培养学生中要做到"以身作则"："研究生不仅要听导师是怎样说的，更要看导师是怎样做的。导师天天要求学生要多读书、多写文章，要热爱学术，可如果自己一转身就去喝酒唱歌，桑拿足浴的话，恐怕大道理讲得再多也没有多少分量。"很难想象，一个学识不足、品行有亏、教导无方的导师能带出德才兼备、品学兼优的优秀学子。林建华曾指出，现今国内大学普遍面临的一个突出问题是："大学精神和价值的迷失，正导致教师队伍浮躁风气盛行和人格扭曲，不仅使学生丧失了独立精神和批评的勇气，也致使大学的公信力受到伤害。"从这个意义上讲，在今天这样的情势下，研究生导师其实并不容易当，不仅要不断充实自己的学识，及时更新自己的知识体系，而且还要抵制校园内外的各种不良风气,在学识和德行方面为研究生乃至全社会树立很好的楷模与典范。正所谓"学高为师,身正为范",导师的职责,可谓重矣!

二、倾注热情,多方教诲

导师要发挥其育人作用,就必须在培养学生方面讲点奉献精神,多点责任意识,付出足够的时间,倾注应有的心血,让学生有机会、有时间实现"从夫子游"的愿望。在师生相处的过程中,除了实验室、课堂中的正式交流外,随时随地的教育和辅导也十分重要。但是现实中,研究生导师"身份太多,分身无术;时间太少,分配无方;学生太多,难以辨认"的情况并不少见。迫于高校当前"重科研而轻教学,重学术而轻育人"考核体系的压力,很多导师把主要的精力都放在了申报课题、发表论文、评奖评估方面,投入到学生身上的精力和时间无法得到保障。而且由于有些导师名下学生太多,和学生交流的机会少之又少,只好由助手或者高年级的研究生带低年级的研究生。有的导师,则仅仅以做课题、完成项目的方式带学生,把任务交给学生后,不询问过程,不提供方法,不关心生活,只问最终的成果,俨然把学生当成了"干活"的受雇者和完成科研任务的廉价劳动力。像这样的培养模式何谈"育人"?其实,理想中的导师,除了以项目的方式带学生之外,定期的师门沙龙、开书目、讲方法、提要求、批论文、做检查以及单独的约谈,样样都不应该少,这就自然需要导师有所付出。

三、勤教严绳，宽严相济

优秀而负责的导师一定是把勤于教诲同严格要求紧密结合的教育者。他们一定能够做到"宽严相济"，把握何时何事可宽，何时何事必严的尺度。最基本的原则应该是，在生活、工作、身心健康方面应如待亲子弟一般，倾注热情与关怀，体现"煦煦春阳的师教"，而在学业、科研与德行方面，在悉心指导的同时，应该毫不苟且，讲求基本的原则和纪律。据罗尔纲先生回忆，当年他进入胡适先生师门后，在享受胡适先生生活上无微不至的关怀的同时，也得到了严格的学术训练。他刚进师门，胡适先生就以"不苟且"三字教训他，并曾对他写的一些文章提出了非常严厉的批评。就是这种又温暖又严厉的师教，让他受益匪浅，最终成为当代著名的大学者。他在《师门五年记》中深情地说道："适之师教训我常常如此的严切。他的严切，不同夏日那样可怕，却好比煦煦的春阳一样有着一种使人启迪自新的生意，教人感动，教人奋发。"杨芙清先生也提到，曾有一位学生的论文一直没有通过，十分痛苦，请求她通融，"放他一马"。但杨先生很坚决地说，我可以帮助你完成论文，这是我的职责所在，但是绝对不能随便"放你一马"。最终这位博士生只能在没有拿到学位的情况下出外就业。这些例子都证明了"师道尊严"的必要性和重要性。与之形成鲜明对比的是，在工作中，笔者也曾接触过这样的案例，研究生由于学术道德失范或行为违纪而受到处理时，导师不是积极配合，而是曲为之说，不仅没有起到好的教育作用，还对处理工作起到了消极的阻碍作用。毋庸置疑，这样的处理方式对研究生的长远发展显然是非常不利的。

一分耕耘，定有一分收获。实践也证明，如果导师真正把"育人"作为自己职业生涯中的第一职责去履行的话，也一定会获益甚多。我们常说"教学相长"，在导师培养学生的过程中，在与研究生的深入交流中,导师并非单一的"传播者",而是很有可能作为"接收者",受益良多,比如可以吸收最新的学术信息,启发自己的研究思路,积累更多的育人经验。在信息量无限膨胀、知识更新速度加快的今天,青年学生在"教学相长"中的作用会越来越明显。另外,更为重要的是,"一日为师,终身为父",导师如果真正懂得并愿意真心育人的话,他一定会被其研究生视为自己终身的学问之师、人生之师,从而培育和熏染出真挚而感人的师生情谊。以笔者所见,在每年的研究生毕业典礼上,优秀研究生代表发言时,都会用很大的篇幅深情地感恩自己的导师。在每一篇优秀博士论文的后记中,都能读到学生感激导师的感人话语。此种情感在今天这样的社会环境下,尤其显得珍贵。而这,也绝非老板与员工之间的关系所能相提并论的。

当然,客观地讲,导师"育人"作用的充分发挥,并非导师一人之事。一些导师变成"老板",无心或无暇"育人",在一定程度上也是外在的社会风气和高校的评估机制使然。但这并不能意味着导师可以推卸应有的责任。是否能够发挥"育人"作用,决定因素还在导师自身,因为这基本上是一个"不愿为"而非"不能为"的问题。丹麦哲学家索伦·克尔凯郭尔说:"你怎样信仰,你就怎样生活。"如果坚信自己是"导师"而不是"老板",即便是受到再多外在因素的制约,导师也一定会"咬定青山不放松",保持并维护好自己为人师者的身份和尊严。

总而言之,导师教书育人,实在是天经地义,功德无量。在今天的大学校园里,我们迫切需要的是可敬可畏又可爱的"导师",而不是所谓的学界"老板";在今天的研究生教育中,我们依然要首先大讲而特讲的,应该是认真地"育人",而不是简单的"用人"!

2012 年 6 月 11 日

做"亮"工作的五对关系*

在日常工作中，我们经常会遇到这样的现象：同样一份工作，交由不同的人去做，或者同样由一个人去做，由于工作态度和方法的转变，工作的效果会有很大的差别，这自然会产生高下优劣之别。笔者认为，从一个人完成工作任务的态度和效果来看，可以将其工作境界分成四个层次。

一是"拖"。领到工作任务以后，不思考，不落实，或者明知应该做，却一拖再拖，在规定的时间内，没有完成任务，也不及时说明和汇报。这种拖沓、懒散的工作作风，是一种没有责任心的表现。其结果，只能是误人误己误大局。

二是"粗"。虽然在规定的时间内"完成"了任务，但却是披头散发，粗制滥造，存在不少漏洞，把后续的问题和困难都甩给别人，后患无穷。其目的很简单，就是"做完了就好"，至于"做得好不好"，则不是自己所考虑的问题。这也是一种应付差事的表现。

三是"慢"。比规定时间稍晚一些完成工作任务，完成质量还不错。这种工作状态要进行辩证的分析。对于大部分时效性比较强的工

---

* 以《做"亮"办公室工作的"四对关系"》为题发表于《办公室业务》2013年第4期。后来根据工作经验补充为"五对关系"，并多次为党政干部讲授。

2014年在继续教育学院理论培训会上发言

作,慢显然不好,往往会误事;对于个别时效性不强且需要投入大量人力物力的工作,则可适当放宽期限,比如在撰写大部头的学术专著时,就急不得。"一年磨十剑"的"急就章"显然比不上"十年磨一剑"的"慢功夫"。

四是"亮"。不仅按时完成了工作任务,而且完成得质量还非常高。有时拿出的工作成果,会出人意料的好,让人眼前一亮。也就是当别人对我们的期望值为100时,我们做出来的工作能够达到120甚至150的高水平。这种又快又好、尽善尽美的工作境界,也是人们最为期望也最满意的最高境界。

在日常的行政工作中,"拖"和"粗"都应该极力避免,"慢"要视情况而定，"亮"则应该是我们不断努力追求的最佳目标。即便做不到，也应该心向往而力行之。在做出一个又一个"亮点"之后，我们的工作自然而然就会"日新其境"，而我们个人的能力也会得到很好的历练和提高，其结果，于人于己于大局，都是"善莫大焉"。而要达到这种工作境界，需要我们处理好五对关系。

第一是态度与能力的关系，其目的是做到"知行合一"。

态度和能力是决定工作境界的两个基本要素。亚圣孟子曾对齐宣王说："挟太山以超北海，语人曰'我不能'，是诚不能也。为长者折枝，语人曰'我不能'，是不为也，非不能也。"为与不为是态度问题，能与不能则是能力问题。态度是主观意识，决定"愿不愿意做"或者"愿不愿意做好"的问题。能力是客观水平，决定着"能不能做"或者"能不能做好"的问题。要做好工作，就必须"愿意做好"并且"能够做好"。

有时候，态度会决定一切，不一样的态度会造就不一样的工作境界，进而塑就不一样的人生。管理学中的这个案例足以说明态度的重要性：如果26个字母分别代表数字1到26，love就是12+15+22+5=54分，knowledge是96分，而luck只有47分。能让人生得到满分的是Attitude：1+20+20+9+20+21+4+5=100分。每天的工作是振作精神，精进不止，还是愁眉苦脸，应付差事，其间的差距相当大。清初大儒颜元（人称习斋先生）曾积极倡导"习动"的做法："养身莫善于习动，夙兴夜寐，振作精神，寻事去做，行之有常，并不困疲，日益精壮。但说静息将养，便日就惰弱。"我当年初读此句，便觉精神为之一振，深感"夙兴夜寐，振作精神，寻事去做"12字异常精彩，以此态度和精神做事，何愁没有功业？吴昌硕先生曾有佳联云："风波即大道，尘土有至情。"颇合禅宗所讲的"烦恼即菩提"之意。一般情况下，我们每个人的工作环境并不都会很差，退一步讲，即便工作再难、再苦、再累，既然我们选择了，就应将其作为修身养性、砥砺德行、创造成绩的"菩提场"。工作态度不佳，短期来看，影响的是工作，长远来看，实际上是自己的人生。这就要求我们树立一种"为己负责，为人负责"的工作意识和积极、主动的工作态度，把每项工作都当成自己的事情乃至事业，满怀热情去做。

怎样才能拥有一个积极的工作态度？一是树立"工作即生命""工作即修行"的理念，在工作中修炼上佳的人生境界。稻盛和夫说过："人哪里需要远离凡尘？工作场所就是修炼精神的最佳场所，工作本身就是一种修行。只要每天确实努力工作，培养崇高的人格，美好人生也将唾手可得。"二是要有点服务意识。有些工作，主要讲管理，而有的工作则主要讲服务。要做好服务，就要处处为自己的服务对象来着想。曾国藩带兵，"如父兄之带子弟一般"，因此士兵和士兵的父母都特别感激他，愿意为他鞍前马后效劳，赴汤蹈火也在所不惜。处理同样一件事情，我们对待子弟的态度，和对普通人的态度会很不一样。如果把我们的服务对象都视为自己的"兄弟姐妹"，则我们的工作态度自然会大不相同。

要做"亮"工作，应该具备哪几个方面的基本能力呢？我认为至少应该有六点：才、学、识、胆、德、术。才是优秀的天赋，学是扎实的学养，识是独到的见识，胆是创新的魄力，德是优良的品行，术是科学的方法。能力作为客观因素，虽有先天的因素，但更多要靠后天的学习去提高和完善，要做到这六点并不是一件容易的事情。现代社会发展极其迅速，知识更新换代的频率日益加快，工作中的新现象、新情况、新问题越来越多，常常让人有落伍于时代的感慨。"学不可以已"，"活到老、学到老"甚至"学到死"这样的名言在今天这样的时代里，尤其具有现实意义。为了提高工作能力，就必须加强学习。邓小平同志讲过："我们忙于事务，不注意学习，容易陷入庸俗的事务主义中去。不注意学习，忙于事务，思想就容易庸俗化。如果说要变质，那么思想的庸俗化就是一个危险的起点。"我们既要善于在工作中学习，多方请教，勤于思考，善于总结，不断提高，更要在工作之余，抓紧时间"充电"。一定程度上，闲暇决定人生，如何安排自己的空闲时间，会影响一个人的长远发展。每晚觥筹交错与坚持读书学习的生活相比，时间一长，其对工作的不同影响自然而然就会凸显出来。笔者相信，信仰学习、注重学习的组织一定会兴旺发达，坚持"学至乎没而后止"的人生也一定会精彩纷呈。

第二是常规工作与重点工作的关系，其目的是做到"守正出新"。

在任何一个组织中，其工作都不外乎有常规工作和重点工作两大类。这两类工作都需要我们"又快又好"地完成：既要保证常规工作有条不紊地顺利开展，同时还要集中精力、快速高效地完成重点工作。

而在具体工作中，常常存在两种倾向：一是只善于做常规工作，能够萧规曹随、按部就班地完成日常工作，但是缺乏创新，没有大局意识，无法应付重点工作；往往在一些新事物、新任务面前无所适从，有的时候还会陷入"COPY模式"的陷阱。做任何工作的指导准则都是"惯例"，时间长了，自然就会因循守旧，失去生机。面对这样的困境，我们应该用鲁迅先生所说的"从来如此，便对么？"来反问和警示自己。二是走向另外一种极端，把主要精力放在重点工作上，忽视了常规工作。一味求出彩，出亮点，而忘记了重点工作的顺利完成应该以常规工作的顺利开展为根基。根基不牢，何来长远发展？短期来看，似乎工作的"亮点"很多，实际上会遗患无穷。

一般来说，常规工作是基础，是为"守正"，尤其是在常规工作中已经形成的好制度、好模式、好做法应该继续坚持下去并发扬光大，否则就无从谈及发展。但"守正"又绝对不是"守旧"。重点工作则是提高，是为"创新"，尤其是对已经不能适应新形势、新局面的旧制度、旧模式、旧做法进行必要的调整和改革，否则就是故步自封。但创新又绝不是抛弃旧的，凭空再造乾坤。相较而言，重点工作又是对整个全局或工作进程有巨大影响的工作。怎么判断一项工作是否为重点？从实际情况来看，群众普遍反映的问题、突然爆发的危机事件、上级领导亲自交办的任务，应该作为我们工作的重中之重。领导与群众对我们的考核与评价，除了常规工作以外，往往会以完成重点工作的能力为重要指标，因此需要我们在做好常规工作、保证基础牢固的同时，特别注意抓住重点、干好重点。要做到这一点并不容易，不仅需要十足的工作热情，更需要超强的工作能力。

第三是工作过程与工作结果的关系，其目的是做到"有耕有获"。

曾国藩有一副对联是这么说的："不为圣贤，便为禽兽；莫问收获，但问耕耘。"这是圣贤的理想境界，恐怕无法指导芸芸众生的生活和工作。普通人在耕耘时，一定会盘算收获，而且都愿意用最简捷、最有效的耕耘途径获得最大的收益。从领导的角度考察下属的工作，既要关注其耕耘的方式和过程，但更要注重其实际结果和最终收获。过程着眼的是"是否做了""做的进展如何"的问题，而结果则着眼于"是否做好""是否达到预期目的"的问题。对于落实工作的人员来说，同样的工作过程，是追求"做过了""做完了"，还是追求"做完美了"，其间的区别是很大的。工作过程要讲究方法、效率以及规范性，但这一切都为实现完美的工作结果而服务。"以成败论英雄""拿业绩说话"是人们评价一项工作是否完满的关键甚至唯一指标。因此，我们要以追求完美工作结果为导向，来设计自己的工作过程，努力做到"没有任何借口，只求完美结果"。

王阳明曾言："持志如心痛。一心在痛上，岂有工夫说闲话、管闲事？"工作的境界如何，主要取决于我们是否对完美结果拥有一种"不达目的誓不罢休"的执着追求。如果我们把所有的精力都集中于自己的目标，即便前面有"九九八十一难"，也一定会踏平坎坷，取得真经归。以紧急通知开会为例。打一圈电话或发一通邮件即万事大吉，而不考虑谁在、谁不在，以及谁能开会、谁不能开会等问题，至于会议的效果如何，更不在我的考虑范围之内。这就是一种"做过了"的工作态度。而追求"做完美了"的工作态度，则一定会想尽办法通知到位，确保会议的正常召开，而绝不会出现"我打了电话，但人不在"或者"我发邮件了，但没有回复"等借口。其实，完美的工作结果永远都没有止境，只要我们坚持追求完美，就一定会让工作中的亮点不断。

当然，在追求完美结果的过程中，由于客观条件或实际能力所限，肯定会存在无法解决的困难和难以突破的瓶颈，这个时候就得及时向领导汇报，寻求支援。这里就有一个如何汇报困难的问题。我的经验是，尽量不要把问题一股脑推给领导，让领导为你解决所有问题，而应该带着解决问题的思路和建议去汇报。应该实事求是地告诉领导，自己面临的问题是什么，自己认为在现有的条件下解决这个问题的思路和方案有几个，尽量让领导做选择题。无论自己的建议最终是否被领导采纳，在这个过程中实际上已经展现出了一种积极主动的工作状态。

第四是战术执行与战略思考的关系，其目的是做到"道术结合"。

从短期来看，处理好以上三方面的关系，就可以取得很好的工作效果。但从长远来看，一个人要在工作中取得不断的进步，还必须把良好的战略思考与扎实的战术执行巧妙地结合起来。前者要注意宏观、大气、换位思考，这是形而上的"道"，后者则要讲求细致、严谨、滴水不漏，则为形而下的"术"。要取得永远让人眼前一亮的工作效果，将"道"与"术"结合起来，十分必要。也就是说，既要低头拉车，也要抬头看路，更要静心思考全局、谋划未来。

战术层面的良好执行，是"又快又好"完成工作的基础。尤其是在时间紧、任务重时，更需要我们举轻若重，履薄临深，细致、高效地完成，确保工作质量不打折扣；否则就会"一着不慎，满盘皆输"，影响工作的全局。一般人比较容易做到这一点，成为一名干一行、专一行的好员工。但如果只是"水来土掩，兵来将挡"，满足于把每项工作按时完成就万事大吉，显然就缺乏大局观和创新性。"不谋万世者，不足谋一时；不谋全局者，不足谋一域。"作为领导，应该有把握全局的战略眼光，但同时也应该对具体的事务有比较深入全面的了解。作为工作人员，也应该有意识地站在更高层面上，去做全局的思考，养成良好的战略眼光和全局意识，以充分了解此项工作在整个工作大局中的重要作用和地位，理解领导的意图和群众的诉求，这样才会对自己的工作有更充分、更全面的认识与理解，落实起来也就更加具有主动性。

人们常说，"不想当将军的士兵，不是一名好士兵"，这是说理想和目标的重要性。但换一个角度思考，一名士兵究竟如何才能当上将军呢？如果他整天都是"两耳不闻其他事，一心只做好士兵"，只满足于做好士兵的分内之事，那充其量也不过是一名优秀的士兵而已。原因很简单，他没有养成像将军一样思考的能力，缺乏站在将军的立场和角度思考、抉择与决断的意识和能力。如果一名士兵，既能做好本职工作，保质保量完成将军分配的任务，同时还能进一步思考将军的战略意图，或者学会像将军一样思考。久而久之，他的工作能力和状态，一定会逐步向将军的水平看齐。在这一方面有一个很有趣的现象：古代的学科设置不像现如今这般细致科学，读书人读的书中，大多是形而上的"道"，缺少操作层面的"术"，但一旦科举得中，进入仕途做管理，也很少有无法适从的困境，而且还涌现出了一批"道术兼通"的能臣干吏。造成这一现象的原因很多，我想其中的一个重要原因是，那时的读书人在未入仕前，所研读的典籍，所思考的问题，都是围绕"修齐治平"这些大道展开的。虽然身无分文，一介书生，但并不影响其胸怀天下，像圣贤豪杰一般思考和看待问题。养成这种习惯后，一旦机会来临，就自然会脱颖而出。

第五是工作实践与理论总结的关系，其目的是做到"文武结合"。

理论与实践相结合，是我党的一个优良的工作传统，也可用来指导我们每个人的日常工作。一方面，没有科学理论的指导，实践工作就是盲目的、低水平的。要善于根据工作的迫切需要，学习和运用相关的科学理论，有的放矢地指导我们的实际工作，让我们能够滴水不漏、守正创新地做好事务性工作，体现出很好的办事能力，成为优秀的实干家。这是所谓的"武"才。另一方面，一切理论都从实践中来，事业要保持兴旺发达，就必须在丰富实践的基础上，有必要的调查研究和理论提升。这就要求我们拥有很好的脑瓜子和笔杆子，勤思考，善动笔，推出高质量的总结报告或研究文章，把成功的经验和失败的教训进行系统的总结归纳，提升到指导思想甚至科学理论的高度，以指导工作的科学发展。这是所谓的"文"才。文武结合，能文能武的复合型人才，是我们理想中的人才类型，往往是千百人中不一见，可见全才之难得，不能苛求于每个人。但在实际的工作中，又的确需要我们将其作为努力的方向。以前我的老领导张彦书记经常教导我们说，凡是讲话、写文章思路清晰且有理论水平的人，一般办事都会有章法，有亮点，所以应该养成边实干、边思考、边总结、边动笔的好习惯，大家都养成这样的习惯，假以时日，必然能提高我们工作的科学化水平。我一直认为，这一思路对于我们普通员工和基层干部的成长发展有很强的借鉴和指导作用。

　　当然，是否能够让我们的工作"亮"起来，最终达到理想的完美境界，不仅仅取决于个人，也与一个单位的领导机制、团队氛围、合作伙伴等因素相关。这需要组织文化的不断发展与完善。但组织毕竟是由个人组成的。当我们每个人都能处理好以上五种关系，并做到知行结合、正新结合、耕获结合、道术结合、文武结合，就会推出一个又一个"亮点"，那我们个人的工作水平就一定会得到大幅度的提升与改善，而我们集体的事业也一定会频开新局，蒸蒸日上。

2014 年 10 月 17 日

学会"做加法"的忙碌

又到年终岁尾，在参加很多总结会时，经常会听到人们说自己这一年是如何忙碌："忙得不可开交""忙得晕头转向""忙得人困马乏"，等等。有的人是在抱怨自己的任务太多，压力太重，时间不够用，而更多的人则是以肯定的态度"自我表扬"这种忙忙碌碌的状态，似乎一说"忙"，就是认真投入工作的最佳表现。以至于一些平日不甚忙碌的人也要做出忙的样子来，举出自己"很忙"的众多事例。

我起初也和大部分人一样，天然地对那些整天像一只勤劳的小蜜蜂忙忙碌碌的人，从内心里表示由衷的敬佩，认为在他们身上体现的是一种敬业的基本素养。但认真分析后则认为，对"忙"的情况不能一味盲目地肯定和称赞，而应该对不同的"忙"采取不同的评价方式。清代曾国藩就认为"忙"未必是好事，他有一副名联云："世事多因忙里错，好人半从苦中来。"现代职场中还流传着这样一句名言："有一种失败叫瞎忙。"这些说法对我们认识"忙"这个问题都很有启发。

在实际工作中我们会发现，同样是"忙"，由于工作态度、思路和方法的不同，往往会导致不同的工作状态和结果。

有的人头脑很清晰，知道自己的主要工作目标是什么，能分清工作的轻重缓急。会在科学研判的基础上确定应该忙什么，不忙什么。

认准方向忙起来后，也是"有头脑"地忙碌，而不是一味地"盲动"或"乱忙"。在他们身上表现出来的工作状态就是，忙而不乱，忙而有得，忙得有思路、有章法、有成绩，因此总能守正出新，有亮点。这就好比在工作中能够不断"做加法"。这种做法应该大力提倡。

有的人虽然终年忙忙碌碌，但却只会埋头拉车，而不注意抬头看路。年终总结时，回头一看，付出的时间和精力并不少，但工作好像仍然是在原地踏步走，工作水平并没有多大提高，成绩也并不突出。这就好比"竹篮打水一场空"，在工作的考场上交了"白卷"。考虑到付出成本的不断增加，实则是做了减法，应该进行必要的反思和调整。

而另外一种人则更让人失望，他们自以为只要忙就是好事，只问是否忙碌，而不问工作的方向、思路、方法和效果如何。结果是越忙越乱，把本来不错的工作局面越搞越乱。忙碌因此而变成了"瞎忙""乱忙"，甚至是有意的"乱折腾"。这就好比在用竹篮打水时，还有意在水中使劲搅动，其结果，不仅没有打上来半滴水，而且搅浑弄脏了一池清水。显然，这是在工作的考场中主动做减法，产生的只能是负效能。我们在工作中应该极力避免。

之所以会出现以上三种不同情况的"忙"，既有工作意识不同的原因，也有工作能力存在差异的原因。我想绝大多数人都赞同第一种方式的"忙"，在具体的工作中都愿意努力达到这种"忙"的境界，而不愿出现另外两种情况的"忙"。那究竟该如何做才能达到"忙"的理想境界呢？我认为至少要想明白并处理好四个问题：

一是"忙是否一定好"的观念问题。对于"忙"本身，我们不应该一味肯定或否定，尤其不能简单地认为忙就一定是好事。而应该根据我们工作的目标、方法和效果来衡量"忙"的必要性和价值所在。一般情况下，在明确了工作目标、规范了工作方法之后，在追求良好工作效果的过程中，就每个人工作的投入程度来看，我们当然应该大力提倡"振作精神，寻事去做"的投入精神，反对潦草塞责、虚度时光的应付做法。但如果不问工作目的和效果，不讲工作方式与方法，只是一味追求忙的状态，为忙而忙，甚至把时间和精力都放在了做"忙"的表面文章上，以赢得大家的称许。这种观念和做法就像毛泽东同志所批评的那样，有哗众取宠之心，而无实事求是之意，不仅无益，而且有害，应该被所有人摒弃。

二是"应该忙些什么"的方向问题。古语云："凡事预则立，不预则废。"是在讲干任何事情之前，都得谋划清楚，尤其是要想清楚自己所要达到的最终目的，弄明白自己究竟想要得到什么。这个问题是一个先决性的大问题，它会影响此后的方向选择是否正确。方向正确了，接下来只要中规中矩地坚持做下去，一般都会达到预期目的。方向错误了，那所做的一切都会南辕北辙，适得其反，越是用力，就离目标越远，出现"竹篮打水一场空"的结果就是必然的。因此我们在决定让自己忙碌起来之前，首先要解决一个基本问题："究竟哪些事情真正值得我们去忙？"在回答这个问题之前，我们还应该有一个基本的认识：我们每个人的时间、精力和能力都是有限的，不可能把每一件事都干得漂漂亮亮，也不可能把每一个问题都解决得尽善尽美，而只能是"把好钢用在刀刃上"，把有限的时间精力主要投入到大事要事上，把一般的事情尽量"举重若轻"地完成即可。这就需要我们把众多的工作任务分出一个轻重缓急，排出一个先后次序来。把时间和精力向那些"乐于忙""必须忙""值得忙"而且"能忙好"的大事要事上倾斜。而绝不能眉毛胡子一把抓，把重点与一般、急事与慢事等量齐观，对所有的事情都想忙，都要忙，水来土掩，兵来将挡，其结果必然是让自己忙得不可开交，疲于应付，累身累心却无好的效果。

三是"究竟如何忙碌"的方法问题。也就是要解决好工作的方式方法问题。条条大道通罗马，同样一项工作任务，可以采取多种方式去完成。在这个问题上，应该努力做一个经济学上所讲的"理性人"，尽量用最少的投入，获取最大的收益，也就是要开动脑筋，寻找一条干好工作的"终南捷径";当然这个"捷径"应该是一条符合法律法规和社会公德的"阳光正道",而不是投机取巧的"歪门邪道"。不同的人在这个问题上会有不同的选择,套用邓小平同志的一句话:"不管黑猫白猫,捉到老鼠就是好猫。"不管是此路,还是彼路,只要能既快且稳地到达目的地,就是一条好路。也就是说,不管采用什么样的方式,我们都必须忙得有效率,有效果,有效益。我的体会是,对于身负管理之责的人而言,面对一项重要的工作任务,一方面要身先士卒,亲力亲为,加班加点,同时也要特别注意善于选贤任能,分解工作,分兵把口。这样既可以锻炼团队,也能快速地出业绩。尽量避免把所有的工作都大包大揽到自己身上,这样做即便能够做出亮点,但随着工作任务量的不断增加,往往会让自己力不从心,甚至顾此失彼。三国时期的贤相诸葛亮,其"鞠躬尽瘁,死而后已"的高风亮节的确让人敬仰不已,但他凡事必躬亲、不知抓大放小的管理方法则未必值得仿效。

四是"忙到什么程度"的节奏问题。世间万事皆有度,过犹不及,凡事都应努力做到恰到好处。一走极端,画蛇添足,往往会适得其反。一张一弛,文武之道。忙工作也是如此,也应该忙得有节奏,既能忙也能闲,而不能一味地闷头忙下去。即便很好地解决了以上三个问题,也要注意在埋头苦干、忙得不亦乐乎的同时,更要提醒自己一定要有意识地忙里偷闲,做些"诗外功夫"。该静下心来思考就得认真琢磨一番,做些认真的总结和反思、进行必要的调整和展望,所谓"磨刀不误砍柴工"。与此同时还得在忙久了之后适当调理一番,该放松一下就得缓缓气,松松劲。以前战争年代,每一次大战之后,部队都要进行必要的休整,忙工作也是一样。这就好比弹簧,如果长期处于拉伸状态,就会损害其收缩功能,弹簧也就不复为弹簧了。对于社会中的普通一员,一心扑在工作上,甚至做个"工作狂",局外人自然不能妄加评议;但如果拼出身家性命,影响或损害了身体健康、家庭和谐和事业大局,那将是得不偿失的做法。比如读书,苦心孤诣,孜孜以求,焚膏继晷,兀兀穷年,固然是好事,但也不能用心太苦,只读不思,耗时太甚。正如南朝刘勰《文心雕龙·养气》所言:"率志委和,则理融而情畅;钻砺过分,则神疲而气衰。"清乾隆年间的学者王文清曾教导学生说:"读书要简,用心太苦,则神疲,不能久,朱子所谓合参两件,且看一件,合读四百字,且读二百字,可见贪多不得。"这话真是既明事理又爱护晚学后生的地道语,用在工作上,我看也同样适用。

2015 年 12 月 28 日

读书写作与为学浅悟

为学六艺[*]

我上大学时，经常考虑两个问题：一个优秀的学者应该具备哪些基本的素质？要在学术研究中做出点成绩来，应该从哪几方面着手？后来学习中国传统史学理论，大受启发。唐代刘知几认为，一个优秀的史学家应该具备"学""才""识"三方面的素养；清代章学诚认为，史学家还应该具备"德"；近代的梁启超将"学""才""识""德"称为"史家的四长"。其实不唯史学家应该具备以上四方面的素养，其他学科的学者皆应如此。我认为，一个优秀的学者除了应该具备"学""才""识""德"四方面的素养以外，还应该具备"胆"和"术"两方面的素养，这六方面的素养可称之为"为学六艺"或者"治学六诀"。如今我已为人师，在与学生相处时，也常会把这点体悟告诉给他们，为他们顺利进入学术殿堂提供一定的指导。以下分别述之：

学，指学养、学问积累之事。史学家所讲的学，乃是要求学者应该拥有渊博的历史知识，在研究中首先要掌握丰富的历史资料。一切学问都当以学为先。要做好学问，必须兼收博览，广泛涉猎，以达博大精深之境。其根本途径就是"读万卷书"和"行万里路"。古人云，

---

[*] 发表于《中国研究生》2011年第12期。

"读书不多,无以证斯理之变化","读天下书未遍,不能妄下雌黄",都是强调读书的重要性。如今书籍浩如烟海,即使穷毕生之精力,也不可能读尽天下书。最好的方法,就是精读与涉猎相结合。精读、熟读本学科的经典著作,力求精深,广泛涉猎相关学科的知识,力求广博。比如要写一篇有见解有功底的学术论文,必须有深厚的学养。这就必须尽"竭泽而渔"之力,广泛搜集、阅读、分析与研究主题相关的各种文献,然后融会贯通,厚积薄发,在前人和时人研究的基础上提出自己的新知新解,同时予以严谨的论证。古人将这种融会贯通、厚积薄发的境界称之为"圆照之象"。要达到这种境界,基本功在"博观"。刘勰《文心雕龙·知音》云:"凡操千曲而后晓声,观千剑而后识器;故圆照之象,务先博观。"当然,"学"并非单指书本知识而言,社会实践也异常重要。正如大教育家陶行知先生所云:"学校生活只是社会生活的一部分。学校不是道士观,和尚庙,必须与社会生活息息相通。要有化社会的能力,先要情愿社会化。"社会是一本包罗万象的大百科全书,每一位学人都应该注意从"无字句处"读书、研究,这样才能避免迂阔空疏之气。

才,即才气,更多地是指文采,也就是语言的表述问题。中国史学名著《史记》之所以备受推崇,一个重要的原因就是司马迁能把每篇文章写得神采飞扬,让人读来荡气回肠,不忍释手。读《孟子》《离骚》《聊斋志异》《红楼梦》等名著皆能给人以类似的享受。在学术研究中,语言的表达是相当重要的问题。有人写文章,内容颇好,但文笔平庸甚至枯燥乏味,就难以吸引人;有人写出来的文章则文采颇佳,让人读来不觉烦闷,只觉享受;有人写文章喜欢故弄玄虚,将简单问题复杂化,将基本知识玄学化,让人读来如坠迷雾;有人写文章则善于深入浅出,把深刻的道理、高深的理论用流畅生动的语言娓娓道来,让人在轻松愉悦中获得了高深的知识。像朱光潜、费孝通、陈从周、张舜徽等老一辈学者的文章就很吸引人,内容很深刻,而且文笔也很优美。这就是在"才"这一层面的区别。"才"一半由天赋得来，一半由后天习得。要提高自身的才气，一靠多读书，二靠广游历，三靠勤练笔。此处只谈读书与练笔之事。此处所言之读书，主要是为练习文笔而言，最好是熟读古今中外的经典著作，尤其要多读文学、历史、哲学和艺术方面的名著。在名著的涵养中提高自身的才气、修养和气质。古人云："腹有诗书气自华。"是很有道理的经验之谈。读书很多，但却不能落笔成文，未尝不是遗憾。熟能生巧，最好的办法就是多练笔，每日千把字，天文地理、诸子百家、人生百态、世间万象、嬉笑怒骂皆可写入文中。北宋时候，有人曾向欧阳修请教写作之道，欧阳修答道："此无他，惟勤读书，多为之，自工。"实为金玉之言。我上大学时，导师曾告诉我们，北大先前有老先生讲新闻写作，要求学生入大学后坚持每日写稿，要"写进来，写出去"，等到学生毕业时，均可达到"下笔如飞"的水平。当然，我们在写学术文章时，并不是要求写得文采飞扬，那样反倒与论文体不相符合。而是要在简洁、准确、规范的前提下，写出自己的个性、风格、魅力和才气来。这样的文章，一篇自有一篇之特色，也自然会让读者不忍释手。

识，指学者的学识、见解、眼光。古人对这一点极为推崇，因为它决定着一个人思想水平和认识能力的高低。熊十力先生认为，一个人如果没有自己的主见，思想总是被"世俗肤浅知识及腐烂论调所笼罩"，其"思路必无从启发，眼光必无由高尚，胸襟必无得开拓，生活必无有根据，气魄必不得宏壮，人格必不得扩大"。在现实中，我们经常会看到这样的学者，他们的著作、论文很多，也能做到文从字顺，但读他们的文章，往往会觉得其中缺少一种能够吸引人、感奋人的"灵气"，这灵气便是一种鲜活的思想和独到的见解。我认为，缺乏灵气的学问是平庸的。所以，我们在学术研究中一定要有新知新解和远见卓识，能够产生吸引人、感发人甚至是震撼人的力量。一言以蔽之，就是要善于创新，能够从纷繁的现象中抓本质，能从当前的情况预测未来的发展，能在人云亦云的情况下，提出新的见解、新的理论。古诗"领异标新二月花"描述的便是此种境界。

新闻史学家方汉奇先生曾说，写学术论文要"运用新的语言，进行新的概括，做出新的分析，补充新的材料，提出新的见解，得出新的结论"，这样才能谈创新。当然，新知新解、远见卓识决不能闭门造车、凭空捏造，为求新求异而发表石破天惊的奇谈怪论。袁行霈先生指出："学术研究不能重复别人，要么就不做，做就要出新。……出新不能离开守正，要平正要通达，故意用偏锋，或故意抬杠都不是学者的风范。"袁先生把这种态度概括为"守正出新"。"识"的养成都要遵循"守正创新"的基本规律，这就要求我们在求学道路上谦虚好学，转益多师，多方借鉴，勤于积累（既包括文化知识方面的积累，更指社会实践的积累，二者缺一不可）。

胆，指治学的勇气。明代李贽认为："空有其才而无其胆，则有所怯而不敢。"他"出词为经，落笔惊人，有……二十分胆"，故能成为一代著名思想家。清代薛雪《一瓢诗话》亦云："学思须有才思，有学力，尤要有志气，方能卓然自立，与古人抗衡。"这里所说的"志气"其实也可作"胆气"看。大学者章学诚对"不敢抒一独得之见，标一法外之意"的治学之法也十分看不起。我们在学术研究中，既要认真学习和借鉴前人的研究成果，又要大胆地提出自己的观点和见解，切不可在前人尤其是大师面前亦步亦趋，点头哈腰，不敢发出自己的声音。做学问和做人一样，都应该做出思想，做出个性来，这就需要胆识和勇气。有了"胆"，做出来的学问才能虎虎有生气，充溢沛然之气。否则，纵然读书再多，到头来也只能是一个只会转述他人观点却无自家见解的"两脚书橱"。就读书而言，我们要努力用自己的胆识来"役书"，而不是被书本牵着鼻子走，永远"役于书"。明人陈白沙云："以我观书，随处得益；以书博我，则释卷茫然。""以我观书"正是"役书"之道，而"以书博我"则是"役于书"之困。二者之间的区别，有如霄壤。当然，胆识与勇气是须要学养做基石的，否则就会走向"疏狂"，而这正是做人、做学问的大忌。

德，即要讲学术道德。章学诚认为"史德"是历史学家必备的素质之一。他说："能具史识者，必知史德；德者何？谓著述者之心术也。""史德"对史学家的基本要求就是要能恪守中国传统史学秉笔直书的"实录"传统，即在记录和研究历史的过程中，直面问题，如实地记录历史事实，一就是一，二就是二，绝不弄虚作假，不为权贵所压，不为金钱所诱，也绝不为贤者、尊者、亲者讳。推而广之，在所有的学术研究中，都应该有实事求是的科学的研究态度，在研究中要重证据，拿事实说话，绝不能为了印证自己的观点而捏造或歪曲事实。这是第一个层面的意思，毛子水先生将其概括为"科学的精神"。他解释说："'科学的精神'这个名词，包含许多意义，大旨就是前人所说的'求是'。凡立一说，须有证据，证据完备，才可以下判断。对于一种事实，有严格精确的、公平的解析；不盲从他人的说话，不固守自己的意思，择善而从。"另外一个层面的意思是要讲基本的道德准则，不剽窃，不抄袭，不掠人之美。这是做人、做学问最最基本的要求。每个人在学养、才气、胆识、能力方面都有很大的差异，之间当然有高下优劣之分，但在道德层面上却是平等的。有德，方足以当"学人"二字；无德，则做人已成问题，根基已失，遑论做学问。陶行知先生曾特别强调道德在做学问中的重要性，他说："道德是做人的根本。根本一坏，纵使你有一些学问的本领，也无甚用处。并且，没有道德的人，学问和本领愈大，就能为非作恶愈大。"可以说，"德"是学人的立身论学之本，在当前的学界，大讲而特讲"德"尤其具有现实意义。

术，即学术规范和研究方法。无规矩，不成方圆。做人要遵循一定的规范和准则，做学术也一样，要遵循一定的学术规范，掌握一定的研究方法。比如：如何做到"大胆假设，小心求证"，如何做定性研究，如何做定量研究，如何进行比较研究，如何设计调查问卷，如何分析数据，如何撰写内容提要，如何提炼关键词，等等，这些看似很细小的问题，其中都有大学问存焉。一门学科成熟的标志就是学术规范的建立和研究方法的健全。在学术研究中，学术规范、研究方法极其重要，甚至已经形成了专门的学科，大学的课程中很多都是关于研究方法的。古人所讲的"鱼""渔"之辨，正说明了方法的重要性。胡适先生也曾讲方法比内容更重要，因为方法是一通百通的工具，可以受用无尽。当熟练掌握了一套学术研究方法时，就可去研究不同的问题。优秀学者的特点就是能用学界共用的研究方法做出具有深度和个性的学问来。相较其他五方面的要素而言，"术"是比较容易习得的，关键在于熟练掌握后能灵活运用。黄侃先生曾云："术由师授，学由己成。"这正是治大境界之学的必经之途。

以上是我读书治学以来的几点体会，要做一个真正的学者，做真正的大学问，都应该从这六方面下功夫（当然，除此之外，还有一些人所共知的要素，比如勤奋以及怀疑精神等）。这六方面的因素不是孤立的，而是相辅相成、不可分割的；它们之间的关系，前人已有所论述。如清人袁枚云："学如弓弩，才如箭镞。识以领之，方能中鹄。"章学诚亦云："夫才须学也，学贵识也。才而不学，是为小慧；小慧不识，是为不才。"正能说明"才""学""识"之间的关系。又清人叶燮《原诗》云："大抵人无才，则心思不出；无胆，则笔墨畏缩；无识，则不能取舍；无力，则不能自成一家。"在我看来，此处所讲之"力"，正是学人的综合素质的体现。

为了说明上述六方面因素之间的关系，我将叶燮的这句话略作修改，以作为本文的结尾：

> 大抵人无学，则不能博大精深；无才，则心思不出；无识，则不能取舍；无胆，则笔墨萎缩；无德，则无以语学问之事；无术，则不能入学问之途。六者缺一，则不能自成一家。

第一件要事还是读书
——在北京大学"书香校园"建设座谈会暨"云舒写好读书"奖学金颁奖仪式上的发言

尊敬的各位领导、老师,亲爱的各位同学:

今天会议的主题是提倡阅读、表彰阅读,这实在是一件功德无量的大好事!

在我看来,大学是一个培养高雅的地方,而阅读,尤其是阅读经典,是让大学中的每一个人"变化气质"、提高境界的最佳途径。我一直以为,北京大学校园中最美丽的风景,应该是青年学子自发认真阅读的场景。这几年,我每天清晨穿行校园去上班,经过静园草坪时,会看到不少自发组织起来,坚持诵读中外经典的学生,这样的场景让我备受感染。去年春天,我还专门写下了"松下花丛最想望,满园尽是读书人"的诗句;也由此想到我在大学读书时每天在图书馆抄书,在未名湖畔读书的美好时光,更勉励自己千万不能因为工作忙碌而丢掉了读书。我在继续教育学院主管教学工作时,为了践行"书香校园"建设的理念,从 2014 年开始,在所有党政干部的培训班上都开展经典诵读活动,每天清晨上课前,利用 15 至 20 分钟,由班主任或学员代表带领每个班级的学员诵读国学经典篇章,让大家在琅琅读书声中开始一天的学习活动。为此，我们还编纂了《未名湖畔好读书》的晨读手册，作为礼品发放给学员。此外，我们还在面授和网络课堂上，加大了经典阅读教育的力度，都取得了不错的效果。

现在我们国家在大力提倡全民阅读，努力建设书香社会，这是社会主义文化强国建设事业的题中应有之义。为此，全社会重视和尊崇阅读，作家和学者创作精品力作，出版社编辑出版好书，图书馆收藏推荐好书，读者阅读好书，应该成为一种自觉而普遍的国民行为和文化景观。作为文化重镇的高校，更应该在全社会树立典范，让身处其中的每一位老师和学生都能浸润于书香之中，处处散发出雅致、浓郁的书香气息。作为民族的未来和社会精英的大学生，更应该热爱阅读，尤其是要把阅读经典作为一种天然的爱好和终生的习惯。

但我在课堂教学和日常接触中也发现，现在很多学生的阅读状况并不乐观，这表现在四个方面：一是并不认可读书的价值，而是认为有一个优越的家庭背景，能够抓住机遇，善于处理社会关系才是最重要的。二是不知道哪些书应该读，分不清经典和畅销书的区别所在，阅读活动无规划，不系统。三是没有掌握一套科学有效的阅读方法，"阅读力"还有待进一步提高。四是无法便捷地获取自己需要的读物，没有掌握一套好的文献检索、利用的方法和技能。这些问题的解决，从学校和教师的层面，需要通过舆论引导、教学设计、领导示范、氛围营造、制定导读书目等多种途径去努力。

最近我在针对上述问题做一项课题研究，题目为"通识教育理念下的高校经典阅读教育"。我认为从学校层面，应该有三方面的工作可以着力去做：

一是在教学设计中，要高度重视两类课程，并选派优秀老师将其讲好：第一类是本专业、本领域最重要、最拿手的研究方法和理论课；第二类是本专业、本领域最重要、最需要深入阅读的经典文献导读课。

二是在新生入学时，提供两份导读书目，让学生按图索骥、按部

在"书香校园"建设座谈会暨"云舒写好读书"奖学金颁奖仪式上发言

就班地规划好自己大学期间的阅读生涯:一份是作为北大学生应该阅读的通识通解书目,另一份是作为本专业学生应该阅读的专业经典书目。以每月阅读两本书的进度计算,四年之中,应该阅读100本左右的经典之作。书目中还要提供每本书的提要,为学生讲述阅读价值、次序和方法。

三是评选大学里的读书标兵,资助热爱阅读的学生买书或开展读书沙龙等活动。通过氛围的营造,在校内外发挥很好的示范引领作用。在这里需要特别说一句,前几年我在学生工作部和研究生院工作时,负责全校学生的奖学金评审工作,每年的金额都不小,但像这样专门奖励会读书、好读书学生的奖学金还没有见过。今天看到这个奖学金,觉得十分必要和难得。我当年选修历史系的"《资治通鉴》导读"一课时,授课老师是个热心人,告诉我们,如果想买书的话,她可以找中华书局的朋友,以六折的价钱购买。但即便是这样的折扣,也得好几百块钱,对于一名穷学生而言,显然是一件捉襟见肘的难事。今天,各位获奖同学拿到的奖学金,应该能买好几套《资治通鉴》这样大部头的好书啦。因此我觉得大家真是幸运,一定要有感恩之心,继续把书读好,这样才不辜负学校和捐资方的良苦用心。从这个角度来看,学校和捐资方的眼光、情怀和举措,真是让人钦佩和感动!

此外,我想对在座的师弟师妹多说几句。对于大学生而言,要真正做到多读书,读好书,有一个很现实的困难,那就是平常的学业任务都很重,尤其是现在辅修专业的情况已经很普遍,大家应付平常的作业和考试就得花费大量的精力。在这种情况下,就需要特别注意对闲暇时光的充分利用,"闲暇决定人生",这种说法有一定的道理。在闲暇时光做些什么呢?我觉得有三件事很重要:

一是行万里路。有时间就走出校门,去田间地头、机关企业看一看,到国外转一转,开阔眼界,从无字句处读书。

二是野蛮体魄。养成热爱和坚持锻炼身体的好习惯,每天锻炼一小时,幸福生活一辈子。千万不能用学习和读书的重要性否定了身体健康的重要性。

三是文明精神。通过阅读经典让自己成为一名超凡脱俗的"博雅之士"。我有一个观点,大学生一定要养成"泡图书馆"的习惯,要在图书馆里坐坐"冷板凳",精熟本专业的数十本经典著作,还要养成定期阅读本专业核心期刊的习惯。除了学知识、修品行以外,这也是让人充实起来、解决迷茫的一种有效方法。在心理学中,就有针对心理问题的阅读疗法之说。正如杨绛先生对一名有很多人生疑惑的高中生所说的那样,你的问题,主要在于读书不多而想得太多。现在看到身边的很多人出了问题,我常会感慨一句:"还是读书太少啊!"

最后,我想说的是,我们今天要创建世界一流大学,为全社会做出楷模,首先就得重视"读书种子"的培养和阅读风气的培育。古人有一副很有名的对联是:"数百年旧家无非积德;第一等好事还是读书。"我稍作修改和大家分享、共勉,曰:"数百年名校无非树人;第一件要事还是读书。"相信在大家的共同努力下,我们一定会做得更好!

谢谢大家!

2017 年 6 月 23 日下午 1:30

新太阳学生中心 212 会议室

读书札记十则

小序：且愚斋主人读书之暇，偶有所会，撰成读书札记十则，以论读书之法。读书之事，如鱼饮水，冷暖自知。文中所论，均为一己之得。或有同气相求者，或有不以为然者，或有不置可否者，若能切磋指正一二，则不胜欣然。古人云，腹有诗书气自华。读书之乐正在其间。草此小序之际，忽忆明人于谦《观书》一诗，亲切有味，道尽千古读书人之胸怀。兹转录如下：

> 书卷多情似故人，晨昏忧乐每相亲。
> 眼前直下三千字，胸次全无一点尘。
> 活水源流随处满，东风花柳逐时新。
> 金鞍玉勒寻芳客，未信我庐别有春。

一、读书与力行

读书之目的无他，治学明理与修身明德耳。治学明理者，学问之事也；修身明德者，为人之事也。治学者，心知肚明，口能详说，便是佳境；为人则需身体力行，日慎一日，方可做一道地学人。此二者，皆从读书中来。读书明一事，知一理，若认同此理，则当认真履行之。所谓言行一致，论道与实践一体也。若口谈高尚之论，而行不义之事，言行相悖，则于人于己又有何益？读书终究是书本之事，若不能履行之，纵读尽天下典籍，识遍世间事理，亦是枉费！惜乎自古而今，学术一流而人品卑下者在在皆是，岂不可悲也欤？古云："一语不能践，万卷徒空虚。"诚哉斯言！

二、首明目录之学

盖为学之法，一在求学问道于大师名家；二在往来切磋于同窗之间；三在广阅前贤时人之著述。欲学有根底，则读书之事尤其重要。读书欲得其门而入，当首明目录之学。目录者，初学者无言之师也。目录之学可使初学者明学术源流，辨以往学术成绩之得失优劣，然后知治学门径。循此以进，方可登堂入室，以成学问之大。清人王鸣盛曾言："凡读书最紧要者，目录之学目录明，方可读书；不明，终是乱读。目录之学，学中第一要紧事，必从此问途，方得其门而入。"诚可谓指点迷津之言也。

三、泛览与专精

俗云"博大精深"四字，乃读书、治学、为人之极致也。中人以下，博大者不能精深，精深者难得博大。然则广博与精深，各有其用。千头百绪，"由博返约"之法则为千古不刊之论。孟子尝云："博学而详说之，将以反说约也。"适之先生训导后生，常言"先打游击后攻城"之法，可谓深得其中三昧。盖初学者贵博学，兼收博览，不厌其多。正所谓："泰山之高，以其不拒小壤；江河之大，以其不择细流。"胸怀不广，视野不宽，怎知天地之大，学问之深？学有根基者，则当于泛览流观之余，择一二专题作精深之研究。正所谓"经营自家一亩三分地，当精益求精"，如此方可有所建树。以作文为例，其法则有二：搜集资料应"竭泽而渔"，此博览之功也；选题则应"具体而微"，此专精之术也。盖不如此，则四面出击，处处泛论，发人之所发，则毫无价值可言，徒然贻笑大方。若能精于一二专题，则可作窄而深之研究，往往可于前人止步处作深入之探讨，如此，则可发前人未发之宏论。此等文章，多一篇则有一篇之用。

四、熟读经典与原著

读书当循序渐进，步步为营，由浅入深，方能一睹学问佳处，此人所共知之理也。唯由浅入深之法则众说纷纭，体悟不一。吾之法无他，但熟读经典原著耳。学问梗概可于概论或书目中求得，而欲有真切之体会，识得庐山真面目，必须精读经典原著。否则只是隔靴搔痒，难得其中真谛。如精读徐宝璜《新闻学》一册书，胜读今人《新闻学概论》之类书籍若干种，此经典魅力之所在也。中文经典尚且如此，翻译之作尤当循此而进。方今译界，虚浮之气云山雾里，遂使千万译作鱼龙混杂，难辨优劣。慎重选择已成读译作之第一要务，选择不慎，开卷不唯无益，而且有害。为免此害，不若精读原著，虽或费时，然终究原汁原味，真切有味，正所谓向上一路，不入歧途是也。

五、温故与知新并举

学人读书之道，一在温故，二在知新。温故以睹前贤，知新以晓今情。二者相辅而行，岂可厚此而薄彼？温故不知新，则不免固守一隅，怎观井外之天？知新不温故，则流于浮泛浅薄，难得前人精髓。温故多旧籍，知新多新著。旧籍贵精读暗诵，新著当博览多识。精读暗诵以求学有根底，博览多识以求广拓视野。学有根底则可左右逢源，侃侃而谈；广拓视野则可旁征博引，发为宏论。前者为自得立身之学，后者为交友泛论之术。舍此二者，则难有大境界之学。

六、中西比较印证

本师尝训导诸生曰"读书为文当前挂后靠，左顾右盼，打成一片"，余深然之。恪守至今，受益无穷。前挂后靠者，古今贯通也；左顾右盼者，中西印证也；打成一片者，融会贯通也。此乃大境界之学也，虽不能至，然心向往之。古今贯通之意，已于"温故与知新"条明之，今再言中西印证。

中学、西学，本无高下优劣之分。王国维有论断曰："今之言学者，有新旧之争，有中西之争，有有用之学与无用之学之争。余正告天下曰：学无新旧也，无中西也，无有用无用也。凡立此名者，均不学之徒。即学焉，而未尝知学者也。"此言真可发今人之深省。中学与西学，二者各成体系，虽有隔阂，必有连贯。若一味固守国粹，动辄言秦汉，则实难融入今日之学界，且难有创新之论。若一意奢谈西籍，言必称希腊，则终归贩卖学问一途，所学所论于国事何益？更有甚者，以为如此可高人一等，则其情尤其可恶。为今之要务，当厚此而不薄彼，融会贯通，为我所用。以读书论，则须平心静气，既观西人之论，又查国人之言，参错比较，方出己论。往昔学者之所以能成大气象大境界之学，其诀窍在此！

七、多读与勤写

天道酬勤，万事皆然。为学之要，多读与勤写耳！

颜之推言："观天下书未遍，不得妄下雌黄。"黄宗羲言："读书不多,无以证斯理之变化。"博览群书之必要,于此可见。读书并无捷径可言,唯有"博综兼览"四字。一意读去,入眼既多,自有收获。但若只读他人之书,而无个人思考,则成毫无见解之两脚书橱也。章学诚评清儒"征实太多,发挥太少,有如桑蚕食叶而不能抽丝。"正中书橱之膏肓也。

前人多言,学与思当相辅而行,读书亦然。学,即为读他人之书;思,即为发自我之论。发挥自我之论,方法有三:一为随文批注;二为读书札记;三为成型论文。如此积少成多,假以时日,自然会收蓦然回首之效。是故,读书要勤,而笔头之功亦不可废。埋头苦读而忘却自我,笔耕不辍却不知读书,均非明智之举。

八、抄书之用

欲明华夏民族固有之思想学术,则当择儒、道、法、兵、佛诸家经典时时翻阅。欲得其门而入,则可于浏览之外,择其精要者手抄一遍,以求能暗诵于心。翻阅浏览者,眼学也;手抄记诵者,心学也。若论求学之法,则二者当交替采纳;若论体悟受益之深,则二者之别不可以道里计。俗云:"眼过千遍,不如手过一遍。"此乃读古今中外经典之不二法门也。

九、当具同情之理解心

陈寅恪曾云,今人对古人之学说,当有"同情的理解"之心,方可论说古人之学。清儒钱大昕亦教导后生于未明古人学说真谛之前,切不可动辄苛责古人,以一己之见凌驾于古人之上。此说甚是。读书若先有主观之见,则不能平心静气体悟前人学问真味。发为议论,或不免离题万里,所论与古人之心相去甚远。谬种流播,混淆视听,贻害不浅。朱熹云："读书之法无他，惟是笃志虚心，反复详玩，为有功耳。近见学者，多是卒然穿凿，便为定论；或即信所传闻，不复稽考。所以日诵圣贤之术，而不识圣贤之意，其所诵说，只是据自家见识，杜撰成耳，如此岂复有长进？"千载而下，能脱朱氏所论读书之弊者，寥若晨星。今之学者犹然！余谓我辈读书人，不唯对古人当有同情之理解心，对古往今来之一切学说，其苟能于学理上成一家之言，均应抱此等襟怀。切不可执一己之论，高自标榜，视他人之学为糟糠。进而言之，论学当如此，为人处世亦当秉此论而行。窃以为此义与孑民先生"思想自由，兼容并包"之思想略通一二。

十、当有往来切磋

古语云："独学而无友，则孤陋而寡闻。"读书亦同此理。千万人读《孟子》，或有千万种之孟子学说，其中或有千万种真知灼见，高于自家见识者，正不知凡几。若拘于一家之言、一孔之见，不知转益多师，往来切磋，则万难有长足之进步。王夫之有言曰"耳限于所闻，则夺其天聪；目限于所见，则夺其天明"，其中弊端，不言自明。是故，则当摒弃门户之见，不断与他人切磋论说，学习者可有之，批驳者可有之，辩难者可有之。王充《论衡》言："两刃相割，利钝乃知；两论相订，是非乃见。"此间正不知有几多主张，若能兼听并采，则收益之大不言而喻。要之，与他人交流论说，一则以广识见，二则以定是非，三则以交学友。有此三益，则何乐而不为？往昔游学之风甚盛，学者正借此以观学问之大。我辈生于今日，于读书之余，正当大兴往来切磋之风。此余深望于同辈时贤者也！

2004 年初冬

从认真读好一卷书做起*

古人云："读万卷书，行万里路。"这是读书人成长成才的必经之路。万里征程，要一步一步地走；万卷好书，也要一卷一卷地读。读，甚至读破万卷书，谈何容易？究竟该从何处入手，得其门而入，应该是困扰许多人的一个问题。就此问题，我曾专门向张积老师请教。恩师叮嘱：做学问要重基础，从经典入手，尤其得读懂弄通一本最为基础的经典著作，作为自己读书治学的"看家书"，是很多著名学者的共通之路。后来读书，了解到高亨先生也提倡并坚持"一经通，百经毕"的"一通百通"之法。他早年在清华大学就读时，曾选定《韩非子》一书作为主攻的对象，朝夕研读。《韩非子》作为他的"看家书"，成了他研究周秦典籍的起点，从此出发，他读通了一系列经典名著，取得了相当了不起的学术成果，最终成为一代学术名家。

如今年龄渐长，读书愈多，愈觉"看家书"的重要性和"一通百通"读书法的必要性。我的理解，这样的"看家书"，就好比干革命创事业的根据地，有此作为牢固的根基，就会心中不慌，越走越稳，越走路越长。胸中是否有"看家书"，是决定以后学问格局和气象的关键因素。由此体会到，读书要着眼于读遍乃至读破万卷，但在具体操作

---

* 发表于《北京大学校报》第1360期，第4版，2014年10月21日。

层面上，则要"卑之，无甚高论"，从老老实实、认认真真地读好一本书做起。

究竟该如何把一卷书读好呢？结合恩师的教诲和自己的经验，我想至少得经过四个阶段。

一是读完。选定一本书后，首先要做到的，就是从头到尾，完完整整，一字不落地将其读完。这难道不是很容易么？看似容易，实则未必。我上课时，经常向同学们提两个问题：一是从小到大，有哪位同学曾彻头彻尾通读过"四大名著"中的任何一本？二是每年寒暑假回家，大家都有带好几本书回家的习惯，但收假归来，有哪位同学曾彻头彻尾地读完其中的一本？满堂少年中，有肯定答案的总是寥寥无几。在我们个人的阅读生活中，随便翻翻浅尝辄止，刚开个头就另觅他书的情况也会经常发生；这种蜻蜓点水、走马观花的读法，作为消遣是可以的，但是要靠这样的路子研究学问、提高水平，恐怕很难有成绩。国学大师黄侃先生对于随随便便翻阅读书、点读数篇中途而废的读书方法很不赞同，讥讽其为"杀书头"。他读书治学讲究"扎硬寨，打死仗"，主张"读书贵专不贵博，未毕一书，不阅他书"。他自己读书，从来都是正襟危坐，将选定之书从头到尾部一卷一卷地详加评注圈点，从不读"杀头书"。

二是读熟。在读完一书的基础上，要反复读，以至精熟；精熟之后，还要定期拿出来重读，"温故而知新"。熟能生巧，用在读书上，也是对的。虽然读过或者读完一书，但对其语言、观点、内容、风格不能熟稔于心，时间长了，终会成为过眼烟云，了无痕迹。读书不熟，终是无济。就像仅有一面之雅的朋友和朝夕过从的朋友，其亲密程度根本无法相比。朱光潜先生就讲过，读书"最重要的是选得精，读得彻底，与其读十部无关轻重的书，不如以读十部书的时间和精力去读一部真正值得读的书；与其十部书都只能泛览一遍，不如取一部书精读十遍"。如此花大力气读一本书，其用意和目的就在于读精读熟。在求精求熟的过程中，精彩之处，该动笔头子抄的就要一字不苟地抄，该动嘴皮子的就要一字不落地诵读，该动脑子的时候就要整段甚至整篇地背诵。我上高中时，语文老师曾对我讲，学习语言文学，除了听、说、读、写四门基本功以外，还得有个"背"的基本功，古人摇头晃脑背书的习惯，并非一无是处。我看这真是正确的经验之谈。

三是读透。读完了、读熟了并不意味着就真正读懂弄通、读透彻了。精熟一书后，还要做到读透。"读书破万卷，下笔如有神"的关键在一"破"字，也即掌握书中精要，参透书中玄机，真正能够透过书面文字，理解作者的观点、意图，悟出书中的微言大义和弦外之音，了解全书的体例结构和研究方法，并能知其优劣，有所评述；甚至能设身处地，与作者感同身受，引发持久而深刻的共鸣。如读《红楼梦》，没有"一把辛酸泪，满纸荒唐言"的切肤之痛和悲凉之感，即便读得再熟，恐怕也不能算是读透了这本名著。古人云："读诸葛孔明《出师

在学生工作部工作期间参加读书沙龙

表》而不堕泪者，其人必不忠。读李令伯《陈情表》而不堕泪者，其人必不孝。读韩退之《祭十二郎文》而不堕泪者，其人必不友。"读此三文而至动情堕泪，其前提也一定是读透读破。

四是读活。读书不能读死书，死读书，读书死，这是古人十分宝贵的读书经验与教训。虽然耗费了很大的精力和时间读懂弄通一本书，但却深陷其中，为书所役，死在书下，成为只会掉书袋的"两脚书橱"和不通事务的"书呆子"，于己于人，是为迂，于社会于公务，则为害。清人钱泳云："为官者必用读书人，以其有体有用也。然断不可用书呆子，凡人一呆而万事隳矣。"原因就是前者把书读活读灵了，后者则把书读僵读滞了。那么怎样才能避免这样的陷阱呢？一言以蔽之，就是要以我为主，书为我用，达到"六经注我"的最高境界。在理论方面，努力做到融会贯通，守正创新，提出新知新解，甚至创造出新的理论体系。在实践方面，则要活学活用，学以致用，而且能够用好用对，将书中的理论、方法、观点融入自己的知识体系中去，结合实际情况，指导和推动工作的科学发展。在这一方面，毛泽东、邓小平等党和国家领导人，都是善于把书读活的优秀典范。

如此看来，读好一卷书也绝非易事，需要有大智慧，下大力气才能做到。在平常的学习工作生活中，选择一本自己喜欢的经典之作，认认真真、老老实实地读下去，读完、读熟、读透、读活，必定会为"读破万卷"打好坚实的基础。即便不为治学计，为了寻求生活中的乐趣，有一本与自己朝夕相处的"知心好书"，也未尝不好。"书卷多情似故人，晨昏忧乐每相亲。"这种读书境界，是值得每一位读书人努力追寻的优雅生活。

当然，强调认真读好一卷书，并非整日整月整年甚至数十年只守定一本书，而不知博观泛览其他书籍。理想的做法，应该是在"一年读十书"的浅读、泛读、快读的同时，养成并坚持"十年读一书"的深读、精读、慢读的习惯。二者相辅而行，假以时日，必有大益。

书不贵多而贵有灵气

平日读书，常见有学者以多产而炫于世，晚学后进常不免为其架势所唬，未读其书而奉若神明，未闻其言而盛称其名。不佞则大不以为然！盖因书不贵多，而贵有灵气。灵气者何？有价值也。有价值何？所贵乎有三：一贵有识，不乏真知灼见，能见人之所未见，发人之所未发，言人之所未言。二贵有才，文笔清通可读，不干瘪无味，不做八股文章，更不故弄玄虚。三贵有学，学问渊博，资料真实可贵，引证兼综博览，左右逢源而又恰到好处。如此之书，小则可益人神智，启人深思；大则能资治助教，有裨实用。读者于此等书，开卷则能手不释卷，终篇常觉意犹未尽。著述徒以数量相高，而不问其价值几何，其不明著述之理也甚矣！

乾隆贵为人君而好附庸风雅，平生所作诗歌达四万余首，几与《全唐诗》等量，可谓空前绝后，惜无一首为人称道。诗人之名，与其了不相涉。唐人张若虚，仅凭《春江花月夜》一篇，即压倒全唐诗坛，传颂至今，仍称经典。足见著者水准之高低，著述能否传世，原与数量无关。若无灵气，虽多亦奚为？若有灵气，只言片字又何妨？司马迁仅凭《史记》、曹雪芹仅凭《红楼梦》、鲁迅仅凭《阿Q正传》，即可不朽。此无他，有灵气之故也。若无灵气，即便著述数百万字，亦不过徒灾梨枣，码就一堆文字垃圾耳。

学者治学，贵在探求真知。著而为书，发而为论，但期有理有据，创为新知新解。真有能耐者，三言两语即能道破天机，解人疑惑。倘乏灵气，虽则千言万语，也只能让人云里雾里，不知所云。况且著述之事，甚为严肃，谈何容易？须有十年廿载之功底，朝思暮想之探研，以达博学多识，取精用宏之境，方能著就一部新书。而奢谈著述等身，动辄数百万字者，只知写书，何来积累？不佞因此而知其必乏灵气也！故曰：以多炫于世者，皆码字工人也。其人乃真不知学问者也！

2010年9月8日

经典的选择与阅读之法[*]

各位同志：

大家下午好！今天我分享的题目为"经典的选择与阅读之法"，分享的对象是从事实务工作的各位朋友，所以谈论的问题就尽量避免学术化、理论化，主要是结合实际工作和大家分享自己的一些体会和经验。我主要谈四个问题：为何读书？应读何书？何谓经典？经典的阅读之法。粗浅之见，还请大家多多批评指正。

一、为何读书？

对于已经工作且不以学术为事业的人来说，为什么还要读书，基本原因有三：修身、立业、乐生。

1. 修身的需要

人生是一个不断成长和完善的过程，需要从前人的经验中汲取必

---

[*] 2015年5月8日下午，在北京大学燕园大厦1217教室，首次为北京大学继续教育学院第三党支部全体党员和积极分子讲授，后又多次为校内外党政干部讲授。

要的养分。常言道:"不听老人言,吃亏在眼前。"书籍,尤其是优秀的书籍,就是人生大学中的重要教科书。开眼界,长本事,提能力,修气质,均要依靠读书。从人的气质修为而言,书卷气最为难得。"腹有诗书气自华""气质变化学问深时",这些耳熟能详的名言,都是在讲读书对一个人气质塑造的重要作用。曾国藩教导其子弟重读书时说,一个人的气质,主要由天生而来,很难改变,唯有读书可以变化气质。古代精于相面术的人,甚至说读书可以变换一个人的骨相。现实中,我们也会发现,有些人的相貌并不出众,穿着也不甚讲究,但其言谈举止中往往透露着一种儒雅之气,我们与其交往,也会觉得非常舒服,甚至有春风拂面、朗月入怀之感。这就是长期读书,长期熏染的效果。

　　孔子从是否学习的角度把世间的人分成四类:第一等人,生而知之。这类人,生下来天赋就好,不用学也可成为智者。第二等人,学而知之。通过学习完善自我,也可以知晓天地万物之理,他认为自己就是这类人。第三等人,困而学之。一般情况下不主动学习,只有在出现问题时,才被动去学,去寻求解决问题之法。第四等人,困而不学。根本就没有学习的意识和习惯,即便出现了困难和问题,也不知道去学习,这样的人简直就无可救药。职场中人,以上四种情况都存在。一般来看,有学习习惯和没有学习习惯,经常读书和根本就不读书或者读书甚少的人,他们的人生境界和气质修为,可能一天两天看不出来,但时间长了以后,一定能分出高下优劣来。宋代黄庭坚曾说,士大夫如果三天不读书,那么就无法用书中义理浇灌熏染心灵,其结果,照镜子会觉得面目可憎,和人交谈也会语言无味。这样下去,心中自然会增加许多尘俗之气,而世间百病皆可医,唯独这个"俗"字根深蒂固,万难根治。而医俗之法,最好的就是多读书,多读古往今来的有益之书。

　　当然,也有人会说,不读书,也不会影响一个人的正常生活,也不妨碍其成为好人,甚至不妨碍在某些方面成为名家专家。中国历史上的确出现过一些不识字的英雄豪杰。比如唐朝的禅宗六祖慧能法师，就一字不识，但却成为开宗立派的大师，是中国乃至世界上了不起的思想家。这些人的成功，在很大程度上是由天赋悟性好导致的，这类人几乎都是天才。但我相信在这个世界上，天才总是少数人，一般人绝不能单靠天赋，还得靠勤奋努力。要成功，聪明人尚且得下点笨功夫，更何况资质一般的人，更得下些常人所不能下的功夫。而读书学习，就是帮助自己不断成长，不断完善的重要途径。

最近，我在微信上看到一篇文章，大概的意思是，修养非关读书多少。这个观点有一定道理。的确，读书多的人未必品德修养就好，不读书者就未必没有道德修养，在一定程度上，读书、学问的多少的确与品行修养的高低并不成正比。宋代著名理学家陆九渊讲："若某则不识一个字，亦须还我堂堂地做个人。"从历史上看，天下很多事有时就败在一帮读书人手上；而在乡间地头，则有很多一字不识的老爷子、老太太反倒品行很好。这是个客观现实。但由此而否认读书的重要性，因此而弃书不观，无疑就是因噎废食之举。出现这些问题，并非书之错，也并非读书无用。读书甚多而修养不佳，问题应该是出在三个方面：一是读书人的心术不好，根子上就有问题。二是所读之书不同。天天读《厚黑学》这类书的人，和读《论语》的人，一定不一样。三是把读书和实际生活截然划开，不懂得知行合一。读书只是他装点门面、获取实际利益的敲门砖而已。

2. 立业的需要

也就是提高谋生之术，适应社会发展的需要。现代社会发展变化的速度实在太快，知识尤其是科学技术的更新常让人有目不暇接、无所适从之感。面对新形势、新情况、新问题，如何做到心有定力，手有良法，最低限度不被社会淘汰，也得靠不断学习和定期读书。

早在1939年，毛泽东同志就在延安在职干部教育动员大会上，意味深长地指出,在全党开展生产运动以解决物质供应问题的同时,应该同时开展学习运动,把全党建成一个"无期大学""社会大学"。为什么要这么做?一个非常重要的原因是,毛泽东敏锐地看到了随着形势的变化,全党同志都面临着一种前所未有的"本领恐慌",他形象地说:

> 我们队伍里面有一种恐慌,不是经济恐慌,也不是政治恐慌,而是本领恐慌。过去学的本领只有一点点,今天用一些,明天用一些,渐渐告罄了。好像一个铺子,本来东西不多,一卖就空,空空如也,再开下去就不成了,再开就一定要进货。我们干部的"进货",就是学习本领,这是我们许多干部迫切需要的。

如何去克服这种"本领恐慌"?一个有效的方法,就是重学习,好读书。在这一方面,毛泽东率先垂范,可谓党内酷爱读书而且能把书读好读活,真正做到学以致用的优秀典范,并由此而缔造了一个伟大的学习型政党。据毛主席生前的图书报刊管理负责人逄先知回忆,毛泽东除了自己爱读书外,还多次号召干部,养成看书的习惯,使看书占领工作之外的时间。这样的思想和做法仍对我们有很大的启示。

现在我们无论从事什么工作,是不是或多或少也存在着本领不够用、心中无底气的恐慌?答案一定是肯定的。除了个人的本领恐慌之外,我们还面临着一种越来越多的"行业消亡恐慌";并不是说我们的本领不够,而是随着技术的不断更新和社会的不断进步,一些原来看似很时兴、很繁荣的行业却整体被淘汰了。比如电报、ＢＰ机,还有诺基亚、摩托罗拉等手机的衰亡,以至1990年代传统工人的下岗浪潮,都是我们很多人目睹的行业消亡现象。行业消亡之后,原来在这个行业中的能手、精英,该何去何从,是一个绝大的问题。现在这种情况恐怕会越来越多。

面对"本领不够"和"行业消亡"的两种恐慌，作为具体的个人，是无动于衷、听之任之，还是有所醒悟、投入学习，虽然可能就是一念之差，一个习惯之别，但却会决定不同的人生走向。时间会证明，那些在工作中或在工作之余善于读书之人，迟早会脱颖而出。因为他们能够通过长期的积累，占领住思想的高地，永远不会被淘汰出局。这就好比是小鹰、小鸡、小鸭在起初阶段，都是在地上走，但随着时间的推移，雄鹰一定会飞上天空去搏击，打出一片广阔的天地，而鸡鸭之类仍在自己的一亩三分地上，志得意满、优哉游哉地过着它们的幸福生活。

一个人是成为雄鹰，还是鸡鸭，是否重视读书学习，应该是一个重要的分水岭。要成为雄鹰，恐怕就得借助书籍这个东风，"好风凭借力，送我上青云"。还记得王选先生说过，一个人在上学阶段，不要急于装满口袋，而要先装满脑袋，满脑袋的人最终也会满口袋。从现实情况来看，我们参加工作以后，和上学时会有很大变化，为了谋生立业，重点当然是在想办法装满口袋；但与此同时，仍然需要经常提醒自己，应该时刻心存"困而知学"的自觉性和紧迫感，通过读书往脑袋里装新思想、新知识，让我们的脑袋不要枯涩僵化，甚至被掏空耗干。民国时期，著名学者胡适曾对大学毕业生说，毕业之后，很有可能存在两种堕落的危险：一是容易抛弃学生时代的求知识的欲望，二是容易抛弃学生时代的理想的人生追求。为了防御这两方面的堕落，一方面要保持求知识的欲望，一方面要保持对于理想人生的追求。其中的一个具体药方就是："总得时时寻一两个值得研究的问题！"个人如此，单位也是如此。一个不重视学习、不懂得读书重要性、不懂得用知识和理论武装员工的单位，其工作水平一定不会高到哪里去，而其发展前景也一定令人担忧。

3. 乐生的需要

其目的在养成一种良好的生活习惯，提高生命的整体质量。有一句话讲得很好：闲暇决定人生。把我们宝贵的空闲时光投放在什么地方，是需要认真思考并慎重抉择的大事，这会决定我们的生活习惯，进而影响我们的生命质量和人生方向。工作之余各种正当的消遣都是必要的，这样生活才能丰富多彩，逛街、听戏、旅游、打游戏、看电视，甚至搓麻将、睡懒觉，只要不违背法律条文和社会公德，不影响自己的家庭幸福和身心健康，我看都是无可厚非之举。周作人在《北京的茶食》一文中有一段名言，可谓真正懂得人生的闲适意味："我们于日用必需的东西以外，必须还有一点无用的游戏与享乐，生活才觉得有意思。我们看夕阳，看秋河，看花，听雨，闻香，喝不求解渴的酒，吃不求饱的点心，都是生活上必要的——虽然是无用的装点，而且是愈精炼愈好。"但我个人总想说，对于一个有了基本文化储备且有一定梦想的人而言，最好能将读书当成自己的一种生活方式，在"浮生难得半日闲"的状态下，能给读书留下一席之地。这应该是一种费力甚少而获益甚多的文化投资，只要愿意投入时间精力和感情，总会有潜在或显在的收入。

在实际生活中，我们会发现，但凡有读书习惯的人，每次和他接触，都会觉得他有新的进步，他的思想和见解，就像那源源不断的活水，总会涌出新鲜的甘泉。这也在一定程度上印证了康熙皇帝的一段名言："凡事可论贵贱老少，惟读书不问贵贱老少。读书一卷，则有一卷之益；读书一日，则有一日之益。此夫子所以发愤忘食，学如不及也。"除此之外，经常读书的人的心态也会非常平和，其精神生活的质量也会非常高。因为他有自得之乐，不徐不疾，眼界高，胸怀广，充满了自信和从容。明代杰出的政治家于谦有一首《观书》诗，很能体现这种生活的趣味和境界。

> 书卷多情似故人，晨昏忧乐每相亲。
> 眼前直下三千字，胸次全无一点尘。
> 活水源流随处满，东风花柳逐时新。
> 金鞍玉勒寻芳客，未信我庐别有春。

大家都知道，每年的 4 月 23 日为世界读书日，该节日的一个重要目的就是定期提示人们阅读的重要性。我则认为，真正的读书人，其生命中的每一天都是读书日，每一处都可成为读书地，因为读书已经成为他生命的重要组成部分。鲁迅先生曾非常风趣地形容这种自觉自发的读书方式："嗜好的读书，该如爱打牌的一样，天天打，夜夜打，连续的去打，有时被公安局捉去了，放出来之后还是打。诸君要知道真打牌的人的目的并不在赢钱，而在有趣。牌有怎样的有趣呢，我是外行，不大明白。但听得爱赌的人说，它妙在一张一张的摸起来，永远变化无穷。我想，凡嗜好的读书，能够手不释卷的原因也就是这样。他在每一叶每一叶里，都得着深厚的趣味。自然，也可以扩大精神，增加智识的，但这些倒都不计及，一计及，便等于意在赢钱的博徒了，这在博徒之中，也算是下品。"在大学工作的人，整天与文化打交道，尤其应该有些这样以读书为乐趣的良好习惯，起码要有些和老师学生平等对话的文化储备。

有人说，青年学子读书的身影，是北大校园里最美的风景，我特别赞同这个说法。说句心里话，我每天步行上班，经过静园草坪，看到众多师生晨读的场景，都会备受感染。今年春天的一个雨后清晨，光景一时新，空气格外好，路过静园草坪时，看到牡丹花盛开，层层叠叠，缤纷灿烂，煞是好看，花丛旁边的烈士纪念碑前，松柏之下，聚集着很多人在集体晨读。我触景生情，赋诗一首：

咏静园草坪晨读者

匆匆流转已春深，无限风光雨后晨。

松下花丛最想望，满园尽是读书人。

南宋倪思曾言："松声、涧声、山禽声、夜虫声、鹤声、琴声、棋子落声、雨滴阶声、雪洒窗声、煎茶声，皆声之至清者也，而读书声为最。闻他人读书声，已极可喜；更闻子弟读书声，则喜不可胜言矣。"满园尽是读书人，处处可闻读书声，这才是一所大学应该常有的文化景观。去年我们开始安排到学院参加培训的学员，开展经典晨读活动，并为此而编写了《未名湖畔好读书》的晨读手册。虽然每天用时仅有十分钟左右，但其用意却在让大家找回亲近经典的感觉，养成一种良好的习惯：在琅琅书声中开始一天的学习和工作，也让我们的工作人员在一片书声中，抖擞精神，开始一天的工作。真正实现大家"未名湖畔好读书，博雅塔下宜聆教"的梦想。这么做，我们的培训也会增加一些北大特色和文化味道。

二、应读何书？

与专职的学术研究者不同，工作是我们的主业，读书是我们的副业，因此选择读书的标准就应该有所差异。应该读哪些书呢？我的意见是，重点读自己感兴趣，并且对自己有益有用的经典之作，即坚持趣味性、实用性和经典性三个基本标准。

1. 趣味

读书是一项个性很强的活动，每个人的读书志趣、习惯和方法绝不能等同划一。即便在同一时间同一地点，很多人在读同一本书，最终所得的效果也会千差万别。在求学和工作阶段，除了一些硬性规定的必读书外，我们应该自主选择其他书籍。需要注意的是，我们读书，需要认真听取并充分借鉴前人、名人和师友的主张和意见，但又不能照单全收，盲目遵从，而是主权在我，必须根据自己的趣味眼光和实际需要去选择。相比之下，趣味应是第一位的标准；因为世间万事皆可勉强，兴趣虽然可以培养，但却万难勉强。

我在大学一年级时，曾选修信息管理系孟昭晋先生的"人类文化学"一课。孟老师曾在课上向全班同学推荐一本书和一本杂志：书是费孝通先生的《乡土中国》，杂志是《读书》。孟老师还补充说，衡量一个人爱不爱读书的重要标志，便是看他是否爱读《读书》杂志。这当然是非常重要的指导意见，但也好像给我们全班28人戴上了一个镣铐。当时我们都谨遵先生之教，或买或借，分头去读。至今还记得，《乡土中国》读来真是酣畅淋漓，爱不释手，让我和同学都惊叹，学术著作原来还可以这样精彩、有趣。而后者，无论我们怎么去读，总是没有感觉。参加军训时，我买了好几本《读书》杂志，放在枕头底下，得闲便翻阅，但无论怎么硬着头皮去看也看不下去，不知道那些作者在说啥，我和作者之间根本就没有交集。问问周边的同学，大家也有同感。那咋办？索性横下心来，像这样的东西不看也罢。但这毕竟留下了一个不能解开的心结。时隔10多年，后来我在新闻与传播学院给本科生讲授"期刊编辑实务"课时，有学生做期刊案例分析时，就通过比较丰富的论据证明了《读书》杂志由盛而衰的重要原因之一，就是文章越来越晦涩，越来越脱离普通读者。看来我当初的感觉并没有大错，至此，我心中的《读书》心结才得以解开。时至今日，我自认为也是普通人中一个好读书之人，但却几乎不读《读书》这样的杂志，的确是有负老师的教导，但又有什么办法呢？

徐志摩曾告诉青年人，读书时应该把一句话记在心里："舌头是你自己的，肚子也是你自己的，点菜有时不妨让人，尝味辨味是不能替代的；你的口味还得你自己去发现（比如胡适先生说《九命奇冤》是一部名著你就跟着说《九命奇冤》是一部名著，其实你自己并不曾看出他名在哪里，那我就得怪你），不要借人家的口味来充你自己的口味，自骗自决不是一条通道。"从我的经验来看，如果不是为了做专门的研究，也不是为了完成规定的任务，而是在职场中打拼，对于别人推荐的书，我们可以先拿来翻翻，觉得好便往下读，觉得不合口味，弃之一旁也无妨。原因是我们的空闲时间是有限的，而我们的选择又是多样的，何必胶柱鼓瑟，去自寻烦恼和压力呢？还是多读些能提起自己兴味的好书吧。不过，前提是，可以不读自己不感兴趣的书，自己感兴趣的书则一定要读，而且要力争读好。

2. 有益

兴趣之外，还应该重点选择那些对自己有用的书，应该有些"正其谊而谋其利，明其道而计其功"的功利性。那些有助于我们修身养性，有助于应接世务、提高工作水平、应付现实困难的好书、经典书，更要重点读。我们经常会听到一些人说，读书不要有太多的功利性，而应该注重"无用之用"，重道而轻术，甚至不言术。对此我一直抱有不同意见。读书固然要重形而上的道，但也不能轻视或者否定形而下的"术"，二者应该是相辅相成、互为补益的。比如学习新闻与传播学的学生，大学几年，学了一大堆基本理论，讲起大道理来头头是道，却对如何做专访，如何剪辑片子，如何设计产品宣传方案之类的基础操作问题一无所知，难道不是十分令人匪夷所思之事么？

我常想，对于衣食无忧，不用考虑稼穑艰难的人来说，当然可以一味凭着感觉和兴趣走。比如我的一位韩国师兄，他本是韩国的富豪，家底甚厚，完全可以不为生计担忧。他的一个爱好就是去各国的大学拿博士学位。读完美国的，又读日本的，我上学时，他又来到中国读肖老师的博士，整天过得优哉游哉，望之恍如无关世务的神仙中人。

像师兄这样的人毕竟是少数，对于芸芸众生如我之辈，很难做到。在很多情况下，就必须读一些功利性很强、能够解决现实问题的书。在我的阅读生活中，功利性的读书还是占有很大比例的。我们很多人在选择书籍时，都会有一个基本的预设判定：读了这本书，对我一定要有启发，有帮助。我们也常讲，读书要能做到知行合一，学以致用。读了学了不能落到实处，不能对实际工作有所助益和促进，不能提升生活的质量和人生的境界，那读它又有何用呢？

3. 择要

不论是听从兴趣，还是讲求实用，我们的精力和时间毕竟总是有限的，不可能把自己感兴趣且有一定用处的书都拿来读一遍。事实上，即便真正把这样的书读完了，也未必真有什么好处。郑板桥曾用风趣的语言说明读书要择要求精："五经、廿一史、藏十二部，句句都读，便是呆子；汉魏六朝，三唐两宋诗人，家家都学，便是蠢材。"在这种情况下，该怎么办？会读书人都主张把好钢用在刀刃上，集中精力攻读那些好书，甚至是好书中之极品书，这就是所谓的经典。

为什么要这么做？

一是因为古往今来的书籍浩如烟海，而经典之书则有目可数，真正值得阅读的就是这些经典。二是因为从实用的角度来看，真正会读书的人，在博览群书的同时，尤其要精熟几部书。历史上记载，宋代开国名相赵普曾以半部《论语》辅佐皇帝打天下，又以半部《论语》辅佐皇帝治天下，真正做到了"欲为一世经纶手，止读数篇紧要书"。明代藏书家汪道昆藏书甚多，但读书却重精读。他的观点是，"人生所用书，只需精熟数种而已"，其他的书籍虽然很多，但其作用主要在于"聊备检证"。这无疑是一种非常通达的主张。吾师张积先生就多次教导我，读书一定要有"看家书"，作为自己为人为学的根据地。这里所讲的"本根书""看家书"，都是指经典而言。

一个人在三十岁前后，如能做到胸有三五本看家书，精读十来本好书，那么做学问的基本功就算打下了。职场中人，即便不为做学问计，也应在其床头案头，常备一两本经典要籍，经常诵读，以求精熟。

三、何谓经典？

既然读书应重点读经典，接下来要解决的问题就是究竟什么是经典？迄今为止，中外的很多学者都给"经典"下过不同的定义。比如王余光先生就认为："我们常说的经典，是指那些具有重要影响的、经久不衰的著作，其内容或被大众普遍接受，或在某专业领域具有典范性与权威性。"意大利著名作家卡尔维诺也在《为什么读经典》中提出了"经典"的十四个定义和特征，读来颇有启发。

为了对"经典"这个概念有更准确和深入的理解，我们先分别探讨一下"经"和"典"的本来意义。

"经"的篆体字为"經"，原义指织布机上与纬线相对应的垂直方向的纵线。古人认为，在织布或织丝时，只有纵向的经线先确定后，横向的纬线才能有所依附。由此而认为"经定而后纬正"，经因此成为前提性、先决性的东西。后来与图书典籍联系在一起，就指那些重要的权威性图书典籍。在汉武帝以前，一些重要的图书就已经被冠之以"经"的名号。如《易经》《书经》《诗经》《墨经》《道德经》《黄帝内经》《周髀算经》《甘石星经》，等等。在汉武帝实行"罢黜百家，独尊儒术"的文化政策以后，以孔子为代表并经董仲舒加工改造的儒家思想成为当时占统治地位的思想，而相应的一些重要的儒家著作也脱颖而出，成为封建政权法定的经典，地位越来越高。在传统目录学的经、史、子、集四部分类体系中，经部书专指那些被封建统治者确定的并为儒家所尊奉的重要典籍，包括众所周知的"五经""十三经"。在传统社会中，这类图书具有高过其他一切图书典籍的至高无上的地位。清代纪昀在《四库全书总目提要》的经部总序中讲，"经禀圣裁，垂型万世，删定之旨，如日中天"，经部的书籍记载的乃天下至高无上、永远正确、万世通用的公理。今天，除了专业的目录学研究以外，当我们把"经"与图书联系在一起时，已经不再局限于儒家经典，而是更多地回归其本来意义。袁行霈先生就指出，现在研究中国传统文化，要从多个源头清理中华文明的来龙去脉，广泛地吸取其中的精华。基于这样的理念，他倡议对《十三经》重新编选和校注，新编的《十三经》应该收入以下十三种典籍：《周易》《尚书》《诗经》《礼记》《左传》《论语》《孟子》《荀子》《老子》《庄子》《墨子》《孙子兵法》《韩非子》。

"典"的篆体字为"鼎"。《说文解字》解释说："典，五帝之书也。从册，在几上，尊阁之也。"并引庄都之说云："典，大册也。"在纸张发明之前，我国的先民曾选用竹木、丝帛、金石、兽骨作为文字的载体，其中又以竹木之用最为广泛长久，由此形成流行甚广影响甚远的简册制度。根据文献记载和考古发现印证，这种制度有一个基本的规律，即"以策之大小为书之尊卑"。显然，那些"大册"一定是比较尊贵的重要图书典籍。根据《说文解字》的解释，"典"除了形制上比较大以外，从内容属性上来看，乃传说中的五帝之书，要比一般书尊贵；从珍藏方式来看，是被专门供奉、珍藏于"几阁"之上的书籍。

"经"与"典"连用，用在图书领域，就是指那些具有权威性、典范性且具有广泛而深远影响力的重要图书典籍。参照卡尔维诺的定义方式，在我们看来，经典书籍应该有十条基本特征或者属性，一言以蔽之，就是经典的文化特质：

1. 经典是书籍金字塔顶的那些少而精的"书中之书"，在浩如烟海的书籍中特立独行。

很多学者都提出来，中国典籍虽然很多，但基本的要籍也就几十种而已。清人曾国藩认为:"古今书籍浩如烟海,而本根之书不过数十种。经,则《十三经》是已;史,则《廿四史》暨《通鉴》是已;子,则十子是已(五子之外,《管》《列》《韩非》《淮南》《鹖冠》);集,则《文选》《百三名家》,暨唐宋以来专集数十家是已。自斯以外,皆剿袭前人之说以为言,编采众家之精以为书。"再如1984年1月25日,在我国台湾某报纸上登载了一封由俞大维口述的《给女作家陈荔荔的一封信》。信中谈及:1912年,陈寅恪第一次从欧洲回国时,曾去拜见其父陈散原的老朋友夏曾佑。夏曾佑对他说:"你是我老友之子,我很高兴你懂得很多种文字,有很多书可看。我只能看中国书,但可惜都看完了,现已无书可看了。"时年22岁的陈寅恪对夏曾佑的这番话很不理解,告别出来时心想,此老真是荒唐,中国书籍浩如烟海,哪能都看完了?后来,陈寅恪70岁左右的时候,又见到表弟俞大维,重提当年那件往事,感慨道:"现在我老了,也与夏先生同感。中国书虽多,不过基本几十种而已,其他不过翻来覆去,东抄西抄。"曾国藩、夏曾佑和陈寅恪均为一代文史大家,他们的说法具有很强的代表性。他们所说的"本根之书""基本书",均指那些少而精的经典著作。

2. 经典的产生殊为不易,因为需要具备很强的独创性,它是特殊年代、特殊地区、特殊人物厚积薄发的产物。

并不是每个时代都有可能产生经典,辉煌的时代,经典往往会呈井喷之势,层出不穷,而平庸的年代,几百年也出不了经典。而每一部经典的产生过程都是缓慢、艰难的,需要精雕细琢,不断完善。张舜徽先生说:"著述之业,谈何容易,必须刊落声华,沉潜书卷,先之以十年廿载伏案之功,再益以旁推广揽披检之学,反诸己而有得,然后敢着纸笔。必有自得之实,方可居作者之林。"而要成为经典,更是难上加难,这也是经典数量不可能很多的重要原因之一。清人顾炎武认为,只有那些"古人之所未及就、后世之所不可无,而后为之"的书，才能真正成为传之不朽的精品。像《资治通鉴》和《文献通考》这样的名著，都是作者"以一生精力成之，遂为后世不可无之书"。也就是要在前人研究的基础上，开拓新领域，研究新问题，做出对当代和后世均有价值和意义的研究成果，进而呈现出独特的面貌和风格来。正是在这一点上，经典的独特性、深刻性和畅销书的模式化、批量化形成了鲜明的对比。

从中国的著述史来看，"十年磨一剑"甚至"终身磨一剑"的厚重之作，都会让那些"一年磨十剑"的急就章相形见绌。而要做到十年磨一剑，往往需要著述之人抛弃很多东西，心无旁骛地专心笔耕，倾注毕生的心血和精力去完成自己的名山之作，因此他们很多人的人生经历经常是孤独寂寞甚至是不幸的。中国的著述史上一直存在着"发愤而著书""文章憎命达""诗穷而后工"的现象。孔子、司马迁、杜甫、蒲松龄、吴敬梓、曹雪芹，这些令后人"高山仰止"的文化大家，都有些"千秋万岁名，寂寞身后事"的悲凉和无奈。从一定意义上，是这些文化巨匠用自己的人生悲剧为我们打造出了民族的不朽经典。因此，面对其人其书，我们应该有一种"温情的敬意"，绝对不可妄自菲薄。

3. 经典是经过长久的时间考验和人们的精心选择而形成的，是大浪淘沙、沙里又淘金后涌现出来的精品，因此具有很强的历史性。

经典一定是经过历史选择出来的"最有价值的书"。关于这一点，冯友兰先生有很精到的论述："怎样知道哪些书是值得精读的呢？对于这一个问题不必发愁。自古以来，已经有一位最公正的评选家，有许多推荐者向它推荐好书。这个选家就是时间，这些推荐者就是群众。历来的群众，把他们认为有价值的书，推荐给时间。时间照着他们的推荐，对于那些没有永久价值的书都刷下去了，把那些有永久价值的书流传下来。从古以来流传下来的书，都是经过历来群众的推荐，经过时间的选择，流传了下来。"从这个角度来讲，经典具有长久的生命力和永恒的价值,这一点如果与畅销书"各领风骚三五月"的时尚性相比,就会更为突出。当然,从中国历史上来看,经典的形成机制是一个错综复杂的过程,受到政治家、学者和群众不同群体的多维影响。比如儒家经典如果没有汉武帝"罢黜百家,独尊儒术"的强有力政策,可能就不会有后来那么显赫的地位。但无论如何,一本书籍能否成为经典,最根本的因素还是取决于其内容。

4. 经典具有鲜明的时代性,经典会打上时代的烙印,并随着时代的变迁而起伏。

一方面,不同的时代可以产生不同的经典,不同时代的经典会打上那个时代鲜明的历史烙印。以文学为例,古代有楚辞、汉赋、六朝骈文、唐诗、宋词、元曲、明清小说,到了民国,新文学领域又涌现出了大量的散文、诗歌、小说、戏剧,今天看来,其中也有不少经典之作。新中国成立以来,有人认为,凡是获得茅盾文学奖的作品,都有成为经典小说的可能性。但最终结果如何,还需时间考验,还需沙里淘金。

另一方面,有些经典因为不同时代的政治、经济、文化等多方面的因素,地位和影响会有所不同。比如汉代许慎的《说文解字》一书,在清代就特别受到学者的推崇,这是中国古代学术发展的必然趋势,也是乾嘉学派"读书自识字始"的学术主张的具体体现。直到民国时期,很多学者仍将其列为国民的基础读物之一。朱自清先生《经典常谈》一书的开篇,选的便是《说文解字》。可是到了今天,对于一般读者而言,要读中国传统经典,一般都很少从此书入手,因为我们已经有了更适合今人查阅的多种字典词典。但这并不能否认《说文解字》是一部文字学中的经典著作,如果要进行专业的研究,还是应该将其作为必读书,下功夫认真研读。

5. 经典具有鲜明的国家和民族的文化特性。

首先，不同的国家和民族都会有不同的经典。以我国为例，中国的传统文化是由56个民族共同创造和发展起来的，呈现出"多元一体"的格局和特征。在这种文化格局下，除了汉族的经典之外，藏族、蒙古族、柯尔克孜族也分别有自己的英雄史诗《格萨尔》《江格尔》《马纳斯》，这些都是中华民族珍贵的文化遗产，我们在谈论中华民族的传统经典时，必须把这些典籍纳入其中。

其次，那些具有根本性、生发性的经典，会在一定程度上决定一个国家和民族的生活样式，进而形成不同的民族性格和文化特征。德国著名哲学家卡尔·雅斯贝斯在1949年出版的《历史的起源与目标》中，把公元前800年到公元前200年称为世界历史的"轴心时代"，认为这是人类文明精神的重大突破时期。这个时期，各个文明都出现了伟大的精神导师——古希腊有苏格拉底、柏拉图、亚里士多德，以色列有犹太教的先知们，古印度有释迦牟尼，中国有孔子、老子……他们提出的思想原则塑造了不同的文化传统，也一直影响着人类的生活。"这个时代产生了直至今天仍是我们思考范围的基本范畴，创立了人类仍赖以存活的世界宗教之源端。""轴心时代"的古圣先贤巨大的创造力和影响力，则主要是通过生前的传道授业解惑和身后的图书典籍。为什么会有这种现象？仅以中国为例。因为人类从茫然无知、崇拜自然、崇拜鬼神、崇拜祖先、到处求神问卜的夏商西周蒙昧时期，发展进化到春秋战国，学术下移，出现了私人著述、私人藏书、私人讲学。人类进入开窍的青少年时期，试图回答人与自然、人与社会、人与人之间的关系，或者回答"我从哪里来？""要到哪里去？"等根本性问题。所以就出现了一批所谓的圣人和贤人，他们的著述就逐渐成为经典，后世人还要回答这些根本性问题，还要在这些经典中寻求答案，因为这些经典提出并回答了人类精神生活中的众多根本性问题。这些典籍，都已经成为各个国家与民族精神文化方面永恒的"元典"。比如《吠陀》之于印度，《圣经》之于基督徒，《古兰经》之于穆斯林，《荷马史诗》《理想国》《形而上学》之于希腊人，"四书五经"之于中国人，无不如此。所以有人说，要了解一个国家和民族，最好是从决定这个民族文化基因的几本重要典籍入手。

复次，一个国家和民族文化的持续发展，必须对她的重要典籍进行研习、传承、扬弃与创造。清代龚自珍《定庵续集》里说："欲知大道，必先为史。灭人之国，必先去其史。"这里所说的"史"，也包括了本国家本民族的重要典籍。可惜的是，自近代以来，因为国势的衰微、政局和文化理念的转变，国人对传统文化以及承载传统文化的典籍的态度，经历了从"看不起"到"看不到"，再到"看不懂"的历史过程。钱穆先生因此感慨道，对中国文化失去信心是中国文化的最大危机。可喜的是，党的十八大报告已经强调，今天的中国要"建设优秀传统文化传承体系，弘扬中华优秀传统文化"；作为传统文化的重要基础内容之一，传统经典理应得到必要的重视和广泛的了解。习近平总书记更是提出了"文化自信"的重要执政理念。2014年9月9日，他在北京师范大学看望教师学生时提出，"我很不赞成把古代经典诗词和散文从课本中去掉，'去中国化'是很悲哀的。应该把这些经典嵌在学生脑子里，成为中华民族文化的基因"。在新时期听到党和国家领导人能有如此高瞻远瞩的见解和眼光，我们甚感敬佩和欣慰。

6. 从研究的角度来看，经典作为具有重大原创性奠基性的著作，具有持久的震撼力、生发性与开放性，值得深入研究，多方诠释，可以生发出许多有意义的重大问题，甚至形成重要的学科、学派。

美国学者安德斯·斯蒂芬森说，经典之所以成为经典，"在于它们不断地接受重新诠释"。冯友兰先生也指出，"以述为作"的著述方式是儒家学术赖以成为系统的根本方式。同样一部《论语》，后世不同的注解、章句、笺疏、集解，看似都是在阐述《论语》，实则更重要的是在反映注解者的意见和主张。不独儒家如此，在一定程度上，这也是整个中国传统学术文化接续发展的一种普遍方式。从这个角度来看，中国学问犹如葡萄藤，一串串的累累果实都是从一个重要的点上逐步生发出来的。不研究这些点，就无法读通弄懂后来的大量书籍。《周易》《老子》《论语》《孙子兵法》这些先秦时期出现的"元典"，篇幅都不长，但后世的解释、研究之作，真可谓叠床架屋，举不胜举。很多专门的学科便由此而形成。比如，围绕着《说文解字》《文心雕龙》《红楼梦》等书，形成了"说文学""龙学""红学"，研究之人如过江之鲫，甚是壮观。从这个角度来讲，这些书都是一些"源头"书，读书首先要重视这些书，先从这些书读起，越往下读就越有涣然冰释的感觉。金克木先生就指出，在读古书时，应首先阅读《易》《诗》《书》等十部经典："首先是所有写古书的人，或说古代读书人，几乎无人不读的书必须读，不然就不能读懂堆在那上面的无数古书，包括小说、戏曲。那些必读书的作者都是没有前人书可替代的，准确些说是他们读的书我们无法知道。这样的书就是：《易》《诗》《书》《春秋左传》《礼记》《论语》《孟子》《荀子》《老子》《庄子》。这是从汉代以来的小孩子上学就背诵一大半的，一直背诵到上一世纪末。这十部书若不知道，唐朝的韩愈、宋朝的朱熹、明朝的王守仁（阳明）的书都无法读。连《镜花缘》《红楼梦》《西厢记》《牡丹亭》里许多地方的词句和用意也难于体会。"

7. 随着知识更新速度的加快和现代学科体系的发展，经典的学科性开始特别凸显。

人们经常讲传统社会的早期文史哲不分家，有很多"上知天文，下知地理"的百科全书式的大学者。这是因为先前的学科体系不像现在这样规范和细致，人们阅读的对象更多的是具有普适性的经典著作。如钱穆先生1978年在《从中国历史来看中国民族性及中国文化》中提出，《论语》《孟子》《老子》《庄子》《六祖坛经》《近思录》《传习录》七部书最能代表中国文化精神，是中国人的总纲，也是中国人的必读之书。吴小如先生也曾提出，把《唐诗三百首》《四书》《古文观止》从头到尾都看过，都背过，就能打好国学基础。两位先生所提到的书都是通用性、普适性的经典。除了这些普适性的经典著作以外，图书领域更多的则是不同学科不同领域的经典，适合专门的研习者去研读，在当代更是如此。有此学科必读而彼学科完全可以不读的书。中国目录学有一个非常优良的传统，清代章学诚概括为"辨章学术，考镜源流"。每个学科都有学术发展史，那些发微、奠基或集大成之作，值得重点研读。比如我们研究中国书籍史和出版史，叶德辉的《书林清话》、王国维的《简牍检署考》都属于不能不读，甚至不能不熟读的经典之作。再如传播学研究中也有"四大先驱"以及集大成者之说，他们各有重要的代表性著作。但对于研究数学、经济、政治等学科的人而言，不读甚至不知这些书，也没有什么大碍。这一点就提示我们，现代学科体系建立起来以后，术业有专攻，隔行如隔山的特点越来越明显。因此在读书和研究中，应该有一种"厚此而不薄彼"的宽容心态。我研究的领域别人不知不明，是很正常的。在重视自己领域经典的同时，也要对其他领域的经典有必要的敬畏之心。

8. 经典是值得人们反复阅读，甚至百读不厌的书，因为经典具有丰富而厚重的内涵。

苏轼有诗云："旧书不厌百回读，熟读深思子自知。"这里的"旧书"系指那些经典的好书而言。卡尔维诺也说："经典作品是那些你经常听人家说'我正在重读……'而不是'我正在读……'的书。"孔子喜读易以至"韦编三绝"，赵普"以半部《论语》打天下，以半部《论语》治天下"，白崇禧标榜自己"半部《左传》治广西"，讲的都是一部书可以精读数遍，可以用读十本书的精力读好一本书。经典一定是值得我们终生反复阅读而且每读一次都会有新知新解新悟的好书。比如不少人读《诗经》《论语》《孟子》《资治通鉴》《红楼梦》等书时，总有读不够、常读常新之感，这是因为经典的内容太丰富、太深刻，所以大多数情况下，阅读经典并非易事，而是需要有一定的知识储备、文化素养、人生阅历和阅读能力作为基础，读不太懂或者根本不懂，是普通读者初次接触经典时常会遇见的问题。这当然不是经典之错，而是我们的水平有限，需要提高的是我们自己。但一旦进入经典找到感觉后，收获就会与日俱增，开卷有益就会成为一种常态。这恐怕也是应该反复阅读经典的客观原因之一。相比之下，一些流行一时的畅销书，如有闲暇和兴趣，翻读一遍便足矣；因为这样的书，内容较浅，缺乏值得咀嚼的味道。以我的理解，世间所有书籍，都可分为四种：看家书、精读书、泛读书、备检书。对于看家书，应该反复仔细阅读以致无比精熟，部分内容甚至全部内容都能背诵，并能运用自如。对于精读书，则至少系统读过三遍，且有必要的札记，对其框架、观点、方法、风格十分了解。对于泛读书，则取"随便翻翻"主义，闲时一阅，有个大概了解，感兴趣者记下来，过一遍即可。对于备检书，主要针对工具书而言，有问题、有疑惑时拿来查找翻阅即可。这里所指的看家书、精读书，就主要指经典而言。

9. 对于当代人来说，经典，尤其是古籍中的经典，往往存在着"知之者较多"而"读之者较少"的矛盾现象。

如经部中的"四书五经"，史部中的"前四史"和《资治通鉴》，子部的诸子百家，集部的唐诗宋词元曲以及四大文学名著，对于稍有文化基础的中国人来说，都会知道，但却未必都读过。我们姑且"卑之无甚高论"，即便像《唐诗三百首》《古文观止》以及"四大文学名著"这类耳熟能详的常见书，恐怕也很少有人读完读好。我们在北京大学为本科生上课时，经常会向同学们提两个问题：一是从小到大，有哪位同学曾彻头彻尾通读过"四大名著"中的一本？二是每年寒暑假回家，大家都有带好几本书回家的习惯，但收假归来，有哪位同学曾彻头彻尾地读完其中的一本？满堂少年中，有肯定答案的总是寥寥无几。在我们个人的阅读生活中，随便翻翻浅尝辄止，刚开个头就另觅他书的情况也会经常发生。因此就无法深入、系统地了解经典。可是这些经典书籍却是非常基础、非常重要的。如著名学者汪辟疆先生、余嘉锡先生就非常强调读常见的经典书，他们分别将自己的书房命名为"读常见书斋""读已见书斋"。

10. 不论什么样的经典，到了不同读者那里，都会有一个"选择性接受"的问题。

读书是一项个性很强的活动，每个人的读书志趣、习惯和方法绝不会等同划一。即便在同一时间同一地点，不同人在读同一本书，最终所得的效果也会千差万别。真正会读书的人，在求学和工作阶段，除了一些硬性规定的必读书外，都会自主选择自己的其他书籍。很多学者都指出，我们在选择和阅读书籍时，既需要认真听取并充分借鉴前人、名人和师友的主张和意见，但又不能照单全收，盲目遵从，而是主权在我，必须根据自己的趣味眼光和实际需要去选择。相比之下，趣味应是第一位的标准。因此，不同人心目中会有不同的经典。民国时期黄侃先生在北京大学任教时，面对声势浩大的白话文运动，不为时风所动，坚持提倡和使用文言文，甚至提出"八部书外皆狗屁"的观点，意谓平生信奉推重的经典只有八部，即《毛诗》《左传》《周礼》《说文解字》《广韵》《史记》《汉书》《文选》，其余均不可论，更不用说白话文。这样的选择，并没有妨碍黄先生成为一代国学大师。黄先生的经历给我们的启发就是：我们可以不读自己不感兴趣的经典，但一定要把自己感兴趣且认为有价值的经典读好。当每个人都在尊崇经典的前提下，自觉选择自己感兴趣的书去认真阅读的话，整个社会的文化氛围也会发生很大的变化。今天我们要构建"书香社会",首先要解决的问题,就是要引发国人对读书的兴致以及对经典的敬意,让大家认为读经典是有益的、必要的、美好的,进而养成主动读书的习惯。接下来,至于读什么、怎么读的很多问题,都会迎刃而解。

四、经典的阅读之法

应该如何阅读经典?前哲时贤就此问题,多有论述。每个人的读书之法也会有很大的差别。但不论采用什么方法,就是先要解决是否愿意读书,是否认可读书价值的根本问题。廖沫沙先生说:"谈读书方法的第一个问题,是要问一个人要不要读书,爱不爱读书。读书的第一个方法,是要养成读书的习惯,养成读书的兴趣和嗜好。——任何时候地点,只要有可能,就打开书本,毫不犹豫。任何书都愿意读,从历书一直到小摊上的连环图,只要拿得到手,就翻开来认真而有趣的读。"廖先生提到的是一个先决性的问题。与人谈读书,首先就得教其认可读书的价值,以读书为要事、好事、乐事。如果所持的观点是"读书无用","读书穷酸",那么一切具体的方法就无从谈起。

在这一部分,我仅结合自己的阅读经历,从宏观和微观两个层面谈一点粗浅的看法,与那些认可读书价值且有读书习惯的朋友分享。

宏观上,应特别重视以下六个方法:

1. 定书目,明计划

也就是根据志趣,立足实用,咨之名师,考之书目,选定自己的攻读对象,最好能制定出一个相对固定的阅读书目和比较可行的阅读计划,或十年廿载,或一年半载。在工作之余,有条不紊、按部就班去读。可以将其列为每日的必做功课,或定时,或定量,不完成决不罢休，如鸡孵卵，久久为功，自有成效。刚开始可能会有山重水复、读之不易的困惑，但只要硬着头皮坚持读下去，则读任何书都会有柳暗花明、豁然开朗的欣喜，那些看起来再难啃的硬骨头书也迟早有被攻克之时。欧阳修就说，像《孝经》《论语》《孟子》《周易》《尚书》《仪礼》《周礼》《春秋左传》这些书，如能以中人之资，每天读三百字，用时不过四年半，即可读完。资质愚钝之人减半，每天读一百五十字，用时也不过九年。清代的梁章钜也曾言："读书不务多，但严立课程，勿使作辍，则日累月积，所蓄自富。"这都是颇有见地的经验之谈。

至于阅读计划如何去实施，则因人而异，不必强求同一。适合自己的方法才是最好最有效的方法。我近年来读书，深受清人张潮提倡之法，春夏秋冬，四时不同，所读之书也当有异。其说法见《幽梦影》一书："读经宜冬，其神专也；读史宜夏，其时久也；读诸子宜秋，其致别也；读诸集宜春，其机畅也。"我遵循此法，春天会读一些诗歌、散文、小说等文学色彩比较浓的书籍，夏天会读《资治通鉴》等史学著作，秋天会读《韩非子》《老子》《庄子》等诸子百家的学说，冬天则会逐步阅读四书五经等儒家经典。

2. 择版本，重交流

制定了阅读书目和阅读计划后，就有一个选择版本的问题。同样一本书，在古代由不同的刊刻者刻印，在今天由不同的出版社出版，均会形成不同的版本。版本不同，书的质量就会有所差别。清代张之洞曾在《书目答问·略例》中说："读书不知要领，劳而无功。知某书宜读，而不得精校精注本，事倍功半。"这里所说的"精校精注本"就是那些版本好的书籍。现代学者陈垣先生也曾说过"日读误书而不知，未为善学也"。这里所说的"误书"，当指那些版本差的书籍。古往今来，因择书不善而读误书而闹笑话的例子举不胜举。身处今日，我们读书时，仍要注意精择版本。一般情况下，大家所著、名社所出之书一般质量都比较信得过，应该优先选择，一般的出版社就要慎重，盗版书尤不可读。比如中华书局、上海古籍出版社出版的古籍，人民文学出版社出版的文学著作，商务印书馆、三联书店、北京大学出版社出版的学术著作，译林出版社、外研社出版的外语著作，其质量都比较有保障。当然，在选择书籍时，还有一个很现实的因素，就是书籍的价格。一般情况下，这些名社出版的经典之作，价格都比较贵，往往会让人望而却步。但我的购书经验是，"宁吃鲜桃一个，不食烂杏一筐"，宁可花大价钱买一本值得反复读并长期珍藏的好书，要远比花小钱买一大堆质量不过关的"误书"划算。

除了选择好的版本以外，读书还应注意与师友之间的交流。《礼记·学记》云："独学而无友，则孤陋而寡闻。"读书虽然是个性很强的行为，但也应该经常与志同道合者交流心得，以收相互砥砺相互启发之效。与此同时，还要向走在自己前面的优秀人物尤其是自己的老师请教学习，多向他们汲取养分，是非常重要、非常必要之事。

3. 勤动笔，做抄读

前人讲，在读书时，好记性不如烂笔头，眼过千遍不如手过一遍，不动笔墨不读书，都是讲读书时动笔的重要性。边读边抄，以抄为读，是谓"抄读法"，在古人那里是非常重要的治学之法。以大学者顾炎武为例，其学问素以淹博有识著称，他从小即遵从嗣祖顾绍芾"著书不如抄书"的教诲，养成了抄书不辍的良好习惯。他说自己："游四方十有八年，未尝干人，有贤主人以书相示者则留，或手钞，或募人钞之。"抄书，看似笨拙，但其重要作用有二：一是读书学习，便于抄写者记忆，所得印象，一定比只用眼观所留印象更为深刻，所得学问，也更为扎实；二是积累资料，长年累月地抄录，为其著书工作积累大量的文献资料。像《天下郡国利病书》《肇域志》等书，便由长期大量抄辑正史、实录、方志、历代名公文集而成初稿，这显然已经成为一种比较高级的抄书形式。

后来我读梁启超先生《治国学杂话》，看到他特别推荐抄录和笔记的读书法，便深受触动：

> 若问读书方法，我想向诸君上一个条陈。这方法是极陈旧的，极笨极麻烦的，然而实在是极必要的。什么方法呢？是抄录或笔记。
>
> 我们读一部名著，看见他征引那么繁博，分析那么细密，动辄伸着舌头说道："这个人不知有多大记忆力，记得许多东西，这是他的特别天才，我们不能学步了。"其实那里有这回事。好记性的人不见得便有智慧，有智慧的人比较的倒是记性不甚好。你所看见者是他发表出来的成果，不知他这成果原是从铢积寸累，困知勉行得来。大凡一个大学者平日用功总是有无数小册子或单纸片，读书看见一段资料觉其有用者即刻钞下（短的钞全文，长的摘要记书名卷数页数）。资料渐渐积得丰富，再用眼光来整理分析他，便成为一篇名著。想看这种痕迹，读赵瓯北的《廿二史札记》、陈兰甫的《东塾读书记》最容易看出来。
>
> 这种工作笨是笨极了，苦是苦极了，但真正做学问的人总离不了这条路。做动植物的人懒得采集标本，说他会有新发明，天下怕没有这种便宜事。
>
> 发明的最初动机在注意，抄书便是促醒注意及继续保存注意的最好方法。当读一书时，忽然感觉这一段资料可注意，把他抄下，这件资料自然有一微微的印象印入脑中，和滑眼看过不同。经过这一番后，过些时碰着第二个资料和这个有关系的，又把他抄下。那注意便加浓一度。经过几次之

后，每翻一书，遇有这项资料，便活跳在纸上，不必劳神费力去找了。这是我多年经验得来的实况。诸君试拿一年工夫去试试，当知我不说谎。

梁先生是一代国学大师，他的见解很值得参考遵循。当年我读大学三年级时，课程压力不大，便常在课余时间，泡图书馆，于完成课程作业之余，抄读《论语》《孟子》《老子》《楚辞》《汉魏六朝诗选》诸书。这段经历至今难忘，也由此记住了一些重要的东西，打下了一些文史基础。最重要的是引发了自己的兴致，养成了抄书的习惯。现在读书，如遇重要的内容，若不手抄一遍，总觉心中不安，似乎未经我读过一般。在工作中，也常备一些笔记本，看到重要的资料时就随手抄录下来，以备不时之需。所以我也常常建议每人都能拥有自己专门的读书札子或者笔记本，长年累月地，一本接着一本抄录下去。既积累了资料、丰富了学问，又可以将其作为自己酝酿思考、作文演讲时用以取材的宝库。

4. 常诵读，体气韵

在阅读经典时，还应养成择其精要、放声诵读的良好习惯。清人曾国藩教导其子弟学习，应该做到"看、读、写、作"四字，"看"即泛读书籍，读一遍即可，求快求广，力争在最短的时间里博览群书。"读"即讽咏朗诵，反复诵读，求精求熟，力求将其中的知识内化为自己治学为人的看家本领。其实读书，这二者均不可或缺，在中小学阶段，日常的课业以"读"为主，而工作以后，则以"看"为主，已经很少有人再像上学时那样诵读经典名篇了。实际上，恢复并养成这样的习惯非常重要。南宋时期的大学者朱熹曾言："观书先须熟读，使其言皆若出于吾之口。继以精思，使其义皆若出于吾之心，然后可以有得尔。"张舜徽先生是一位读书甚广且特别会读书的当代国学大师，他也特别提出"文须朗诵不宜默读"的读书主张：

> 桐城姚鼐，为清乾隆时桐城派古文领袖，每言学文之法，重在多读多作。而《与陈硕士书》中所云："大抵学古文者，必要放声疾读，又缓读，只久之自悟。若但能默看，即终身作外行也。"此乃其平生学文之心得语，足为后人法矣。昔人治学，将看与读分别甚明。学习古代文辞，所重在读。必须熟读深思，然后有悟入处。如仅默看不读，毕竟不能受用也。余少时读文，悉承父教。先读短篇，取其易熟能背诵耳。后乃朗诵长篇，如王安石、苏轼之《万言书》，以及贾谊《陈政事疏》《过秦论》之类，皆手抄熟读。每篇皆朗诵百遍，历久不忘。故余少时所读之文，至今犹能略举其辞。既早养成耐心读长篇文之习惯，后乃进而看大部书，亦不畏难矣。终身受用，不徒在文辞间耳。

诵读经典的益处很多，我的一点体悟是，至少可以通过诵读，深刻体味出诗文的文脉气象，进而养出胸中一段诗书气象。梁实秋先生曾以非常生动的文笔，记述了他幼时的国文老师徐锦澄先生讲授文章之道的诀窍之一，就是认真朗诵。现将其中精彩片段摘引如下：

> 徐先生于介绍作者之后，朗诵全文一遍。这一遍朗诵可很有意思。他打着江北的官腔，咬牙切齿的大声读一遍，不论是古文或白话，一字不苟的吟咏一番，好像是演员在背台词，他把文字里的蕴藏着的意义好像都给宣泄出来了。他念得有腔有调，有板有眼，有情感，有气势，有抑扬顿挫，我们听了之后，好像是已经理会到原文的意义的一半了。好文章掷地作金石声，那也许是过分夸张，但必须可以朗朗上口，那却是真的。

我在读书时，经常有个想法，每个人都可以根据自己的兴趣爱好，将一些义理、辞章、考据、经济俱佳的经典名篇，汇集成册，成为自己的诵读集，置于案头，闲暇或困顿之时，拿出来择要诵读，至少也是消遣世虑的妙法之一。至于具体的诵读之法，我没有做过深入的研究，只能根据自己的经验谈几点感受：一是在了解文章大意的基础上，宜知人论世；二是做个角色转换，站在作者角度，设身处地去读；三是带着感情色彩去读，得讲求基本的起承转合与抑扬顿挫，速度尽量慢下来；四是在朗诵中要特别体悟文中连绵不断的气息，好的文章，全以气行。韩愈"气盛言宜"的观点，非常有道理。

5. 勤背诵，多温习

在熟读经典的过程中，我们还可以有意识地背诵一些东西。中国传统的教学方式，就讲三个字："念背打"。私塾先生不用讲求太多的教学技巧，重点是让学生们把重要的典籍整篇整部死记硬背下来。待到年龄渐长，知识储备和生活阅历丰富之后，再回过头来像老黄牛吃草一样，慢慢地"反刍"回味，逐步体味出读书的真乐趣。现在很多人说死记硬背不好，我看也要具体问题具体分析，得看死记硬背的内容是什么？如果是立意好、内容好、文辞好的经典名篇，趁着年富力强、记忆力很好的时候，死记硬背一些，又有什么不好？我看倒是多多益善。我们现在都会有一个感觉，工作以后讲话撰文，经常能够运用自如的名言警句、诗词歌赋，还主要是小时候背下来的那些东西；这一点"背"的童子功，会让我们每一个人受益终生。上高中时，语文老师曾对我们讲，学习语言文学，除了听、说、读、写四门基本功以外，还得有个"背"的基本功，古人摇头晃脑背书的习惯，并非一无是处。我看这真是正确的经验之谈。

"背"虽然看似属于笨功夫，但却最为管用，因为能记得深刻、悟得真切，能够随时随地，触景生情，融入生活。我对唐宋名家的诗歌兴趣甚浓，经常会选择一些自己喜欢的诗歌反复诵读、抄读，以求背诵。自2013年以来，我每年春季，都会阅读背诵杜诗，每天上班下班途中，都会背诵杜甫的律诗。两年下来，已经背下来近二百首，这对陶冶情操，指导自己写古体诗，都有莫大好处。2014年我去成都时，几乎每见一处但凡有些历史的地名和景点，都会吟出杜甫相关的诗句来，为参观游览增添了不少乐趣，所以成都之行，留下了十分深刻的印象。

有人常会抱怨说，年龄大了，工作忙，事情多，记忆力也大不如前，想背也背不下来。那没有关系，背不了长篇大论，可以有意识地背诵一些短小精悍的美文、诗词，或者一些自己喜爱的名言警句。长则一二百字，短则三五句，只要认真去背了，总有能背下来的时候。日积月累，我们的谈吐，我们的文章，一定会有所改观。背的方法很多，我的经验是，闲暇之时，可以随意默写。既温书，又练字，还静心养气，获益良多，又何乐而不为呢？

6. 知行合，贵在用

我们在读书时，应该避免两种倾向：

一是尽信书，唯书是从，成为固执偏颇的"本本主义者"。书中所言，并非字字句句都是真理，在了解、吸收知识的同时，不能放弃自己的思考和鉴别，不可在书中淹没了自我。既要学会"我注六经"，也要让"六经注我"，让所有的知识都为自己来服务。同时还要特别善于用实践去印证、修正书中知识。

二是只知口诵讲说，炫人耳目，而绝不落到实处，知与行仍是两张皮，甚至所行与所知所言完全相反，成为令人厌烦的伪君子、假道学。曾国藩讲读书为文，应特别注意兼顾义理、考据、辞章、经济。"经济"就是经世济民，落到实处，真正干实事。对于我们来说，应该首善其身，把自己的人生"经营"好。一定要将学到的好思想、好做法落实到实践中，不可将所学知识仅仅当成口头的谈资，全不落实。尤其是读那些修身养性、接人待物、经世济民之书者,更应讲求"知行合一",重在落实。如家父每日的生活习惯,显然就深受《朱子家训》的影响。单说其中的第一句:"黎明即起,洒扫庭除,要内外整洁;既昏便息,关锁门户,必亲自检点。"您老人家多年来几乎天天如此执行,这就算是把书读到实处了,非常值得我去学习。

对于从事实务工作的人来说,做到知行合一,还特别要注意将读书和工作很好地结合起来。南朝梁元帝萧绎在国破家亡之际,以"读书万卷、犹有今日"为借口,在江陵城将苦心搜集收藏的14万卷图书付之一炬,上演了"焚书坑儒"之后的另一场文化浩劫。梁元帝才华满腹而治国无术,读书万卷却国破身灭,其惨痛教训,就在于没有将读书与工作很好地结合起来。习近平总书记讲过,学习的目的全在于运用。领导干部加强学习,根本目的是增强工作本领、提高解决实际问题的水平。做好工作是我们的立身之本,是基础性的东西,读书则是服务于工作。强调读书,是为了把工作做得更有水平,产出更多"亮点",而不是除了读书,就没有别的东西。最好的结合就是既把工作做好,又把书读好,二者互为补益,互相促进,实现"业务精致化"与"读书常规化"的双佳效果。

理想的读书效果应该是,读过一本书后,要和未读之前,言行举止、接人待物、干事创业方面有所不同。如无区别,就等于白读。宋代理学家程颐讲不同人读《论语》后的表现时说:"读《论语》:有读了全然无事者;有读了后其中得一两句喜者;有读了后知好之者;有读了后直有不知手之舞之足之蹈之者。"还说:"今人不会读书。如读《论语》,未读时是此等人,读了后又只是此等人,便是不曾读。"

微观上,就读一本经典而言,应该采取精读之法。现当代史学家郑天挺解释说:"精读要一字不遗,即一个字,一个名词、一个人名、地名,一件事的原委都清楚;精读是细读,从头到尾地读,对照地读,反复地读。要详细做札记;精读不是只读一书,是同一时间只精读一本，精了一本再精一本。"针对如何精读一本书，我曾发表过《从认真读好一卷书做起》一文，谈到四个关键字：完、熟、透、活，大家可以参看。

五、结语：阅读经典可以让我们的精神不老

我在为继续教育学院的学员讲授"国学经典阅读与人文素养的提升"时，经常会用三句话作结：第一句是颜之推的"若能常保数百卷书，千载终不为小人也"；第二句是张元济先生的"数百年旧家无非积德，第一等好事还是读书"；第三句是我总结的"经典相伴，幸福一生"。我坚信，坚持阅读经典可以让我们的精神日益充盈，日新其境。

在这里我要特别和大家分享自己读《论语·先进第篇》中《子路、曾皙、冉有、公西华侍坐》章的一点感受。据本章记载，孔子让自己的四位学生分别谈谈自己的志向所在。子路、冉有、公西华的志向都在具体的从政事业，曾皙（名"点"）则非常潇洒地谈到自己的理想生活："莫（通'暮'）春者，春服既成，冠者五六人，童子六七人，浴乎沂，风乎舞雩，咏而归。"孔子听后，对曾皙大加赞叹，喟然而叹："吾与点也。"很多人读到这里的时候，往往会有不解：孔子作为积极的入世者，对从政保持着高度的热情，可为什么却对这样看似无为的闲适生活情有独钟，倍加赞赏，这岂不是非常矛盾么？我的理解是，从政不过是孔子提倡的入世手段，其目的则着眼于用自己的学说改造这个令人不满的现实世界，最终实现理想中的太平世界。革命成功之日，每个读书人，岂不是都可以过上这种优哉游哉的生活？试想：天下太平无事，天气晴和温润，生活自在潇洒，精神愉悦平和，没有一件烦事挂心头，人生之乐，无过于此，这恐怕就是人类的理想生活吧。直到今天，这样的生活，对我们很多人来说都是可望而不可即的精神

奢侈品。如果在现实生活中无法达到，我们就先从经典中获取。现实有些时候是枯燥累人的，但我们的精神却可以丰富而自在。宋元间的学者翁森曾有《四时读书乐》诗四首，分别歌咏春夏秋冬四季读书的情趣，其中春日读书诗，就化用了《论语》的这个典故。诗云：

四时读书乐·春

山光拂槛水绕廊，舞雩归咏春风香。
好鸟枝头亦朋友，落花水面皆文章。
蹉跎莫遣韶光老，人生唯有读书好。
读书之乐乐何如？绿满窗前草不除。

你看春天读书的乐趣，的确就像那"绿满窗前草不除"的景象，欣欣向荣的勃勃生机，是那么的美丽生动，充满希望。春来天气好读书，读书，读经典，的确会让我们精神不老，幸福常在！

最后给大家推荐几本谈读书的书，可以闲时一阅：

1.《博览群书》杂志选编：《读书的艺术：如何阅读和阅读什么》，九州出版社2004年版。

2. 肖东发、杨承运主编：《北大学者谈读书》，北京图书馆出版社2002年版。

3. 梁启超：《国学要籍研读法四种》，国家图书馆出版社2008年版。

4. 胡适：《读书与治学》，三联书店1999年版。

5. 王余光、徐雁主编：《中国读书大辞典》，南京大学出版社1999年版。

2015年6月3日整理，9月22日补充

实务工作中如何提高文章写作能力 *

各位同志：

大家好！

今天我讲的题目是"实务工作中如何提高文章写作能力"，和大家分享自己在这个问题上的一些粗浅看法和心得。文章的文体和体裁非常多。按照《党政机关公文处理工作条例》（2012年7月1日起执行），行政机关常用的公文种类有15种：决议、决定、命令（令）、公报、公告、通告、意见、通知、通报、报告、请示、批复、议案、函、纪要。各类公文都有非常严格并相对固定的撰写要求与格式。除此之外，我们在日常工作中，还经常会撰写领导讲话稿、新闻报道、工作总结、规章制度，等等。文章以得体为先，要写好这些文章，除了严格执行相关规定以外，还得熟悉业务，并具备良好的写作功底。按照张舜徽先生的观点，天下文章虽多，大致可以分为三类：抒情、叙事和说理之文。我们在实务工作中，经常接触和使用的文章，以说理和叙事最多。我今天的分享，就集中在这两个方面。希望我的一孔之见、一己之得，能对大家有所裨益。

---

* 2015年11月20日下午2:00—4:00，在北京大学燕园大厦为继续教育学院全体同事讲授，后多次为党政干部讲授。

一、写好文章的必要性

在实务工作中,为何要重视文章写作?可以从三个层次来解答。

1. 写好文章是"经国之大业",是治国理政的重要手段

传统社会里,最高统治者标榜其政绩时,总是在讲"文治武功"。一文一武,是统治者治理天下最重要的两个抓手。明清北京城的九个门中,最重要的正阳门,东西两边,分别是崇文、宣武二门,集中体现了中国的传统治国理念。毛泽东同志讲过:"枪杆子和笔杆子,干革命靠这两杆子。"20 世纪的中国历史的确如此,孙中山先生只有文,没有武;蒋介石只有武,没有文,都没有成功。只有毛泽东,文武兼备,文韬武略,既能用笔杆子,还能用笔杆子指挥好枪杆子,最终用文房四宝加上枪杆子,打败了蒋介石的枪杆子,成为一世伟人。新中国成立后,很多领导人都讲过,治理国家必须把枪杆子、刀把子、笔杆子很好地结合起来。枪杆子指军队,刀把子指政法,笔杆子指宣传。

从中国历史来看,笔杆子要比枪杆子更重要一些。从宋代开始,"崇文抑武"就成为历代治国的基本遵循,武的系统再强大,还需要文的系统来统领。"文官一句话,武将跑死马""文官动动嘴,武将跑断腿",甚至毛泽东同志定下的"党指挥枪"的基本原则,反映的都是这样的情况。蒋介石则一直坚信并执行"枪指挥党",逆中国传统而为,最终只能失败。所以,文官政治是我国传统政治的重要特色,文人治国,甚至是文章治国,是我们这个国家根深蒂固的传统。以前的皇帝和官僚系统,依靠什么来治国理政?皇帝的圣旨,臣子的奏折,钦定的法制,都是白纸黑字的文章。

2. 写好文章是"以文辅政"、做好实务工作的重要内容

在任何集体中,要开展好实务工作,一般都得做到"文武结合",要求工作人员,既能做好实务,又能搞好理论;既能做好,还能说好。理论水平的高低,能否把工作说好的能力,是衡量单位整体工作水平、评判单位整体形象的重要标志。从我们每个具体的工作人员来说,几乎每时每刻都会与文章打交道。可以说,以文辅政,已经成为我们绕也绕不开的重要工作内容。由毛泽东和刘少奇于1958年1月共同撰写的《工作方法六十条》中,有好几条是专讲文章和文件写作的,其中第四十七条说:"中央各部,省、专区、县三级,都要比培养'秀才'。没有知识分子不行,无产阶级一定要有自己的'秀才'。这些人要较多地懂得马克思主义,又有一定的文化水平、科学知识、辞章修养。"充分体现了文章对集体事业的重要性。直到今天,这样的要求,仍然显得异常重要。

3. 写好文章是个人"进德修业"、提高工作能力的必然要求

邓小平同志讲过,拿笔杆是实行领导的主要方法,领导同志要学会拿笔杆。其实,对于从事实务工作的所有人而言,学会拿笔杆,提高写作能力,也是应该具备的基本功之一。拿笔杆的水平如何,也是衡量一个人工作能力的重要指标。原国务院研究室主任、国务院发展中心主任王梦奎在一次讲座中说,中央的几个部长向他反映,现在最缺的,是懂业务、文笔又好,能写点东西的人。稀缺资源在任何地方都会比较抢手,一个精通业务、文笔又好的工作人员,迟早会在众人之中脱颖而出。以前张彦书记经常教导我们说,凡是讲话、写文章思路清晰且有理论水平的人,一般办事都会有章法,有亮点,所以应该养成边实干、边思考、边总结、边动笔的好习惯,大家都养成这样的习惯,假以时日,必然能提高我们工作的整体水平。从长远来讲,能

写出一手好文章，也是陶冶情操，加强修养，闲情偶寄，提升品位的一件乐事。

可见，从国家、集体和个人的角度来看，努力写好文章，都是非常必要的。我们在工作中不能等闲视之、将其看作可有可无的装饰品。

二、好文章及其基本要求：文章五艺

什么是好文章？每个人有不同的答案。古人认为，好文章应该具备四个要素：义理、考据、辞章、经济。这一标准，对于衡量当今文章尤其是说理文的优劣，仍然适用。我根据自己的学习心得，在这四个要素之外，再加上"格局"这个要素，统称"文章五艺"。

1. 义理

即文章的主题和观点，这是一篇文章的统帅，也是其灵魂与精髓所在。任何一篇文章都不是无端而发，一定要讲道理，明是非，提出作者在某个问题上的观点与诉求。古人常讲，文以明道，文以载道。所谓的"道"，主要是指义理。

对文章义理的基本要求是**正确**，是符合理论和实际的，能为读者和听众心悦诚服地接受，这样才能站得住脚。比如，民国时期，胡适与李大钊之间曾发生过"问题与主义"之争，最后的实践证明，李大钊的观点是对的。20世纪70年代，全党范围内关于真理标准问题的大讨论中，"两个凡是"（凡是毛主席做出的决策，我们都坚决维护；凡是毛主席的指示，我们都始终不渝地遵循。）与"实践是检验真理的唯一标准"的观点相比，在义理上无法站住脚，所以最后只能失败。

对义理的第二个要求是**鲜明**。毛泽东常讲，一个政治家要善于打起鲜明的旗帜，写文章也要观点鲜明，赞成什么，反对什么，应该旗帜鲜明地提出，而不要藏着掖着。例如：李大钊的《庶民的胜利》，胡适的《不要抛弃学问》，毛泽东的《星星之火，可以燎原》《反对自由主义》《为人民服务》，习近平在《之江新语》中的很多文章，如《不能在"温室"里培养干部》《心无百姓莫为"官"》《要看 GDP，但不能唯 GDP》《办节要降温》《多读书，修政德》，还有人撰写的小文章《饱学不应远去》《"官话"也是陈腐风》，等等，仅从文章题目来看，就鲜明地亮出了作者的基本观点，让人耳目一新，印象深刻。但我们有些文章，篇幅很长，资料很多，却没有提出自己的观点，或者观点被淹没了，读这样的文章会让人头疼不已。《颜氏家训》里曾讽刺这样的文章说："博士买驴，书券三纸，未见驴字。"

对义理的第三个要求是**新颖**。即针对新情况、新问题，提出新诉求、新观点，也就是力求思想深刻，富有新意；而不是老生常谈，人云亦云，只见众人之言，不见自家见解。用古人的话来说，就是要"领异标新二月花"，而不能"千人一面，千部一腔"。文学创作和学术研究中，尤其强调标新立异，提出自己的新知新解，进而形成自己的独特风格。如南宋的戴复古《论诗绝句》云："意匠如神变化生，笔端有力任纵横。须教自我胸中出，切忌随人脚后行。"还记得《北京教育》杂志社的总编给我们讲，他们评价好文章的一个基本要求就是"观点要新"，即"老生常谈不谈，人云亦云不云"。在实际工作中，领导讲话稿、工作简报、专题报道等稿件，也应该有追求新意以体现特色的意识。就像习近平总书记讲的那样："能不能讲出新意，反映一个领导干部的思想水平、理论水平、经验水平以及语言表达能力。"当然，也反映着我们每一位工作人员的水平与能力。而义理要新颖，并非是故作惊人之论。新颖的观点一定要建立在正确、通达、符合实际的基础之上，否则就是剑走偏锋，哗众取宠。在这里，我举四个"自我胸中出义理"的好文章：

(1) 韩愈《马说》:"世有伯乐,然后有千里马。千里马常有,而伯乐不常有。"

(2) 欧阳修《朋党论》:"朋党之说,自古有之,惟幸人君辨其君子小人而已。"

(3) 苏轼《晁错论》:"天下之患,最不可为者,名为治平无事,而其实有不测之忧。"

(4) 北大中文系的李小凡老师去世后,温儒敏老师撰写了饱含深情的回忆文章:《在北大,出学术不出新闻的教授又少了一个》。在文章的结束,他特别指出:"在北大有一些教授名气很大,动辄就是新闻,以致人们容易想象这些名人就等于北大,其实这印象并不准确,北大更多的还是普通的不怎么出名的教授,学校日常教学科研的运转,在相当程度上要靠他们的默默耕耘。他们是北大的主要构成部分。李小凡教授就是这样普通的低调的北大教授。"

以上四位作者,都能根据以往和现实的经验、教训,在文中提出自己的独到见解,既有理有据,又能发人之所未发,所以就能给人留下深刻的印象。

对义理的第四个要求是**集中**。这是在写作技巧方面的要求。一篇文章,一般情况下集中论述一个论题,提出一个主要观点就可以了,也就是"一文一议",而不要节外生枝,处处开花。如果要深入论述的话,可以以主要观点为统领,提出几个分论点,形成次序井然、众星捧月之势,所有的力量都聚焦于中心论点之上。例如:毛泽东同志撰写于1930年5月的经典文章《反对本本主义》,就是这方面的典范。此文共分成七个部分:(1) 没有调查,没有发言权;(2) 调查就是解决问题;(3) 反对本本主义;(4) 离开实际调查就要产生唯心的阶级估量和唯心的工作指导,那么,它的结果,不是机会主义,便是盲动主义；（5）社会经济调查，是为了得到正确的阶级估量，接着定出正确的斗争策略；（6）中国革命斗争的胜利要靠中国同志了解中国情况；（7）调查的技术。我们在写文章时，尤其在给上级提交签报，给下级下发通知时，应该遵循"一事一议"的基本原则，一次只说一件事，把这件事集中说清楚就可以了。

在写作中，我们经常会碰到"文章已成，义理未出"的情况：文章写完后，内容已经很完备，却没有提炼出好的观点，尤其没有拟出一个可以笼括全文、简短有力的精彩题目，这就好像是费了很多心血，把一条龙画出来了，却没有点出炯炯有神的眼睛来。在这种情况下，就要锻炼对语言的抽象、概括能力，善于用简短、新颖的语句来"一言以蔽之"自己的观点和见解。正如晋代陆机所讲的那样："立片言而居要，乃一篇之警策。虽众辞之有条，必待兹而效绩。"

比如2015年《学习时报》准备刊发一篇宣传北京大学继续教育学院党政干部培训工作的报道，我们提前花了很大工夫，准备材料，撰写初稿。文章写成后，一直苦于没有一个可以笼括全文、义理鲜明的好题目。后来在编辑的帮助下，终于将题目确定为《服务国家战略，凸显北大特色》，我感觉，这十二个字能够在很大程度上反映出我们学院的工作特色，体现了编辑很高的提炼水平。另外，在今年学习李小凡老师的事迹和精神的活动中，学校整理并下发了很多学习材料，我在学习时，发现好几篇文章的题目就拟得很好，堪为宣传报道的典范。除了温儒敏老师的《在北大，出学术不出新闻的教授又少了一个》以外，还有《人民日报》记者葛亮亮、李昌禹撰写的《北京大学中文系教授李小凡：课比天大　做人第一》，《新华每日电讯》记者魏梦佳、张漫子撰写的《"极简文人"李小凡》。其中《"极简文人"李小凡》一文的篇幅并不长，但全文都紧扣"极简"二字来做文章，从不同角度诠释了李小凡老师"极简纯粹的不凡世界"。

要提高为文章"画龙点睛"的能力，除了要提高自己的总结归纳能力以外，建议大家多读一些大家、名家撰写的公务文章。我再举一篇晚清名臣曾国藩任两江总督时为下属撰写的《劝诫浅语十六条》，全文共分成四部分，三千余字，十六条要点均用六个字来表述，观点鲜明，层次清晰，要言不烦。仅仅读完这十六条要点，我们就可以把作者的观点了然于胸。

- 劝诫州县四条：一曰治署内以端本；二曰明刑法以清讼；三曰重农事以厚生；四曰崇俭朴以养廉。
- 劝诫营官四条：一曰禁骚扰以安民；二曰戒烟赌以儆惰；三曰勤训练以御寇；四曰尚廉俭以服众。
- 劝诫委员四条：一曰习勤劳以尽职；二曰崇俭约以养廉；三曰勤学问以广才；四曰戒傲惰以正俗。
- 劝诫绅士四条：一曰保愚懦以庇乡；二曰崇廉让以奉公；三曰禁大言以务实；四曰扩才识以待用。

2. 考据

在学术研究中，考据主要是对材料真伪进行考察与辨别的工作。做得好，可以推动学术研究的大发展。比如在"红学"研究中，胡适就通过大量的资料，考证出《红楼梦》是曹雪芹的自传说。再比如2013年年初，北大图书馆古籍编目人员在进行古籍未编书的编目工作时，发现了一部清光绪二十五年（1899）雕版朱印的线装古籍《大学堂书目》，并以此为线索，进行考证，将北大图书馆历史由1902年上溯至1898年。考据用在文章写作方面，是指对材料的搜集、审核、选择、使用等工作，其作用在于支撑和论证义理。

对考据的第一要求是确切。我们在提出观点后，紧接着就要"拿证据来"，有几分证据，才能说几分话。证据不论是数字、事例，还是理论学说、名言警句，首要的前提是准确无误。如果使用了不正确的论据，就不仅不能论证观点，还有可能适得其反、贻笑大方。在这里举几个现实中的小例子：

（1）**数字方面**。我们经常可以看到，有些表格中的统计数字，上下一大串，加起来的总数，和最后一行的总计数，不是一个数。比如2014年，我和本师肖东发教授在讲授北京市精品课"中国图书出版史"时，拟定了一个《中华传统文化名著100种》的书目，并按照儒家经典多少种，诸子百家多少种，史学要籍多少种的方式予以排列。但在公开发表前，编辑在校对时指出，题目提到的名著是100种，书目中所收书籍也是100种，但不同部类的统计数字加起来却是99种。编辑的细致工作，让我们改掉了一处看似无所谓实则很不应该犯错的硬伤。

（2）**引文方面**。我们经常会把一些断章取义，与作者原意相去甚远，甚至大相径庭的话拿来论证自己的观点。比如很多人经常引用爱迪生的"天才是1%的灵感加99%的汗水"以说明勤奋的重要性。实际上，在这句话后面还有"但那1%的灵感是最重要的，甚至比99%的汗水都重要"，说明了灵感比勤奋重要得多。我们经常引用鲁迅先生的"北大是常为新的"以说明北京大学的思想解放，敢为天下先，但原话却是："北大是常为新的，改进的运动的先锋，要使中国向着好的，往上的道路走。"体现的是追求又新又好的全面发展思路，而不是一味求新而不计其他的简单发展思路。我们还经常引用谢冕先生《精神的魅力》的精彩片段，以说明北大精神："这真是一块圣地。数十年来这里成长着中国几代最优秀的学者。"但在引用中，经常会把"数十年来"错引为"近百年来""百余年来"，与史实相去甚远。

（3）**用词和用典方面**。我曾亲见一乡间秀才为别人写的墓志铭，其中提到后世子孙都很优秀，没有辜负祖先的殷切希望，但却给了"不孚祖望"的评价。让人哭笑不得，本来夸奖后世子孙的话，却变成了骂子孙不肖的话，不知在九泉之下的死者看到这样的墓志铭，会有何感慨？这里的"不孚祖望"，应该改为"不负祖望"或"深孚祖望"。

还有的把"致仕"理解为"入仕当官"的。2011年3月28日,学校新闻网刊登《芮沐先生遗体告别仪式在八宝山革命公墓举行》的新闻,其中有一段话是:"礼堂门外,悬挂着'历百年沧桑观四海潮涌先生堪为跨世通儒','辅三千弟子辟九州新学后人常忆杏林春风'的挽联,与门楣上方的'德学俱尊、举世懿范'的横幅一道。"应该说,文中的感情表达是真挚的,但在文化常识上却出现了硬伤。这里的"杏林"是医学领域的典故,而与教师无关。为妥善起见,应该改为与孔子相关的"杏坛"。另外,还有上联"通儒"与下联"春风"的最后一字均为平声,平仄不对。像这方面的问题,作者在撰写时,如果拿不准,最好就不要轻易乱用,以平实语言讲清楚即可。如果非要用一些古雅的词语和典故,请教一下专家是非常必要的。

引文的正确与否,体现的是作者是否具有严谨细致的写作态度。为了避免征引不确切的情况,在引用时,应尽量使用一手材料,而尽量不用二手、三手材料。另外,在文章写成后,养成多读几遍,拿原著核实引文的良好习惯。尤其是在涉及马克思主义、毛泽东思想以及中国特色社会主义理论体系的经典著作时,更应该仔细核对原文。比如:2009年7月20日,《北京日报》刊载了中央党校教授任登第的一篇文章《领导干部不妨读读〈弟子规〉》,文中提到:

> 我认为,当前各级领导干部最需要读的是古今中外特别是中国优秀传统文化书籍。习近平同志特别谈到:"要通过研读优秀传统文化书籍,吸收前人在修身处事、治国理政等方面的智慧和经验,养浩然之气,塑高尚人格,不断提高人文素质和精神境界。"从这个角度看,我认为,各级领导干部应该读读《弟子规》。《弟子规》1080个字,本是童蒙养正宝典,看似一本不显眼的小书,实际上里面蕴涵着做人做事做学问的大智慧。

但很多人在引用时，却改成了："习近平同志指出：领导干部不妨读读《弟子规》。"如果把习近平《领导干部要爱读书读好书善读书》和任登第的这篇文章结合起来考证一番，就会发现，"领导干部不妨读读《弟子规》"纯粹是任先生的一己之见，与习近平同志毫无关系。但这种张冠李戴、移花接木的做法，却让谬种流传，贻害甚广。

对考据的第二要求是典型。在撰写文章之前，围绕一个问题，我们一般都会搜集大量的资料，甚至还要努力做到"竭泽而渔"。但在具体使用时，却不可能全部堆砌上去，放眼望去，满纸都是资料。为此，就要进行必要的甄别和选择，找出一两则最有代表性，最能说明、印证观点的典型资料来。搜集时要注重广博，使用时则要精炼。我们有时评价一个人的文章好，会说"旁征博引"，但这里的"征引"也得有个度，不能成为掉书袋、卖弄学问的代名词。

对考据的第三要求是一致。在论述过程中，应该将材料与观点统一起来，水乳交融，而不能是两张皮，水与油分离。这样才能自圆其说，让读者信服，不会解读出别的结论来。例如：1982年10月，国内的一些报纸报道：美国总统里根的儿子在经济萧条时，同失业者一同领取救济金。以此来说明美国经济的极端不景气。但很多读者在解读时，则认为，虽然美国经济不景气，但连总统的儿子都要领取救济金，这在中国是绝对不可能出现的事。这则新闻报道恰好反映出美国的民主与平等。

要做好考据工作，平常就要特别注意积累，处处留心皆学问，时时积累皆资料。可以准备一个读书札子，每天开会、读书、看电视、上网、浏览微信时，看到有用的经典名句、理论观点、重要数据，就可以随手抄录下来，养成习惯，积少成多。有时间就有意识地对这些资料进行整理、分析和考辨。待到写文章时，就会取用不尽。

3. 辞章

辞章就是语言表达的问题，用在文章写作中，就是遣词造句的文采问题。

一篇文章，有了好的观点和内容，还得用恰当的形式表达出来。如果文笔不好，读起来味同嚼蜡，即便观点再好，考据再精，也会使其传播效果大打折扣。比如天生丽质的美女，如果起床后，脸不洗，牙不刷，披头散发，也会失去很多美感，甚至会有碍观瞻。毛泽东在《反对党八股》中指出，"语言无味，像个瘪三"是党八股的一大罪状。他讽刺说："一篇文章，一个演说，颠来倒去，总是那几个名词，一套'学生腔'，没有一点生动活泼的语言，这岂不是语言无味，面目可憎，像个瘪三吗？"

孔子有两句话，很好地表明了内容与形式的关系。一句出自《论语》："质胜文则野，文胜质则史，文质彬彬，然后君子。"质为内容，文为文采，二者和谐恰当地结合起来，才会产生最佳效果。另一句出自《左传》："言之无文，行而不远。"言语、文章如果没有文采，就不能流传很远，也当然不能深入人心。先秦诸子中，墨家曾为与儒家并列的显学，但由于《墨子》一书太过质朴无华，可读性不强，在一定程度上也影响了它的流传。

提到辞章，有人往往会将其等同于辞藻华丽，其实这是一种误解。"镂金错玉"和"清水芙蓉"，都有大美可言。好的辞章，基本要求有以下几方面：

一是"辞能达意"。能够准确表达想要表达的观点和内容，而不能茶壶里煮饺子，有口倒不出。这是最基本也是最重要的要求。胡适和邓拓都说过，写文章就如同写话，想说什么，就写什么；话怎么说，文章就怎么写。

二是"文从字顺"。字句要符合基本的文法，没有语病错字，不能磕磕绊绊；尤其不能故作高深，晦涩难懂。王梦奎把文章分成四个等级：深入浅出，深入深出，浅入浅出，浅入深出。深入浅出、平白如话是文章的最高境界。那些把简单问题复杂化，浅入深出的文章，自以为高深，实则是唬人而已。

三是"言简意赅"。 删繁就简三秋树，惜墨如金，短小精悍，但却思想深刻，内涵丰富。清代桐城派大家刘大櫆甚至提出"简为文章尽境"的观点。要能用最少的文字，表达出最丰富的内容。能用一个字表达清楚的，绝不用两个字。唐代刘知几提出："国史之美者，以叙事为工，而叙事之工者，以简要为主。""文约而事丰，此述作之尤美者也。"在写作中，可以通过"省字""省句"的方式来达到这样的要求。如何做到省字？他曾举一例，《汉书·张苍传》："年老，口中无齿"，改为"老无齿"即可。欧阳修在这一方面就非常强调，而且还付诸实践，《新唐书》《新五代史》就是其代表作。在古书上，还记载着这么一则与欧阳修相关的典故：

> 欧阳公在翰林时，常与同院出游。有奔马毙犬，公曰："试书其一事。"一曰："有犬卧于通衢，逸马蹄而杀之。"一曰："有马逸于街衢，卧犬遭之而毙。"公曰："使子修史，万卷未已也。"曰："内翰云何？"公曰："逸马杀犬于道。"相与一笑。

邓拓先生在《少少许胜多多许》中，曾举清代文人彭绩《亡妻龚氏墓志铭》文中的部分文字，龚氏"嫁十年，年三十，以疾卒，在乾隆四十一年二月之十二日。诸姑兄弟哭之，感动邻人。于是彭绩始知柴米价，持门户，不能专精读书。期年，发数茎白矣。"寥寥数句，便敌得过几千字日常琐事的描写。这就是简洁的功用。为了提高自己这方面的能力，建议大家多读读文言文中的经典名篇。另外，在写完之后认真做一番删减修改的工作，像鲁迅所讲的那样："写完后至少看两遍，竭力将可有可无的字，句，段删去，毫不可惜。"此外，北京大学资深教授叶朗先生"写限定500字的文章"的经验和建议，也值得我们参考：

> 老子说："少则得，多则惑。"简洁是我们应该追求的风格。有一年我在香港，一家报纸的副刊约我写几篇专栏文章，每篇限定500字，不能多一行，也不能少一行。开始我觉得这种500字的文章很难写，写了几篇，感到这是一种很好的训练。一般我们的文章最短也有一两千字，因为你要把一个问题说清楚，总得一两千字。现在你要在500字的限度内把一个问题说清楚，就要极其简洁，极其精练，要把多余的枝权统统砍掉。但又不能砍得光秃秃的，只剩一根树干。也不能干巴巴的，一点味道都没有。文字虽少，包含的意蕴要很丰富，而且不能写得很匆忙，很局促，而应写得从容舒展。这就像篆刻艺术，只有很小一块地方，但是方寸之内，要有海阔天空气象。所以我建议同学们也不妨试试写这种500字的文章，它可以推动你提炼思想、提炼文字，帮助你逐渐形成一种简洁的风格。

四是"讲究修辞"。徐镜澄曾教梁实秋文章之道："说理说至难解难分处，来一个譬喻，则一切纠缠不清的论难都迎刃而解，何等经济，何等手腕。"的确是经验之谈。文章要生动、形象，善用比喻是个有效方法。在这方面，毛泽东、习近平都给我们提供了很好的范例。毛泽东把调查研究比喻成"十月怀胎"，把解决问题比喻成"一朝分娩"；把共产党和人民分别比喻成"种子"和"土地"；把空洞的文章比为"懒婆娘的裹脚"，把原子弹和反动派比为"纸老虎"，都是十分经典的例子。习近平在北京大学与师生座谈时,强调青年人养成正确价值观非常重要,就像穿衣服扣扣子一样,"如果第一粒扣子扣错了,剩余的扣子都会扣错。人生的扣子从一开始就要扣好。"把手握大权的官员比喻成"被围猎的对象",把不抓落实的制度,比为"稻草人"和"纸老虎",都非常形象、恰切,让人过目难忘。

除了比喻以外,善用排比、对仗等修辞,可以让文章读起来朗朗上口,富有气势。有些好的文章,则会把几种修辞手法综合运用,起到很好的效果。《荀子·劝学篇》中的有些片段即为最佳典范:

> 积土成山,风雨兴焉;积水成渊,蛟龙生焉;积善成德,而神明自得,圣心备焉。故不积跬步,无以至千里;不积小流,无以成江海。骐骥一跃,不能十步;驽马十驾,功在不舍。锲而舍之,朽木不折;锲而不舍,金石可镂。蚓无爪牙之利,筋骨之强,上食埃土,下饮黄泉,用心一也。蟹六跪而二螯,非蛇鳝之穴无可寄托者,用心躁也。

毛泽东的《星星之火,可以燎原》《改造我们的学习》,习近平的《做焦裕禄式的县委书记》《在文艺座谈会上的讲话》,都可以看到这方面的典范。

> 我所说的中国革命高潮快要到来,决不是如有些人所谓"有到来之可能"那样完全没有行动意义的、可望而不可即的一种空的东西。它是站在海岸遥望海中已经看得见桅杆尖头了的一只航船,它是立于高山之巅远看东方已见光芒四射喷薄欲出的一轮朝日,它是躁动于母腹中的快要成熟了的一个婴儿。(《星星之火,可以燎原》)

这两种人都凭主观，忽视客观实际事物的存在。或作讲演，则甲乙丙丁，一二三四的一大串；或作文章，则夸夸其谈的一大篇。无实事求是之意，有哗众取宠之心。华而不实，脆而不坚。自以为是，老子天下第一，"钦差大臣"满天飞。这就是我们队伍中若干同志的作风。这种作风，拿了律己，则害了自己；拿了救人，则害了别人；拿了指导革命，则害了革命。总之，这种反科学的反马克思列宁主义的主观主义的方法，是共产党的大敌，是工人阶级的大敌，是人民的大敌，是民族的大敌，是党性不纯的一种表现。（《改造我们的学习》）

优秀作品并不拘于一格、不形于一态、不定于一尊，既要有阳春白雪、也要有下里巴人，既要顶天立地、也要铺天盖地。只要有正能量、有感染力，能够温润心灵、启迪心智，传得开、留得下，为人民群众所喜爱，这就是优秀作品。

人类文艺发展史表明，急功近利，竭泽而渔，粗制滥造，不仅是对文艺的一种伤害，也是对社会精神生活的一种伤害。低俗不是通俗，欲望不代表希望，单纯感官娱乐不等于精神快乐。文艺要赢得人民认可，花拳绣腿不行，投机取巧不行，沽名钓誉不行，自我炒作不行，"大花轿，人抬人"也不行。（《习近平在文艺座谈会上的讲话》）

五是"善举事例"。在适当的地方举一些自己切身经历的实例，也就是善于讲自己的故事，既可拉近与读者或听众的距离，还能体现出独一份的稀有性，增强文章的吸引力。美国著名记者和作家威廉·E.布隆代尔在《〈华尔街日报〉是如何讲故事的》一书中提到，写作时要特别注意给读者讲好故事："因为我们的注意力总是放在了读者对信息的需求上。于是,我们忽视了一个所有读者最普遍的要求。一个所有要求中最基本的要求:给我讲一个故事,看在老天爷的份上,让它有趣一点!"

比如习近平《在河南省兰考县委常委扩大会议上的讲话》,讲上学时学习焦裕禄的经历:

> 我们这一代人,是深受焦裕禄同志的事迹教育成长起来的。几十年来,焦裕禄同志的事迹一直在我脑海中,焦裕禄同志的形象一直在我心中。记得一九六六年二月七日,《人民日报》刊登了穆青等同志的长篇通讯《县委书记的榜样——焦裕禄》,我当时上初中一年级,政治课老师在念这篇通讯的过程中几度哽咽,多次泣不成声,同学们也流下眼泪。特别是念到焦裕禄同志肝癌晚期仍坚持工作,用一根棍子顶着肝部,藤椅右边被顶出一个大窟窿时,我受到深深震撼。后来,我当知青、上大学、参军入伍、当干部,我心中一直有焦裕禄同志的形象,见贤思齐,总是把他当作榜样对照自己。焦裕禄同志始终是我的榜样。一九九〇年七月十五日,我任福州市委书记时,以《念奴娇》的词牌填了一首《追思焦裕禄》,发表在《福州晚报》上。李雪健主演的电影《焦裕禄》,我看过不止一遍。

《在文艺座谈会上的讲话》中他讲自己读俄罗斯、法国、德国文学名著的经历,讲陕西作家柳青的情况,都给人留下深刻而难忘的印象。在谈"文艺需要人民"这个问题时,他说:

> 说到这里,我就想起了一件事情。1982年,我到河北正定县去工作前夕,一些熟人来为我送行,其中就有八一厂的

作家、编剧王愿坚。他对我说,你到农村去,要像柳青那样,深入到农民群众中去,同农民群众打成一片。柳青为了深入农民生活,1952年曾经任陕西长安县县委副书记,后来辞去了县委副书记职务、保留常委职务,并定居在那儿的皇甫村,蹲点14年,集中精力创作《创业史》。因为他对陕西关中农民生活有深入了解,所以笔下的人物才那样栩栩如生。柳青熟知乡亲们的喜怒哀乐,中央出台一项涉及农村农民的政策,他脑子里立即就能想象出农民群众是高兴还是不高兴。

4. 格局

即文章的章法布局、逻辑结构问题。这就是曾国藩所讲的"古文之道,谋篇布势是一段最大功夫"。

我们请客吃饭,菜品要丰盛,也要搭配适宜,上菜顺序也要合规合礼。练写书法,笔法之后,须练习每个字的间架结构,待到创作时,还要特别考虑作品的章法布局。做文章也是一样,必须经营布置一番。好的文章,应该有合理、顺畅、严密的逻辑结构,能让人通顺地读下去,而不能东一榔头,西一斧头地乱舞,天女散花一般地乱撒。刘大櫆讲"文章最要节奏",就是指章法布局。李渔也讲:"编戏有如缝衣,其初则以完全者剪碎,其后又以剪碎者凑成。剪碎易,凑成难。"凑成也是指文章的整体布局问题。在这方面,明代陆楫《蒹葭堂杂抄》记载的一则典故,很好地说明了逻辑脉络与内容的关系:

> 成化、弘治间,刘文靖公健,丘文庄公浚,同朝,雅相敬爱。刘北人,在内阁独秉大纲,不事博洽。丘南人,博极群书,为一时学士所宗。一日,刘对客论丘曰:渠所学如一仓钱币,纵横充满,而不得贯以一绳。丘公闻之,语人曰:我固然矣;刘公则有绳一条,而无钱可贯,独奈何哉?士林

传以为雅谑。

要做好文章的章法布局，理清文章的逻辑脉络，就应该在写作之前列出框架，做些"粗枝大叶"（原用来形容汉代文章的粗犷大气）的谋划工作：文章要论述几个问题，论述顺序如何，彼此之间该如何起承转合，都应该大致成竹在胸。

文章的框架，**一要全面**。该论述的重要问题，不能有遗漏。虽然粗枝大叶，但根本皆在。比如一篇新闻稿，就必须具备基本的六个要素：时间，地点，人物，事件的起因、经过、结果。从叙述结构上讲，则包括标题、导语、主体、背景、结语。标题、导语、主体是必不可少的，背景和结语有时则蕴含在主体里面，有时则可省略。

二要匀称。各部分内容要搭配得宜，该详则详，该略则略，而不能平均用力。古人讲好的文章结构应该是凤头（精彩、美丽）、猪肚（充实、丰富）、豹尾（有力、劲健）。从作用来讲，开头和结尾尤其重要；从篇幅来看，开头、结尾都不宜太长，主要陈述的是观点和结论等干货。

好的开头，一般情况下都是开门见山，开拳便打，直奔主题。在这里，我举三个比较经典的开篇例子：

（1）胡适给毕业生写的临别寄语《不要抛弃学问》："诸位毕业同学：你们现在要离开母校了，我没有什么礼物送给你们，只好送你们一句话罢。这一句话是．'不要抛弃学问'。"

（2）毛泽东《中国社会各阶级的分析》："谁是我们的敌人？谁是我们的朋友？这个问题是革命的首要问题。中国过去一切革命斗争成效甚少，其基本原因就是因为不能团结真正的朋友，以攻击真正的敌人。革命党是群众的向导，在革命中未有革命党领错了路而革命不失败的。我们的革命要有不领错路和一定成功的把握，不可不注意团结我们的真正的朋友，以攻击我们的真正的敌人。我们要分辨真正的敌友，不可不将中国社会各阶级的经济地位及其对于革命的态度，作一个大概的分析。"

（3）北大哲学系博士生周素丽撰写的《静园草坪读书散记》："我一直认为，青年学子读书的身影，是北大最美的风景。而融入静园草坪，成为这风景之一，也让我感到无比的愉悦和自豪。"

文章的结尾则要对文章内容或者做总结，或者做升华，或者做深化，或者与开篇遥相呼应。在这里举四个例子：

（1）毛泽东《实践论》的结尾，即对全文内容的高度概括："通过实践而发现真理，又通过实践而证实真理和发展真理。从感性认识而能动地发展到理性认识，又从理性认识而能动地指导革命实践，改造主观世界和客观世界。实践、认识、再实践、再认识，这种形式，循环往复以至无穷，而实践和认识之每一循环的内容，都比较地进到了高一级的程度。这就是辩证唯物论的全部认识论，这就是辩证唯物论的知行统一观。"

（2）柳宗元《捕蛇者说》的结尾，即对全文的升华："余闻而愈悲，孔子曰：'苛政猛于虎也！'吾尝疑乎是，今以蒋氏观之，犹信。呜呼！孰知赋敛之毒有甚是蛇者乎！故为之说，以俟夫观人风者得焉。"

（3）胡适《不要抛弃学问》的结尾，即对开篇的深化："易卜生说：'你的最大责任是把你这块材料铸造成器。'学问便是铸器的工具，抛弃了学问便是毁了你们自己。再会了！你们的母校眼睁睁地要看你们10年之后成什么器。"

（4）梁实秋《我的一位国文老师》的结尾："我离开先生已将近五十年了，未曾与先生一通音讯，不知他云游何处，听说他已早归道山了。同学们偶尔还谈起'徐老虎'，我于回忆他的音容之余，不禁还怀着怅惘敬慕之意。"是对开篇的遥相呼应："我在十八九岁的时候，遇见一位国文先生，他给我的印象最深，使我受益也最多，我至今不能忘记他。"

三要通顺。起承转合，如行云流水一般的自然顺畅。毛泽东指出："写文章要讲逻辑。就是要注意整篇文章、整篇说话的结构，开头、中间、尾巴要有一种关系，要有一种内部的联系，不要互相冲突。"他还提出写文章要提出问题、分析问题、解决问题，实际上就是提供了文章的论述结构和顺序。一篇好的文章，各个段落之间的衔接，应该有一条基本的主线。大家读韩愈的《马说》，欧阳修的《五代史伶官传序》，文章都不长，但却起承转合，环环相扣，一气呵成。在具体写作时，也不必有太多的过渡句，用徐镜澄的诀窍就是："作文忌用过多的虚字，该转的地方硬转，该接的地方硬接，文章便显着朴拙而有力。"

要提高这方面的能力，建议大家多读古代法家尤其是《韩非子》的著作。

5. 经济

经济是指经世济用，也即文章的实用性问题。

清初大学者顾炎武曾明确提出"文须有益于天下"的命题。往大处讲，是要经世济民，往小处说，就是要解决实际问题。好的文章，一定是有为而发，无论是感发、教育、沟通、娱乐、理政，无论是对个人，还是家国集体，总要归于致用。中国古人论学，其落脚处，在于知行合一，学以致用。而文章则是"致用促行"的有效工具之一。从这个角度来讲，义理、辞章、考据、格局四个要素的运用，最终都要落脚到"经济"上。王安石曾云："所谓文者，务为有补于世而已矣；所谓辞者，犹器之有刻镂绘画也。诚使巧且华，不必适用；诚使适用，亦不必巧且华。要之以适用为本，以刻镂绘画为之容而已。"

我们经常使用的签报、通知、会议纪要、新闻报道、工作简报、领导讲话稿，无一不是工作的重要内容，无一不是为了解决实际问题的。所以实务工作中的文章写作，尤其要重视"经济"这个要素。

在这种情况下，我们首先要做的，就是要**熟稔精通业务**，经过一段时间的努力后，成为本岗位、本部门甚至本行业的行家里手。

二是要在工作中，**心存研究意识**，面向整个行业，或者与本职工作相关的领域，多做些调查研究（阅读、座谈、访谈），多积累些有用资料，养成开阔的视野。

三是要经常结合工作深入思考，并**善于总结归纳**、分析提炼。最好能结合工作或针对工作中的一些问题，撰写一些小篇幅的文章，练练笔，理理思路，积少成多，久久为功，就一定能有收益和进步。

四是在落笔为文时，一定要特别**明确对象是谁**，不能只用一种腔调，或者一种文体包打天下，而应该有很强的针对性和接近性。有些人的讲话除了题目有所改变以外，内容总是原封不动，堪比千年不死，万年不倒的胡杨木，每次看到后都会让人皱眉头。我们现在的很多人，辛辛苦苦写出来文章，但却没有吸引读者和听众，这样就无法发挥文章的"经济"作用。这实际上还是写作态度的问题。1957年，毛泽东在全国宣传工作会议上说："我们现在有些文章，神气十足，但是没有货色，不会分析问题，讲不出道理，没有说服力。这种文章应该逐渐减少。当着自己写文章的时候，不要老是想着'我多么高明'，而要采取和读者处于完全平等地位的态度。"应该说是抓住了问题的根本原因之所在。

总而言之，义理、考据、辞章、格局、经济，是一篇好文章的基本要素。义理就好比人的头脑，体现的是见识，辨别的是善恶是非；考据好比人的骨骼脏器，体现的是学养，辨别的是确切与谬误；辞章好比人的血肉气质，体现的是才华，辨别的是美丽与丑陋；格局好比人的经络血脉，体现的是思维和驾驭能力，辨别的是通顺与碍滞；经济好比人的实际贡献，体现的是学以致用，辨别的是实干与空谈。要提高这几方面的能力，就要分别在哲学、历史、文学、逻辑学以及社会科学等方面多学习。以上观点，可用下表予以说明：

	文章五艺：好文章五要素				
1	义理	善	识	头脑	哲学
2	考据	真	学	骨骼脏器	历史
3	辞章	美	才	血肉	文学
4	格局	顺	思	经络血脉	逻辑学
5	经济	用	能	贡献	社会科学

6.修辞立其诚

以上五方面的要素，纯粹是从技法的角度来谈的。但文章究竟如何写，既有法，也无法。归根结底，任何好文章，还得符合一条基本原则，就是孔子所讲的"修辞立其诚"。习近平总书记在中央党校2010年春季学期开学典礼上明确指出，要努力克服"长、空、假"的不良文风，积极倡导"短、实、新"的优良学风。在我看来，文章之优劣，最重要的区别，就在是否能够做到"实"这个字上。写任何文章，无论说理、叙事，还是抒情、说明，都要基于内心的真诚，实事求是、实实在在地写，讲真话，写真事，抒真情，明真理。只有自己先明白了，才能让人明白；只有自己先感动了，才能让人感动；只有自己先相信了，才能让人相信。这就是孟子所讲的，高明者能"以其昭昭，使人昭昭",笨拙者却想着"以其昏昏,使人昭昭"。这也是鲁迅所讲的"作文秘诀":"有真意,去粉饰,少做作,勿卖弄而已。"从这个角度来讲,做文和做人、做事都是高度统一的,文如其人,洵非虚言。

三、如何写好文章:为文六法

如何写好文章,每个人都有自己的见解。我参考各家观点,结合自己的学习心得和切身经历,提出六点意见:养气、务实、勤读、深思、多写、觅师,统称"为文六法"。

1. 养气:善养胸中浩然气

"文以气运",是中国古代文论中的一个重要命题。孟子讲,善养浩然正气,则可独立于天地之间,是大丈夫气象的一个重要表征。到了韩愈那里,就在《答李翊书》中系统地提出了"气盛言宜"的观点:气好像水,言好像水上漂浮的东西,如果水足够大,则无论多大的东西都可以漂浮在上面。如果一个人的气象博大,气势强盛,则写出来的文章,无论是语句的长短,还是声韵的高下节奏,都会非常适宜。我们读贾谊的《过秦论》,韩愈的《马说》,梁启超的《少年中国说》,毛泽东的文章和诗词,都能够感受到那种一泻千里、磅礴大气的峥嵘气势。由此也形成了鲜明的文章风格。我们在撰写文章时,也经常会有这样的体会,朝气锐而暮气惰,在神清气爽、精神抖擞时写的东西,与在头昏脑涨、精神萎靡时写出来的文章,气象会非常不同。

文章风格的差别,在很大程度上就是文气的区别。这个"气"很难说清楚,但又的确存在,它包含了作者的性格、气质、格局、境界、修养等多方面的因素。要写出好文章,必须得有一腔好气,就好像火炉上,壶中之水开后的蒸腾氤氲之气,有一股持续不断向上冲的勃勃生气。前人有一副很好的对联："养天地正气，法古今完人。"以古今圣贤为师，取法乎上，持续不断开阔眼界，积累知识，提高修养和境界，养成一种大丈夫气象和格局，这是写出好文章的前提条件。习近平总书记也讲，文如其人，作文与做人，与人的素质是密切联系的。领导干部改进文风，需要在两个方面努力：一要学习。二要增强党性修养。坚持以德修身，努力成为高尚人格的模范。在1999年北大新生开学典礼上，叶朗先生用"胸襟要宽，格局要大"八个字寄语新生："历史经验告诉我们，格局小的人，绝对做不了大的学问，也绝对成不了大的事业。"以上所说的修养、胸襟、格局，都可以归入"养气"的范畴。多读那些古今圣贤豪杰"气盛言宜"的代表作，用他们的圣贤气象、英雄气概不断熏陶和感染自己，对养成浩然之气有莫大益处。

2. 务实：百虚皆不如一实

无论接人待物，还是干事创业，百虚不如一实，做文章也是这个道理。尤其我们是做实务工作的，任何文章，都是为实务工作服务的，所以时时处处都应该以"实"为基础。也就是说，无论何时何地，干好工作都是第一位的。如果对工作不熟悉、无思路、没见解，即便再有才华、文笔再好，也会出现"巧妇难为无米之炊"的困境，很难写出好文章来。这就要求我们既能脚踏实地、扎扎实实地"实干"，又能有思路、有章法、有头脑地"巧干"，守正出新，取得很好的成绩。然后立足本职工作，将理论与实践结合起来，养成思考总结、文武并重的习惯，这样就会逐步成为既懂业务、文笔又好的优秀人才。在具体落笔时，还需要掌握一个基本的技巧："一切从问题出发，不从概念出发。"

3. 勤读：书中自有为文法

读书，尤其是读好书，是汲取优秀人物知识、智慧的最佳捷径。爱读书、会读书的人，一般情况下，其文笔都不会太差。杜甫的名句

"读书破万卷，下笔如有神"，的确是他的经验之谈。如果读书是吸收、积累的话，撰文就是输出、发散。要在文章中送给别人一杯水，自己的肚子里就至少得装下一桶水。不仅如此，书读得多了以后，在潜移默化中，一个人的气质、言行、能力都会发生变化。"腹有诗书气自华""气质变化学问深时"，这些耳熟能详的名言，都是在讲读书对一个人气质塑造的重要作用。宋代黄庭坚讲，士大夫三日不读书，便觉面目可憎，语言无味。清代曾国藩也在教导其子弟重视读书时说，一个人的气质，主要由天生而来，很难改变，唯有读书可以变化气质。古代精于相面术的人，甚至说读书可以变换一个人的骨相。而这一点，又与前面所讲的"养气"密切相关。

  我们为什么写不出文章，尤其是好文章来？一个重要的原因就是读书太少。一名高中毕业生曾向杨绛先生倾诉人生的种种困惑，杨先生在回信中直言："你的问题主要在于，读书不多却想得太多。"这句话，用在职场中的很多人身上，都是适用的。苏轼的《东坡志林》中曾记载这么一则典故：孙莘老曾向欧阳修请教文章之道，欧阳修回答说：没有别的技巧，只要勤读书，并且多写，自然就能写出工整的文章来。现在的人，都不愿意写文章，又懒于读书，等到好不容易写出一篇后，却总想着超过别人。因此就很少能写出好文章来。

  接下来的问题就是，应该读哪些书呢？我的答案是，应该读自己感兴趣并对工作有用的经典书籍和文章。古代典籍方面：经部中的四书，史部中的《史记》《资治通鉴》，子部中的先秦诸子，集部中的唐宋八大家，尤其是韩愈、柳宗元、欧阳修、苏轼的文章；现当代的名著中，鲁迅、周作人、梁实秋、胡适、张中行、季羡林、朱光潜、费孝通、贾平凹等大家的经典文章，毛泽东、邓小平、习近平、邓拓等政治家的文章选集，以及其他新中国成立以来的系列重要文献、文件，如能择其精要，经常阅读，定会在不知不觉间发生变化，写文章也会觉得越来越顺畅。在这里，我和大家分享一下徐复观先生年轻时读书的经历。徐先生是20世纪著名的学者，15岁时进入武昌省立第一师范学校就读，当时为学生改作文的是李希哲先生。

> 他（李希哲）发作文时，总是按好坏的次序发。当时我对旁的功课无所谓，独对作文非常认真，并且对自己的能力也非常自负。但每一次都是发在倒二三名；心里觉得这位李先生，大概没有看懂我的文章；等到把旁人的文章看过，又确实比我做得好，这到底是什么道理？好多次偷流着眼泪，总是想不通。有一次，在一位同学桌子上看见一部《荀子》，打开一看，原来过去所读的教科书上"青出于蓝而胜于蓝"的一段话，就出在这里，引起了我的好奇心，便借去一口气看完，觉得很有意思。并且由此知道所谓"先秦诸子"，于是新开辟了一个读书的天地，日以继夜的看子书。因为对《庄子》的兴趣特别高，而又不容易懂，所以在图书馆里同时借五六种注本对照看。等到诸子看完后，对其他书籍的选择，也自然和以前不同。有过去觉得好的，此时觉得一钱不值；许多过去不感兴趣的，此时却特别感到兴趣。此后不太注意作文而只注意看书，尤其是以看旧小说的心情来看梁任公、梁漱溟和王星拱（好像是讲科学方法），及胡适们有关学术方面的著作。到了第三学年，李先生有一次发作文，突然把我的文章发第一；自后便常常是第一第二。并且知道刘凤章校长和几位老先生，开始在背后夸奖我。我才慢慢知道，文章的好坏，不仅仅是靠开阖跌宕的那一套技巧，而是要有内容，就一般的文章说，有思想才有内容；而思想是要在有价值的古典中妊育启发出来，并且要在时代的气氛中开花结果。

除了上述通识通解的书籍外，应该多读自己工作中经常接触和使用的文章、文件的范文，可以有意识地搜集、整理一些范文，多阅读，多揣摩。万事皆起于模仿，作文也是这个道理，读得多了，从照猫画虎开始，一篇一篇地写，终有成为画虎高手的可能。比如，2004 年，党中央和国务院联合下发了《关于进一步加强和改进大学生思想政治教育的意见》（简称"中央 16 号文"），是近十多年各高校开展大学生思想政治教育工作的纲领性文件，我 2006 年入职后，几乎每个月都会把这个文件认真阅读一遍，对开展工作、撰写文章，益处甚大。

至于阅读方法，我想给大家推荐两种看似笨拙、实则非常管用的方法：一是**诵读**，二是**抄读**。

诵读。曾国藩教导其子弟，在学习中应该做到"看、读、写、作"四字。"看"即泛读书籍，读一遍即可，求快求广，力争在最短的时间里博览群书。"读"即讽咏朗诵，反复诵读，求精求熟，力求将其中的知识内化为自己治学为人的看家本领。其实读书，这二者均不可或缺，在中小学阶段，日常的课业以"读"为主，而工作以后，则以"看"为主，已经很少有人再像上学时那样诵读经典名篇了。实际上，恢复并养成这样的习惯非常重要。张舜徽是一位读书甚广且特别会读书的当代国学大师，他也特别提出"文须朗诵不宜默读"的读书主张："昔人治学，将看与读分别甚明。学习古代文辞，所重在读，然后有悟入处。如仅默看不读，毕竟不能受用也。"今年暑假我听闻闸老师的课，很认同他的一个观点，每天坚持大声朗诵经典文章 15 分钟，只要坚持两三个月，就会大大提高自己的语言表达艺术。我想这个表达艺术，不仅是口头，也包括笔头。不仅如此，清晨起来，诵读经典十来分钟，就如喝杯清茶一般，可以提振精神，开阔胸襟。我经常有个想法，每个人都可以根据自己的兴趣爱好，将一些经典名篇汇集成册，成为自己的诵读集，置于案头，闲暇或困顿之时，拿出来择要诵读，至少也是消遣世虑的妙法之一。

抄读。前人讲，在读书时，好记性不如烂笔头，眼过千遍不如手过一遍，不动笔墨不读书，都是讲读书时动笔的重要性。边读边抄，以抄为读，是谓"抄读法"，在古人那里是非常重要的治学之法。梁启超在《治国学杂话》中，就特别向读者推荐抄录和笔记的读书法："大凡一个大学者平日用功总是有无数小册子或单纸片，读书看见一段资料觉其有用者即刻钞下（短的钞全文，长的摘要记书名卷数页数）。资料渐渐积得丰富，再用眼光来整理分析他，便成为一篇名著。"梁先生是一代国学大师，他的见解很值得参考遵循。我也常常建议每人都能拥有自己的读书札子或者笔记本，长年累月地，一本接着一本抄录下去。既积累了资料、丰富了学问，又可将其作为酝酿思考、作文演讲时用以取材的宝库。

4. 深思：思以求自得之见

曾有领导说，做工作时，既要埋头拉车，还要抬头看路。我觉得，在此基础上，还得再加上一个"静心琢磨"，也就是深入思考。读万卷书，行万里路，干万件事，都得加上一个独立的深入的思考，其目的在于形成自己的"一家之言"和"自得之见"。养气、务实、读书，最后都要落脚到"六经注我"，为我服务。既能博综兼览，又有一家之言，这种守正出新的思路应该是提高自己文章水平的正途。写文章、做演说，只说自己的话，没有别人的话、书上的话，恐怕不行；可只会说别人的话、书上的话，却没有自己的话，更不行。理想的文章，应该遵循这样的法则：前人如何说，时人如何说，其优点如何，缺点又如何。总而言之，我的观点又如何。读者和听众，关注的是我们的观点究竟是什么。而自己观点的形成，主要靠思考。比如曾国藩讲，识人用人要用八个字："广选、慎用、勤教、严绳"。我则认为，还该加上"善待"二字。朱光潜先生说做事要奉行"三此主义"：此时、此地、此身。我则认为，还应加上"此心"，才能把事情做完美。

要把工作做好，文章写好，都得养成注重思考、善于思考、经常思考的良好习惯。为此就得有一种"问题意识"。胡适给大学生讲，大学毕业后，"总得时时寻一两个值得研究的问题！""脑子里没有问题之日，就是你的智识生活寿终正寝之时！"具体到文章写作中，欧阳修给朋友讲，自己做文章多在"三上"：马上、枕上、厕上。在这些时候，就可以安静地思考。思考成熟了，写文章就是一挥而就的事。现在我们除了在这"三上"以外，路上、车上、船上、飞机上，都可以思考。我这两年走路上下班，路途之上，或背书，或思考，怡然自乐，发表在《北京大学校报》上的文章，大多是在路上思考而成的。

现在我们的工作都很忙，生活节奏太快，步子迈得过快，灵魂往往赶不上。在这种情况下，充分把自己的闲暇时间利用起来，安静地深入地思考一些工作中、生活中、学习中的问题，体味一番思考的乐趣，有百益而无一害。

5. 多写：勤读书而多为之

前面提到欧阳修的作文之道，包括两个方面：一是"勤读书"，二是"多为之"，也就是多写。与养气、务实、勤读、深思的同时，养成定期动笔杆子的习惯，只要持之以恒，就一定会有可喜的进步。在这里，我想特别提出两点意见：

一是养成"勤笔头"的习惯。也就是不能偷懒。我们经常讲有些人著作等身，其前提一定是抓紧时间笔耕不辍。胡适经常教导学生，聪明人要下笨功夫。季羡林生前住在朗润园，每天清晨四点准时起床，伏案工作，平生著述，大半成于天未亮之时，真是做到了"鸡闻我起舞"，不愧是北大老一辈学者勤奋治学的典范。

二是去除"畏难"的情绪。很多人并不是说不能写文章，不会写文章，而是不愿意写，有畏难情绪，还没有写的时候，就会考虑："写得不好怎么办？"其实，任何人都不可能从开始就写得很好，都要经历一个逐步提高的渐进过程。即便是那些名家、大家，你看他们的文章，也不是篇篇都佳，经典名篇也是屈指可数。所以在这方面，我们得有点"丑媳妇不怕见公婆"的勇气，大胆去写，先写出来再说。记得2006年12月，学工部召开全校优秀学生和集体表彰大会时，许智宏校长的讲话稿就安排给我来写。当时我刚留校工作不久，接受这样的重要任务，可真是"亚历山大"，战战兢兢，硬着头皮，最终还是写了下来。以后学工部、研究生院的很多大稿子，尤其是校领导的讲话稿和主持词，就经常安排给我来写。随着写作量的增多，心中的畏难情绪也就慢慢去除了。

经济学院著名教授樊弘经常鼓励学生要大胆去写。他的口头禅是："文从放屁始，诗从胡说来。"邓拓在这方面也有很好的建议："俗话说：'提起千斤重，放下二两轻。'有若干问题往往看得太严重了反而无法解决，也许无意中很随便就解决了问题。因此，我愿建议朋友们，首先不要把写文章这件事放在心上，尤其是对'文章'的高深观念要根本改变。与其神气十足地说'写文章'，不如普普通通地说'写话'更好。"当代作家二月河将两句话作为自己的座右铭："拿起笔来老子天下第一；放下笔来夹着尾巴做人。"像这样的说法都能给我们以鼓舞和启发。

另外，我建议大家读读胡适撰写于1918年的《建设的文学革命论》，是白话文运动中的一篇重要文献。他在文中把自己的观点总结为四句话，其实也是我们去除畏难情绪、提笔撰文的不二法门。

(1) 要有话说，方才说话。
(2) 有什么话，说什么话，话怎么说，就怎么说。
(3) 要说我自己的话，别说别人的话。
(4) 是什么时代的人，说什么时代的话。

当然，在刚开始写时，总会有写不好的地方。这时候就要多看看领导或者老师的修改稿。前后对比，从中看出差距、悟出道理来。不断地看，不断地悟，自然就有进步。我刚参加工作，开始写文章、文件时，承蒙各位大领导多次修改斧正，促使自己不断反思，不断改正，在反思和改正中不断提高。至今都感念不已。

6. 觅师：学莫便乎近其人

古人云：独学而无友，则孤陋而寡闻。要想在成长道路上不走岔道，持续前进，一个重要的方法是，找一位走在自己前面的优秀人物去师法，这样我们就能从他那里持续汲取有益的养料。做工作，做文章，都是这样的道理。在写作过程中，有机会，常找一些大笔杆子，多请教；常听一些课程与讲座，多取法；多看一些专门讲述文章之道的书籍，多钻研。久久为功，自然会精进不止、日新其境。

我们常会听到这样一句话："读万卷书不如行万里路，行万里路不如阅人无数，阅人无数不如名师指路，名师指路不如自己去悟。"在一个人的成长进步中，这五个方面都是不可或缺的要素，但要说一个不如一个，我却不敢苟同。其实这五个方面都非常重要，很难分出一个高下来。我刚才所讲的六个要素，可以勉强和这五个方面联系起来：勤读、多写，就是"读万卷书"；务实，就是"行万里路"；觅师，就是"阅人无数"和"名师指路"；养气、深思就是"自己去悟"。我们常讲，文如其人，文如人生，完美的人生，就好像完美的文章一样，需要我们从以上几个方面努力探索，不断进步。

以上就是我今天所讲的主要内容，粗浅之见，还请多多指教。最后，和大家分享一句颜之推在《颜氏家训·勉学篇》中的一句话：

> 夫学者犹种树也，春玩其华，秋登其实。讲论文章，春华也；修身利行，秋实也。

其大意是，学习就像种树，春天观赏花朵，秋天收获果实。二者是存在因果关系的。谈论研习文章之道，如同春花，是前因；修身养性助益实践，如同秋实，为后果。希望今天的分享，能够对我们个人和集体的工作有所帮助。谢谢！

附录部分，给大家推荐一些可以阅读参考的文献：

1.《毛泽东选集》《邓小平选集》，习近平系列著作，如《摆脱贫困》《之江新语》《习近平谈治国理政》（第一、二卷），等等。

2. 王梦奎编：《怎样写文章》，中国发展出版社2009年版。

3. 梁衡：《文风四谈》，中国人民大学出版社2013年版。

4. 梁衡：《梁衡散文中学生读本》，北京联合出版公司2015年版。

5. 邓拓：《燕山夜话》，北京十月文艺出版社2014年版。

6. 精熟《古文观止》（阴法鲁主编：《古文观止译注》，北京大学出版社2011年版）中韩愈、柳宗元、欧阳修、苏轼文章。

7.《史记》（中华书局2013年版，以本纪、世家和列传为主）、《聊斋志异》（盛伟校注本，山西人民出版社2000年版）。

8. 常读《四书》及前秦诸子之文。

9. 择要精读胡适、陈独秀、周氏兄弟、梁实秋、张中行、费孝通、朱光潜、季羡林、贾平凹等先生的随笔、散文。

10. 定期阅读"人民论坛·观点"栏目的文章（http://opinion.people.com.cn/GB/8213/49160/49220/index.html）。

11. 中共中央办公厅、国务院办公厅：《党政机关公文处理工作条例》（2012年7月1日起执行）。

12.《标点符号用法》（GB/T 15834—2011）。

13.《校对符号及其用法》（GB/T 14706—93）。

14.《出版物上数字用法》（GB/T 15835—2011）。

2015年11月9日初稿，12月31日定稿

表彰北大真精神　传递北大正能量
——《微说北大》出版序言*

作为年轻的"老北大",我们是怀着一颗热烈而虔诚的心完成这部书稿的。我们两人虽然年龄相差不少,但却有很多的共同点:都来自陕西的关中平原,高中毕业后都来到北大读书、生活,毕业后又都留校工作,一直没有离开过燕园这个令人魂牵梦绕的园子。是北大培养了我们,让我们开阔了视野,提升了境界,认识了真理,因此,我们对北大常怀感恩之心。和每一位北大人一样,我们的内心深处都隐藏着一种浓郁的北大情怀。可以说,这部书是浸润着浓浓的北大情怀的。

北大是迷人的,她的一切能让每一个接近她的人沉醉不已,不知往返。这因缘于她悠久的历史传统、深厚的文化底蕴和独特的精神魅力。无论在什么时候,与北大相关的话题,总能引发人们的兴致。在我们看来,北大就是一本永远都读不完的大百科全书,正如燕园的未名湖一般,虽然不大,却有着大海一般的气象。要读懂这大书,这大海的真精神、真气象,绝非一日之功。随着在北大工作、学习和生活

---

* 杨虎、严敏杰编著:《微说北大》,现代出版社 2015 年 5 月出版。此书系本师肖东发先生生前主编的"北大文化丛书"中的一本,为北京大学校庆 120 年双甲子纪念文化专题成果之一。

《微说北大》封面

的时间越来越长,我们的这种感觉就愈发深切。

有一点是不能否认的,北大的一切,真真切切地体现在一代又一代的北大人身上,真正的北大魅力也体现在优秀的北大人身上。自入北大读书以来,我们就经常听老先生神采奕奕地讲述北大的历史、传统与精神,从他们的讲解中,我们知道了北大人的风骨、气概和神采;我们还曾经常听师兄师姐神侃北大人的逸闻趣事,在这种漫无目的的闲侃中,我们领略到了北大人的风趣、狂狷和洒脱;我们还经常阅读一些关于北大的回忆、评论文章,通过众人的视野,我们明晓了北大人的职责、使命和前景。而这一切,又都是通过精彩的话语表达出来的。

既然无法明确言说北大的魅力究竟何在,不如将前哲与时贤关于北大的精彩话语辑录起来,以供众人饭后闲览,让读者在会心一笑之余能多几分理解和思考,对北大和世人来说,均为有功之举。虽然是"述而不作",但又可以发挥"表彰北大真精神,传递北大正能量"的些微之功,因此又何乐而不为呢?基于这样的共识,我们便产生了编写一本汇集北大精彩"话语"的书的念头。2007年,在中国广播电视出版社梁刚建社长和李潇潇编辑的支持和帮助下,我们"牛刀小试",合作编撰出版了《北大新语》一书。

《北大新语》出版以来,得到了广大读者的欢迎。新华社资深记者丁一曾专门撰写并刊发书评文章《〈北大新语〉的新与旧》,称赞此书比较好地借用了"世说"体例,显得古意盎然,在"轻描淡写"中把北大传统和北大精神体现得"淋漓尽致"。该书出版不久便登上了北京万圣书园的月度销售排行榜,有些图书馆和学校还将此书列到了推荐书目中。一位网友在图书馆读到这本书后就将其推荐给大家,并这样写道:"它是百年老北大的大师们的《世说新语》,让我们看看什么才是真正的大学和大学教授以及怎样做一名大学生,什么才是大学精神,一本令人爱不释手的好书。"书中的部分内容被各种网站和报刊广泛转载。此书的重点章节还曾在《北大人》刊物上连载,在北大校友中反响良好。

　　初版的《北大新语》不过是我们通过适当方式表彰北大精神、传递北大能量的开端而已，这样的工作，应该坚持不懈地做下去。众多师友也肯定了我们这样的想法，让我们做起来更有动力。近几年来，我们在工作之余，陆续收集、整理了大量的新资料、新掌故，拟在版权到期后，推出让读者更加满意的增订版。适逢编者之一的本师肖东发教授主持编纂"北大文化丛书"，便将此书的修订版纳入其中，并在臧永清老师的大力支持下，由现代出版社出版，真是荣幸之至。

　　此次增订和初版的内容相比，有了非常大的变化，主要表现在三个方面：

　　一是明确了思路。通过学习、讨论和思考，我们决定把编纂此书的指导思想明确为四句话："挖掘北大历史掌故，展示北大独特魅力，表彰北大真精神，传递北大正能量。"前两句话是我们所做的基础工作，是表现形式，后两句则是我们的最终目标，是微言大义。在这种理念的指导下，即便是《真趣》《狂狷》《乖僻》这样的篇章，也要努力反映和透露出北大人的真性情和凛然风骨。

　　二是调整了体例。和初版相比，新版的每一章都增加了数百字的"解题"部分，以起到必要的画龙点睛作用。为了增强读者阅读的连贯性和趣味性，也为了增强篇章布局的内在逻辑性，新版在篇章次序上，也进行了较大的调整。全书还新增了《风骨》和《奋勉》两章，以期让人们对北大的历史、现状和未来有一个整体的了解。以《奋勉》作结，寄予着我们对北大的殷切期望和美好祝福。

　　三是增删了内容。所谓增，是指新版字数比原书增加了十余万字，反映在各个篇章，除《谣歌》外，均有或多或少的新增内容，尤其是对新时期的北大掌故，特别留意收入，以体现北大"旧邦新命"的特征。另外，《北大新语》出版问世至今，已经七年有余，其间，侯仁之、吴小如、汤一介、田余庆等先生先后离世，所以除了在正文部分增加其生前道德文章掌故外，还在人物志部分，对其简介也适当进行了修改。所谓删，是删去了一些有疏误的内容。如初版《授教》中有一则关于潘光旦先生的内容："潘光旦在西南联大讲课时，每次走进教室，先从身上掏出一包香烟，抽出一支，问学生抽不抽，学生当然不抽，他便点燃那支烟，开始上课。"在《北大人》转载后，潘先生的后人提出，潘生前并不抽烟，此事当属演绎之说。遵潘先生后人之教，将其删去。此外，还删去或改写了一些不甚精彩的内容，以使全书内容更加精炼、挺拔。除了增删之外，还将篇章之内的排列顺序、部分内容的归属进行了适当调整，以使篇章题目与内容更为切合。

可以看出，增订版几乎是以全新的面貌呈现给广大读者。考虑到出版的"与时俱进"，我们受当前"微信体"的启发，并在臧永清老师的建议下，将书名更新为《微说北大》。《微说北大》者，乃"以微知著、以小见大，呈现北大精神魅力"之谓也。全书分为授教、德行、气节、神采、雅量、真趣、狂狷、乖僻等二十五节，后附北大人物志。将百余年来北大人的精彩"话语"和掌故汇集成书，在只言片语中体现百余年北大的历史传统和精神魅力。读者可在细微之处领略、体悟北大人的真性情和凛然风骨，对于做人、做事、做工作、做学问，都有一定的助益。不着一字评价，却能尽览北大风流；无须正襟危坐，便可广汲北大能量，或许正是此书的特色所在。

需要说明的是，由于篇幅所限，本书以类别为纲领，以人物为中心，所收人物以老一代北大人为主，同时文理大师又有侧重，难免会有挂一漏万、以偏概全之嫌。另外，此书在编写过程中，征引了大量的文献资料，由于体例的独特和篇幅的限制，未能一一注明，仅在全书后面列出参考文献，还请大方之家见谅。在此也对这些图书或文章的作者深表谢意。

有人说，为人师者的一个重要目标，就是在学生心中点燃求取真知的火种。在本书出版之际，我们要特别感谢肖东发教授，因为他就是点燃我们心中"北大情怀"这一火种的导师。肖老师在北大设帐讲学凡四十余年，对北大的感情十分深厚，精熟北大的历史风物、精神传统。每年新学期开学，便为全体新生讲授"北大历史与精神传统"，有"北大新生第一课"之称。在校开设"北京风物与传统文化"一课，总要留出专门的课时讲授北大精神，深受学生的欢迎和好评。职是之故，人多称赞肖老师为"爱校主义者"。在他的教诲、勉励、感染和支持下，我们也愿意努力做一名名副其实的北大"爱校主义者"，用自己的绵薄之力，向世人积极"表彰北大真精神、传递北大正能量"，为实现北大人的共同梦想而摇旗呐喊，擂鼓助威。而此书的编撰出版，就是我们践行"爱校主义"的一次尝试，当然也是聆先生之教，读先生之书的一个初步成果。能以我们有限的能力，为所有关爱北大的读者奉献这样一本书，也是我们对北大、对老师的一种回报。这种对北大、对世道人心有一定意义的工作我们一定会坚持做下去，并争取做得越来越好，以不负师友和读者的厚望！

向本师提交的最后一篇作业
——《中国出版史》出版后记 *

这篇后记本应由先师肖东发教授撰写，但让人遗憾、伤痛的是，在本教材即将完稿之际，先师却因病溘然长逝。教材定稿后，只好由我撰此小文，略述撰写工作的大致经过。

我国是文字和图书出现最早的国家之一，出版活动源远流长，从未间断，形成了中国图书出版史这样一门纵横古今、内涵丰富的学问。北京大学一直有研究、讲授该门学问的学术传统。"中国图书出版史"课程的前身是"中国书史"，早在20世纪50年代就被北京大学图书馆专业定为专业基础课，由刘国钧、郑如斯等先生讲授，后由先师讲授，至今已有近70年的历史。1995年改名为"中国图书出版史"后又成为编辑出版专业学的专业基础课，2002年后被选定为北京大学全校性通选课。2009年又被评为"北京市精品课"。通过多年的积累和多位教师的持续努力，这门课程的内容更加丰富，体系更为完善，方法更为科学，影响更为广泛，得到全校各专业同学们（包括留学生在内）的广

---

* 肖东发、杨虎主编：《中国出版史》，北京大学出版社2017年4月出版。此书系北京大学2004年教材建设资助项目。

《中国出版史》封面

泛欢迎。目前,这门课程不仅是图书馆学、编辑出版学专业的基础课,又是全校性通选课,也可以归为人文素质教育课程。通过对中国编辑出版业的产生、发展、演进历史过程及其规律性介绍、分析,给编辑出版学专业的学生打下较为坚实的学科基础,同时对各院系学生丰厚自己的文化底蕴、提高人文素养大有裨益。既能为文科学生打下深入研究古代典籍的基础,也可以丰富理工科学生的传统文化知识,在总体上提高大学生的人文素养。

按照先师生前的一贯主张，教材是课程建设的基础工作。教学工作必须与科研工作紧密结合，要将教师最新的研究成果及时充实到教学和教材中去。作为基础课的主讲教师，要做到教学、科研两不误，互相促进，就需要不断发表科研成果，使课堂讲授更为深刻生动。教材建设也十分重要，而且不能一劳永逸，要不断修订补充。因此，课程建设与教材编写、修订工作应该同等重视，同步进行。

早在1958年，高等教育出版社就出版了刘国钧先生的《中国书史简编》。1987年，郑如斯先生和先师合作出版了《中国书史》《中国书史教学参考文选》《中国书史教学指导书》等系列教材。这些都为编辑出版史教材的撰写打下了坚实的基础。先师主编的《中国编辑出版史》（上册）是教育部"八五"规划教材、原新闻出版署教材建设重点项目之一，是当年"普通高等教育编辑出版类规划教材"中，唯一与"史"有关的教材，讲述的是1949年以前的中国编辑出版事业发展史。1996年由辽宁教育出版社出版后，除了作为北京大学"中国图书出版史"课程的指定教材外，还被80余所院校编辑出版专业使用。2002年、2005年又由辽海出版社再版，多次印刷，影响广泛。后来，先师在广泛征求各方意见的基础上，又和方厚枢先生合作主编了《中国编辑出版史》（下册），讲述1949年至2000年的中华人民共和国出版史，2003年由辽海出版社出版。这是一部填补空白之作，因为在此之前，国内没有系统撰写中华人民共和国成立50年来出版史的著作和教材。该教材出版后，同样得到了学界的广泛欢迎，很快被充实到教学内容中去，也多次重印。

我于1998年进入北京大学信息管理系，学习编辑学专业，"中国图书出版史"是该专业的必修课。1999年春季学期，我们全班28人共同聆听先师讲授此课，先师学识之渊博，讲课艺术之高妙，给我们留下了终生难忘的美好印象。课上所用教材即为《中国编辑出版史》（上册）。后来我追随先师攻读硕士和博士学位，又分别以助教和学生的身份聆听此课，每次听讲，都感觉先师有新资料、新见解、新风格，真是做到了"课常讲常新，常讲常好"。其间，我蒙先师谬赏，也开始承担该门课程的部分教学工作，主要讲授秦汉、魏晋南北朝、两宋和晚清时期的出版史内容。在参与讲授课程的同时，我在先师的指导下，边学边干，教研结合，参与了《中国编辑出版史》（上册）的部分修订工作和《中国编辑出版史》（下册）的部分撰写工作，这些都为后来完成本教材的撰写和统稿工作打下了坚实的基础。

本教材就是以《中国编辑出版史》（上册）和《中国编辑出版史》（下册）为基础，进行增删调整合并而成一册。在2004年以《中国编辑出版史（增订版）》为名，列为北京大学教材建设资助项目，拟由北京大学出版社出版。增订工作起先计划由先师统筹，仝冠军学兄和我参与。之后，萧莎、周婧、卞卓舟、周悦等学妹也参与其中，承担了部分章节的修订工作。本教材充分借鉴了近年来出版史研究的最新成果，形成了现在比较新的面貌，其改变之处主要表现在以下几个方面：

一是更改书名。按照《中国大百科全书（第二版）》《中国出版通史》等著作对"出版"的权威界定以及学界新近研究形成的共识，"编辑"当为出版活动中的一个重要环节，"出版"可以涵盖"编辑"的内容。与先师多次沟通并得到先师首肯，改变以往"编辑出版史"的提法，将本教材的题目定为《中国出版史》。

二是贯穿古今。前9章论述1949年以前的中国出版史，第10章、第11章论述中华人民共和国出版史（考虑到统计数字获取的便利性，下限基本定为2015年）。这样就从远古一直叙述到当下，在前二书的基础上，将数千年的出版史汇聚一书，终成完璧。

三是增补内容。在每章前都增加了比较全面的导语，便于学习者从整体上了解每个阶段出版史发展的概况和要点。充实了社会文化背景方面的材料，增加了中外出版交流、印刷术外传、书院和寺观刻书、辽金西夏出版史、太平天国以及晚清官书局的出版事业等重要内容。

四是完善体例。根据不同历史阶段出版事业发展的情况和特征，重新拟定了各章的题目。在每章之后，提供了供学习者进一步学习和研究的推荐阅读文献。在征引重要文献资料时，以页下注的方式注明了出处。

五是提出新知。充分利用和吸收最新的文献资料和研究成果，提出了一些新的学术观点。比如，在第6章，总结分析了司马光成功主持编修《资治通鉴》的原因，有助于我们认识"集体修书如何成精品"这个重要问题。在第8章，将近代出版史的五大变革，增补为十大变革，有助于我们全面认识近代出版史的变革与转型。

六是修正观点。对一些学术观点进行了修正。比如，对"编辑"和"出版"关系的重新认识和调整。再比如，在第2章，论述简册的长度内容时，引用了胡平生先生的观点，更正了人们长期接受的王国维先生的观点："简册制度的原则不是王国维在《简牍检署考》中提到的'分数、倍数'说，而是'以策之大小为书之尊卑'。"

七是增配图表。《中国编辑出版史》（上册）在出版时，书中有部分图表。本教材继承了这个做法，根据每章内容，大体按照详古略今的原则，加配了近七十幅具有代表性的重要图片，以增强学习者的直观感受。另外，也通过征引或者自制的方式，加配了一些重要的表格，力争用数字来说话。

八是改变署名。根据先师的意见和要求，本教材和原书相比，修改完善之处甚多，工作量不小，书成之后，由您和我共同署名为主编。在先师辞世前两日，曾以电话和邮件的方式叮嘱我尽快完成此事，最终由我任第一主编，您任第二主编，甚至由我单独任主编。我闻言，诚惶诚恐，实难应允。这本教材渊源有自，基础工作均为先师牵头完成，我和同门所做的工作，更多的是修补完善之事。汇报给师母和先师公子肖阳师兄后，决定仍遵先师之前的意见，由您任第一主编，我谬沾师恩，忝列第二主编。

自 2004 年以来，因各种原因，导致修订工作有所延期。后因先师病重，精力不济，便嘱托我除完成七章的修订和撰写任务外，还承担起了全书的统稿工作。十余年间，就教材的增订工作，我多次以口头、电话或邮件的方式，向先师汇报自己的想法和进展，并在得到您的首肯和指导后，继续开展工作。却因工作调动，公事烦冗，不能专心此事，迁延至今，没能在先师生前完成他布置的作业，实在是愧憾无比。且幸在北京大学教务部教材办公室主任于瑞霞老师、北京大学出版社编辑周丽锦学姐、胡利国老师的支持下，此书得以顺利出版。尤其是周丽锦学姐的勉励、包容与支持，让我们做好此项工作有了强大的动力和理由。

按照先师生前为《中国编辑出版史》上下两册撰写的后记，其分工如下：上册总体框架由先师拟定，并由先师撰写绪论和第一、二、九章；章宏伟、刘大军撰写第三、四、五章；刘大军、喻爽爽撰写第六、七、八章。全书由先师统稿、修订。下册的结构和章节安排由先师和方厚枢先生共同拟定。邢克斌、许欢、钟智锦、陈敏、张曼玲、贾波、王和平、杨虎、丁永勋、刘富玉、周易军等参加了部分章节的起草和校对工作。这些作者的前期工作为本教材的完善打下了厚重的基础。此外，在本教材的撰写过程中，撰稿者曾参阅或引用了不少前辈和时贤的著述和论文资料，我们在必要时增加了页下注，并在书后附录了主要参考书目，在此谨向有关作者致以诚挚的谢意！教材的部分章节在先师生前已经呈您审阅，没有经过您审阅的部分，疏漏和不足之处在所难免，希望广大读者对此给予批评指正，使之日臻完善。

完成好先师生前分配的各项任务，努力继承好您的学问和道德，把出版史研究的薪火在北京大学传承下去，是学生义不容辞的责任。谨以此记，向先师致敬，兼寄缅怀之意！

    2016 年 5 月 18 日初稿，2017 年 3 月 15 日定稿

此山登罢再出发
——《文化的坚守与运营》出版后记*

  本书是在本师肖东发先生"文章成系列，著作集大成"以及"古今并重"治学思想的启发和指导下完成的阶段性成果，也是在我的博士学位论文基础上修改而成的一本研究著作。

  1998年9月，我进入北京大学信息管理系学习编辑学专业，本科阶段，我先后聆听了本师讲授的两门专业必修课："中国图书出版史"与"出版经营管理"，当时便深深折服于本师的博学多识、谦逊儒雅和高妙的授课艺术。本师也对我青眼有加，常于课后解答疑问、惠赐良训，由此结下了终生难忘的师生缘。2003年9月，我正式拜在本师门下，攻读硕士学位，并于2006年顺利毕业后留校工作。2008年我再入师门，追随本师以中国图书出版史为研究方向，在职攻读博士学位，2014年获得文学博士学位。十余年来，本师对我耳提面命，循循善诱，悉心教我做人、做事、做学问，对我"春风化雨"般的爱护、栽培之恩一言难尽，永不能忘。

  本师在世之时，常对我讲授治学方法，印象最深且对我影响最大的有两点。一是要善于抓住一个有意义的题目，心无旁骛地钻研下去。

---

* 杨虎：《文化的坚守与运营：畅销书出版营销研究》，中央编译出版社2017年8月出版。

《文化的坚守与运营》封面

尽量将其分解成若干个专题，逐次深入研究，撰写并发表论文。久久为功，时机成熟时，便可将其融会贯通，形成集成性的专著。此所谓"文章成系列，著作集大成"。您还经常以自己的专著《中国图书出版印刷史论》（北京大学出版社2001年版）为例，为我详细说明。二是学者生当今世，学术视野应该尽量广阔，努力做到古今并重，不能出现"明于古昧于今"和"精于今而疏于古"的偏狭格局。您多次提到，自己在旧学方面研究出版史，在新知方面，则研究年鉴学，新旧并重，益处甚多。

我谨遵师命，十余年来，在学习、研究中国图书出版史的同时，把大众文化和畅销书也作为一个重点学习、关注和研究的专题。自2003年在核心期刊发表第一篇与畅销书相关的论文以来，迄今已经发表相关论文15篇。2006年，我以《近年来（1999—2005年）国内畅销书营销策略及问题研究》为题，撰成10余万字的硕士学位论文。2014年，我又在先前研究的基础上，撰成将近24万字的博士学位论文《大众文化视野下的畅销书出版营销机制研究》。论文在评审和答辩时，得到了本师和各位评委的肯定与谬赞，并在当年被评为"北京大学优秀博士论文奖"。

在博士论文预评和答辩时，郝振省、张新华、关世杰、陆绍阳、吕艺、张积、师曾志、王异虹诸师作为评审答辩委员，通过仔细审读，提出了很多中肯而有益的修改意见，希望我在毕业后能继续深入研究，不断修改完善，争取早日出版。尤其是本师，更是对我寄予厚望，您曾郑重对我说，希望能把研究再做深、做厚一些，多提出自己的创新之论。在时机成熟时，为学生开出"经典名著与畅销书"这样的课程。

我遵从教导，这几年，在繁忙的行政工作之余，尽力挤出时间，对论文进行全面的修改，希望达到正式出版的要求。本师也一直关心论文的修改进程，每次见面都要问及此事，并热心为我联系出版单位。2015年年底，我去家中看望您和师母，向您汇报：修改工作可以在2016年完成。您分外高兴，说："就像胡适老校长讲的，工作以后，总得找一两个感兴趣的题目去研究，这样才会有出息。你只管把论文改好就行，出版的事我来联系，需要出版经费我来给你出。"殷切关爱和鼎力扶助之情，溢于言表，让我感动，也成为我改好论文的强大动力。

谁能想到，2016年4月15日，本师因心脏病突发，仙逝于海南家中。一座大山的倒掉，让我几乎成为学术上的孤儿；一盏明灯的熄灭，让我几乎失去学术上的方向。痛定思痛，我觉得，完成好本师生前嘱托和寄予厚望的各项工作，努力继承好您的学问和道德，尤其是在出版史和畅销书研究方面，做出让您满意的成绩，才是学生义不容辞的责任，更是告慰您在天之灵的最好方法。

2016年下半年以来，我把工作之余的大部分时间，都投入到了论文的修改之中。按照著作体例的要求，我调整了章节次序，补充了最新资料，修正了部分观点，规范了参考文献的著录格式。应该说，这项工作并不简单，但每每想到本师的遗训和诸位师长的殷切期望，这项工作便成了"累并快乐着"的充实之旅,并终于在2017年2月6日基本完成。

张新华师是北京印刷学院的著名教授,也是肖师门让所有人敬佩的大师兄,一直对我关爱有加。平日我也愿意向您请教、汇报,并主动和您亲近。您是我博士综合考试、预答辩、正式答辩的评委老师,对我的论文也进行过细致、深入的指导。本师仙逝后,您了解到我的论文修改情况,热心、主动为我联系了出版单位,对书稿的正式出版予以鼎力支持,并做了大量工作,对此,我的感动之情,无以言表!

郝振省师是当代出版界的大家名师,也是本师生前的知交好友。我上大学期间,曾多次聆听您的精彩讲座。在您和本师的带领、指导下,我参与并完成了《中国出版通史·先秦两汉卷》的部分撰写工作。承您的大力推荐,我在本科阶段,就在《出版发行研究》上发表了第一篇编辑出版学方面的学术论文。博士论文答辩时,您以主席身份担任答辩委员,提出了非常有水平、有意义的问题和建议。平日交往,您对我多有赞誉、勉励之语。在我心中,您一直是一位让我敬仰、爱戴的前辈和恩师。本书正式出版前,您在百忙之中,再次审读了原文,并撰写了饱含感情、评介深入、褒奖有加、期望殷切的长序,真是让我既感动,又惭愧。书首有此嘉序,实在荣幸之至。

2013年,在我开始着手写论文时,小女久久的出生,为家中带来了无尽的欢喜和幸福,但同时也带来了更多繁重的家务。父母大人、岳父母大人,尤其是爱妻周婧主动承担了照顾爱女的全部责任和一切繁杂的家务,让我得以专心工作和科研。今年寒假期间,我在沈阳岳父母家中修改论文,岳父母大人和爱妻为我做好一切生活保障,对我嘘寒问暖,关心备至,让我每天都能带着无尽的暖意专心投入畅销书研究的世界中。

本书的出版,还离不开其他很多人的关心和支持。我本科阶段的班主任李常庆师曾对我撰写畅销书方面的文章提出细致的修改意见,并勉励我将这一研究不断深入下去。朗朗书房的呼延华、钱午骏、王三龙、王佳碧等老师为此书的出版事宜做了大量细致周到的工作。对此我常怀感恩之意，在此不能一一致谢！当然，由于专业学养不足、从业经验匮乏、修改时间有限，需要完善的地方还有很多，本书的疏漏和不足之处在所难免，希望广大读者对此给予批评指正。

记得当年在论文写作的关键阶段，我每天的常态是，白天在单位忙工作，五点下班后，在办公室的沙发上小憩片刻，便投身于论文写作中去。不知不觉中，就已是夜半时分。当我带着一身倦意离开燕园大厦，穿行校园回家时，看到实验室、宿舍如星光般的满园灯光时，我就知道，我还不是这个校园里最勤奋、最努力的学生。在这样的环境中，我又有什么理由不坚持下去呢？每每看到本师半夜发来的邮件时，这种体会就更加真切。老师还在笔耕不辍，学生岂敢怠慢？人们都说，聪明人要下笨功夫，我之天资素来愚钝，要对得起北大人的身份和关爱自己的所有人，更为了对得起自己热爱学术的挚诚之心，我还得接着精进不止，再攀新高。

让人略感欣慰的是，本书交稿之际，也是本师和我共同主编的北京市精品教材《中国出版史》（北京大学出版社2017年版）的付梓之日。本师在生病的最后阶段，对经典出版和阅读问题异常关注，并和我合作撰写了数篇文章，最后一篇《图书经典及其特质论》发表在《北大新闻与传播评论》第10辑。这也为我继续深入研究经典出版与阅读问题打下了很好的基础。希望通过几年的努力，我能不负本师期望，完成您生前布置的各项作业，开出"经典名著与畅销书"这样的课程，写出与经典出版和阅读相关的研究专著。

此山登罢再出发，只管攀登不言高，这样的人生状态，我看也很不错。

谨以此文，简述本书出版过程，并感念众位师友和亲人！

2017年2月6日于沈阳，初稿　2017年5月6日于北京，二稿